Le Livre de Poche Jeunesse

NOVICE

Taran Matharu

Taran Matharu écrit depuis qu'il a neuf ans. Après des études de commerce, il découvre le monde de l'édition en effectuant un stage au département numérique de Random House. Il prend ensuite une année sabbatique durant laquelle il écrit *L'invocateur* qu'il poste chapitre par chapitre sur Wattpad, atteignant plus de trois millions de vues en six mois et attirant l'attention d'un éditeur. Il se consacre désormais entièrement à l'écriture.

TARAN MATHARU

L'INVOCATEUR

LIVRE 1

NOVICE

Traduit de l'anglais (Royaume-Uni)
par Blandine Longre

L'édition originale de cet ouvrage a paru chez Hodder Children's Books,
an imprint of Hachette Children's Group, part of Hodder & Stoughton,
an Hachette UK Company, sous le titre :

SUMMONER – BOOK I – THE NOVICE

Traduit de l'anglais (Royaume-Uni)
par Blandine Longre.

À ma mère,
toujours présente à mes côtés.

À Alice,
le roc sur lequel j'ai pris appui
pour écrire ce roman.

Et à mes lecteurs sur Wattpad,
sans lesquels
rien de tout cela n'aurait été possible.

1

L'élan frottait ses bois contre le tronc d'un grand pin afin d'ôter le fin velours de ses andouillers pointus. L'animal était beau, son pelage luisant, ses yeux vifs. C'était le moment. Si Fletcher ne tuait pas cette proie, il devrait se passer de dîner. Le crépuscule hivernal tombait, et le garçon devait regagner le village avant la fermeture des portes – sous peine d'avoir à soudoyer les sentinelles : il n'avait pas la moindre envie de dormir dans la forêt.

Fletcher était presque honteux de chasser une créature si majestueuse, même s'il était sûr d'obtenir un bon prix de l'épaisse fourrure – sans doute cinq écus d'argent. Quant à la ramure, avec un peu de chance, il en tirerait peut-être quatre autres écus. Mais c'était surtout la viande qu'il convoitait, les quartiers gorgés de graisse qui grésilleraient bientôt au-dessus de son feu.

La brume recouvrait Fletcher d'une fine couche de gouttelettes. La forêt était étrangement paisible. D'ordinaire, le vent qui gémissait entre les branches lui permettait de se faufiler dans le sous-bois à l'insu du gibier. Ce soir-là, Fletcher osait à peine respirer par crainte de révéler sa présence. Il prit son arc, qu'il avait passé en bandoulière, et encocha une flèche. Il inspira doucement en bandant la corde, qui glissa entre ses doigts – il l'avait récemment enduite de graisse d'oie afin de la protéger de l'humidité. La pointe du trait oscilla tandis qu'il visait sa cible à moitié cachée dans les hautes herbes, à une bonne dizaine de mètres de lui. Un tir difficile, même si l'absence de vent était un atout. Fletcher expira et décocha en un seul mouvement fluide. Il perçut la vibration de la corde, puis le bruit sourd de la flèche qui se fichait dans le poitrail de l'élan pour atteindre les poumons et le cœur. Un tir impeccable. L'animal s'effondra sur le flanc et, saisi de convulsions, agita les pattes. Après avoir sorti un couteau à écorcher du mince fourreau accroché à sa taille, Fletcher se précipita vers sa proie à l'agonie ; l'élan mourut avant qu'il ne l'atteigne. Une belle chasse, aurait commenté Berdon. Pourtant, la mort n'était jamais belle à voir.

Le jeune homme retira la flèche avec délicatesse et constata, non sans plaisir, que le fût était intact et que la pointe de silex ne s'était pas ébréchée. Fletcher passait déjà trop de temps à confectionner ses traits. Il préférait les tâches que Berdon lui confiait de temps à autre dans sa forge, où il aimait à marteler et à façonner le fer ; sans doute était-ce à mettre sur le compte de la chaleur qui régnait dans le lieu et des courbatures, pas si désagréables que cela, qu'il ressentait après une journée de labeur. Et puis les pièces qui pesaient au fond de sa poche une fois que le forgeron l'avait payé lui réchauffaient le cœur.

L'élan était lourd, mais le village n'était pas loin. Les bois lui offraient une bonne prise pour traîner derrière lui la carcasse, laquelle glissait aisément sur l'herbe humide. Fletcher n'avait plus qu'une inquiétude en tête : les loups et les chats sauvages ; il n'était pas rare que ces bêtes dérobent le repas d'un chasseur sur le chemin du retour – et, parfois même, qu'elles lui prennent la vie.

Le garçon se trouvait sur la crête des montagnes Dents-d'Ours, ainsi baptisées d'après leurs pics jumeaux qui ressemblaient à deux canines. Le village de Pelt se dressait entre elles, le long d'une arête rocheuse ; l'unique chemin qui y menait suivait une piste raide et rocailleuse. Une épaisse palissade de rondins, flanquée à intervalles réguliers de tourelles de guet, protégeait les habitants et leurs maisons. L'endroit n'avait néanmoins pas subi d'assaut depuis bien longtemps ; pour tout dire, cela n'était survenu qu'une fois depuis la naissance de Fletcher, à présent âgé de quinze ans, et cette attaque avait été menée par des brigands, non par des orques – quand bien même ces derniers ne s'aventuraient presque jamais dans le nord de l'Empire, loin de leurs jungles. Malgré tout, le conseil des villageois prenait très au sérieux la sûreté des lieux, et les retardataires avaient toujours le plus grand mal à franchir les portes après huit heures.

Fletcher prenait son temps, car il n'avait pas envie d'abîmer le pelage, la partie de l'élan la plus précieuse à ses yeux : les fourrures étaient l'une des seules ressources dont disposaient les villageois. Ses mocassins dérapaient sur le sentier qu'il distinguait à peine dans l'obscurité. Cela faisait un moment que le soleil avait disparu derrière la crête et la cloche allait sonner d'un instant à l'autre, Fletcher en était conscient. Les dents serrées, il pressa le pas, trébucha et s'érafla les genoux en tombant.

Le découragement l'envahit quand il atteignit les portes déjà fermées, éclairées par des lanternes. Les gardes les avaient verrouillées, trop impatients sans doute de se rendre à la taverne.

— Bande de fainéants, marmonna le garçon. Il n'est pas encore huit heures !

Lâchant la ramure de l'élan, il lança un juron et donna un coup de pied dans l'un des battants de bois.

— Laissez-moi entrer ! cria-t-il. Je ne vais pas passer la nuit dehors à cause de vous !

— Holà, Fletcher, baisse un peu le ton, les bonnes gens dorment déjà, répondit une voix depuis le chemin de ronde.

La sentinelle se pencha au-dessus du parapet. Elle affichait un sourire mauvais. Fletcher grimaça. Comble de malchance, il fallait que Didric Cavell soit de garde ce soir-là. Il avait le même âge que Fletcher, mais se prenait déjà pour un homme ; brutal, arrogant, profitant de la moindre occasion pour affirmer son autorité, il n'aimait pas Fletcher – qui le lui rendait bien.

— J'ai relayé les autres sentinelles plus tôt que d'habitude, car je prends mes responsabilités au sérieux. Avec tous les marchands qui doivent arriver demain pour la foire, on n'est jamais trop prudent. Des tas de vauriens pourraient rôder autour de la palissade, ajouta-t-il, railleur.

— Laisse-moi entrer ! Tu sais aussi bien que moi que les portes sont censées être ouvertes jusqu'à huit heures.

Alors même que Fletcher prononçait ces paroles, le premier coup de cloche résonna au-dessus du village et se répercuta dans la vallée.

— Qu'est-ce que tu racontes ? brailla Didric en plaçant ostensiblement une main derrière son oreille. Je n'ai rien entendu !

— Je t'ai dit de me laisser entrer, espèce de balourd ! cria Fletcher avec fougue. Ce que tu fais est illégal. Si tu ne m'ouvres pas sur-le-champ, j'irai me plaindre !

— Libre à toi, ce n'est pas moi qui t'en tiendrais rigueur. Mais ce ne serait pas futé : nous serions tous les deux punis. En revanche, pourquoi ne pas conclure un marché ? Donne-moi cet élan, en échange de quoi tu ne passeras pas la nuit dans la forêt.

— Tu peux toujours courir ! cracha Fletcher.

Il n'en revenait pas : d'ordinaire, Didric ne se livrait pas aussi ouvertement à ce genre de chantage.

— Allez, sois raisonnable. Les loups et les chats sauvages ne vont pas tarder à s'approcher, et, en plein hiver, même un feu ne les tiendra pas éloignés bien longtemps. Quand ils se jetteront sur toi, tu n'auras d'autre choix que la fuite. Et à supposer que tu survives jusqu'au matin, tu rentreras les mains vides. Je fais cela pour t'aider, tu sais, ajouta Didric, insinuant qu'il lui accordait une immense faveur.

Fletcher avait du mal à en croire ses oreilles. À Pelt, l'injustice était monnaie courante, et le garçon avait toujours eu conscience d'appartenir à la classe des plus démunis. Mais il ne pouvait accepter que ce gamin gâté, dont le père, Caspar Cavell, était l'un des villageois les plus riches, s'empare aussi aisément de son butin.

— Tu te trouves malin, je suppose ? demanda-t-il d'une voix sourde.

— Je me contente de fournir une solution logique à une situation dont je suis, bien malgré moi, le bénéficiaire, répliqua Didric en écartant de ses yeux sa frange blonde.

Grâce à l'argent de son père, le garçon avait eu droit à des leçons privées dispensées par un précepteur : il ne ratait donc jamais une occasion de faire étalage de son savoir en s'exprimant avec une certaine élégance. Caspar Cavell caressait en effet l'espoir que son fils deviendrait juge et exercerait un jour dans l'un des tribunaux de Corcillum, la capitale de l'Empire.

— Je préfère de loin dormir à la belle étoile plutôt que de te donner cet élan, gronda Fletcher.

— Ha ! J'ai la ferme intention de te prendre au mot. J'ai toute la nuit devant moi, vois-tu, et je vais bien m'amuser quand tu essaieras de repousser les loups !

Conscient que Didric le tourmentait dans l'unique but de le faire céder, Fletcher réfréna tant bien que mal la fureur qui montait en lui.

— Pas question de te remettre cette carcasse, déclara-t-il d'un ton posé. La fourrure à elle seule vaut cinq écus, et la viande au moins trois. Si tu m'ouvres, je n'irai pas me plaindre. Et on oubliera cette histoire, toi et moi, suggéra-t-il en ravalant sa fierté.

— Bon, je te propose un compromis, reprit Didric. Puisque je suis d'humeur généreuse, je me contenterai de cette ramure, que tu as omis de mentionner : l'affaire sera close, et nous obtiendrons tous deux satisfaction.

Devant tant d'audace, Fletcher se raidit. Puis il hésita un instant avant de se dire que les quatre écus qu'il avait escompté tirer des bois valaient bien une nuit passée au chaud, dans son lit. En soupirant, il prit son couteau à écorcher, dont la lame pourtant acérée ne parviendrait pas à entamer la ramure : même s'il n'avait pas la moindre envie de mutiler sa prise, il devait trancher la tête. Il lui fallut quelques minutes pour y parvenir. Il brandit alors son sinistre trophée, dont le sang gouttait sur ses mocassins, et le présenta à Didric.

— Viens la chercher, cette ramure, si tu la veux !

— Jette-la donc par ici. Une fois que tu seras dans les murs, tu refuseras peut-être de me la remettre.

— Quoi ? s'exclama Fletcher, incrédule.

— Donne-moi cette tête, sinon notre marché ne tient plus. Je n'ai pas envie de devoir te l'arracher, je risquerais de salir mon uniforme.

Consterné, Fletcher dut se résoudre à obéir. Éclaboussant sa tunique de sang, il lança la tête de l'élan, qui passa au-dessus de Didric pour atterrir sur le chemin de ronde.

— C'est un plaisir que de conclure un marché avec toi, Fletcher ! Il ne me reste plus qu'à te souhaiter une agréable nuit en forêt.

— Attends ! On s'était pourtant mis d'accord !

— En effet, en échange de cette ramure, je t'ai promis que l'affaire serait close et que nous obtiendrions tous deux satisfaction. Et c'est le cas : j'ai ma récompense et toi, tu pourras dormir à la belle étoile, puisque tu as affirmé préférer cette solution, me semble-t-il ? Un conseil : quand tu passes un marché, tâche de prêter attention à ses termes, Fletcher. C'est la première leçon qu'un contractant se doit de retenir !

Sur ces mots, Didric s'écarta du parapet.

— Ce n'est pas ce qui avait été décidé ! hurla Fletcher en décochant des coups de pied dans la porte. Sale petite vermine ! Laisse-moi entrer !

— Oh non, je n'ai pas que cela à faire. Mon lit bien douillet m'attend, rétorqua Didric en riant.

— Tu es de garde ce soir, tu n'as pas le droit de rentrer chez toi !

Si le garçon manquait à son devoir de sentinelle, Fletcher saurait se venger en allant le dénoncer. Il n'avait pas l'âme d'un mouchard, mais, dans le cas de Didric, il était prêt à faire une exception.

— Ce n'est pas mon tour de garde ! lança la voix déjà lointaine du garçon, qui descendait l'escalier de la palissade. J'ai dû oublier de t'en informer. J'ai simplement dit à Jakov que je le remplacerais quelques minutes : il avait besoin d'aller se soulager. Ne t'inquiète pas, il devrait revenir sous peu !

Fletcher avait du mal à comprendre comment Didric avait pu se montrer aussi fourbe. Il regarda l'élan décapité et ses mocassins souillés. Bouillant de colère, il n'avait qu'une pensée en tête : l'affaire était loin d'être close.

2

— Debout, Fletcher. C'est le seul jour de l'année où j'ai besoin de toi de si bonne heure. Je ne peux pas tenir mon étal et ferrer les chevaux de bât en même temps !

Le visage rougeaud de Berdon apparut devant le garçon, qui avait enfin ouvert les yeux. En gémissant, celui-ci enfouit sa tête sous une fourrure. La nuit avait été longue. Jakov l'avait fait attendre pendant une heure avant d'accepter de lui ouvrir – à la condition que Fletcher lui paie à boire à la taverne un soir prochain.

Une fois rentré chez lui, il lui avait fallu étriper et écorcher l'élan, puis découper sa chair en fines tranches qu'il avait mises à sécher près de l'âtre. Il ne s'était octroyé qu'un morceau bien juteux, qu'il avait fait à moitié cuire au-dessus du feu avant de perdre patience et de le fourrer dans sa bouche. L'hiver, mieux valait conserver la viande en prévision de la disette.

— Dépêche-toi un peu ! insista le forgeron. Et va te débarbouiller. Tu empestes tellement que tu risques de faire fuir les clients. Personne n'aura envie d'acheter quoi que ce soit à un malpropre.

Après avoir arraché les couvertures du garçon, Berdon sortit d'un pas déterminé de la petite chambre située à l'arrière de la forge.

Fletcher se redressa sur sa couche. Dans la pièce, la température était plus chaude qu'il ne s'y était attendu. Berdon avait dû allumer son four et se mettre au travail dès l'aube afin de se préparer pour la foire annuelle. Le garçon n'avait rien entendu : il avait appris à ne plus être dérangé par les coups de marteau, les mugissements des soufflets et le grésillement du métal incandescent au contact de l'eau.

Il traversa l'atelier sans se presser pour se rendre dans la cour, où se trouvait le puits. Il remonta le seau et, après un bref instant d'indécision, renversa le liquide glacial sur sa tête, trempant sa tunique et son pantalon encore maculés du sang de l'élan – cela lui éviterait une lessive. Après avoir énergiquement frotté sa peau au moyen d'une pierre ponce, Fletcher regagna la forge, grelottant dans ses habits mouillés.

— Viens par ici, ordonna Berdon, campé sur le seuil.

La lueur des flammes illuminait ses longs cheveux roux et sa barbe grisonnante. Le forgeron était l'homme le plus vigoureux du village, les longues heures passées à battre le métal lui ayant élargi les épaules et le torse. Il dominait sans mal Fletcher, lequel était sec et musclé, mais petit pour son âge.

— C'est bien ce que je pensais, tu as besoin d'un bon rasage pour te débarrasser de cet affreux duvet, reprit-il après avoir scruté le garçon. Un conseil : attends d'avoir une vraie moustache avant de la faire pousser. Même celle de ma tante Gerla était plus fournie que ça !

L'œil pétillant, Berdon tortilla la sienne, qu'il avait épaisse et hirsute. Il avait raison, Fletcher en était conscient. Les négociants venus de cités lointaines ne tarderaient pas à arriver, certains accompagnés de leurs filles aux belles jupes plissées et aux chevelures bouclées. Et même si le jeune apprenti savait d'expérience que ces demoiselles le regarderaient avec dédain, cela ne lui ferait pas de mal d'être à peu près présentable.

— Allez, bouge-toi un peu. Pendant que tu te rases, je vais préparer tes habits. Et je ne veux pas de jérémiades ! Plus tu auras l'air à ton avantage, mieux nos marchandises se vendront.

Le garçon ressortit dans l'air froid. La forge était située à la droite des portes, et la palissade de rondins se dressait à quelques mètres seulement de la chambre de Fletcher. Il se dirigea vers un miroir ébréché accroché au mur de la cour, sous lequel était placée une bassine ; à l'aide de son couteau, il rasa le fin duvet noir qui ourlait sa lèvre supérieure avant d'observer son visage dans la glace.

Il avait le teint pâle, ce qui n'avait rien de surprenant dans cette région située à l'extrême nord de l'Empire d'Hominum. À Pelt, les étés ne duraient pas plus de quelques joyeuses semaines, durant lesquelles Fletcher courait les bois, pêchait la truite et faisait griller des noisettes au-dessus du feu avec les autres jeunes gens – qui, à contrecœur, acceptaient parfois sa compagnie. C'était la seule période de l'année où le garçon n'avait plus l'impression d'être un paria.

Ses traits étaient durs, ses pommettes saillantes et ses yeux d'un brun sombre, légèrement enfoncés dans leurs orbites. Sa tignasse noire était parfois si touffue que Berdon était contraint de la tondre. Fletcher n'était pas laid, même s'il n'avait pas l'éclat des garçons issus des familles les plus aisées du village, aux joues bien roses et aux boucles blondes. Il était rare de croiser un individu aux cheveux sombres dans ces provinces septentrionales, mais Fletcher ayant été abandonné devant les portes de Pelt alors qu'il était encore un nourrisson, il n'y avait rien d'étonnant à ce qu'il ressemble si peu aux autres.

En découvrant les habits que Berdon avait déposés sur son lit, une tunique bleu pâle et un pantalon d'un vert vif, Fletcher blêmit ; puis, sous le regard réprobateur du forgeron, il ravala le commentaire qu'il s'apprêtait à formuler. Ces vêtements ne sembleraient pas trop insolites en ce jour de foire, les marchands étant réputés pour leurs tenues aux couleurs éclatantes.

— Je te laisse te faire beau, dit Berdon avant de quitter la pièce en riant dans sa barbe.

Fletcher ne lui tenait pas rigueur de ces taquineries : c'était ainsi que le forgeron lui témoignait son affection. Le garçon n'était pas du genre bavard, préférant sa solitude et ses propres pensées à la compagnie d'autrui, ce que Berdon avait toujours respecté. Le lien qui unissait le forgeron bourru mais jovial et son jeune apprenti taciturne était peu commun ; pourtant, tous deux s'entendaient bien. Fletcher lui était reconnaissant de l'avoir recueilli alors que personne n'avait voulu de lui quand Berdon Wulf l'avait trouvé nu dans la neige, âgé de quelques jours. Les villageois les plus riches étaient restés indifférents à son sort, et les indigents n'auraient pas eu les moyens de pourvoir à ses besoins. Pour finir, Berdon avait proposé de prendre l'enfant sous son aile.

Fletcher vouait une haine tenace à la mère qui l'avait abandonné, même s'il n'avait pas la moindre idée de son identité. Quel genre de personne était donc capable de laisser son bébé mourir dans le froid ? Le garçon s'était souvent demandé si c'était une villageoise qui n'aurait pas été en mesure de l'élever. Il scrutait parfois les visages des femmes qu'il croisait dans les ruelles de Pelt, comparant leurs traits aux siens. Aucune ne lui ressemblait.

L'étal de Berdon, qui proposait des épées et des dagues aux lames étincelantes, était déjà installé devant la forge, dans la grand-rue. D'autres villageois avaient dressé des tables chargées de viande, de fourrures et de fleurs de montagne aux pétales argentés, que les cueilleurs destinaient aux jardins des riches citadines ; certains vendaient aussi des meubles fabriqués dans le bois des grands pins qui poussaient sur les versants des Dents-d'Ours. Le village était également célèbre pour ses habiles tanneurs. Fletcher avait repéré une pelisse que Janet, l'une des couturières, avait passé des semaines à confectionner ; elle avait promis de la lui céder pour trois cents écus – la somme que le garçon était parvenu à économiser au fil des mois en vendant ses fourrures –, à condition qu'aucun autre acheteur ne lui fasse de meilleure offre. Cette pelisse, fermée par de simples boutons en bois et agrémentée d'un capuchon, était faite pour lui : l'intérieur était doublé de fourrure de lièvre d'un gris tacheté de brun, très douce au toucher ; le cuir épais et imperméable, d'un acajou foncé, résisterait aux ronces quand il poursuivrait ses proies à travers la forêt. Il s'imaginait déjà accroupi sous la pluie, bien emmitouflé, une flèche encochée à son arc.

Derrière Fletcher, Berdon s'était assis près d'une enclume et d'une pile de fers à cheval. Les armures et les épées qu'il vendait étaient d'excellente facture, mais il comptait également gagner des écus d'argent en proposant ses services de maréchal-ferrant aux marchands de passage, dont le long et pénible voyage dans les villages reculés de cette province montagneuse ne faisait que débuter.

Lors de la foire précédente, Fletcher s'était affairé tout le jour. La vente d'armes avait été fructueuse cette année-là, l'Empire d'Hominum ayant déclaré la guerre aux onze clans elfiques sur un nouveau front, au nord des Dents-d'Ours. Ces clans avaient refusé de payer l'impôt annuel, en échange duquel l'Empire prétendait les protéger des tribus orquiennes qui régnaient sur les jungles méridionales. Les marchands qui séjournaient dans la région avaient craint des représailles de la part des elfes, mais seules quelques escarmouches étaient survenues, au terme desquelles des pourparlers de paix avaient été engagés – sans pour l'instant aboutir. Ainsi, la frontière qui séparait l'Empire du territoire des elfes était encore étroitement surveillée. Hominum et les clans elfiques s'accordaient sur un point : c'étaient les orques, le véritable ennemi.

— J'aurai le temps d'aller faire un tour sur la foire ? s'enquit Fletcher.

— Je crois. Nous vendrons moins d'armes cette année. Les militaires postés dans la province sont pour la plupart des vétérans et des estropiés, mais les marchands semblent estimer que leur présence suffit à dissuader les brigands d'attaquer leurs convois. Et ils ont sans doute raison. Nous savons au moins que les soldats, eux, ont encore besoin de mes services depuis que tu t'es rendu sur le front le mois dernier.

Au souvenir de ce périple, qui l'avait conduit sur l'autre versant des montagnes, le garçon réprima un frisson. Il y avait trouvé un fort lugubre, peuplé d'individus aux regards éteints et aux ventres vides, attendant d'être dégagés des obligations militaires. Quand l'Empire voulait se débarrasser des soldats inaptes au combat, c'était sur le front elfique qu'ils étaient envoyés – « mis au rebut », avaient affirmé certains d'entre eux ; malgré tout, la plupart y voyaient un bienfait, cette situation leur épargnant les atrocités que d'autres vivaient dans les tranchées de la jungle, où les hommes mouraient par centaines sous les coups de leurs adversaires, leurs têtes finissant au bout de piques plantées le long de la frontière. Car les orques, des créatures impitoyables aux instincts sadiques, appartenaient à une race sauvage et brutale. L'horreur qui régnait sur le front elfique était d'une autre nature : les soldats devaient se contenter de rations de famine, s'entraîner sans fin sous les ordres de sergents fatigués qui ne savaient comment les occuper, et subir l'indifférence des généraux qui quittaient rarement leurs quartiers confortables, tandis que leurs hommes grelottaient sur des lits de camp.

Après s'être montré réticent à acquérir quoi que ce soit, l'intendant du fort avec lequel Fletcher s'était entretenu avait fini par acheter la vingtaine d'épées que le garçon portait sur le dos depuis le matin, pour une somme d'écus d'argent bien supérieure à leur valeur réelle. Si le garçon avait eu des mousquets à vendre, il aurait été payé en pièces d'or. À l'occasion de cette foire, Berdon espérait échanger ses épées contre des armes à feu – qu'il proposerait ensuite à l'intendant à la saison suivante.

Lors de son bref séjour au fort, étendu sur un lit de camp de la caserne en attendant de pouvoir repartir dès l'aube pour Pelt, Fletcher s'était juré que jamais il ne s'engagerait dans l'armée.

— Eh, toi ! Écarte ton étal des portes. Tu risques de gêner les marchands ! aboya une voix autoritaire, arrachant le garçon à ses pensées.

Un individu mince, de haute taille, vêtu d'un habit de velours pourpre brodé de fil d'or, toisait Fletcher, comme si sa présence même l'offensait. C'était Caspar Cavell, le père de Didric. Ce dernier se tenait derrière lui, un sourire aux lèvres ; ses cheveux blonds, gominés, étaient plaqués contre son crâne.

Fletcher jeta un coup d'œil à l'étal voisin, pourtant beaucoup plus proche de la chaussée que le sien.

— C'est un ordre. Obéis ou j'appelle la garde.

Le garçon se tourna vers Berdon, qui se contenta de hausser ses larges épaules. Peu importait : si quelqu'un avait besoin d'armes, il saurait les trouver.

Didric adressa un clin d'œil à Fletcher avant d'agiter les mains pour lui signifier de presser le mouvement. Le jeune apprenti sentit le sang lui monter au visage. Didric ne perdait rien pour attendre.

Presque tous les habitants étaient sous la coupe de son père, un usurier influent ; quand on avait besoin de remèdes pour un nourrisson, quand la saison de chasse n'avait pas été aussi fructueuse que prévu, quand un incendie détruisait une chaumière, Caspar était là. Comment un villageois à peine capable de signer son nom sur le contrat de prêt aurait-il pu comprendre la série de chiffres qui y figurait ou la notion d'intérêts composés ? L'idée que la population vénérait Caspar, alors qu'il n'était qu'un vulgaire escroc, rendait Fletcher furieux.

Tandis qu'il s'évertuait à reculer son plateau et ses tréteaux, faisant tomber au passage plusieurs dagues sur le sol boueux, la cloche du village se mit à sonner, annonçant l'arrivée des marchands.

3

Ce furent d'abord le grincement des roues et les claquements des fouets que Fletcher entendit au loin. Sur le sentier abrupt, les marchands ne pouvaient se permettre de ménager leurs équipages, tant ils étaient impatients de s'installer au centre de Pelt ; les retardataires se retrouveraient près des portes, loin de la foule.

Campé à l'entrée du village, Caspar accueillait avec force amabilités les conducteurs des charrettes chargées de marchandises. Les flancs des chevaux épuisés étaient écumants. À leur vue, Fletcher afficha un sourire coupable : Berdon aurait du travail ce jour-là. Il espérait que le forgeron aurait assez de fers.

Une fois les chariots passés, deux cavaliers aux grosses moustaches blondes, aux yeux d'un gris glacial et aux chevelures bouclées franchirent les portes au trot et s'engagèrent sur la chaussée pavée. Ils se ressemblaient comme des frères. Leurs montures, de lourds destriers, étaient chaussées d'énormes fers – et, derrière lui, Fletcher entendit le forgeron lâcher un juron. C'étaient des pinkertons, des agents venus de Corcillum : preuve en était leurs uniformes d'un noir de jais, aux boutons de cuivre, leurs képis et leurs mousquets. Le garçon remarqua également la matraque cerclée de métal qui dépassait de chacune des sacoches accrochées à leur selle – une arme permettant de briser sans peine un bras ou une jambe, ce dont les pinkertons ne se privaient généralement pas s'ils le jugeaient nécessaire. En effet, ils n'avaient de comptes à rendre à personne, hormis à l'empereur. Pour quelle raison ces deux individus accompagnaient-ils le convoi ? Fletcher l'ignorait. La protection qu'ils offraient aux marchands signifiait néanmoins que ces derniers achèteraient peu d'épées ce jour-là.

Les pinkertons mirent pied à terre, puis le plus grand se dirigea vers le jeune homme.

— Emmène nos chevaux à l'écurie, occupe-toi de les nourrir et de les abreuver, ordonna-t-il d'une voix dure.

Fletcher se contenta de le fixer, bouche bée. L'homme indiqua les destriers au garçon, qui n'avait pas la moindre envie d'abandonner son étal.

— Ne prêtez pas attention à ce gamin, il est un peu lent d'esprit, intervint alors Caspar, qui s'était approché. Mon fils va se charger de vos montures. Didric, conduis-les dans notre écurie, et dis au palefrenier d'en prendre le plus grand soin.

— Mais, père, tu sais bien que je dois… commença l'intéressé d'une voix mielleuse.

— Et sans discuter ! l'interrompit Caspar.

Le garçon s'empourpra, lança un regard noir à Fletcher, avant de se résigner.

— Quel bon vent vous amène donc à Pelt ? reprit son père. Si vous êtes à la recherche de hors-la-loi, sachez que nous n'avons vu aucun étranger dans les parages depuis plusieurs semaines.

Il tendit la main au plus grand, qui la serra d'un air réticent, contraint de se montrer cordial maintenant que son cheval était entre les mains de ce villageois.

— Nous nous rendons à la frontière elfique afin de nous entretenir avec les autorités militaires. L'empereur Harold a exprimé le désir d'enrôler dans l'armée des forçats dont les peines seront ainsi annulées. Il souhaite savoir si les généraux sont disposés à accepter cette nouveauté.

— Fascinant, fit Caspar avec un sourire figé. Je n'ignorais pas que très peu d'hommes s'engageaient, mais jamais je n'aurais imaginé que notre souverain trouverait une solution aussi ingénieuse à ce problème. Nous pourrions sans doute en discuter plus tranquillement autour d'un bon repas et d'une bouteille d'eau-de-vie, qu'en dites-vous ? Entre nous, l'auberge du village est sordide, et je serais ravi de vous offrir le gîte et le couvert après votre longue chevauchée.

— Avec plaisir, répondit le pinkerton en ôtant son képi. Nous n'avons pas dormi dans un vrai lit depuis notre départ de Corcillum, voilà une semaine.

— Auquel cas mes serviteurs vous prépareront un bain chaud et un copieux déjeuner. Je m'appelle Caspar Cavell, et je suis l'un des notables de ce village…

Tandis que Cavell s'éloignait dans la grand-rue en compagnie des deux pinkertons, Fletcher considéra la nouvelle qu'il venait d'apprendre. Lui non plus n'aurait jamais pensé que l'empereur finirait par avoir recours à des criminels pour étoffer les rangs de son armée. La rumeur courait que, bientôt, aucun jeune homme ne pourrait plus échapper à la conscription obligatoire – une mesure qui n'avait été mise en œuvre qu'à une seule occasion, lors de la Deuxième Guerre orquienne ; celle-ci, qui s'était déroulée des siècles plus tôt, avait éclaté quand des bandes ennemies s'étaient mises à piller les bourgs, à voler le bétail et à massacrer la population de l'Empire naissant. Des dizaines de villages avaient été anéantis avant que l'armée impériale ne parvienne à repousser les orques vers les jungles.

Cette fois, c'était Hominum qui avait amorcé le conflit sept ans auparavant en déboisant les territoires des orques afin d'alimenter en combustible sa révolution industrielle. Depuis, la guerre s'enlisait.

— Si je savais confectionner des mousquets, je serais déjà riche, grommela Berdon.

Fletcher acquiesça. Le front avait un besoin grandissant de nouvelles armes à feu, lesquelles étaient fabriquées par les nains qui vivaient dans les entrailles de Corcillum. Les méthodes employées pour créer les canons et les mécanismes des mousquets étaient des secrets jalousement gardés par ces artificiers. Même s'il s'agissait d'une activité lucrative, ces techniques n'étaient appliquées que depuis une époque très récente dans le domaine militaire, avec des résultats probants : par le passé, les orques avaient été capables d'essuyer des volées de flèches sans trop de dommages, mais les salves des mousquets les repoussaient efficacement.

Fletcher remarqua alors un voyageur solitaire qui venait de franchir les portes. Les cheveux grisonnants, la barbe mal taillée, le soldat était vêtu d'un uniforme rouge et blanc usé jusqu'à la corde, maculé de boue et de poussière, auquel il manquait la plupart de ses boutons de cuivre. Ses bottes étaient en tout aussi mauvais état, leurs semelles bâillant à chaque pas. Il n'était pas armé, ce qui était inhabituel pour quelqu'un qui accompagnait un convoi de marchandises, mais il tenait par la bride une mule qui croulait sous le poids de plusieurs sacs. Il devait être en route pour le front elfique – il paraissait en tout cas trop vieux pour combattre.

Intrigué, le garçon considéra l'inconnu qui avait entrepris de s'installer de l'autre côté de la chaussée, face à l'étal du forgeron. Il attacha sa mule au poteau de l'auvent voisin et lança un regard noir à son propriétaire avant que celui-ci ne puisse protester. Puis il déroula à même le sol une pièce de toile sur laquelle il disposa des objets à mesure qu'il les sortait de ses ballots.

Comme s'il avait deviné la curiosité de Fletcher, l'homme lui adressa un sourire édenté. Observant les marchandises que le soldat proposait, le garçon écarquilla les yeux. Pointes de flèches de silex barbelées de la taille d'une main, colliers de dents jaunâtres et d'oreilles desséchées, ou encore cornes de rhinocéros à l'extrémité desquelles était encastrée une pique de métal. Au centre de cet étalage hétéroclite trônait un crâne d'orque, deux fois plus gros que celui d'un humain, qui semblait avoir été poli et blanchi par le soleil de la jungle ; au-dessus des orbites vides, l'arcade sourcilière était étrangement proéminente, et les canines inférieures beaucoup plus imposantes que Fletcher ne se l'était imaginé, formant des défenses de huit centimètres de long. Tous ces objets étaient des trophées rapportés du front méridional ;

le soldat espérait sans doute les vendre dans les bourgs et les villages reculés des provinces du Nord, loin des combats.

Fletcher se tourna vers Berdon et le supplia du regard ; mais le forgeron, qui avait vu ce que proposait le nouveau venu, secoua la tête et désigna son étal. Le garçon poussa un soupir. La journée allait être longue.

4

Un petit attroupement s'était formé autour de l'étal du soldat – pour la plupart des enfants et des gardes qui n'avaient sans doute pas un sou en poche.

— Approchez ! braillait le camelot. Tout ce que vous voyez ici est authentique. Chacun de ces objets est associé à un récit à vous faire frémir… Estimez-vous heureux de vivre dans le nord de l'Empire !

Il prit une lance, la fit tournoyer très haut au-dessus de sa tête, puis la rattrapa avec dextérité.

— Un pagne de gremlin ou un anneau ayant appartenu à un orque fera peut-être votre bonheur ? Qu'en dites-vous, petit messire ? demanda-t-il à un garçonnet occupé à se curer le nez.

— C'est quoi, un gremlin ? s'enquit l'intéressé, les yeux agrandis par la curiosité.

— Les gremlins sont les esclaves des orques. On peut les comparer aux écuyers des chevaliers d'antan, qui pourvoyaient à tous les besoins de leurs maîtres. Ce ne sont pas des combattants, mais des êtres serviles par nature. Et ils ne sont pas plus hauts que ça, précisa-t-il en plaçant la main au niveau de son genou.

Comme la plupart des habitants du nord de l'Empire, Fletcher avait déjà entendu parler de ces créatures. Elles se tenaient debout, à l'instar des orques ; seul un morceau d'étoffe ceignait leur taille. On les reconnaissait à leurs grandes oreilles, semblables à celles des chauves-souris, à leurs longs nez tordus et à leurs doigts agiles et allongés, capables de retirer les escargots de leur coquille ou d'extraire des insectes de souches pourries. Les gremlins avaient le teint grisâtre, comme leurs maîtres, et possédaient de gros yeux saillants, aux pupilles dilatées.

— Où est-ce que vous avez trouvé toutes ces choses ? demanda l'enfant, s'agenouillant pour examiner l'étalage de plus près.

— Sur les soldats morts au combat. Là où ils sont désormais, ils n'en ont plus besoin. C'est ma façon à moi de vous donner un aperçu de la guerre.

— Vous êtes en route pour le front elfique ? s'enquit alors l'un des gardes.

Voyant qu'il s'agissait de Jakov, Fletcher se baissa derrière sa table. Si l'homme le remarquait, il chercherait sans doute à lui soutirer le prix du verre que le jeune homme avait promis de lui offrir. Or ce dernier n'avait pas la moindre envie d'entamer la somme économisée pour acquérir la pelisse tant convoitée.

— Oui, répondit le soldat, mais pas parce que je suis un vieux militaire dont l'armée cherche à se débarrasser. Apprenez que je suis le seul survivant de mon bataillon. Nous avons été pris dans une embuscade. Face aux orques, rares sont ceux qui s'en sortent.

Fletcher perçut une pointe de chagrin dans la voix de l'homme, sans pour autant être certain qu'il disait vrai.

— Que s'est-il passé, au juste ? insista Jakov, dubitatif, en toisant le soldat.

— Je préfère ne pas m'appesantir sur ces souvenirs douloureux, murmura son interlocuteur en évitant de croiser le regard du garde.

Il baissa la tête. La foule, sceptique, commença à se disperser en lançant des exclamations railleuses.

— Bon, très bien, attendez ! reprit le soldat, inquiet de voir des clients potentiels s'éloigner.

Pelt était le dernier village dans lequel il s'arrêterait avant de gagner le front elfique, où il aurait du mal à faire affaire avec les militaires, lesquels ne devaient connaître que trop bien la marchandise qu'il proposait.

— Mon bataillon et moi étions en mission de reconnaissance, afin de voir si le reste des troupes pouvait pénétrer dans la jungle, poursuivit-il avec l'assurance d'un conteur-né, tandis que les gens s'approchaient de nouveau. Nous nous frayions un chemin dans les broussailles, mais la nuit était si noire que nous faisions autant de bruit qu'un rhinocéros à la charge. Par miracle, il a fallu dix bonnes minutes à l'ennemi pour nous repérer.

Il se tut un instant et ses yeux se voilèrent, comme s'il se trouvait de nouveau dans la jungle, auprès de ses compagnons disparus.

— Et ensuite ? cria l'un des garçons.

Ce commentaire lui valut des réprimandes de la part de l'assistance, qui écoutait avec la plus grande attention.

— Notre mage-guerrier avançait en tête, car son démon était doté d'une excellente vision nocturne, mais nous ne cessions de trébucher. C'était une vraie mission suicide que l'on nous avait confiée, précisa-t-il en faisant tourner la pointe de sa lance entre ses doigts.

— Un invocateur vous accompagnait ? Vraiment ? l'interrompit Jakov, à présent impressionné. Ce n'était pas du gâchis ? Et moi qui croyais que l'armée impériale ne disposait que de quelques centaines d'entre eux…

— Les autorités militaires estimaient que cette mission périlleuse était de la plus haute importance, expliqua le soldat. Je ne connaissais pas très bien ce mage-guerrier, un individu plutôt aimable, qui manquait toutefois d'expérience. Il était fasciné par les chamans orquiens et ne cessait de nous demander ce que nous savions d'eux et de leurs démons. Il passait son temps à explorer les villages dévastés que nous traversions, à recopier les runes que les orques avaient peintes sur les parois de leurs cabanes et à consigner ces trouvailles dans un mystérieux journal.

Le soldat dut s'apercevoir de l'ennui de ses auditeurs, aussi s'empressa-t-il de revenir à son récit.

— Quoi qu'il en soit, nous nous sommes bientôt égarés, les nuages ayant caché les quelques étoiles qui nous avaient guidés jusque-là. Et quand la pluie s'est mise à tomber, notre sort a été scellé. Avez-vous déjà essayé de tirer avec un mousquet dont la poudre est mouillée ?

Il lâcha la lance et serra les poings, comme en proie à une vive émotion.

— Le javelot est l'arme de prédilection des orques. Quand l'un d'eux vous frappe, il vous projette en arrière aussi violemment qu'un boulet de canon, à moins de vous transpercer sur place avant de se ficher dans le soldat derrière vous. C'est ce qui nous est arrivé : une volée de javelots s'est abattue sur nous et nous a soulevés du sol, comme si le monde avait brusquement basculé. Je n'ai pas même eu le temps de voir nos assaillants, que la moitié de mes camarades gisaient déjà à terre. Je n'ai pas attendu la seconde volée : l'invocateur a détalé, et je l'ai suivi. Si quelqu'un était capable d'échapper à ce carnage, c'était lui. Nous avons filé aussi vite que possible derrière son démon qui voltigeait devant nous en stridulant.

— Quel genre de démon était-ce ? s'enquit Jakov.

— Je n'ai pas eu l'occasion de l'observer de près, surtout dans la pénombre, mais c'était une créature hideuse qui ressemblait à un scarabée. Toutefois, sans lui, je ne serais pas là aujourd'hui. Puis l'invocateur s'est écroulé, un javelot fiché dans le flanc. Il saignait abondamment. Je ne pouvais rien pour lui, alors je l'ai pris dans mes bras et je suis reparti, vu que son fichu démon refusait de l'abandonner dans la jungle. C'est quand même grâce à ce dernier que j'ai pu regagner les tranchées sain et sauf. À mon arrivée, je me suis rendu compte que le mage-guerrier avait succombé à sa blessure. Les officiers m'ont d'abord accusé d'avoir déserté : je leur ai expliqué que j'avais ramené un blessé et que le reste du bataillon avait été massacré. Et comme ils ne savaient pas quoi faire de moi, ils m'ont envoyé vers le nord. Pour seule consolation, j'ai pu garder le paquetage de l'invocateur, qui était rempli de certains des objets que vous avez sous les yeux. Mais vous n'avez pas encore vu son bien le plus inestimable…

Le soldat se mit à fouiller dans les sacs posés à ses pieds. Sans doute s'y prenait-il ainsi dans tous les villages où il proposait sa marchandise, séduisant les acheteurs avec ses récits avant d'exhiber l'objet le plus coûteux.

Pourtant, contrairement aux attentes de Fletcher, ce que le soldat tira de l'un des sacs avec un geste élégant n'était ni une tête réduite ni une dépouille de démon volant, mais un grimoire aux pages imprimées sur vélin, relié de cuir marron : le journal de l'invocateur !

5

Si le soldat avait espéré impressionner son public, il s'était fourvoyé. Dans un village de chasseurs tel que Pelt, rares étaient les habitants qui auraient été capables de déchiffrer ne serait-ce que les premières lignes de l'ouvrage. En revanche, Fletcher, à qui Berdon avait confié ses écritures et ses registres des années plus tôt, avait été contraint d'apprendre à lire et à compter. Les longues heures d'étude l'avaient certes empêché de sortir s'amuser aussi souvent qu'il l'aurait voulu, mais il était à présent très fier d'être instruit.

Le soldat au sourire édenté brandit le grimoire et le feuilleta, offrant à Fletcher, captivé, un bref aperçu d'une écriture serrée et de croquis alambiqués.

— Qu'est-ce que vous avez, à part ça ? demanda Jakov d'une voix qui trahissait sa déception.

— Des tas de trésors ! Mais celui-ci est le plus précieux de tous. Laissez-moi vous expliquer pourquoi…

L'assistance, certes décontenancée par l'objet, n'avait cependant pas l'intention de se priver d'un spectacle gratuit. Avec force hochements de tête, tous prièrent le soldat de poursuivre ; ce dernier bondit alors sur une caisse retournée.

— Le mage-guerrier dont je vous ai parlé n'était qu'un simple lieutenant, appartenant à un régiment à peine entraîné. Il s'était porté volontaire pour cette mission, mais je n'ai compris pourquoi qu'après avoir consulté ce livre : il était en quête d'un moyen qui lui permettrait d'invoquer de nouveaux démons…

Fletcher, qui l'écoutait, bouche bée, entendit Berdon toussoter derrière lui. Le garçon s'empressa de déplacer des armes sur son étal, lesquelles étaient déjà impeccablement disposées.

— Les chamans orquiens invoquent des démons de toutes sortes, mais ces derniers sont pour la plupart faibles et vils, incapables d'égaler ceux auxquels nos mages font appel. Et pourtant, même s'ils sont plus influents que les chamanes, les démons qu'ils peuvent capturer dans l'autre monde appartiennent à un petit nombre d'espèces, ce qui limite leur pouvoir. Ce mage-guerrier souhaitait apprendre à invoquer *d'autres* créatures, plus puissantes encore, par le biais de méthodes orquiennes.

Lors de son bref séjour dans le fort de la frontière, Fletcher avait entendu des récits terrifiants : certains démons se faufilaient jusqu'à vous sous le couvert de la nuit et vous tranchaient la gorge dans votre sommeil avant de s'éclipser ; d'autres, pareils à des chats sauvages, surgissaient toutes griffes dehors de la jungle et combattaient jusqu'à la mort sans se soucier des mousquets qui les criblaient de balles. S'il s'agissait là des créatures faibles et viles dont le vieux soldat venait de parler, qu'en était-il des puissants démons invoqués par les mages-guerriers chevronnés de l'Empire ?

— Faut-il donc croire que ce livre renferme un secret qui, une fois révélé, nous permettra de gagner la guerre ? lança une voix sarcastique. Ou bien fournit-il des instructions sur la manière d'invoquer nos propres démons ? Cet ouvrage vaudrait alors son pesant d'or !

C'était Didric, de retour de l'écurie. Sans doute était-il là depuis un bon moment.

— C'est vous qui le dites, mon bon monsieur ! répliqua le soldat en lui adressant un clin d'œil.

— Auquel cas, mieux vaudrait investir son argent dans ce grimoire que dans les armes de mauvaise facture proposées sur l'étal que voilà, railla Didric en indiquant la table de Fletcher.

Celui-ci rougit, mais, avant qu'il puisse riposter, l'autre garçon alla se placer au premier rang de l'assistance, donnant au passage un coup de pied désinvolte dans une corne de rhinocéros.

— Pourquoi ce mage-guerrier se serait-il porté volontaire s'il avait déjà découvert ce grand secret ?

Le soldat réprima une exclamation de surprise.

— L'invocateur désirait sans doute voir un démon orquien de près, voilà tout ! répliqua-t-il.

— Et si ce grimoire est aussi précieux que tu le prétends, à quoi bon essayer de le vendre à de pauvres villageois ? insista Didric. Quant aux instructions qu'il contient peut-être, tout le monde sait que seuls les individus de sang noble et une poignée de plébéiens un peu chanceux sont dotés de facultés d'invocation.

— Je ne connais pas la valeur de ce livre, car je ne lis pas couramment, et si je tentais de le céder à un mage-guerrier, il me serait aussitôt confisqué, vu que je l'ai pris à l'un d'entre eux, expliqua le soldat en affichant une mine des plus innocentes. Bien entendu, si je ne trouve pas preneur avant d'arriver sur le front elfique, il me faudra le remettre à un invocateur. Mais pour l'heure, rien ne m'empêche d'essayer de gagner un peu d'argent… Qui me le reprocherait ? N'oubliez pas que j'ai porté cet homme à travers la jungle et que j'ai fait mon possible pour lui sauver la vie.

Il baissa la tête, feignant la modestie, tout en épiant la foule derrière ses mèches de cheveux gras. Les gens restaient dubitatifs, ne sachant pour qui prendre parti. Didric était populaire, surtout quand l'argent de son père lui permettait de se montrer généreux à la taverne. Toutefois, le vieux soldat intriguait les villageois, qui avaient envie de croire à son histoire, même s'ils devinaient qu'ils avaient affaire à un affabulateur. Certains raillèrent même ouvertement Didric, ce qui fit sourire Fletcher, ravi que le fils de Caspar perde la face.

— Attends un peu, reprit pourtant le jeune homme. Tout à l'heure, tu as affirmé que tu n'avais compris les intentions du mage-guerrier qu'après avoir consulté son livre… Comment est-ce possible, puisque tu es, selon tes dires, à moitié illettré ? Tu n'es qu'un charlatan ! J'ai bien envie d'aller en informer les pinkertons. Et peut-être iront-ils même jusqu'à t'arrêter pour désertion.

Le marchand marmonna quelques paroles inintelligibles. Jakov, prêt à dégainer son épée, se tourna vers Didric.

— Tu as remis ce menteur à sa place, pour sûr !

— Le grimoire contient aussi des croquis… bafouilla le vieux soldat.

Mais cette tentative d'explication ne fit que lui attirer les quolibets de l'assistance. Didric leva alors la main pour intimer le silence et annonça :

— Je désire acquérir ce grimoire. Pure curiosité intellectuelle de ma part, car les richesses me laissent indifférent, précisa-t-il d'un ton pompeux, tandis que son habit brodé de fil d'or étincelait au soleil. Je viendrai le récupérer en fin de journée. Quatre écus, cela te convient ? Il se trouve que j'ai cédé une belle ramure pour ce même prix pas plus tôt que ce matin, crut-il bon d'ajouter en jetant un coup d'œil narquois à Fletcher.

Sans attendre de réponse, il partit, bombant le torse, suivi de Jakov. Le soldat le regarda s'éloigner, furieux ; puis, avec un soupir désabusé, il lâcha le livre sur le sol. Découragé par la victoire de Didric, Fletcher contempla les pages agitées par le vent. Il résolut de prendre sa revanche le soir même, d'une manière ou d'une autre.

6

Les heures s'écoulaient avec lenteur, et Fletcher s'ennuyait ferme. Le garçon n'en pouvait plus d'être coincé derrière sa table – à l'odeur âcre du métal brûlant s'ajoutaient les relents du crottin fumant des chevaux que ferrait le forgeron. Il n'avait vendu qu'une dague, pour la somme rondelette de douze écus d'argent – le client ayant préféré abréger son marchandage afin de s'éloigner au plus vite de l'étal, qui empestait.

Après sa déconvenue avec Didric, le vieux soldat s'était montré plus discret ; il avait toutefois réussi à se débarrasser de la plupart des articles disposés à ses pieds. Ne restaient plus que quelques babioles, une corne de rhinocéros et, bien entendu, le grimoire de l'invocateur. Fletcher était enclin à croire le récit du camelot, même s'il se doutait que le livre ne renfermait aucun secret digne d'intérêt. Il était cependant certain qu'il contenait des révélations fascinantes sur le quotidien d'un mage-guerrier, ce qui suffisait à susciter sa curiosité ; et il n'aurait pas hésité à l'acheter s'il n'avait pas désiré par-dessus tout la pelisse confectionnée par Janet.

Alors que Fletcher, depuis son étal, continuait d'observer le livre, il croisa le regard du soldat. Celui-ci lui sourit, traversa la rue d'un pas nonchalant et examina l'une des plus belles épées posées sur la table. S'emparant de l'arme, il la fit tournoyer devant lui avec une dextérité et une rapidité remarquables pour un individu de son âge.

— Combien coûte-t-elle ?

— Trente écus, annonça le garçon. Sans compter son fourreau, qui en vaut sept.

Fletcher détourna les yeux de la lame virevoltante afin d'observer l'autre main du soldat. Il connaissait tous les tours dont les voleurs étaient capables, et le comportement de ce client potentiel avait éveillé ses soupçons ; il aurait en effet suffi d'un instant d'inattention de la part du garçon pour que le soldat en profite pour glisser une petite dague dans sa poche.

— Je la prends, finit par déclarer l'homme. Elle est parfaitement équilibrée et son tranchant bien affûté. Elle sera en tout cas beaucoup plus efficace que les jolies rapières avec lesquelles paradent nos officiers. Tu crois qu'il suffit de transpercer un orque pour l'empêcher de t'arracher la tête ? Autant essayer de trucider un loup au moyen d'un cure-dents ! Ce qu'il faut, c'est viser les jambes de ces monstres. Il est vrai que ce n'est pas sur le front elfique que j'aurai besoin d'une bonne épée… mais, que veux-tu, les vieilles habitudes ont la vie dure, ajouta-t-il en plantant la pointe de l'arme dans le sol.

Il tira une bourse de son gilet et compta les pièces, tandis que Fletcher lui tendait le fourreau, sobrement taillé dans un solide morceau de chêne enveloppé de cuir brut.

— On ne marchande pas, dans la région d'où vous venez ? demanda le garçon après avoir pris l'argent.

— Bien sûr que si. Mais la façon dont ce jeune abruti a parlé de ton étal m'a déplu. L'ennemi de mon ennemi est mon ami, c'est bien ce qu'on dit, non ? J'aimerais que les elfes voient les choses sous cet angle, eux aussi. Avec eux, l'adage est plutôt le suivant : puisque l'ennemi de mon ennemi est vulnérable, profitons-en pour le poignarder dans le dos.

Fletcher resta silencieux, hésitant à se lancer dans une discussion portant sur la politique de l'Empire ; pareil débat aurait pu inciter certains villageois à s'en mêler et les clients se seraient alors éloignés – à Hominum, de nombreux sujets considéraient les elfes d'un bon œil.

— Votre histoire m'a intéressé, finit-il par dire. Mais, sans vouloir vous offenser… est-ce que tout ce que vous avez raconté était vrai ?

Fletcher fixa l'homme droit dans les yeux. Celui-ci soutint son regard un instant avant d'esquisser un sourire.

— J'ai sans doute un peu enjolivé mon récit, reconnut-il. Toutefois, même si je ne lis pas couramment, j'ai examiné cet ouvrage et, d'après ce que j'ai pu comprendre, ce mage-guerrier étudiait les orques afin d'en apprendre davantage sur leurs techniques d'invocation. Les pages sont couvertes de symboles orquiens et de divagations à moitié traduites à propos de leurs clans et de leurs ancêtres. Il y a aussi des croquis de leurs démons, très réussis. Cet homme n'était peut-être pas un invocateur des plus doués, mais il savait dessiner.

Le soldat prit une dague posée sur la table et se servit de sa pointe pour se curer les ongles.

— C'est quand même dommage. J'aurais bien aimé trouver preneur dans ce village. Il va falloir que je cède ce livre pour trois fois rien sur le front elfique. Certains militaires sont fascinés par les mages-guerriers, mais aucun d'eux n'a un sou en poche. Je pourrais peut-être leur vendre les pages une à une…

Cette idée parut lui plaire, car il opina du chef à plusieurs reprises.

— Vous oubliez Didric, le garçon qui a décidé de l'acheter, répondit Fletcher. Son père a invité les pinkertons qui accompagnent le convoi à séjourner chez lui. Si vous refusez de remettre le grimoire à son fils, vous risquez de vous attirer des ennuis…

— Ne t'en fais pas, j'ai affronté des adversaires plus redoutables que ce morveux arrogant ! Ces deux pinkertons me connaissent, et ils ne sont pas venus me chercher querelle quand ils m'ont vu en train d'essayer de vendre ce grimoire dans d'autres villages. Ils aiment bien les soldats, vois-tu. Ils s'imaginent qu'on est taillés dans la même étoffe qu'eux, alors qu'ils ne sont bons qu'à rouer de coups les pauvres nains qui s'avisent de les regarder de travers. Face à un orque, un pinkerton se contenterait de faire dans son froc, précisa-t-il en fronçant le nez.

— J'espère ne rien manquer de ce qui va se passer quand Didric reviendra chercher le livre. J'ai hâte de voir la tête qu'il fera lorsque vous l'enverrez balader !

Le soldat lui adressa un clin d'œil, puis glissa l'épée dans son fourreau et regagna d'un pas tranquille son étal en sifflotant un air militaire. La mine réjouie, le garçon le regarda s'éloigner en se frottant les mains.

7

Le soleil commençait à se coucher, et le soldat était d'excellente humeur : tous ses articles avaient trouvé preneur – ne restait plus que le grimoire, qu'il avait laissé au centre du morceau d'étoffe déployé à ses pieds. Le jour durant, il avait vanté la marchandise de Fletcher auprès de ses clients, de sorte que le garçon avait réussi à vendre deux autres dagues, ainsi qu'une petite épée.

— Que dirais-tu d'aller fêter notre bonne fortune à la taverne ? proposa le soldat en traversant de nouveau la chaussée.

— C'est d'accord, répondit Fletcher. Mais avant, j'ai une course à faire, ajouta-t-il avec un sourire, agitant devant lui une bourse bien garnie.

— Tu comptes m'acheter le livre du mage-guerrier ? demanda l'homme avec une pointe d'espoir dans la voix.

— Non, je suis navré. Si j'avais de quoi, je n'hésiterais pas à l'acquérir. Seulement, j'ai juste assez pour une pelisse. Et comme l'étal que je tiens appartient à mon maître, Berdon, c'est à lui que revient l'argent que j'ai gagné aujourd'hui, précisa-t-il en désignant le forgeron.

L'intéressé, occupé à ferrer un cheval dont il tenait l'un des fers entre ses grosses mains, releva brièvement les yeux et adressa un signe de tête respectueux au soldat.

— Je m'appelle Fletcher. Et vous ?

— Mon nom de famille est Rotherham, et mes compagnons me surnomment Rotter, répondit le vieil homme en échangeant une poignée de main ferme et vigoureuse avec le garçon.

Celui-ci sentit la paume calleuse frotter contre la sienne. L'homme lui paraissait honnête. « On en apprend beaucoup sur quelqu'un quand on lui serre la pogne », disait souvent Berdon.

— Tu peux y aller, Fletcher, annonça alors le forgeron. Tu as assez travaillé pour aujourd'hui. Je rangerai tout à ta place.

— Tu es sûr que ça ne t'ennuie pas ? s'enquit le garçon, pourtant impatient de s'éloigner enfin des chevaux et de se rendre à la taverne, où il espérait que le soldat lui ferait le récit de ses exploits guerriers.

— Fiche le camp avant que je change d'avis ! rétorqua Berdon d'une voix forte.

De joyeuse humeur, Fletcher descendit la grand-rue en compagnie de Rotherham. Malheureusement, alors qu'il était encore assez loin de l'étal de Janet, il remarqua que la pelisse ne se trouvait plus sur la table, et le découragement l'envahit. La jeune femme, en train de compter sa recette, lui jeta un bref coup d'œil.

— Je sais ce que tu vas me demander, Fletcher. Ce n'est pas ton jour de chance, j'en ai bien peur… J'ai vendu la pelisse il y a moins d'une heure. Mais ne t'inquiète pas : je commencerai à en confectionner une autre dès demain, et celle-ci, je te la réserverai. Tu l'auras d'ici quelques semaines, d'accord ?

Les poings serrés, le garçon acquiesça, comprenant qu'il lui faudrait se montrer patient.

— Viens donc, petit gars, je vais te payer un verre, dit Rotherham en le gratifiant d'une tape sur l'épaule.

Ravalant sa déception, Fletcher s'efforça de sourire.

— De toute façon, la saison de chasse est bientôt terminée, et cette pelisse ne m'aurait pas servi bien longtemps cet hiver. Je vais maintenant passer plus de temps dans la forge, vu que Berdon doit fabriquer de nouvelles épées en prévision de ma prochaine expédition sur le front elfique.

— Même si les soldats qui s'y trouvent ne risquent pas de les utiliser souvent ! s'esclaffa Rotherham.

La salle de la taverne était bruyante et bondée. Fletcher et son compagnon réussirent toutefois à se frayer un chemin dans la foule sans renverser leurs chopes de bière sur le plancher déjà sale et poisseux ; ils s'installèrent dans un coin plus paisible, devant une table branlante flanquée de deux tabourets.

— Ça vous ennuie si je vous pose des questions sur la guerre ? demanda Fletcher. À moins que vous ne préfériez éviter d'aborder ce sujet…

Il se rappelait l'émotion visible de l'homme à l'évocation de ses compagnons disparus dans la jungle.

— Absolument pas, mon garçon. Je me suis engagé voici des dizaines d'années, et la guerre, c'est toute ma vie. Je n'aurais pas grand-chose d'autre à raconter, ajouta-t-il avant d'avaler une rasade de bière.

Quelques gouttes coulèrent dans sa barbe, qu'il essuya du revers de la main. Puis il claqua les lèvres et poussa un long soupir.

— On raconte que nos positions s'affaiblissent, reprit Fletcher, tandis que les orques se montrent plus téméraires et mieux organisés. Qu'en est-il ?

Il avait baissé le ton, sachant que des propos pareils auraient pu lui valoir d'être accusé de trahison. C'était entre autres pour cette raison que les nouvelles du front orquien arrivaient rarement jusqu'à Pelt.

— Mes sources sont sans doute plus sûres que les tiennes, même si je n'ai pas de faits précis à t'offrir, répliqua le soldat en se penchant vers son compagnon. Mais j'ai entendu dire qu'un orque aurait réussi à unir les tribus sous une seule bannière. On ne sait pas grand-chose à son sujet, simplement qu'il s'agit d'un albinos d'une taille prodigieuse. Les siens le considèrent comme une sorte de sauveur et le suivent sans discuter. Seul un autre orque a déjà joui d'un statut semblable, il y a deux millénaires, lors de la Première Guerre orquienne. C'est à cause de cet albinos que les chamans partagent désormais leurs savoirs et leurs pouvoirs : ils sont maintenant capables d'envoyer des hordes de démons contre l'armée impériale et de la bombarder de boules de feu nuit après nuit.

Les yeux écarquillés, Fletcher en oubliait de boire. La situation était pire qu'il l'avait imaginé. Rien de surprenant à ce que l'empereur ait décidé de gracier des forçats pour grossir ses troupes.

— Il arrive aussi que les orques franchissent nos lignes défensives pour envoyer quelques bataillons au cœur même d'Hominum. Nos régiments finissent toujours par les intercepter, mais jamais assez vite. J'ai vu tant de villages réduits en cendres, leurs habitants massacrés jusqu'au dernier…

— Je suis content de vivre si loin au nord, murmura Fletcher en essayant de chasser ces images atroces de son esprit.

— Ils se débarrassent des vétérans comme moi, mettent un mousquet entre les mains d'un gamin et lui annoncent qu'il est maintenant un vrai guerrier, poursuivit Rotherham. Et quand les orques partent à la charge, le carnage est terrible ! Avec un peu de chance, les jeunes soldats ont tout juste le temps de tirer une salve avant de tourner les talons et de fuir. Ils font honte à voir ! s'exclama-t-il en frappant du poing sur la table. Ils sont trop nombreux à mourir, tout ça par la faute de l'empereur. C'est à cause d'Hominum que le conflit a pris une telle ampleur. Quand Alfric, l'ancien souverain, a abdiqué en faveur de son fils Harold, ce dernier a lancé des opérations de déboisement qui l'ont obligé à envoyer ses soldats toujours plus loin dans les jungles.

Il se tut, les yeux baissés vers sa chope. Puis il but à grandes lampées avant de reprendre la parole.

— Je vais te dire une chose : sans les invocateurs, on serait dans un beau pétrin. Ces types ont une trop haute opinion d'eux-mêmes, mais on n'a jamais autant eu besoin d'eux. Leurs démons surveillent la frontière, les avertissant en cas d'assaut imminent, et les plus imposants sont capables d'arrêter un rhinocéros à la charge, mieux qu'un boulet de canon ou qu'une centaine de mousquets. Quand, au beau milieu de la nuit, des boules de feu se mettent à pleuvoir, les mages-guerriers nous protègent au moyen d'un immense bouclier : une sorte de dôme en verre qui illumine le ciel. Vrai, il lui arrive de se fissurer ; au moins, on peut fermer l'œil durant quelques heures. Que Dieu bénisse ces prétentieux, car ils nous rendent de fiers services ! ajouta-t-il, levant sa chope en leur honneur.

Se donnant une claque sur la cuisse, il termina sa bière d'un trait. Alors qu'il se redressait afin d'aller en commander une autre au comptoir, une main se posa lourdement sur son épaule, l'obligeant à se rasseoir.

— Ma foi, j'aurais dû me douter que vous deviendriez les meilleurs amis du monde ! déclara Didric, un sourire ironique aux lèvres. Le dicton qui affirme que les serpents ne se déplacent jamais seuls serait donc vrai…

Jakov ôta sa main de l'épaule de Rotherham et la frotta ostensiblement sur son pantalon – geste qui lui valut un petit gloussement de la part de son jeune compagnon. Tous deux avaient revêtu l'uniforme de la garde : une tunique orange portée sous une cotte de mailles qui chatoyait à la lueur des torches.

— Il me semble que nous avions passé un marché, toi et moi, reprit Didric. Tiens, voici les quatre écus. C'est plus que tu ne mérites, mais je sais me montrer charitable envers les plus démunis, n'est-ce pas, Jakov ? demanda-t-il en lançant les pièces sur la table.

Le garde ricana en opinant du chef. Fletcher laissa alors échapper un grognement : Jakov était à peine plus riche que lui… Il avait le visage rougi par les nombreux verres qu'il avait vidés ce soir-là ; Didric avait dû l'inciter à boire plus qu'à l'accoutumée afin de le mettre dans sa poche. Et Jakov, qui aurait été capable d'assassiner père et mère en échange de quelques écus, avait dû se laisser convaincre sans mal.

Sans faire mine de prendre l'argent, Rotherham se contenta de fixer Didric, lequel parut soudain mal à l'aise.

— On a conclu un marché, insista-t-il. Ce n'est pas ma faute si tu es un charlatan. Tu as de la chance de ne pas avoir été arrêté pour désertion. À l'heure qu'il est, tu pourrais être enchaîné au fond d'une geôle, sur le point d'être jugé, précisa-t-il, reculant d'un pas pour se placer derrière Jakov.

Fletcher avait deviné que Didric n'avait pas embauché le garde pour sa vivacité d'esprit : celui-ci, presque aussi costaud que Berdon, dépassait Rotherham de deux têtes au moins. Quant à Didric, il était lui aussi plus grand que Fletcher et son corps empâté deux fois plus large que le sien.

Le soldat continuait d'observer Didric d'un air impassible, son regard d'acier paraissant transpercer le visage joufflu du garçon. La tension monta d'un cran quand Jakov porta la main à la poignée de son épée.

— Fouille dans sa sacoche, le grimoire doit s'y trouver, ordonna Didric d'une voix qui manquait cependant d'assurance.

Alors que le garde s'avançait pour s'emparer du sac aux pieds de Rotherham, celui-ci se leva brusquement. Jakov et Didric reculèrent d'un pas. Fletcher se redressa à son tour, le cœur battant. Il éprouva une pointe de satisfaction à la vue de l'expression alarmée de Didric.

— Tu comptes dégainer ta lame ? J'espère pour toi que tu sais la manier, gronda Rotherham, posant la main sur le pommeau de l'épée achetée le jour même.

Didric blêmit. Il ne s'était pas attendu à ce que le vieux camelot soit armé. Il dévisagea le soldat, puis Jakov, et dut comprendre que, s'ils se battaient en duel, le premier l'emporterait sans mal.

— On va régler ça à mains nues, annonça-t-il en débouclant sa ceinture, qui tomba sur le plancher.

Jakov l'imita sans hésiter.

— Oui, ça vaut mieux, répliqua Fletcher en levant les poings. Je sais combien tu répugnes à salir ton bel uniforme.

Rotherham acquiesça en grommelant et posa son fourreau sur la table.

— Ça fait longtemps que je ne me suis pas bagarré dans une taverne ! affirma-t-il avec entrain avant de saisir la chope de Fletcher et de la porter à ses lèvres. Avec des abrutis pareils, tous les coups sont permis, chuchota-t-il à l'oreille du garçon. Frappe au visage !

Sur ce, il pivota sur ses talons, jeta de la bière à la figure de Jakov, puis, vif comme l'éclair, allongea un coup de genou dans l'entrejambe du garde, qui se plia en deux. Dès que celui-ci se redressa, Rotherham lui donna un coup de tête sur l'arête du nez.

Fletcher n'avait pas attendu pour frapper Didric, dont le gros visage était une cible facile : il lui assena un premier coup sur le nez, qui rougit comme une tomate trop mûre. Indifférent à la douleur lancinante qui avait envahi ses doigts, Fletcher profita de son élan pour heurter de l'épaule la poitrine de son adversaire, qui roula à terre, l'entraînant dans sa chute. Alors que les deux garçons luttaient sur le plancher poisseux, Didric parvint à tirer avantage de son poids : il passa un bras autour du cou de Fletcher, exerçant une pression telle que celui-ci se crut sur le point de perdre connaissance. Dans un dernier effort, il réussit à enfoncer les dents dans le poignet de Didric, le mordant avec une telle férocité que le garçon retira son bras en poussant un hurlement strident. Soulagé, mais encore étourdi, Fletcher décocha un coup de coude dans le flanc de son opposant avant de se retourner.

Sans attendre, l'autre garçon se jeta sur lui et tenta de le plaquer au sol. Cette fois, Fletcher se tenait prêt : il fit une roulade qui l'amena au-dessus de Didric et referma les doigts autour de son cou, l'étranglant de toutes ses forces. Le garçon essaya de se débattre avant de porter la main à son côté.

— Attention ! prévint Rotherham.

Fletcher recula d'un bond. Juste à temps : une dague à la lame recourbée effleura son abdomen. Quelques gouttes de sang tachèrent sa tunique, pourtant il savait qu'il ne s'agissait que d'une éraflure. Didric se releva et essaya de lui porter un autre coup de dague, mais Fletcher l'esquiva. Au même instant, Rotherham posa la pointe de son épée sur la gorge de Didric.

— Tu avais dit « à mains nues », il me semble ? gronda-t-il en le repoussant.

Le garçon trébucha sur Jakov qui gisait à terre, inconscient. Fletcher se rendit alors compte que tous les clients de la taverne avaient les yeux braqués sur eux.

— Qu'en dis-tu, Fletcher ? demanda le soldat. Pourquoi ne pas lui infliger ce qu'il a tenté de te faire ? Si je ne l'avais pas vu prendre sa dague, tu serais en train de te vider de ton sang, déclara-t-il d'une voix forte afin d'être entendu de tous.

Des murmures désapprobateurs s'élevèrent.

— Non, mieux vaut en rester là : sachons nous montrer charitables envers les plus démunis, répliqua Fletcher, méprisant, en faisant signe à son compagnon de baisser sa lame.

Avant même qu'il ait achevé sa phrase, Didric abandonna son épée et Jakov, poursuivi par les moqueries des autres clients, détala en direction de la porte qu'il claqua derrière lui.

— Allez, partons, reprit Fletcher en se tournant vers Rotherham. Tu dormiras dans la forge. C'est le seul endroit où tu seras en sécurité cette nuit.

8

Ébloui par la lumière grise qui entrait par la fenêtre, Fletcher regretta aussitôt d'avoir ouvert les yeux. Grelottant, son souffle formant de petits nuages de vapeur dans l'air glacial, il se leva pour aller la fermer. Il avait dû oublier de le faire quand il était rentré la veille, quelque peu éméché. Encore ensommeillé, il parcourut la pièce du regard. Où était Rotherham ? Les fourrures que le garçon lui avait prêtées étaient empilées dans un coin. Soudain inquiet, Fletcher sortit et découvrit que la mule du soldat avait disparu. En rentrant dans la forge, il remarqua Berdon près de son enclume, les bras croisés, une expression perplexe sur le visage.

— Enfin réveillé ?

Fletcher hocha la tête, incapable de répondre, tandis qu'une vague nauséeuse l'assaillait. Il se promit de ne plus jamais boire une goutte de bière.

— Avant son départ, le soldat m'a raconté ce qui vous est arrivé. Je n'aime guère que tu te bagarres, et ça me déplaît d'autant plus que tu es passé à deux doigts de la mort ! Mais je suis content que tu aies donné une bonne raclée à ce petit morveux.

D'un geste affectueux, il ébouriffa les cheveux du garçon, qui vacilla avant d'être pris d'un terrible haut-le-cœur : il sortit en courant et rendit le contenu de son estomac sur les pavés de la grand-rue.

— Tu l'as bien cherché ! s'esclaffa Berdon. Que ça te serve de leçon ! Tu verras, quand tu essaieras l'eau-de-vie : tu regretteras amèrement de ne pas te sentir aussi bien que ce matin.

Fletcher laissa échapper un gémissement. Après avoir ramassé les fourrures sous lesquelles Rotherham avait dormi, il alla s'affaler sur son lit.

— Je crois que ça va mieux, marmonna-t-il en s'essuyant la bouche du revers de la main.

— Et avec ce que tu leur as laissé devant la porte, les rats vont se régaler ! ajouta Berdon depuis la forge. Je vais te faire cuire des saucisses et aller puiser de l'eau.

Fletcher roula sur le flanc et s'assoupit un moment. Alors qu'il se tournait pour trouver une position plus confortable, il sentit un objet pointu contre ses côtes. Il le saisit à tâtons et ouvrit les yeux.

C'était un sac de toile sur lequel était épinglé un morceau de parchemin. Fletcher l'arracha et s'efforça de déchiffrer l'écriture presque illisible.

FLETCHER

ON S'AI BIEN AMUSÉ TOI É MOI, J'OUBLIERAI JAMÈ CETTE SOIRÉ. J'ESPÈRE QUE MON CADO D'ADIEU TE FERA PLÈSIR.

ROTTER

Le soldat n'avait pas menti quand il avait reconnu savoir à peine lire et écrire, mais Fletcher n'eut aucun mal à comprendre son message. Rotherham s'était éclipsé sans lui dire au revoir – il lui avait cependant offert un souvenir de leur rencontre. Le garçon ne s'en formalisa pas : il était certain de revoir le vieux soldat sur le front elfique – même s'il se demandait déjà ce qu'il ferait d'un pagne de gremlin, à supposer que ce soit le présent laissé par son compagnon de la veille.

Il dénoua la cordelette qui fermait le sac et y plongea la main. Il sentit alors sous ses doigts quelque chose d'épais et de rectangulaire. Non, impossible… Fletcher réprima une exclamation de surprise. C'était bel et bien le grimoire de l'invocateur !

Il caressa la couverture de cuir souple, suivant de l'index le pentacle qui y était gravé – un simple cercle contenant une étoile à cinq branches, ces dernières constellées de symboles plus insolites les uns que les autres. En feuilletant l'ouvrage, il découvrit que les pages étaient couvertes d'une écriture fine et soignée, interrompue par des croquis représentant des signes mystérieux ou d'étranges créatures. Le livre, aussi épais qu'un lingot d'or, devait peser le même poids. Il faudrait des semaines à Fletcher pour déchiffrer son contenu.

En entendant Berdon s'affairer devant l'âtre, le garçon s'empressa de glisser le grimoire sous ses fourrures. Une minute plus tard, le forgeron entra dans la chambre et déposa, avec un soin exagéré, une assiette sur le lit. Les saucisses étaient parfaitement grillées, assaisonnées de sel et de poivre.

— Avale donc ça, tu te sentiras mieux, conseilla Berdon avec un sourire encourageant avant de regagner la pièce principale.

En dépit de l'odeur alléchante qui planait dans l'air, Fletcher tourna le dos à son assiette et s'empara de nouveau du livre. S'en échappa alors une feuille dont la texture, différente des autres, ressemblait à du vieux cuir tanné. Le garçon ouvrit le grimoire à l'emplacement qu'elle marquait et découvrit le texte suivant :

Cela fait maintenant un an que sire Étherington m'a ordonné de commencer mes recherches, mais je suis loin d'avoir trouvé un nouveau moyen d'accéder à l'Éther. Les pentacles qu'emploient les chamans orquiens reposent sur des codes distincts des nôtres, j'en suis désormais convaincu, et recèlent des énigmes que je peine à percer. C'est en vain que je me suis évertué à recréer ces pentacles, mais je suis certain que si je pouvais me risquer en territoire inconnu, dans une jungle qui n'aurait pas encore été profanée par Hominum, je découvrirais des indices me permettant de mieux les appréhender. Aussi faut-il que je m'efforce de franchir les premières lignes ; sans doute aurais-je alors la chance d'assister à une séance d'invocation orquienne, ou même d'avoir un aperçu de leurs pentacles. Il est essentiel de découvrir les codes dont ils se servent.

Ma quête s'est aujourd'hui révélée fructueuse, mais pas de la manière dont je l'espérais. Dans la hutte où je loge, sur ce campement anciennement occupé par des orques, j'ai exhumé une incantation gravée sur un parchemin en peau humaine. Chose étonnante, j'ai pris grand plaisir à traduire ce document : le langage orquien est certes rudimentaire et moins raffiné que le nôtre, mais il en émane une beauté sauvage que je ne saurais m'expliquer.

J'ai cru comprendre qu'en récitant la formule que contient ce parchemin, l'invocateur se voit attribuer un démon. Il est fort probable que ce dernier soit une créature peu évoluée qu'un chaman expérimenté aura offerte à un apprenti afin de l'instruire dans les arts magiques. Je tiens là l'occasion d'observer, encore une fois, un démon originaire d'une région inexplorée de l'Éther. Et si je l'étudie minutieusement, sans doute ce parchemin m'indiquera-t-il la voie à suivre. Chacun de mes échecs ne fait que renforcer ma détermination ; toutefois, je continue d'avoir le sentiment que mes confrères considèrent ma mission comme une perte de temps. Mais bien que mon démon soit faible, je prouverai à ces médisants que je mérite mon statut d'officier... tout autant que les individus de sang noble.

Il me faut partir à présent, mon commandant vient de me convoquer dans son pavillon. Ce sera peut-être là l'occasion de m'aventurer en territoire ennemi et je...

Les derniers mots étaient indéchiffrables, comme si leur auteur les avait ajoutés dans la précipitation. Fletcher consulta la première page du grimoire, sur laquelle était inscrit en lettres dorées : *Journal de James Baker* – un patronyme généralement porté par des plébéiens. Or seule une poignée d'entre eux avait le don d'invocation. Quelques années plus tôt, par le plus grand des hasards, un jeune palefrenier, après avoir lu à haute voix une formule magique, avait fait apparaître un démon. Depuis, l'Inquisition vérifiait si les garçons et les filles de l'âge de Fletcher possédaient ne serait-ce qu'une once de pouvoir leur permettant d'invoquer un démon et de le contrôler. Pelt était néanmoins trop éloigné de Corcillum pour que les inquisiteurs fassent le déplacement.

Fletcher grimaça en prenant conscience que le parchemin avait été confectionné avec de la peau humaine. Le couvraient des runes primitives sous lesquelles le mage-guerrier, de son écriture soignée, avait retranscrit leur prononciation de manière phonétique.

Un grand sourire aux lèvres, le garçon s'empara enfin de son assiette et entreprit de déguster les saucisses tièdes. Il savait déjà ce à quoi il s'essaierait, le soir venu…

9

Encore une fois, Fletcher se demanda ce qui avait bien pu le décider à se faufiler jusqu'au cimetière au beau milieu de la nuit. Ce n'était pas comme si quelque chose risquait de se passer. Les plébéiens possédant des facultés d'invocation montraient souvent des signes ténus de ces aptitudes avant même que les inquisiteurs ne les évaluent ; certains étaient par exemple capables de déplacer de petits objets par la pensée ou de produire, au bout de leurs doigts, de minuscules étincelles. Fletcher, lui, était persuadé de n'être doté d'aucun talent particulier.

L'aventure promettait cependant d'être excitante et, une fois qu'il aurait lu l'incantation, peut-être serait-il capable de vendre le parchemin sur le front elfique sans regretter de ne pas avoir au moins essayé. Du reste, quand il reverrait Rotherham, il partagerait les bénéfices avec lui. Après tout, le soldat s'était montré généreux, et Fletcher lui devait beaucoup.

Il s'assit sur une pierre tombale fissurée et déposa le grimoire devant lui, sur une vieille souche. Alors qu'il effleurait la feuille parcheminée, il se rendit compte, horrifié, que les symboles, afin que la peau puisse cicatriser, avaient dû être gravés sur la victime encore en vie. Cette pensée macabre lui arracha un frisson. Ensuite, le garçon examina les mots inscrits sur la page, une simple liste de syllabes qui évoquaient les notes de la gamme. De quel genre de langage s'agissait-il donc ? Et si les orques s'étaient contentés de traduire ce code à partir d'une autre langue que la leur ?

— *Di rah go mai lo fa lo go rah lo…*

Il se sentit d'abord un peu ridicule – heureux de savoir que personne, hormis les fantômes des villageois, n'assistait à cette tentative –, puis, sans qu'il s'y attende, les syllabes se mirent à fuser de sa bouche comme s'il les connaissait par cœur. Une sensation d'ivresse lui monta à la tête, nimbant son corps d'une agréable chaleur ; mais, plutôt que de l'étourdir, ce qu'il éprouvait lui donnait l'impression de tout percevoir en pleine clarté, comme lorsque l'on contemple les eaux calmes et limpides d'un lac de montagne. Dans l'esprit du garçon, cette suite de mots incompréhensibles s'apparentait à une formule mystique, chacun succédant aux autres de manière presque mélodieuse.

— *Fai lo so nei di roh…*

Il finit par atteindre la syllabe ultime du parchemin. Une émotion l'étreignit alors, qu'il reconnut d'emblée : celle qui l'assaillait lors d'une brève seconde de lucidité quand il s'apprêtait à décocher une flèche. Cette fois, cette sensation décuplée se prolongea, familière et inédite, lui offrant un regard neuf sur tout ce qui l'entourait : les couleurs lui parurent plus vives, presque irisées, et les fleurs hivernales qui poussaient entre les tombes diffusaient une lumière éthérée.

Le cœur battant à tout rompre, Fletcher sentit une chose s'insinuer dans son esprit, d'abord avec hésitation, puis avec une telle force qu'il tomba à genoux.

Quand il releva la tête, il vit la couverture du grimoire qui scintillait devant lui ; les lignes du pentacle se mirent à rougeoyer. Un orbe d'un bleu lumineux apparut, flottant à quelques centimètres au-dessus de l'ouvrage : d'abord un point aussi petit qu'une luciole, lequel enfla ensuite pour atteindre la taille d'un gros galet. Ébloui, le garçon se couvrit les yeux tandis que s'intensifiait la luminosité de la sphère étincelante. Un rugissement pareil aux flammes qui dansaient dans la forge de Berdon retentit, lui martelant le crâne.

Après un temps qui lui parut durer des heures, le silence retomba. De nouveau plongé dans l'obscurité, Fletcher se crut mort. Toujours agenouillé, le front plaqué contre la terre humide, il inspira afin de se convaincre qu'il était encore en vie, et détecta une odeur de soufre.

Un léger pépiement l'incita alors à redresser la tête.

Un démon était accroupi sur un petit monticule herbeux, à deux pas du grimoire. Sa queue fouettait l'air, telle celle d'un chat sauvage, et il serrait dans ses griffes les vestiges d'une sorte de scarabée marron luisant – sans doute une créature qu'il avait chassée dans l'autre monde et qu'il grignotait à présent comme un écureuil une noisette, la carapace de l'insecte crissant entre ses mâchoires. De la taille d'un gros furet au corps souple, pourvu de pattes assez longues pour lui permettre de se déplacer avec la grâce d'un loup plutôt que de détaler comme un lézard, le démon avait une peau lisse de la couleur d'un bon vin. Fletcher remarqua non sans surprise qu'il n'avait pas de dents ; son museau était un peu aplati, comme celui d'une tortue. Il s'en servit pour briser un dernier morceau de carapace avant de porter son regard sur le garçon, qui lut une intelligence redoutable dans ses yeux ambrés, larges et arrondis, pareils à ceux d'un hibou.

Blême, Fletcher recula vivement contre la pierre tombale. Poussant un cri strident, la créature se faufila derrière la souche sans cesser de battre l'air de sa queue, laquelle se terminait par une sorte d'aiguillon acéré, semblable à une fine pointe de flèche. Le démon lui jeta un regard furtif. Et lorsque ses yeux jaunes croisèrent ceux de Fletcher, celui-ci perçut une sensation étrange à la périphérie de sa conscience – la présence d'un esprit distinct du sien et pourtant lié à lui. Une curiosité irrépressible s'empara du garçon, alors même qu'il n'avait qu'une idée en tête : fuir au plus vite.

Tout à coup, le démon bondit mollement au-dessus de la souche, atterrit sur la poitrine palpitante de Fletcher et l'observa avec intérêt. Le souffle coupé, le jeune homme paralysé resta assis contre la pierre tombale tandis que la créature, laissant échapper des gazouillis inintelligibles, lui tapotait la tête. Puis le démon poussa un autre cri aigu et entreprit de grimper le long du corps du garçon, enfonçant ses griffes dans l'étoffe de sa tunique pour venir s'enrouler autour de son cou, comme un serpent. Fletcher sentit la peau douce et chaude de l'abdomen de la créature contre sa nuque, son souffle brûlant dans son oreille, et vit la queue s'agiter devant son visage : le démon s'apprêtait à l'étrangler…

10

Trois heures du matin avaient sonné à la cloche du village, et Fletcher commençait à avoir froid ; il réprima un frisson, par crainte de déranger le démon. Des volutes de vapeur jaillissaient des narines de la créature, et sa poitrine se soulevait sur un rythme régulier, tandis que le garçon entendait la douce susurration de son souffle chaud. C'était presque comme si… oui, comprit enfin Fletcher, le démon s'était endormi !

Lorsqu'il essaya de la retirer de son cou, la bête gronda dans son sommeil et resserra son emprise, ses griffes se crispant près de la gorge du jeune homme. Dès que ce dernier ôta ses doigts, la créature se détendit de nouveau en laissant échapper une sorte de gazouillis de contentement.

Fletcher se redressa en prenant soin de ne pas tourner la tête, comme s'il lui fallait marcher avec une cruche en équilibre sur le sommet du crâne. Il s'accroupit non sans mal devant le grimoire posé sur la souche, glissa le parchemin entre deux pages, puis serra l'ouvrage contre lui. Il en aurait probablement besoin s'il voulait apprendre à contrôler cette créature.

À cet instant, il perçut des éclats de voix et vit une lumière vacillante qui se rapprochait. Était-ce lui que l'on recherchait ? Quelqu'un avait-il entendu un bruit ou distingué l'orbe bleu dans le lointain ? Cela aurait été surprenant, étant donné que le cimetière était situé à l'extrême nord de Pelt, à plus de cinq cents mètres des premières maisons, sur une petite éminence rocheuse à laquelle on accédait par un raidillon.

Fletcher jeta des coups d'œil affolés alentour avant de repérer, un peu plus loin, un mausolée délabré, flanqué de colonnes ornées de fleurs sculptées que les intempéries avaient érodées. Le garçon s'y dirigea furtivement ; il se courba sous le vieux portique, s'enfonça dans l'obscurité et alla se tapir derrière un bloc de pierre qui couvrait l'entrée d'une crypte. Dans l'ancien caveau qui se trouvait sous ses pieds s'entassaient pêle-mêle les ossements de villageois morts des décennies auparavant. Il avait bien fait de se réfugier là : la lueur d'une torche venait d'apparaître sur le sol, devant le mausolée.

— J'ai l'impression qu'on perd notre temps, lança la voix mécontente de Didric.

— Je t'assure que je l'ai vu se diriger de ce côté !

C'était Calista, une jeune fille au visage dur qui faisait maintenant partie de la garde ; aussi mesquine que Didric, elle fréquentait la taverne en sa compagnie quand elle n'était pas de service.

— C'est absurde. Pourquoi serait-il venu rôder dans ce cimetière au beau milieu de la nuit ? Et vu qu'il est orphelin, à qui viendrait-il rendre visite ?

— Je suis certaine qu'il est ici, insista Calista. On a déjà vérifié dans les vergers et les entrepôts, il ne s'y trouvait pas.

— Dans ce cas, fouillons les lieux. Il s'est peut-être terré derrière une pierre tombale. Approche donc, Jakov. Je ne te paie pas à te tourner les pouces.

Le garde émit un grognement. En le voyant passer devant le mausolée, la torche de son comparse projetant une longue flaque de lumière devant lui, Fletcher se recroquevilla derrière le bloc de pierre. Il aurait sûrement été capable de l'emporter contre Didric et Calista, mais Jakov, c'était une autre paire de manches. Il ne lui restait plus qu'à prendre la fuite ; mais comment s'y prendre avec ce démon enroulé autour de son cou ? Par chance, Didric étant le seul à être équipé d'une flamme, Fletcher parviendrait sans doute à leur échapper dans l'obscurité.

Accroupi sur le sol de marbre, il attendit qu'ils s'éloignent. La lueur de la torche tremblota tandis que Didric arpentait une rangée de sépultures. Au même instant, un crachin serré commença à tomber, les gouttes tambourinant sur le toit du monument funéraire, et Fletcher se détendit : avec cette pluie, ses poursuivants auraient tôt fait d'abandonner leurs recherches. Un mince filet d'eau se mit à couler près de lui, éclaboussant son visage – le plafond devait fuir. Il s'écarta de la flaque, tâchant de conserver son calme.

Alors même qu'il pensait être tiré d'affaire, il remarqua que le flambeau de Didric revenait de son côté. Fletcher s'aperçut que le garçon s'était réfugié à l'entrée du mausolée où il essorait les pans de sa cape mouillée ; à cet instant, sa torche humide grésilla, puis s'éteignit, plongeant l'endroit dans le noir. Didric lâcha un juron. Une minute plus tard, ses deux acolytes le rejoignirent.

— Je ne vous ai pas donné l'ordre de faire une pause, il me semble, grommela Didric.

— Il n'est pas ici, répondit Calista d'une voix lasse. Il a dû rebrousser chemin quand je suis allée te chercher.

— Si vous ne le retrouvez pas, vous n'aurez pas un sou ! cracha le garçon.

— Mais on est trempés, geignit Jakov, qui claquait des dents.

— Pauvre petit, railla Didric. Je le suis autant que toi. Et vu que ce faux jeton de Fletcher a filé en douce, ce sera encore pire pour lui quand on finira par l'attraper. Allez, partons d'ici.

Le bruit de leurs pas s'éloigna. Fletcher poussa un soupir de soulagement. Soudain, il sentit le démon remuer… La créature se déroula, bâilla en poussant un miaulement aigu et, de sa petite langue triangulaire, très douce, lécha le visage du garçon avant de se laisser tomber sur ses genoux, où elle s'étira nonchalamment.

— Vous avez entendu ça ? siffla Didric.

11

Fletcher se leva brusquement. Le démon bascula à terre et, poussant un glapissement irrité, courut se réfugier dans un coin.

— C'est toi, Fletcher ? demanda Didric, scrutant l'obscurité, les yeux plissés.

Il ne devait distinguer qu'une forme sombre devant lui, car le clair de lune voilé ne laissait entrevoir que l'entrée du mausolée.

— Que me veux-tu ? répliqua Fletcher d'une voix pleine d'une belle assurance qu'il était loin d'éprouver. Tu ne devrais pas être au lit, à une heure pareille ?

Mieux valait révéler sa présence dès maintenant plutôt que d'attendre que Didric ne contourne le bloc de pierre derrière lequel il se tenait.

— Le faux jeton est ici ! lança le garçon.

Jakov et Calista se campèrent à ses côtés, leurs silhouettes noires se détachant sur le ciel nocturne. Au moins, Fletcher avait un léger avantage sur ses adversaires, dont il connaissait la position… même s'ils lui barraient le passage.

— Pris au piège comme un rat ! annonça Didric. Tu te croyais plus malin que moi, hein ?

— Je vois que tu es venu avec tes deux nounous, rétorqua Fletcher, qui se creusait la cervelle pour trouver une échappatoire. Ce sera donc trois contre un ? Pourquoi ne pas te battre comme un homme ? Oh, c'est vrai… tu as déjà essayé, mais ça n'a pas marché, malgré ta dague.

— La ferme ! aboya Didric. C'est toi qui m'as frappé le premier, sans prévenir. Si tu ne t'étais pas montré aussi fourbe, je t'aurais réduit en bouillie sans le moindre mal, crut-il bon d'ajouter d'une voix rauque, où la colère se mêlait à l'orgueil.

— Remettons ça sur-le-champ, proposa Fletcher, qui savait qu'il ne s'en sortirait que s'il affrontait l'autre garçon en combat singulier.

Les poings serrés, il s'avança d'un pas.

— Ne joue pas au plus fin, Fletcher, je sais parfaitement où tu veux en venir, répondit alors Didric. Je n'ai pas l'intention de me bagarrer aujourd'hui.

Son ricanement se répercuta contre les murs du mausolée, et Fletcher sentit un frisson lui parcourir l'échine.

— Très bien, tu refuses un combat loyal. Tu préfères me rosser ? Dans ce cas, fais vite, j'ai d'autres chats à fouetter, précisa-t-il sur un ton de défi.

L'esprit en ébullition, tout en parlant, il passa la main sur le bord inférieur de la pierre qui couvrait l'entrée de la crypte. Il existait une autre issue dans les catacombes, laquelle donnait sur une chapelle abandonnée située à l'entrée du cimetière. Il sentit sous ses doigts une fissure sur la lourde plaque qui scellait le caveau. Il lui fallait à présent essayer de la soulever lentement à l'insu de ses adversaires. Par chance, Didric adorait s'écouter parler.

Alors que Jakov et Calista pouffaient à leur tour, Fletcher repoussa la plaque d'un ou deux centimètres et tressaillit en entendant un crissement. L'opération allait lui prendre plus de temps que prévu.

— Te rosser ? Ce n'est pas pour cette raison que nous sommes là, sombre imbécile, répliqua Didric, qui avait visiblement du mal à réprimer sa joie. Vois-tu, nous avons la ferme intention de te tuer. Et le fait que tu aies choisi cet endroit va nous faciliter la tâche quand il nous faudra se débarrasser de ton cadavre.

Lorsqu'il entendit la lame de leurs épées frotter contre le cuir de leurs fourreaux, le sang de Fletcher se glaça dans ses veines. La mâchoire crispée, il souleva la plaque de pierre, qui s'écarta d'un autre centimètre. Il lui fallait absolument gagner du temps.

— Me tuer ? Avec deux pinkertons au village ? Tu es encore plus bête que je le croyais. Berdon sait où je suis. Et si je ne suis pas rentré d'ici quelques instants, il ira les trouver sans attendre.

Sans daigner répondre, Didric fit un pas dans sa direction.

— La moitié du village a assisté à la bagarre d'hier soir, fit alors observer Fletcher. Et quand on s'apercevra de ma disparition, les gens sauront aussitôt que tu y es pour quelque chose. Vous avez envie de passer le reste de votre vie dans une geôle, tes amis et toi, à cause d'une petite querelle sans importance ? précisa-t-il en haussant le ton afin de couvrir le crissement de la pierre qu'il continuait de repousser.

Didric éclata de rire.

— Mon cher père a les pinkertons dans sa poche, sache-le ! Ils s'accuseraient l'un l'autre plutôt que de jeter en prison le fils de leur nouveau partenaire commercial.

Que voulait-il dire ? se demanda Fletcher, qui commençait à être à court d'idées.

— Comme tu seras bientôt six pieds sous terre, autant t'expliquer ce qui a été conclu il y a quelques heures, autour d'un excellent dîner, poursuivit Didric.

Il écarta les bras pour empêcher Jakov et Calista de s'approcher de Fletcher.

— Vous aussi, ouvrez grand les oreilles. Vous allez comprendre pourquoi vous avez intérêt à ne plus me quitter d'une semelle.

— Vas-y, raconte-nous ça, l'encouragea Fletcher en poussant encore une fois la plaque de pierre de quelques centimètres.

Une bouffée d'air vicié arriva à ses narines depuis la crypte en contrebas.

— Ce charlatan a dû te dire, je suppose, que des criminels vont être enrôlés de force dans l'armée impériale, reprit alors Didric. Une idée insensée, à mon humble avis, mais mon père a tout de suite vu comment en tirer profit. Les forçats voyageront de jour, sous bonne escorte, et passeront la nuit dans les prisons des bourgs qu'ils traverseront. Quand ils atteindront Boreas, la dernière ville au nord de l'Empire, il leur restera deux jours de marche avant d'arriver sur le front elfique, ce qui n'est pas sans poser problème : des bandes de brigands pourraient attaquer le convoi pendant la nuit, sans oublier qu'il n'y aura aucune prison où enfermer les criminels pour les empêcher de s'évader… Et sais-tu ce qui se trouve à égale distance de Boreas et du front ? Notre beau village de Pelt !

— Et alors ? répliqua Fletcher. Ils ne pourront pas s'arrêter ici, nous n'avons pas de geôles. Que compte faire ton père ? Les accueillir chez lui ?

Il parvint à glisser la main sous la plaque et à agripper le rebord. D'ici quelques instants, il la repousserait d'un seul mouvement avant de sauter dans la crypte, mais mieux valait attendre que le garçon reprenne la parole, cela lui donnerait un peu d'avance.

— Tu n'as rien compris, ce qui, entre nous, ne m'étonne guère, répondit Didric, feignant l'exaspération. Mon père a l'intention d'exiger le remboursement des prêts octroyés aux villageois ; et comme ils ne seront pas en mesure d'acquitter leurs dettes, il sera en droit de saisir leurs biens. Leurs maisons deviendront des geôles ! Nous ferons payer le même prix que dans une auberge, en nous contentant de servir de la bouillie d'avoine et de proposer des paillasses aux forçats de passage. Imagine un peu l'argent qui rentrera dans nos coffres ! Tout ça, aux frais de l'armée impériale ! Notre prison sera la plus sûre de toute, avec sa palissade. Nous proposerons également les services de la garde. Et si l'un de ces criminels s'échappe, soit il se perdra dans les bois, soit les loups le dévoreront. Les pinkertons ont déjà signé un contrat avec mon père.

Il fallut quelques secondes à Fletcher pour saisir ce que ce projet impliquait. Pelt, transformé en vulgaire camp de prisonniers ? La plupart des villageois se retrouveraient sans toit. C'était terrible. Dans le même temps, il prit conscience que Caspar Cavell avait oublié un détail important, et cela lui redonna espoir.

— Ce plan ne marchera jamais, Didric, pour la simple raison que les autorités n'ont pas besoin de troupes supplémentaires sur le front elfique ! L'armée y met au rebut les vieux soldats en attendant que ceux-ci prennent leur retraite. Et même eux ne s'arrêtent pas à Pelt en chemin : ils préfèrent poursuivre leur marche de nuit ou camper dans les bois, ce qui leur évite de dépenser à l'auberge le peu qu'ils possèdent.

Tout en parlant, il avait réussi à écarter la plaque, de sorte qu'il aurait pu à présent se glisser sans peine dans l'interstice et bondir dans la crypte. Pourtant, il hésitait. Il avait envie d'en apprendre davantage afin de pouvoir informer les villageois de ce que Caspar complotait.

— Finalement, tu es moins bête que je le pensais, ironisa Didric. Mais tu as tout faux. Et justement, la faucheuse n'est pas loin…

Il ricana, à l'évidence très fier de son jeu de mots, et exécuta un moulinet menaçant avec son épée.

— Le front elfique est un terrain d'entraînement idéal pour de nouvelles recrues, lesquelles pourront se préparer au combat dans un endroit relativement paisible, auprès de guerriers expérimentés. Ces soldats, une fois prêts, repartiront vers le sud. Ce plan est parfait, mon petit Fletcher, comprends-tu ? Mais il y a une chose que tu ne sais pas encore, et je crois que ça va te plaire…

Il se tut, comme pour ménager le suspense. Le découragement s'était emparé de Fletcher. Didric avait raison : il aurait été absurde d'envoyer des hommes sans expérience affronter les orques. L'armée impériale n'aurait pu à la fois guerroyer et contrôler des centaines d'anciens prisonniers ; en cas d'émeute, les soldats auraient alors été contraints de se battre sur deux fronts. Il était plus logique de discipliner et d'endoctriner les nouveaux conscrits avant de les poster sur le front orquien, où ils renforceraient l'armée de l'empereur.

— Parle donc, Didric ! gronda Fletcher.

Une colère amère montait en lui. Les Cavell étaient des parasites qui, après avoir infesté Pelt, allaient dépouiller ses habitants de leurs maigres ressources.

— Eh bien voilà : juste après que mon père et les pinkertons ont conclu leur marché, je me suis souvenu de toi, Fletcher, et de ce grand balourd de Berdon. J'ai alors fait observer que les nouvelles recrues auraient besoin d'être équipées, et je leur ai proposé une solution fort ingénieuse. Les pinkertons ont donc ajouté une clause au contrat, stipulant que nous *seuls* avions le droit de vendre quoi que ce soit aux conscrits. Les intendants seront ainsi contraints d'acquérir armes et cuirasses par notre intermédiaire. Nous commencerons à nous en procurer à Boreas d'ici quelques jours et, vu la quantité de matériel que nous achèterons, nous le revendrons moitié moins cher que ce que propose Berdon : non seulement ce lourdaud te pleurera, mais il se retrouvera bientôt sans le sou. Mon père lui offrira peut-être un emploi de maréchal-ferrant, qui sait. Il n'est bon qu'à ça, après tout.

En dépit de la pénombre, Fletcher entrevit le sourire narquois qu'arborait Didric. La rage qu'il s'était jusque-là efforcé de contenir enfla dans sa poitrine ; le cœur frémissant, le sang battant à ses tempes, il sentit une haine viscérale grandir en lui. Jamais il n'avait eu envie de tuer quiconque auparavant : il comprenait désormais ce qui pouvait susciter un tel instinct meurtrier.

Didric devait mourir.

Alors même que cette pensée traversait son esprit, Fletcher perçut le lien qui l'unissait au démon de manière tangible, comme si un fil d'une minceur arachnéenne les reliait ; sa colère s'y propagea avec une férocité inouïe et le garçon sentit la conscience de la créature s'emplir de ses désirs à lui : Didric était un ennemi, une menace.

— Tu n'as rien à répondre ? Et moi qui attendais une réaction de ta part… Dommage, soupira Didric avant de lever son épée. Allez, il est temps de lui régler son compte !

12

À peine Didric eut-il achevé sa phrase que le démon surgit de l'ombre en glapissant : toutes griffes dehors, il se jeta sur le visage du garçon qui poussa un hurlement et se mit à tourner sur lui-même comme un possédé.

— Débarrassez-moi de cette chose ! brailla-t-il, le visage déjà en sang.

Jakov et Calista, d'abord interloqués, se précipitèrent sur le démon qu'ils tentèrent de repousser de leurs poings. À chaque coup, Fletcher éprouvait une douleur sourde à la lisière de sa conscience, mais le démon se cramponnait obstinément à sa victime en laissant échapper de petits jappements rageurs, tandis que la légitime colère du jeune homme continuait de se déverser en lui. Alors que sa fureur atteignait son apogée, Fletcher éprouva la même sensation de clarté que précédemment, le sang de Didric prenant à ses yeux une teinte éclatante, proche du rubis.

Soudain, le démon se tut, puis ouvrit une gueule aussi large que celle d'un serpent : en jaillit une substance rouge vif, semblable à du feu liquide, qui embrasa la chevelure de Didric et un côté de son visage. Une lueur orangée, surnaturelle, envahit le mausolée tandis que le garçon s'écroulait, lâchant un cri étranglé, et que sa tête allait heurter le sol de marbre. Jakov et Calista tombèrent à genoux près de lui et, sans cesser de hurler le nom de leur compagnon, tentèrent d'étouffer les flammes à l'aide de leurs capes. Le démon bondit dans les bras de Fletcher ; sans attendre, celui-ci sauta dans la crypte, son cœur palpitant sous ses côtes comme un oiseau en cage.

Il faisait nuit noire dans le caveau, où l'air glacial était chargé d'une odeur fétide. Fletcher se mit à courir d'un pas trébuchant dans le souterrain, serrant contre lui le démon et le grimoire. Sa main effleurait des tas d'ossements poussiéreux. En dépit du froid, l'atmosphère était oppressante, et il avait l'impression de suffoquer. Le démon ne l'aidait guère, sifflant d'un air mécontent et lacérant sa tunique de ses griffes.

Au bout d'un moment qui lui parut interminable, Fletcher se cogna le tibia contre une pierre saillante. Les mains tendues devant lui, il en trouva une deuxième, et comprit, soulagé, qu'il s'agissait de l'escalier qui devait mener à la chapelle. Une fois qu'il l'eut gravi, il sentit la surface plane d'une dalle de marbre au-dessus de sa tête. Au prix d'un effort colossal, il parvint à la soulever de deux ou trois centimètres avant de la pousser sur le côté. La plaque retomba sur le sol avec fracas.

La faible lueur de la lune qui filtrait par les vitres brisées lui parut splendide. Il avala des goulées d'air pur, heureux d'être enfin sorti de l'ossuaire. Mais il n'avait pas le temps de savourer sa liberté retrouvée. Il lui fallait regagner la forge au plus vite : Berdon saurait quoi faire.

Fletcher quitta la chapelle et s'engagea sur le sentier à vive allure, convaincu que Jakov et Calista n'étaient pas loin derrière lui, portant sans doute Didric dans leurs bras. Dans dix minutes, tout au plus, ils donneraient l'alerte. Quand les autres gardes apprendraient que l'un des leurs avait été attaqué, ils n'hésiteraient pas à tuer Fletcher sans lui laisser l'occasion de raconter sa version des faits. Et, à supposer qu'ils lui laissent la vie sauve, connaissant Caspar, le garçon ne pourrait espérer un procès en bonne et due forme – sans compter que les deux témoins n'hésiteraient pas à mentir pour l'accabler.

Le village était plongé dans l'obscurité. Tandis que Fletcher descendait la grand-rue, il fut soulagé de ne voir aucune sentinelle. Ses assaillants, qui devaient être de garde cette nuit-là, avaient abandonné leur poste pour partir à sa recherche.

La forge était éclairée par quelques braises qui se consumaient dans l'âtre. Assoupi dans son fauteuil en osier, Berdon n'avait pas changé de position depuis le départ du garçon.

Il n'y avait pas une seconde à perdre ; même si l'idée de devoir quitter Pelt l'attristait profondément, il n'avait d'autre choix que la fuite. L'espace d'un bref instant, il imagina l'existence qu'il lui faudrait mener, celle d'un vagabond errant de village en village, d'un miséreux contraint de vivre d'aumônes. Puis il chassa cette pensée. Chaque chose en son temps. Le cœur lourd, il posa la main sur l'épaule de Berdon.

— Qu'est-ce qu'il y a ? demanda celui-ci d'une voix pâteuse en essayant de repousser le garçon. Je dors, fiche-moi la paix.

Fletcher le secoua avec insistance.

— Réveille-toi, j'ai besoin de toi ! Allez, debout !

Le forgeron ouvrit enfin les yeux et fixa l'étrange créature nichée dans les bras de Fletcher.

— Bon sang de bois, qu'est-ce que c'est que ce machin ? hurla-t-il.

Le démon poussa un cri rauque et tenta de donner un coup de patte sur la barbe de Berdon.

— C'est une longue histoire, répondit Fletcher, saisissant le démon pour le poser sur son épaule. J'ai de gros ennuis : il va me falloir quitter Pelt pour un temps.

Tandis que la créature s'enroulait autour de son cou en ronronnant, le jeune apprenti relata les grandes lignes de son expédition nocturne. Tout en parlant, Fletcher comprit combien il avait été naïf – comment avait-il pu imaginer que personne ne le verrait lorsqu'il avait traversé le village pour se diriger vers le cimetière ?

Une fois son récit achevé, il resta planté là, hors d'haleine, tête baissée. Berdon s'activait déjà – attisant le feu, allumant une lanterne et fourrant des affaires dans une besace en cuir. Puis il s'immobilisa devant Fletcher.

— Didric est-il mort ?

— Je… ne sais pas, avoua le jeune homme en levant les yeux vers lui. Son crâne a heurté le sol. Et même s'il s'en tire, il gardera le visage à moitié brûlé. Ils raconteront que je l'ai attiré jusqu'au cimetière, que je l'ai attaqué avec une torche avant d'essayer de le tuer. Je sais que je te déçois, Berdon. Je m'en veux d'avoir été aussi bête ! s'exclama-t-il, au bord des larmes.

Le forgeron lui tendit la besace – celle-là même dont Fletcher s'était servi pour transporter les épées jusqu'au front elfique. Avec un sanglot, le garçon y glissa le grimoire – si Rotherham ne le lui avait pas offert, il n'en serait pas là. Berdon posa alors ses grosses mains sur les épaules du garçon, délogeant le démon.

— Je sais que je ne te l'ai jamais dit, mais tu n'es pas seulement mon apprenti, et en aucun cas un fardeau pour moi. Tu es mon fils, Fletcher, même si nous ne sommes pas du même sang. J'ai toujours été fier de toi, et je le suis encore plus à présent : tu as su tenir tête à tes assaillants. Tu n'as pas à te sentir honteux.

Sur ces mots, il étreignit le jeune homme, qui enfouit le visage contre son torse et fondit en larmes. Puis Berdon s'écarta légèrement et essuya les joues de Fletcher.

— J'ai des cadeaux pour toi.

Il se rendit dans sa chambre et en revint avec deux paquets qu'il fourra dans la besace de son apprenti.

— J'avais prévu de te les donner pour tes seize ans. Ne les ouvre que quand tu seras loin d'ici. Et comme tu auras peut-être besoin de te défendre, je tiens aussi à ce que tu sois équipé.

Il se dirigea vers les armes rangées contre le mur, choisit une épée et la brandit à la lumière. Fletcher, qui ne l'avait jamais remarquée, l'examina avec curiosité : juste au-dessous du manche cerclé de bandes de cuir, la courte lame d'acier était droite sur dix centimètres avant de s'incurver en croissant, comme celle d'une faucille, pour se terminer en pointe acérée.

— Tu n'as pas reçu d'entraînement particulier, et si tu te retrouves en mauvaise posture… bon… je préfère ne pas y penser. Mais cette épée, que l'on appelle un khopesh, te permettra sans doute de déstabiliser un opposant, lequel ne saura pas comment parer tes coups. Tu peux également attraper la lame adverse en te servant de la partie recourbée, puis en profiter pour frapper avec le plat de ta propre lame. Quant à la pointe, elle est assez longue pour transpercer un ennemi, alors ne crains pas de l'employer de cette manière, ajouta Berdon en joignant le geste à la parole.

Après quelques mouvements, il reprit :

— Le tranchant extérieur de la partie incurvée est aussi affûté que celui d'une hache de bataille. Tu peux l'utiliser pour fendre un bouclier, pour trancher une tête ou même pour abattre un arbre. Voilà pourquoi ce khopesh est supérieur à une épée ordinaire.

Il tendit l'arme à Fletcher, qui l'attacha à sa besace à l'aide d'une lanière de cuir.

— N'oublie pas de graisser la lame, et tâche de ne pas l'exposer à l'humidité. À cause de sa forme particulière, je n'ai pas de fourreau à te donner. Tu devras en faire confectionner un dès que possible. Explique au forgeron qu'il s'agit d'un khopesh de taille standard ; s'il connaît son métier, il comprendra.

— Merci, je n'y manquerai pas, répondit Fletcher en caressant le manche.

— Quant à ce démon, que personne ne pose les yeux sur lui, conseilla Berdon, soutenant le regard ambré de la créature. Seuls les nobles en possèdent, et tu ne passeras jamais pour l'un d'entre eux. Et même si personne n'aura entendu parler de la mésaventure de Didric là où tu te rendras, mieux vaut éviter d'attirer l'attention sur toi.

Fletcher prit le démon dans ses bras, en se demandant comment il ferait pour le dissimuler.

Soudain, la cloche retentit à travers le village, des cris lointains se superposant à ses tintements.

— Pars ! s'empressa d'ordonner Berdon. Pas du côté du front elfique, où tes poursuivants s'attendront à ce que tu te rendes, mais vers le sud, en direction de Corcillum. Je vais bloquer la porte de la forge afin de leur faire croire que tu t'y trouves encore. Je les retiendrai aussi longtemps que possible. Au revoir, mon fils.

Fletcher jeta un dernier regard à celui qu'il considérait comme son mentor et comme son père, et dont la silhouette massive se détachait sur le seuil. Puis Berdon referma le battant.

Seul au monde, avec pour toute compagnie la créature lovée autour de son cou, le jeune homme était devenu un fugitif.

13

Deux jours. Cela faisait deux jours que Fletcher était en fuite. Sans manger ni dormir, ne s'octroyant que quelques gorgées d'eau quand il descendait des torrents de montagne en pataugeant, espérant ainsi ne laisser aucune empreinte derrière lui. Chaque fois qu'il se risquait à faire une pause, il entendait au loin les aboiements des chiens. La nuit, en grimpant dans les arbres afin de se repérer grâce à la position des étoiles, il voyait les lueurs des feux de camp de ceux qui le traquaient. La plupart des gardes et des chasseurs de Pelt devaient être sur ses traces, Caspar Cavell ayant sans nul doute mis sa tête à prix.

Cette nuit-là, la troisième depuis son départ, seuls quelques points lumineux brillaient au loin sur le flanc de la montagne. Perché sur la branche d'un grand chêne, Fletcher comprit avec soulagement que les villageois, ayant perdu tout espoir de le retrouver, avaient rebroussé chemin. Il était temps de se diriger vers les vallées. Il lui faudrait se montrer prudent : messire Faversham, un noble influent, possédait la majorité des terres qui s'étendaient à la base des Dents-d'Ours, et tout le monde savait qu'il envoyait souvent des hommes patrouiller la forêt pour arrêter les braconniers. Si Fletcher croisait ses soldats, il serait bien en peine de leur expliquer la raison pour laquelle il voyageait seul, loin des sentiers battus.

Il bondit vers le sol, et le démon poussa un sifflement mécontent. Il n'avait pas changé de position depuis leur départ de Pelt, restant enroulé autour du cou du garçon – ce dont celui-ci lui était reconnaissant : l'intense chaleur que diffusait le ventre de la créature l'avait en partie protégé du froid et de l'humidité.

Fletcher parcourut les lieux du regard avant de se décider : autant passer la nuit sous le chêne, autour duquel le sol était tapissé de mousse. La vaste ramure l'abriterait de la pluie, et il y avait assez de branches alentour pour allumer un petit feu. Il empila du bois mort et frotta un silex contre sa lame en acier.

— Tu pourrais peut-être me donner un coup de main, suggéra-t-il au démon alors que les feuilles détrempées crachotaient sans s'embraser.

Au son de sa voix, la créature se déroula, puis glissa le long de son bras. Une fois à terre, elle bâilla et le dévisagea avec curiosité, la tête inclinée sur le côté, tel un chiot désorienté.

— Il doit bien y avoir un moyen de communiquer avec toi, marmonna Fletcher en caressant le démon sous le menton.

Celui-ci lâcha un pépiement avant de frotter sa tête contre la main du garçon, qui éprouva une sensation de bien-être.

— Allume-moi ce feu ! ordonna-t-il en indiquant la pile de petit bois.

À ces mots, le démon tourna sur lui-même en jappant.

— Chut ! fit le jeune homme effrayé.

Ces montagnes étaient réputées pour les meutes de loups qui y rôdaient, et il avait entendu des hurlements dans le lointain quelques secondes auparavant. Le démon se tut aussitôt et vint se réfugier entre les jambes de Fletcher. Celui-ci ferma les yeux, s'efforçant de se rappeler les récits de Rotherham : avait-il mentionné quoi que ce soit sur la manière dont les invocateurs contrôlaient leurs démons ? Au même instant, il discerna l'esprit de la créature, proche du sien, et devina que celle-ci était aussi perdue et apeurée que lui. Il lui envoya alors une pensée rassurante : il sentit le démon se détendre, sa crainte cédant la place à la lassitude et à la faim. Fletcher prit soudain conscience que, si la créature ne pouvait comprendre ses paroles, elle percevait ses émotions !

Il lui transmit une sensation de froid : le démon laissa échapper un petit cri aigu avant de s'enrouler autour de sa cheville. Vu l'intense chaleur que dégageait son corps, sans doute l'idée de froid ne lui était-elle pas familière. Comment faire ? Fletcher se représenta alors la fournaise de la forge de Berdon, ravivant d'agréables souvenirs, avec l'espoir que cette image mentale rappellerait au démon le monde qu'il avait quitté. Celui-ci gazouilla doucement en clignant des yeux, mais ne parut pas saisir ce que le jeune homme désirait. Ce dernier, irrité, frotta ses mains engourdies, puis s'adossa au tronc du chêne et, rentrant la tête dans les épaules, s'emmitoufla dans sa vieille veste élimée.

— Si seulement j'avais pu m'acheter cette pelisse à la foire, je n'aurais pas eu besoin de feu, grommela-t-il.

Il fixa des yeux la pile de branchages et l'imagina en train de flamber. Au même instant, une langue de feu jaillit entre ses jambes et le petit bois humide s'embrasa !

— Comme tu es futé ! s'exclama Fletcher en prenant le démon dans ses bras pour le serrer contre lui.

La chaleur envahissait déjà ses membres, et il sourit en contemplant le rougeoiement des flammes. Il se souvint alors des derniers moments passés en compagnie de Berdon – depuis qu'il était en fuite, il n'avait pas encore eu l'occasion de découvrir ses cadeaux. Reposant le démon sur ses genoux, il fouilla dans sa besace, s'empara du paquet de toile le plus long et dénoua fébrilement la ficelle qui le fermait.

C'était un arc, dont la corde de cuir vert était finement tressée ; chacune des extrémités de la tige sculptée était recourbée vers l'extérieur afin de décupler la puissance de l'arme lorsque celle-ci était bandée. La tige était en bois d'if, un matériau coûteux que Berdon avait dû acheter à un marchand de passage l'année précédente, étant donné que cet arbre ne poussait pas dans les montagnes. Nombre de chasseurs n'auraient pas hésité à payer le prix fort pour posséder un arc aussi beau. Un sourire aux lèvres, Fletcher leva les yeux vers les Dents-d'Ours et remercia silencieusement le forgeron. Il lui avait fallu des mois pour confectionner cet objet à l'insu du garçon, en profitant de ses absences. Berdon avait même ajouté un petit carquois. Fletcher décida d'étrenner l'arc dès l'aube ; sans doute parviendrait-il à tuer un lièvre.

Alors que cette idée lui traversait l'esprit, son estomac gargouilla. Il tira, du fond de sa besace, un lourd ballot enveloppé dans un bout de toile. Il l'ouvrit avec précaution et découvrit avec plaisir des morceaux de viande d'élan séchée. Il en déposa quelques-uns sur le feu, puis en tendit un au démon. Celui-ci le renifla avec méfiance avant de se jeter dessus, gueule ouverte, et de le gober comme l'aurait fait un faucon.

— Attention, tu as failli m'arracher un doigt !

Tandis que le fumet du gibier grillé arrivait à ses narines, le jeune homme plongea de nouveau la main dans le sac afin de voir si le forgeron y avait glissé d'autres victuailles. Il en retira une bourse bien garnie.

— Oh, Berdon, tu n'aurais pas dû...

Elle contenait plus d'un millier d'écus – une somme qui équivalait à trois mois de travail dans la forge. Alors même qu'il venait d'apprendre que son affaire était menacée par les projets des Cavell, Berdon n'avait pas hésité à donner à Fletcher une bonne partie de ses économies. Ce dernier regretta de ne pouvoir rebrousser chemin pour les lui rendre, puis il se souvint des trois cents écus cachés dans sa chambre et espéra que son père adoptif saurait les dénicher.

Le garçon s'intéressa ensuite au second paquet, plus léger, auquel un message était épinglé. Il le lut à la lueur des flammes vacillantes :

Fletcher,

Je sais que la date que j'ai choisie pour fêter ton anniversaire n'est probablement pas celle de ta naissance. Et pourtant, ce jour où tu es devenu mon fils sera toujours le plus important de tous à mes yeux. Ce soir, nous irons prendre un verre ensemble à la taverne et nous parlerons de l'avenir de la forge : j'ai décidé de t'associer à mon affaire, et Dieu sait que tu le mérites. Je t'offre ce modeste cadeau afin de te prouver combien je te suis reconnaissant de tout ce que tu m'as apporté au fil des années.

Bon anniversaire, mon fils.

Berdon

Les larmes aux yeux, le garçon replia la lettre et ouvrit le paquet : en découvrant la pelisse tant désirée, il enfouit les mains dans la doublure fourrée, et ne put retenir ses sanglots plus longtemps.

— Tu as été le meilleur père qui soit, chuchota-t-il en contemplant les montagnes. Meilleur que mon vrai père aurait pu l'être.

D'une certaine façon, il s'en voulait de n'avoir jamais été capable de s'exprimer ainsi en présence de Berdon, lequel était si loin désormais. Troublé par la tristesse de Fletcher, le démon glapit et lui lécha les doigts. Le garçon lui tapota la tête avant de se rapprocher davantage du feu, s'apitoyant quelques instants sur son propre sort. Puis il chassa son humeur mélancolique, sécha ses larmes et enfila la pelisse, sans oublier d'emmitoufler son visage sous le capuchon.

Une belle détermination l'animait désormais : une fois à Corcillum, il se bâtirait une vie nouvelle dont Berdon pourrait être fier.

14

La taverne empestait la bière éventée et la transpiration. Fletcher se doutait qu'il ne sentait pas la rose lui non plus après avoir voyagé deux semaines durant à bord d'une charrette bâchée remplie de moutons. Il avait pu respirer un peu d'air pur à l'occasion de brèves haltes, lors desquelles il s'était procuré du pain et des tranches de porc salé auprès des habitants des villages traversés. Il avait eu de la chance : le conducteur de la voiture ne lui avait posé aucune question, se contentant d'accepter les cinq écus d'argent que le garçon lui avait tendus ; l'homme avait toutefois exigé de sa part qu'il nettoie, chaque soir, le plancher couvert de crottin.

À présent attablé dans un coin sombre de l'une des tavernes les plus minables de Corcillum, la première devant laquelle il était passé, Fletcher dégustait un ragoût d'agneau accompagné d'un potage de pommes de terre. Il prendrait ensuite une chambre et demanderait qu'on lui prépare un bon bain. Il avait l'impression que jamais il ne parviendrait à se débarrasser de son odeur de mouton. Même le démon ne s'aventurait qu'avec réticence hors du capuchon de la pelisse, où il avait établi sa résidence.

La présence du démon, la plupart du temps lové sur ses genoux, l'avait pourtant aidé à supporter le pénible voyage sur la paille souillée de la charrette ; et même si le jeune homme, transi, n'avait cessé de frissonner, le contentement de la petite créature l'avait réconforté.

— Un écu, annonça une servante, lui tendant une main malpropre et désignant de l'autre l'assiette et le bol.

Fletcher tira sa bourse de sa besace et en sortit une pièce d'argent, qu'il déposa dans la paume de la femme.

— Pas de pourboire ? Alors que vous avez tant d'argent ? s'étonna-t-elle avant de s'éloigner, dépitée.

Ces paroles attirèrent l'attention d'autres clients, en particulier celle de trois individus aux habits crasseux et aux visages durs qu'encadraient des cheveux longs et gras. Réprimant une grimace, le garçon se hâta de ranger sa bourse. Il lui faudrait faire de la monnaie afin que ce genre d'incident ne se reproduise pas. Dans les montagnes, où les transactions étaient simplifiées, il n'avait jamais eu besoin de liards de cuivre – cent d'entre eux équivalaient à un écu d'argent, et cinq écus à un louis d'or. Il regrettait d'avoir commis une erreur aussi grossière, à peine arrivé en ville.

Assis derrière les trois vagabonds, un autre homme, probablement âgé d'une trentaine d'années, observait lui aussi le garçon. Son visage ciselé, aux traits harmonieux, présentait cependant une balafre qui partait de son sourcil et se terminait à la commissure de ses lèvres : son œil droit, laiteux, était sans nul doute privé de la vue. Cette cicatrice fit naître dans l'esprit de Fletcher des images de batailles acharnées et de volées de flèches sifflant au-dessus des soldats. L'inconnu arborait également une mince moustache, et ses boucles noires, retenues par un cordon, tombaient sur sa nuque. Il portait un uniforme d'officier, un long manteau bleu bordé de revers rouges et orné de boutons dorés ; le garçon remarqua aussi son tricorne noir.

Déconcerté par le regard perçant de cet individu, Fletcher recula dans l'ombre et ramena son capuchon sur son visage. Il avala une dernière cuillerée de potage, fourra un quignon de pain dans sa poche et se leva. Mieux valait trouver une autre auberge que celle-ci, où tous ces gens avaient vu sa bourse bien garnie.

Une fois dans la rue pavée, il s'éloigna à petites foulées en jetant des coups d'œil inquiets par-dessus son épaule. Personne ne semblait le suivre. Il ralentit alors le pas, en quête d'un autre établissement. Le crépuscule allait bientôt tomber, et il n'avait pas envie de passer la nuit sous un porche. Tout en avançant, il observait avec émerveillement les bâtiments, la plupart de plus de trois étages, qui lui paraissaient si imposants. Les multitudes de marchandises que proposaient les boutiques lui donnaient envie de dépenser tout son argent : des bouchers aux visages rougeauds, du sang jusqu'aux coudes, découpaient des quartiers de viande, leurs échoppes décorées de chapelets de saucisses ; un menuisier apportait la touche finale aux pieds d'un fauteuil orné d'un magnifique entrelacs de lierre sculpté ; des effluves capiteux sortaient d'une parfumerie dont la vitrine était remplie de jolies fioles colorées. Il s'écarta en trébuchant quand un bel équipage s'arrêta le long de la chaussée ; en descendirent deux jeunes filles aux jupons froufroutants, aux visages encadrés d'anglaises et aux lèvres peintes, pareilles à des pétales de rose : elles passèrent devant Fletcher, médusé, et entrèrent dans la parfumerie.

— Elles ne sont pas pour toi, murmura le garçon en souriant d'un air rêveur avant de reprendre sa route.

Un peu plus loin, un éclat métallique attira son regard : il se trouvait devant un magasin d'armes où s'empilaient lances, épées et haches. Mais sa curiosité fut avant tout éveillée par un étal dressé à l'extérieur de la boutique, sur lequel étaient disposées des boîtes tapissées de velours : y reposaient des armes à feu étincelantes, aux crosses sculptées, teintes en rouge ; sur leurs canons étaient gravés des chevaux au galop. Fletcher se pencha pour examiner de plus près une paire de pistolets de duel.

— Ils sont beaucoup trop chers pour toi, petit gars ! dit soudain une voix grave au-dessus de lui. Ces armes sont réservées aux officiers.

Le jeune homme releva la tête : un nain se tenait debout sur un banc, ses yeux à la hauteur des siens. Fletcher fit de son mieux pour dissimuler sa surprise : c'était la première fois qu'il en rencontrait un, car il était en effet rare d'en croiser dans les provinces de l'Empire.

— Bien sûr, j'aurais dû m'en douter, répondit-il. Je n'avais jamais vu de si beaux pistolets. C'est toi qui les as fabriqués ?

— Non, je suis juste chargé de les vendre. Je n'ai pas terminé mon apprentissage.

Comment cet individu barbu et moustachu, qui paraissait beaucoup plus vieux que lui, pouvait-il être encore un apprenti ? se demanda Fletcher. Sa barbe rousse ressemblait à celle de Berdon, mais ses poils, plus longs et épais, étaient nattés et ornés de perles. Quant à ses tresses, elles étaient tout aussi longues, attachées au moyen d'une cordelette de cuir.

— Ton maître cherche-t-il d'autres apprentis ? s'enquit alors le jeune homme d'une voix pleine d'espoir. Comme j'ai déjà travaillé dans une forge, j'ai de l'expérience.

Le nain dévisagea Fletcher comme pour insinuer que celui-ci était simple d'esprit.

— Tu viens d'arriver à Corcillum, je suppose ? demanda-t-il avec un sourire attristé. Sache que nous n'embauchons pas d'humains. Du moins tant que nous n'aurons pas les mêmes droits que vous, et tant que nous détiendrons le secret de la fabrication des armes à feu. N'y vois rien de personnel. Justement, tu m'as l'air plutôt aimable. Essaie de trouver un emploi auprès des rares forgerons humains de la cité. Ils n'embauchent guère, mais ils sont prospères, car nombre de soldats rechignent à acheter des armes aux nains.

Le découragement envahit Fletcher. Le travail du métal était le seul qu'il connaissait, et il était trop âgé pour commencer un apprentissage dans un autre domaine. En outre, hormis les jungles situées à la frontière méridionale, il n'y avait aucune forêt assez proche de Corcillum pour qu'il puisse y chasser.

— Quels sont les droits qu'on vous refuse ? s'enquit le jeune homme en ravalant sa déception. Il me semble que l'empereur Harold vous autorise à présent à vous engager dans l'armée.

— Oh, il y en a tant que je ne sais pas par où commencer. Mais la loi la plus humiliante de toutes est celle qui limite le nombre d'enfants que nous pouvons avoir, en fonction des décès de l'année précédente. Et vu que notre espérance de vie est presque deux fois plus élevée que la vôtre, cela réduit considérablement le taux de natalité. Quant à l'armée, c'est vrai, nous pouvons maintenant en faire partie. L'empereur est un brave homme, mais il sait que ses sujets ne nous font pas confiance, surtout les militaires, depuis les soulèvements qui ont eu lieu il y a quatre-vingts ans. La plupart des humains estiment que nous devons d'abord prouver notre loyauté en faisant couler le sang à leurs côtés si nous voulons que le souverain nous accorde la citoyenneté à part entière, précisa le nain, non sans une pointe de colère dans la voix.

Il détourna les yeux, comme submergé par l'émotion, et se mit à fouiller dans une boîte posée sur le banc. Fletcher se souvint alors du mépris avec lequel les habitants de Pelt avaient accueilli la nouvelle ; quand on avait annoncé que les nains pourraient désormais combattre dans l'armée impériale, Jakov et les autres gardes avaient même lancé des plaisanteries salaces sur leur petite taille. Et pourtant, les bras du nain râblé qui se tenait face à Fletcher étaient deux fois plus épais que les cuisses d'un humain, et sa voix grave et profonde résonnait dans son torse large et bombé. Si Jakov avait dû l'affronter en combat singulier, il y aurait eu fort à parier que le nain l'aurait terrassé. Ses semblables et lui feraient des alliés redoutables, Fletcher en était convaincu.

— Connais-tu un logis bon marché et bien fréquenté dans le quartier ? s'enquit le jeune homme, jugeant préférable de changer de sujet.

Le nain se retourna et, avec un air de conspirateur, fourra quelque chose dans la main de Fletcher.

— Il y a l'Enclume, une auberge toute proche où les nains sont aussi les bienvenus. Tu y rencontreras peut-être quelqu'un qui aura du travail à te proposer. Dis-leur que tu es recommandé par Athol. Pour t'y rendre, il te suffit de prendre la troisième à droite.

Sur ce, le dénommé Athol lui adressa un sourire encourageant avant de s'éloigner pour s'occuper d'un autre client. Fletcher ouvrit le poing et y découvrit un bout de papier sur lequel était dessinée une enclume. Il prit la direction que le nain lui avait indiquée, puis, se rappelant qu'il avait oublié de le remercier, fit volte-face… et aperçut les trois individus dépenaillés de la taverne ; ces derniers, qui l'avaient reconnu, s'élancèrent aussitôt pour le rattraper. Le garçon affolé repartit en courant, se frayant un chemin entre les nombreux passants ; quand il bouscula un homme élégant accompagné d'une jeune dame, celui-ci le gratifia d'une claque sur le crâne.

Alors qu'il s'apprêtait à atteindre la rue menant à l'Enclume, la voie fut soudain barrée par deux calèches qui ne parvenaient pas à se croiser ; tandis que leurs cochers respectifs s'abreuvaient d'injures, Fletcher, maudissant sa mauvaise étoile, fut contraint de bifurquer dans une ruelle qu'il descendit à vive allure, content d'échapper à la cohue. L'endroit était désert, les échoppes qui s'y trouvaient ayant déjà fermé pour la nuit. Mais quelques dizaines de mètres plus loin, il dut s'immobiliser, le cœur battant : c'était un cul-de-sac.

15

À force de cajoleries, Fletcher parvint à convaincre la créature de quitter son capuchon et de descendre le long de son bras. Le démon, qui avait dû percevoir son agitation, enfonça ses griffes dans le cuir de sa pelisse.

— Tiens-toi prêt, murmura le garçon. Nous sommes en mauvaise posture…

Après avoir encoché une flèche à son arc, il s'agenouilla et aperçut ses poursuivants qui s'engageaient dans la ruelle. À sa vue, ils s'immobilisèrent.

— Partez ou je vous transperce les yeux ! cria Fletcher. Je n'aurai aucun scrupule à abattre des coupeurs de bourses !

L'homme qu'il menaçait de sa flèche, le plus grand, sourit, dévoilant des dents jaunâtres.

— J'en doute pas ! Sache quand même qu'on est aussi des coupe-jarrets, si tu vois ce que je veux dire, ricana-t-il en brandissant une dague à la lame recourbée. Tout ce qui nous intéresse, c'est ta bourse. Donne-la sans faire d'histoires, et on te fichera la paix.

Il s'avança et s'arrêta à trois mètres de Fletcher. Le démon siffla. Deux minces flammes sortirent de ses narines ; le voleur recula en titubant.

— Je suis sérieux ! reprit Fletcher d'une voix forte, pourtant conscient que le démon ne pouvait sans doute pas cracher du feu à plus de deux mètres de distance. Partez sur-le-champ ou vous le regretterez !

Il hésitait à tirer. Il parcourut rapidement du regard les maisons alentour. Quelqu'un se déciderait-il enfin à aller prévenir les pinkertons ? L'idée de perdre la vie dans cette venelle humide, alors qu'il était tout juste arrivé à Corcillum, lui était insupportable.

— Ah, un invocateur, fit le brigand en se ressaisissant. T'es un des petits élèves de l'Académie Vocans, hein ? Tu ne devrais pas être déjà au lit ?

— Laissez-moi tranquille ! ordonna Fletcher.

— Bon, tu nous as montré de quoi t'étais capable. À mon tour ! annonça l'homme en tirant de sa veste un pistolet qu'il pointa sur la poitrine du garçon. Bon, d'après toi, qu'est-ce qui tire le plus vite ? Mon arme ou ton arc ?

— Ton arme n'a pas l'air très précise, fit remarquer Fletcher, observant le canon fissuré et rouillé.

— Ouais, t'as peut-être raison. Mais imagine un peu ce qui se passera si je te rate et que tu me fiches ta flèche dans l'œil : ni une ni deux, mes copains se jetteront sur toi et te trancheront la gorge. Et toi et moi, on sera morts pour rien. Voilà ce que je te propose : donne-nous ta bourse, et tout le monde sera content. Y a rien qui puisse arrêter une balle de pistolet, pas même un démon ou un sortilège.

À l'évidence, ce n'était pas la première fois que l'homme servait ce petit discours à l'une de ses victimes.

— Je suis prêt à tenter ma chance, rétorqua Fletcher en décochant son trait.

Aussitôt, un déclic retentit, et le pistolet cracha de la fumée : le jeune homme entendit un claquement près de sa poitrine et ferma brièvement les yeux, ébloui par un éclat lumineux. Il n'éprouvait aucune douleur. Sans doute ne tarderait-elle pas à se faire sentir. Tandis que les glapissements du démon résonnaient à ses oreilles, il s'effondra sur la chaussée, souriant à la vue du voleur qui tombait à son tour, la flèche fichée dans le crâne. Ses deux comparses se tenaient derrière lui, pétrifiés : ils ne s'étaient certainement pas attendus à ce que Fletcher mette sa menace à exécution.

— Votre acolyte a fait erreur, déclara une voix posée. Les sortilèges se révèlent souvent des plus efficaces, et permettent par exemple de produire un bouclier.

L'officier balafré que Fletcher avait remarqué dans la taverne s'avança entre les deux voleurs. Un grondement s'éleva dans son sillage, si puissant que Fletcher crut le sentir vibrer en lui.

— Si j'étais vous, je prendrais mes jambes à mon cou, conseilla le nouveau venu.

Les intéressés tournèrent les talons et s'enfuirent sans demander leur reste. Mais, à en juger par les hurlements horrifiés et les grognements féroces que le garçon distingua quelques secondes plus tard, les voleurs n'avaient pas pu aller très loin.

Fletcher tâcha de reprendre son souffle. Il l'avait échappé belle.

— Relève-toi, tu n'es pas blessé : mon bouclier t'a protégé, dit l'officier en lui tendant la main.

Le garçon l'accepta, et l'homme l'aida à se redresser. Fletcher se tapota le torse – il était indemne. Pareille à de la glace brisée sur un lac opaque, une fissure rougeoyante était comme suspendue dans les airs, incrustée dans une sorte de vitre ovale, translucide, qui flottait devant lui, à peine visible à l'œil nu. Sans doute était-ce le bouclier dont l'officier voulait parler. Dès que Fletcher essaya de le toucher du bout des doigts, l'ovale se volatilisa. Il aperçut alors la balle à terre, son extrémité aplatie par l'impact.

— Suis-moi, ordonna l'homme.

Sans lui jeter un autre regard, il s'éloigna à grands pas. Le garçon resta un instant indécis. Faillit-il obéir ? Pourquoi pas ? Puisque l'inconnu lui avait sauvé la vie, il n'avait probablement pas de mauvaises intentions. Tandis qu'il se mettait en marche, le démon visiblement épuisé grimpa dans son dos et se glissa de nouveau dans le capuchon de la pelisse.

— Sacharissa ! tonna l'officier.

Une ombre surgit devant lui : c'était une créature qui avait tout d'un chien, en dépit du fait qu'elle était dotée de quatre yeux – deux d'entre eux à leur place habituelle, et deux autres, plus petits, au niveau des tempes. Néanmoins, ses pattes aux longues griffes maculées de sang, ressemblaient davantage à celles d'un félin. Son pelage avait la couleur d'une nuit sans étoiles, et une crinière épaisse encadrait sa tête, courant le long de sa colonne vertébrale pour se terminer en queue touffue, pareille à celle d'un renard. Fletcher croyait que la plupart des démons n'étaient pas plus grands que le sien ; mais celui-ci pouvait même être chevauché !

La créature aux muscles saillants frotta d'abord son museau ensanglanté contre la main de son maître, qui la repoussa avec dégoût et sortit un mouchoir de sa poche pour se nettoyer les doigts avec un soin maniaque, puis elle se mit en marche près d'eux ; Fletcher éprouvait presque de la compassion pour les voleurs qui avaient péri sous les griffes de cette bête.

Les artères principales commençaient à se vider, et, après avoir bifurqué dans une ruelle, ils se retrouvèrent bientôt seuls. Fletcher finit par briser le silence.

— Quel genre de démon est-ce donc ? demanda-t-il en désignant la créature.

— Un canid. Si tu avais suivi tes cours, tu le saurais. C'est l'un des premiers démons dont on vous enseigne les caractéristiques. Non seulement tu fais l'école buissonnière, mais tu es aussi un ignare ! Je te renverrais sur-le-champ si nous pouvions nous passer de toi. Malheureusement, nous avons besoin de tous nos novices, vous êtes si peu nombreux… Même si certains parmi vous ne méritent pas le titre d'invocateur.

— Vous vous méprenez, je ne suis pas l'un de vos élèves ! répliqua Fletcher. Je ne suis à Corcillum que depuis ce matin.

L'inconnu s'arrêta net et le fixa d'un air impassible.

— D'après nos inquisiteurs, tous les plébéiens qui ont su montrer des aptitudes d'invocation sont arrivés à l'école la semaine dernière. Si tu n'es pas l'un d'eux, qui es-tu donc ? Un aristocrate ? Et qui t'a donné ce démon ?

— Personne. Je l'ai invoqué tout seul, répondit le jeune homme, dérouté.

— Et pour couronner le tout, tu es un menteur, conclut l'officier en se remettant en marche.

— C'est faux ! se défendit Fletcher, indigné, en l'attrapant par un pan de son manteau.

Sans qu'il s'y attende, l'homme le saisit à la gorge, le souleva de terre et le plaqua brutalement contre un mur. Le démon lové dans le capuchon poussa un sifflement, mais un grondement féroce de Sacharissa le fit taire.

— Ne t'avise plus de porter la main sur moi, petit arrogant ! C'est ainsi que tu me remercies de t'avoir sauvé la vie ? En proférant des mensonges grotesques ? Chacun sait qu'un invocateur doit se faire offrir son premier démon avant de pouvoir en capturer un lui-même. Et ne va pas me raconter que tu t'es aventuré seul dans l'Éther pour y trouver cette créature. Je répète ma question : qui t'a donné ce démon ?

À moitié étranglé, Fletcher battait des pieds et des mains, incapable de se dégager. Un nom lui traversa soudain l'esprit.

— James Baker, bredouilla-t-il.

L'officier lâcha le garçon, puis, du plat de la main, lissa son uniforme – lequel n'était absolument pas froissé.

— Je regrette de m'être emporté de la sorte, dit-il à la vue des marques que ses doigts avaient laissées autour du cou de Fletcher. Mais la guerre ébranle les plus sereins d'entre nous, comprends-tu ? Je vais te réserver une chambre dans mon auberge avant de t'envoyer, dès demain matin, à l'Académie Vocans, où j'ai un poste de professeur. Je m'engage à te prendre sous ma tutelle. Je suis le capitaine Arcturus. Et toi ?

Fletcher tressaillit. Vocans. Un lieu légendaire, où s'entraînaient tous les mages-guerriers depuis la fondation de l'Empire d'Hominum ; personne ne savait ce qui s'y passait réellement, pas même les soldats qui combattaient aux côtés des invocateurs. Et, à présent, cet Arcturus lui proposait de s'y rendre… Le garçon n'en revenait pas.

Il serra la main tendue de l'homme.

— Je suis Fletcher. Et je ne vous en veux pas de m'avoir un peu malmené… précisa-t-il en se frottant la gorge. Sans vous, il me serait arrivé bien pire. Mais la manière dont j'ai acquis ce démon est très inhabituelle, voilà pourquoi votre question m'a déconcerté. Si vous le permettez, je vous expliquerai cela une fois à l'auberge.

— Parfait, attendons d'être installés autour d'un verre et d'un repas.

Ils se remirent en route côte à côte, Sacharissa sur les talons.

— Si j'ai bonne mémoire, James Baker n'était pas un invocateur des plus habiles, reprit Arcturus. Comment a-t-il réussi à capturer une salamandre comme la tienne, qui appartient à une espèce rare ? Cela devait dépasser ses compétences. Mais si cette histoire est vraie, il s'est sans doute bien gardé de la dévoiler.

— Mon démon est donc une salamandre.

Il afficha un grand sourire en voyant son compagnon se diriger vers une belle auberge, dont sortaient des odeurs de cuisine fort appétissantes. Il pensait déjà au bon repas et au bain qui l'attendaient, et qui lui permettraient de mettre ses préoccupations de côté – le temps d'une nuit.

16

Fletcher ne put tirer grand-chose d'Arcturus ce soir-là. Ce dernier tint pourtant parole, lui offrant une excellente tourte à la viande avant d'écouter son histoire avec attention – le garçon jugea préférable d'omettre l'altercation qui l'avait opposé à Didric et ne mentionna pas le nom de Pelt, ni celui de Berdon ; il se contenta d'expliquer qu'il venait d'un village situé non loin des Dents-d'Ours, qu'il avait décidé de quitter après avoir invoqué, bien malgré lui, son démon. Dès qu'il eut achevé son récit, l'homme disparut dans sa chambre. Fletcher ne s'en plaignit pas : le ventre plein, il passa près d'une heure dans un bain chaud avant de s'endormir dans des draps de soie. Même le démon avait festoyé, dévorant en quelques secondes un bol de viande hachée. Si Arcturus avait les moyens de séjourner dans une telle auberge, l'existence d'un invocateur ne devait pas être si désagréable…

Alors que l'aube se levait à peine, un cocher bouillant d'impatience vint cogner à la porte de Fletcher, lui annonçant qu'on l'avait chargé de le conduire à l'Académie Vocans. Une fois dans la rue, l'individu le pressa de s'installer à l'avant de sa carriole que tiraient deux chevaux ombrageux – il n'avait pas envie de prendre de retard dans sa livraison de fruits et de légumes.

Le voyage dura deux bonnes heures, durant lesquelles le cocher peu aimable ne cessa de pester contre la lenteur des autres voitures. Pour tuer le temps, Fletcher autorisa le démon à se percher sur son épaule ; il fut ravi de voir les gens le dévisager avec curiosité. Puisque Arcturus permettait à Sacharissa de se promener librement à ses côtés, Fletcher ne voyait pas pourquoi il aurait dû continuer à dissimuler sa salamandre.

En dépit du peu qu'il savait de Vocans, le garçon, dont l'enthousiasme grandissait de minute en minute, essaya d'imaginer cet endroit – allait-il se retrouver dans un palais somptueux ou dans une simple bâtisse confortable ? Quand, un peu plus tard, il entendit le roulement des canons dans le lointain, il comprit qu'ils se rapprochaient de la frontière séparant l'Empire d'Hominum des jungles méridionales. Les champs verdoyants qui bordaient la route boueuse cédèrent peu à peu la place à une végétation sauvage et à des étendues de mauvaises herbes constellées de cratères, preuves que la guerre était passée par là. Justement, la carriole venait de rejoindre une longue procession de voitures convoyant des barils de poudre et des caisses remplies de balles de plomb vers le front.

— Voici la Citadelle, annonça le cocher, rompant le silence.

Il tendit le doigt vers une masse obscurcie par le brouillard ; de loin, on aurait dit une montagne.

— La Citadelle ? Est-ce le château de l'empereur ?

— Non, mon garçon, répondit l'homme en lui jetant un regard étonné. C'est notre destination : l'Académie Vocans. Notre souverain, lui, vit dans un magnifique palais au centre de Corcillum.

Fletcher ne l'écoutait plus que d'une oreille ; bouche bée, il observait la forteresse qui venait d'apparaître devant lui, alors qu'une puissante rafale de vent écartait le rideau de brume. Aussi large qu'un des pics des Dents-d'Ours, la bâtisse ressemblait à un cube géant composé de blocs de granite et orné de balcons. À chaque angle se dressait une tourelle au sommet crénelé, qui s'élevait à des dizaines de mètres au-dessus de la structure centrale. Des douves aux eaux sombres et vaseuses, d'une largeur de six mètres environ, encerclaient le château. Le pont-levis était abaissé. Quand ils furent au pied des murailles, Fletcher remarqua que celles-ci étaient couvertes de lierre et de mousse.

Le cocher fit tourner ses chevaux, qui s'engagèrent sur le pont-levis, dont les planches émirent un grincement inquiétant. Mais la voiture pénétra sans encombre dans une cour pavée et exiguë, qu'assombrissaient de hauts murs ; seul un petit carré de ciel était visible. Une volée de marches en demi-cercle menait à de lourdes portes en bois – l'entrée principale du château, devina le garçon.

Dès que les chevaux s'immobilisèrent, un gros individu affublé d'un tablier, au visage rouge et bouffi, apparut devant la charrette ; il était flanqué de deux marmitons intimidés, qui s'empressèrent d'aller décharger la marchandise.

— En retard, comme d'habitude ! s'emporta l'homme. Que ça ne se reproduise plus, sinon, je demanderai à l'intendant de choisir un autre fournisseur. Il nous reste plus qu'une demi-heure pour préparer et servir le petit déjeuner !

— C'est pas ma faute, monsieur Mayweather, protesta le cocher. Un officier m'a obligé à aller chercher un novice, et ça m'a fait perdre du temps ! Explique-lui, toi, ajouta-t-il en donnant un coup de coude à Fletcher.

Ce dernier, qui avait encore du mal à prendre conscience qu'il était bel et bien à Vocans, acquiesça d'un signe de tête distrait.

— Bon, ça va pour cette fois, dit le dénommé Mayweather, s'adressant au cocher. T'avise plus de recommencer.

Puis il reporta son attention sur Fletcher et plus particulièrement sur son démon, qu'il observa sans mot dire. Une fois tous les cageots de fruits et de légumes déchargés, le garçon descendit de voiture et resta un instant indécis.

— D'où tu sors, petit gars ? lui demanda alors le cuisinier d'une voix bourrue mais amicale. T'es pas un noble, ça saute aux yeux. Et tous les plébéiens sont déjà arrivés. Quant aux élèves de seconde année, je les connais tous, évidemment. T'es nouveau, pas vrai ? T'as d'abord refusé de venir, et puis t'as changé d'avis, c'est ça ?

— Non, c'est Arcturus qui m'envoie… commença Fletcher, hésitant.

— Ah, je vois. Tu dois être un cas à part. Il y en a déjà deux… précisa Mayweather d'un ton mystérieux. Même s'ils sont beaucoup plus bizarres que toi, il faut bien le dire. D'habitude, ce sont les inquisiteurs qui se chargent de recruter les novices, tu sais, poursuivit-il en s'approchant pour examiner la salamandre de plus près. C'est rare qu'un mage-guerrier s'en occupe lui-même, vu qu'il doit alors se séparer d'un démon pour l'offrir à son élève. C'est quand même étrange que le capitaine Arcturus t'ait confié une créature aussi peu commune. J'en avais jamais vu de pareille !

— Où dois-je me rendre à présent ?

Il avait hâte de prendre congé du cuisinier, qui se montrait un peu trop curieux. Moins les gens en sauraient sur lui et sur la manière dont il était devenu invocateur, mieux cela vaudrait… Il ne fallait pas que quelqu'un finisse par découvrir qu'il était en réalité un fugitif.

— T'as de la chance, les cours commencent que demain. Les nobles arriveront ce soir, vu qu'ils préfèrent prendre du bon temps à Corcillum dans des auberges confortables. Quant aux professeurs, ils seront pas là avant demain matin, car la plupart viennent du front. Pour le moment, t'as qu'à aller voir le recteur Scipio, le seul mage-guerrier qui passe pas la moitié de l'année au combat ! Son cabinet de travail est dans le bâtiment principal, ajouta le cuisinier en désignant les doubles portes. Quant à moi, j'ai un petit déjeuner à préparer !

Sur ce, il tourna les talons et s'éloigna en se dandinant.

En dépit du démon enroulé autour de son cou, Fletcher n'avait pas l'impression d'être à sa place dans ce lieu imposant. Mieux valait toutefois aller trouver le recteur avant le petit déjeuner ; il espérait ensuite faire la connaissance des autres élèves, et peut-être se sentirait-il alors un peu moins perdu.

Il gravit les marches du perron, poussa l'un des lourds battants et pénétra dans un immense vestibule. De part et d'autre de la vaste salle s'élevait un escalier en spirale le long duquel courait une balustrade de métal. Fletcher compta cinq étages en tout. Au plafond, la lumière du jour filtrait par une coupole de verre, un éclairage naturel que venaient compléter des torches accrochées aux murs. À l'autre bout du vestibule, il remarqua une porte dont le porche de pierre sculpté piqua sa curiosité : y étaient représentés des centaines de démons de toutes sortes, des gemmes étincelantes incrustées dans leurs yeux, le tout exécuté avec une telle précision que le garçon en eut le souffle coupé. Il aperçut un jeune serviteur occupé à laver le sol de marbre ; celui-ci décocha un coup d'œil noir à Fletcher, qui se rendit alors compte qu'il n'avait pas essuyé ses bottes crottées avant d'entrer.

— Peux-tu m'indiquer où se trouve le cabinet de travail du recteur ? demanda-t-il, un peu embarrassé.

— Je vais t'y emmener, sinon, tu te perdrais, répondit le garçon avec un soupir. Viens, et sans lambiner, vu que j'ai encore beaucoup à faire avant l'arrivée des nobles.

— Merci beaucoup. Je m'appelle Fletcher. Et toi ?

Le serviteur regarda sa main tendue avec étonnement, puis la serra en souriant. Plus fluet encore que Fletcher, il avait des cheveux bruns qui soulignaient la pâleur maladive de son visage.

— C'est bien la première fois qu'un novice me pose cette question ! Et je t'en suis reconnaissant, précisa-t-il. Je suis Jeffrey. Si tu fais vite, j'aurai ensuite le temps de te montrer ta chambre. Tu pourras aussi me confier tes affaires sales, vu que c'est moi qui m'occupe du linge. Sans vouloir t'offenser, tu empestes.

Fletcher rougit. Il avait pris un bain la veille, mais il avait oublié que ses habits sentaient encore le mouton.

Jeffrey le conduisit au premier étage. Ils remontèrent un couloir le long duquel étaient alignées des armures, des piques et des épées, reliques de guerres des siècles précédents. À chaque pas, Fletcher découvrait avec émerveillement un nouveau tableau représentant une scène de bataille, et il fallut que le serviteur le tire par la manche pour l'obliger à avancer. Ils passèrent devant deux vitrines de verre dans lesquelles étaient empilés des bocaux remplis d'un liquide vert pâle : à l'intérieur de chacun d'eux flottait le corps sans vie d'un petit démon. Un peu plus loin,

Jeffrey désigna une énorme masse d'armes accrochée au mur, constellée de pierres acérées de la taille d'une pointe de flèche.

— Cette arme, qui a appartenu au chef des Amanye, une tribu d'orques, est l'un des trophées rapportés de la bataille du pont de Watford. C'est le recteur Scipio en personne qui a tué ce chef, expliqua le serviteur avec fierté. Un grand homme, notre recteur. Mais aussi sévère qu'un juge. Montre-toi des plus polis avec lui : regarde-le droit dans les yeux et ne t'avise pas de lui adresser la parole avant qu'il ne t'ait parlé. Il déteste les insolents tout autant que les lâches.

Sur ces mots, Jeffrey s'immobilisa devant une porte et cogna contre le battant.

— Entrez ! cria une voix tonitruante.

17

Un feu crépitant flambait dans la cheminée. La chaleur était étouffante dans la pièce mal éclairée.

— Ferme donc cette fichue porte ! ordonna le recteur, assis derrière un grand bureau. Il fait un froid de loup dans le couloir !

Fletcher s'exécuta à la hâte.

— Approche-toi à présent, que je t'examine, et découvre-toi, je ne vois pas ton visage !

Le garçon s'empressa d'obéir. Le démon, qui s'était réfugié dans son capuchon, bondit sur son épaule. L'individu se racla la gorge, puis alluma une bougie. Fletcher vit alors qu'il avait affaire à un vieil homme à la carrure massive, pourvu d'une énorme moustache et de favoris broussailleux.

— Ma foi, ce n'est pas tous les jours qu'on rencontre un démon comme celui-ci ! La seule fois où j'en ai vu un semblable, c'était sur le front, il y a des lustres.

Il s'empara d'un lorgnon et scruta la salamandre, qui eut un mouvement de recul.

— Ces petites créatures sont timides, mais puissantes, reprit le recteur en s'esclaffant bruyamment. Qui t'a donné celle-ci ? Quand un mage-guerrier parvient à invoquer un démon qui n'appartient pas à une espèce commune, je suis censé en être tenu informé !

— C'est Arcturus qui m'a envoyé ici, répondit Fletcher, dans l'espoir que cette explication suffirait à satisfaire la curiosité du recteur.

— Auquel cas tu as dû l'impressionner. Cela faisait au moins deux ans qu'un mage-guerrier n'avait pas recruté un novice lui-même. Tu as de la chance, tu sais. Pour commencer, la plupart des plébéiens se voient offrir des démons plus fragiles, généralement des mites, lesquelles se laissent aisément capturer. Quand nous avons besoin d'un nouveau démon, nous désignons un invocateur au hasard afin qu'il se charge d'aller le chercher dans l'Éther. Cette façon de procéder ne leur plaît guère, il faut le reconnaître, mais nous n'en n'avons pas encore trouvé de meilleure. Quoi qu'il en soit, il me faudra en toucher deux mots à Arcturus.

Fletcher hocha la tête, ce qui lui valut un regard sévère.

— Pas de ça ici ! Tu as donc perdu ta langue ? « Oui, recteur Scipio », voilà ce que je souhaite entendre !

— Oui, recteur Scipio, répéta le garçon en redressant les épaules.

— C'est mieux. Eh bien, que veux-tu ?

— M'inscrire dans cette école et apprendre à devenir un mage-guerrier.

— Ma foi, tu es déjà ici, il me semble ? Les inscriptions officielles auront lieu demain. Pour l'heure, fiche le camp, ajouta Scipio en le chassant d'un geste de la main.

Décontenancé, Fletcher quitta la pièce en prenant soin de refermer la porte derrière lui. Jeffrey l'attendait dans le couloir, une expression anxieuse sur le visage.

— Alors ? Ça s'est bien passé ? lui demanda-t-il en le conduisant vers un escalier.

— Mieux que ça. Il m'a autorisé à rester !

— Ce n'est pas étonnant. Ils ont besoin d'invocateurs. Voilà pourquoi ils acceptent tout le monde ou presque, maintenant. Des filles, des plébéiens et même des… Mais ce n'est pas à moi de te le dire, tu comprendras assez vite par toi-même.

Percevant la réticence du jeune serviteur, Fletcher jugea bon de ne pas insister et tâcha plutôt de ne pas perdre l'équilibre tandis qu'ils gravissaient un escalier raide et glacial, plongé dans la pénombre.

— Ils pourraient accrocher des torches au mur, fit-il observer.

— Ils essaient de réduire les dépenses autant que possible. On allumera davantage de feux dans les cheminées une fois que les nobles seront arrivés… sinon, ceux-ci risqueraient de se plaindre à leurs parents. La moitié d'entre eux sont d'insupportables freluquets. Certains savent néanmoins se montrer aimables…

— Je n'ai pas vu le démon du recteur Scipio, dit alors Fletcher. Sais-tu à quoi il ressemble ?

— Il n'en a plus capturé un seul depuis la disparition de son félis, il y a des années. On raconte que la mort de ce démon lui a brisé le cœur. Désormais, il se contente de diriger la Citadelle.

Jeffrey s'interrompit, pantelant, avant de s'immobiliser sur le palier du cinquième étage.

— Que t'arrive-t-il ? s'enquit Fletcher.

— Je m'essouffle facilement. C'est pour cette raison que je n'ai pas été jugé apte à m'engager dans l'armée.

Le garçon fut pris d'une quinte de toux, puis réussit à poursuivre :

— Mais comme je tenais à servir l'Empire, je me suis fait embaucher ici. Ça va aller, ne t'inquiète pas, j'ai simplement besoin de reprendre ma respiration.

Fletcher regarda Jeffrey avec respect. Si lui-même n'avait jamais éprouvé de sentiment patriotique, étant donné que Pelt se trouvait dans une région reculée d'Hominum, il admirait cet élan chez les autres.

Ils longèrent de sombres corridors avant d'arriver devant un escalier en colimaçon, que Jeffrey observa avec appréhension.

— Je peux me débrouiller seul, tu sais, proposa Fletcher. Indique-moi seulement où je dois me rendre.

— Dieu merci ! fit le garçon, soulagé. Tu verras, c'est très facile. Les logis des plébéiens sont en haut de la tour sud-est. J'enverrai quelqu'un récupérer ton linge sale. Pour l'instant, change-toi, tu en as bien besoin… Il y a un uniforme dans chaque chambre, vois si l'un d'eux te va.

Sur ce, Jeffrey rebroussa chemin, si rapidement que Fletcher n'eut pas le temps de lui poser la question qui lui brûlait les lèvres : pourquoi les plébéiens logeaient-ils à l'écart des autres novices ? Il haussa les épaules et s'engagea dans l'escalier. Sur chaque palier, il apercevait des pièces arrondies, la plupart remplies de vieux meubles et de bric-à-brac. Des courants d'air pénétraient par les meurtrières, glaçant le jeune homme jusqu'aux os et l'obligeant à recouvrir sa tête de son capuchon. Alors qu'il gravissait la dernière volée de marches, il entendit quelqu'un lancer au-dessus de lui :

— C'est sûrement un des serviteurs qui vient nous chercher pour le petit déjeuner !

L'accent rustique du garçon rappela à Fletcher celui des habitants de Pelt.

— Je suis affamée ! répliqua une voix féminine. J'espère qu'ils ne vont pas nous obliger à prendre notre repas en silence, comme hier matin.

— Mais non, c'était seulement parce que le vieux Scipio était là qu'ils nous ont demandé de nous taire, répondit son interlocuteur. Et il s'est tellement plaint du froid qu'il ne reviendra pas dans le réfectoire de sitôt.

Fletcher émergea dans une vaste salle arrondie, haute de plafond, et manqua de bousculer un garçon qui avait les cheveux blonds et le visage rubicond des gens originaires des provinces septentrionales.

— Oh, désolé ! fit ce dernier. Je t'ai pris pour un domestique. Tiens, laisse-moi t'aider, ajouta-t-il en s'emparant de la besace de Fletcher.

Celui-ci le laissa porter ses affaires jusqu'à une longue table placée au centre de la pièce.

— Rory Cooper, pour te servir, précisa le garçon en serrant la main du jeune homme. Sois le bienvenu dans notre modeste demeure !

Des tableaux représentant des démons et des mages-guerriers aux traits sévères et aux regards désapprobateurs étaient accrochés aux murs. Fletcher constata, dépité, qu'il régnait dans la salle un froid glacial. Puis il remarqua une jolie fille aux boucles rousses, au visage couvert de taches de son et aux yeux d'un vert lumineux qui lui souriait. Une créature qui ressemblait à un gros scarabée bleu battait des ailes sur la table. Une autre, à la carapace d'un vert irisé, se mit à voltiger autour de la tête de Rory, emplissant la salle d'un léger bourdonnement. Fletcher en conclut qu'il s'agissait de leurs démons, car il n'avait jamais vu d'insectes pareils – de la taille de sa paume, ils avaient des mandibules à l'aspect redoutable. Comme si elle avait perçu leur présence, sa salamandre remua à l'intérieur du capuchon, sans pourtant en sortir.

— Je suis Geneviève Leatherby, et toi ? s'enquit la jeune fille, qui rayonnait.

— Fletcher. Content de faire ta connaissance. Vous n'êtes… que tous les deux ? ajouta-t-il, un peu étonné. Je croyais que les plébéiens seraient plus nombreux…

— Les autres sont déjà en bas, ils attendent le petit déjeuner, expliqua Geneviève. Je croyais moi aussi qu'il y aurait davantage d'élèves, mais vu la pénurie d'invocateurs, cela ne devrait pas me surprendre ; c'est pour une raison semblable que les femmes ont été autorisées à s'engager dans l'armée il y a des années. Bref, en définitive, nous ne sommes que cinq et…

— Tu oublies les deux autres, l'interrompit Rory d'un air mystérieux. Ils sont arrivés tard hier soir et se sont aussitôt enfermés dans leurs chambres. Nous ne les avons pas encore rencontrés… Mais ils ne savent pas ce qu'ils perdent, vu que j'ai bien amusé la galerie jusqu'à présent ! précisa-t-il, hilare. Et ils apprécieront mon sens de l'humour, j'en suis sûr. Tout le monde finit par m'aimer, c'est comme ça, je n'y peux rien !

— Sottises ! rétorqua la jeune fille d'un ton taquin. Tu n'es qu'un agaçant fripon !

Rory adressa alors un clin d'œil à Fletcher et lui montra une large porte.

— Pourquoi ne pas aller te présenter aux nouveaux venus ? suggéra-t-il. Ils accepteront peut-être de se joindre à nous pour le petit déjeuner.

18

Le petit couloir donnait sur plusieurs pièces. Un violent courant d'air entra par une lucarne et fit claquer la porte derrière Fletcher. Si personne ne se décidait à chauffer l'endroit, l'hiver allait être long et rigoureux.

Il entendit un bruit venant de la chambre la plus proche et toqua discrètement en espérant que son occupant était déjà réveillé. La porte s'ouvrit d'elle-même – le vent l'avait sans doute entrebâillée.

— Il y a quelqu'un ? appela Fletcher en s'avançant sur le seuil.

Avant même qu'il ait le temps de saisir ce qui lui arrivait, il fut brutalement projeté en arrière et se retrouva sur le dos, plaqué au sol, face à une gueule béante qui essayait de lui arracher le visage. Il parvint à serrer les doigts autour du cou de la créature, mais il lui fallut fournir un effort inouï pour repousser ses crocs dégoulinants de bave. Soudain, la salamandre poussa un hurlement strident et se jeta sur le museau de la bête, qui se mit à glapir à chaque coup de griffes.

— Assez, Sariel ! ordonna la voix mélodieuse d'une jeune fille. Je crois qu'il a compris.

La créature se redressa, restant toutefois assise en travers de la poitrine de Fletcher, qui put enfin avoir un aperçu de son assaillant : un canid presque aussi gros que Sacharissa, au pelage blond et bouclé, telle la coiffure raffinée d'une dame de Corcillum. Son museau fin et allongé se terminait par une truffe noire et humide, qui reniflait le jeune homme avec intérêt.

— Pousse-toi de là ! s'exclama celui-ci avec fougue.

Le démon, pantelant, s'écarta enfin, sans pour autant détacher ses quatre yeux cruels du visage de Fletcher.

— Je vais écrire aux chefs de mon clan pour me plaindre ! reprit la voix féminine avec amertume. C'est un scandale : je me retrouve à l'étage des plébéiens, obligée de loger dans une chambre aussi peu confortable qu'une cellule de prison, dans laquelle un rustre se permet d'entrer sans y avoir été invité ! Quand on m'a offert Sariel, j'ai cru que l'Empire prenait nos pourparlers de paix au sérieux… Je me suis trompée !

Fletcher dévisagea avec stupéfaction celle qui venait de s'exprimer : la jeune fille à la chevelure argentée avait un visage pâle et délicat, des oreilles fines et pointues, et de grands yeux de la couleur d'un ciel limpide, lesquels, remplis de méfiance, étaient embués de larmes. Une elfe… vêtue d'une simple chemise de nuit de dentelle !

Affreusement gêné, le jeune homme détourna la tête et se releva.

— Du calme, je voulais juste te saluer ! protesta-t-il sans oser la regarder. Loin de moi l'idée de t'effrayer.

— *M'effrayer ?* Moi ? Je suis tout simplement furieuse ! Personne ne t'a dit qu'il s'agissait des chambres réservées aux filles ? Tu n'as rien à faire ici ! brailla-t-elle avant de lui claquer la porte au nez.

— Je ne suis qu'un imbécile, bougonna-t-il, penaud.

Rory passa la tête dans le corridor et le dévisagea d'un air plein de commisération.

— J'ai l'impression que cette première rencontre ne s'est pas déroulée aussi bien que prévu.

— Ce couloir est réservé aux filles ! aboya Fletcher en retournant dans la salle commune. Tu aurais pu me prévenir !

— Je ne savais pas, je le jure ! assura le garçon rougeaud. Mais ça me paraît logique à présent, vu que Geneviève loge elle aussi de ce côté et qu'il y a une chambre vide à côté de la mienne…

— C'est bon, je ne t'en veux pas, le coupa Fletcher. Tâche seulement d'être un peu moins sot à l'avenir, histoire de ne pas nous faire honte devant les nobles.

En voyant Rory blêmir, il regretta aussitôt ses paroles, dictées par la colère.

— Désolé, reprit-il en donnant une petite tape dans le dos du garçon. Ce n'est pas tous les jours qu'un canid essaie de me dévorer ! Bon, que disais-tu à propos de cette chambre vide ? ajouta-t-il, soucieux de changer de sujet.

— Il ne reste plus que celle-ci ! répondit Rory, retrouvant sa bonne humeur. Mais c'est loin d'être la plus agréable…

Il conduisit Fletcher au bout d'un couloir presque identique au précédent et le fit entrer dans une pièce spacieuse, meublée d'un lit d'aspect confortable, d'une large armoire et d'un petit bureau. Le jeune homme grimaça cependant à la vue de la lucarne dépourvue de vitre ; il lui faudrait la boucher. Il remarqua également un uniforme sur le lit – une veste bleu marine croisée et un pantalon assorti. Il le déplia et poussa un gémissement de dépit : l'étoffe râpée était déchirée en plusieurs endroits, et les boutons de cuivre à moitié décousus.

— Ne t'en fais pas, j'arrangerai ça après le petit déjeuner, déclara Geneviève, qui venait d'apparaître sur le seuil. Ma mère est couturière.

— Merci beaucoup, répondit Fletcher.

— Alors, à quoi ressemble celle que tu viens de rencontrer ? s'enquit la jeune fille, les yeux brillants de curiosité. Elle vient du Sud, comme moi ?

— Euh… je n'en suis pas sûr.

Puisqu'il avait déjà gâché la matinée de l'elfe, il n'avait pas envie de colporter des ragots sur son compte. Mieux valait la laisser faire connaissance avec les autres comme elle l'entendrait. Il continuait pourtant à s'étonner de sa présence dans la Citadelle. Les elfes n'étaient-ils pas censés être encore les ennemis de l'Empire ?

Ses pensées furent interrompues par son démon, qui choisit ce moment pour bondir hors du capuchon de sa pelisse ; il atterrit sur le plancher et, d'un coup de queue, fit tomber l'uniforme sur le sol, puis se roula avec contentement sur le tissu rugueux. Rory l'observait d'un air si ébahi que Fletcher s'esclaffa.

— C'est une salamandre, précisa celui-ci.

Tandis qu'ils regagnaient la salle commune, Rory lui demanda :

— Et un canid, c'est quoi ?

Le démon alla se percher sur l'épaule de Fletcher, depuis laquelle il étudia son nouvel environnement.

— Tu le découvriras bien assez tôt. Disons toutefois qu'un canid ressemble autant à un chien que ta mite à un scarabée, ajouta le jeune homme d'un ton docte, content de faire étalage de ses connaissances pourtant très vagues sur la question.

— Nos démons sont donc des… mites ? fit Geneviève, tendant la main pour que le gros insecte bleu vienne s'y poser.

— Oui, d'après ce que j'ai saisi, répliqua Fletcher en s'asseyant à la table. En tout cas, le recteur Scipio a employé ce terme.

— J'ai décidé de baptiser le mien Malachi, car sa couleur me rappelle celle de la malachite ! crut bon de préciser Rory en regardant le scarabée vert grimper le long de son bras.

— Et le mien est Azura, annonça Geneviève.

Elle se tut et scruta Fletcher d'un air interrogateur.

— Alors, comment s'appelle le tien ? fit Rory, voyant que le jeune homme restait muet.

— Eh bien… je n'ai pas encore eu le temps d'y réfléchir, bredouilla l'intéressé. Je sais simplement qu'il s'agit d'un démon salamandre et qu'il crache du feu. Vous m'aiderez à lui donner un nom pendant le petit déjeuner, d'accord ?

— Excellente idée ! s'exclama Rory. Sa peau grenat est vraiment très belle…

— Je préférerais que son nom ne se rapporte pas à sa couleur, s'empressa de dire Fletcher, qui espérait trouver quelque chose de plus original.

À cet instant, une femme opulente, à l'allure sévère, entra dans la pièce, un gros panier rempli de linge sous le bras.

— Fichez le camp, que je puisse faire le ménage ! ordonna-t-elle en chassant d'un geste les trois novices vers l'escalier. Allez attendre en bas, ça vous évitera de faire des bêtises ici.

— Tu crois qu'on aurait dû avertir les deux autres ? demanda Geneviève, jetant un coup d'œil à Fletcher qui dévalait les marches derrière elle.

— Non, répondit-il, n'ayant pas la moindre envie de revoir l'elfe dans l'immédiat. La servante les avertira.

Pendant la descente, son démon se rendormit autour de son cou. Avait-il tort de se montrer aussi indulgent avec la salamandre, laquelle paraissait très paresseuse ? se demanda-t-il en observant Malachi et Azura, qui tournoyaient sans répit autour de leurs propriétaires.

Ils finirent par atteindre le rez-de-chaussée. Quand ils traversèrent le vestibule, Fletcher adressa un petit geste d'excuse à Jeffrey, toujours occupé à frotter le sol de marbre ; celui-ci leva les yeux au ciel en affichant un sourire amusé, puis se remit au travail. Ils pénétrèrent dans une salle basse de plafond, meublée de trois rangées de longues tables et de bancs, au-dessus desquels étaient suspendus plusieurs lustres éteints. Au centre du réfectoire se dressait la statue d'un homme barbu, vêtu d'une armure.

À sa grande surprise, Fletcher remarqua qu'il n'y avait que deux garçons déjà attablés, en train d'engloutir un bol de bouillie d'avoine. Le premier, les cheveux noirs et le teint olivâtre, devait être originaire de l'un des villages qui bordaient la frontière orientale d'Hominum, où s'étendait le désert d'Akhad. Il avait un beau visage aux traits délicatement ciselés et des yeux pétillants, ombrés de longs cils. Le second, grassouillet, avait des cheveux bruns coupés très court et des joues rebondies. Dès que Fletcher prit place à côté d'eux, ils se présentèrent : Séraph et Atlas.

— Où sont les novices de seconde année ? demanda le jeune homme, intrigué, tandis qu'un serviteur déposait devant lui des céréales, du pain et du jambon.

— Ils mangent plus tard que nous, Dieu merci ! marmonna Atlas, délaissant sa cuiller pour lécher l'intérieur de son bol.

— Ils font la grasse matinée, précisa Séraph en regardant Atlas d'un air décontenancé. Ils ont besoin de davantage de repos, à cause des entraînements soutenus qu'on leur impose. Ils se rendent même sur le front une fois par semaine. J'ai hâte d'être à leur place ! ajouta-t-il avec entrain.

— Si tu savais ce qui s'y passe, tu serais moins impatient, murmura Geneviève avec une pointe de tristesse.

Fletcher devina qu'elle avait dû perdre un être cher à la guerre. Peut-être était-elle orpheline, comme lui.

— Où sont vos démons ? s'enquit-il en dévisageant les deux garçons.

— Nous n'avons pas encore reçu les nôtres, répondit Atlas sur un ton un peu envieux. On nous a dit que les professeurs nous les donneraient demain. Il n'y en avait que deux pour quatre novices, le jour de notre arrivée.

— Et j'ai bien fait d'attendre, déclara Séraph. Quand on m'a proposé l'une des mites, j'ai refusé. J'avais mené ma petite enquête auprès des serviteurs : selon eux, ces démons sont les plus faibles de tous.

— Je suis très content de Malachi, affirma Rory, sur la défensive. Je ne l'échangerais contre rien au monde !

— Oh, je ne voulais pas te vexer, répliqua Séraph. Je suis sûr que j'éprouverai un attachement similaire pour le démon qu'on me remettra, que ce soit une mite ou non.

Rory laissa échapper un grognement.

— Que sais-tu des autres espèces ? demanda Fletcher avec curiosité, s'adressant à Séraph, qui semblait s'y connaître.

Mais avant que le garçon puisse répondre, Atlas, le doigt pointé vers l'entrée du réfectoire, réprima une exclamation. Fletcher se retourna et comprit ce qui avait suscité l'étonnement de son camarade : un nain accompagné d'un démon venait de franchir le seuil.

19

Le nain, barbu et robuste, ressemblait à Athol. Il lança aux élèves un regard noir avant de prendre un plateau des mains d'un serviteur qui le fixait avec nervosité. Il alla ensuite s'installer à une autre table, dos aux autres convives. Ces derniers continuèrent de jeter des coups d'œil curieux dans sa direction, mais ce fut surtout son démon qui fascina d'emblée Fletcher : une créature bipède d'un mètre environ, qu'on aurait pu prendre pour un enfant si elle n'avait eu un corps trapu, des bras et des jambes musclés. Plus étonnant encore, la surface de sa peau bosselée semblait rugueuse, comme si le démon avait été taillé dans un bloc de pierre couvert d'une fine couche de mousse. Ses mains étaient pareilles à des mitaines, pourvues d'un pouce épais. À chacun de ses mouvements, Fletcher percevait un crissement rocailleux.

Le démon tourna vers les novices ses petits yeux noirs, profondément enfoncés dans leurs orbites.

— C'est un golem, chuchota Séraph. Il est difficile d'en capturer. Les serviteurs m'ont raconté qu'ils atteignent parfois plus de trois mètres de haut : il est donc préférable de les attraper quand ils sont encore jeunes. J'espère qu'on m'en offrira un…

— C'est peu probable, répliqua Atlas. Celui-ci a dû lui être donné en preuve de bonne foi, par égard pour le conseil des nains. Je savais que ces gens étaient désormais autorisés à s'engager dans l'armée, mais j'ignorais qu'ils pouvaient devenir invocateurs. Je me demande quel genre de monture ils arriveront à chevaucher s'ils se retrouvent dans la cavalerie… Avec leurs petites jambes, ils doivent être incapables de talonner ne serait-ce qu'un poney !

À cette idée, le garçon ricana. Sans relever cette plaisanterie de mauvais goût, Fletcher quitta son banc et observa le nain solitaire.

— Qu'est-ce que tu fais ? siffla Rory en saisissant la manche de son camarade.

— Je vais me présenter.

— Tu as vu le coup d'œil qu'il nous a lancé ? bredouilla Geneviève. Il a envie de rester seul.

Sans répondre, Fletcher ôta la main de Rory de son bras. Il avait décelé une lueur de rancœur dans le regard que le nain leur avait décoché en entrant dans le réfectoire – un sentiment qu'il connaissait bien pour l'avoir lui-même maintes fois éprouvé enfant quand les autres petits villageois le tenaient à l'écart de leurs jeux.

Lorsqu'il s'approcha, le golem gronda d'un air menaçant, ouvrant une gueule édentée. Le nain se retourna, plein d'appréhension. Le garçon lui tendit la main avec amabilité.

— Je suis Fletcher.

— Et moi, Othello, se contenta de rétorquer le nain. Qu'est-ce que tu me veux ?

— Faire ta connaissance, reprit Fletcher en baissant la main, que le nain refusait de serrer. Pourquoi ne viens-tu pas t'asseoir à notre table ? Il y a de la place.

Othello lança un coup d'œil aux autres novices, qui le considéraient avec anxiété.

— Je suis très bien ici. Merci d'avoir essayé, mais je ne serai pas le bienvenu parmi vous, bougonna le nain avant de se pencher de nouveau vers son bol.

— Tu te trompes ! insista Fletcher. Nous serons tous ensemble quand il s'agira d'affronter les orques.

— Tu ne peux pas comprendre, reprit Othello. Ma présence ici est purement symbolique. L'empereur Harold est plein de bonne volonté, mais ce sont ses généraux qui prennent les décisions sur le terrain. En réalité, ils n'ont pas la moindre intention de nous accepter dans l'armée, et ils envoient la plupart de nos recrues sur le front elfique, avec les vieux soldats dont personne ne veut plus. Comment les persuader que nous sommes d'excellents guerriers, alors qu'ils sont aveuglés par leurs préjugés ?

— L'Académie Vocans accepte tout le monde à présent, répliqua Fletcher, qui ressentait de la compassion pour le nain. Même les filles et les plébéiens ! Il n'y a que des plébéiens à notre table, vois-tu. Les nobles n'arriveront que demain.

Il se tut un bref instant avant de se pencher vers Othello.

— Ils ont tellement besoin de novices qu'ils se moquent de leurs origines, chuchota-t-il. Tout ce qui leur importe, c'est de recruter des mages-guerriers désireux de combattre. Il y a aussi une elfe !

Un sourire triste se dessina sur les lèvres du nain, qui se décida enfin à lui serrer la main.

— J'ai déjà fait sa connaissance. Nous avons même eu une conversation… plutôt instructive quand nous attendions qu'on nous remette nos démons. Quoi qu'il en soit, j'espère que tu as raison. Excuse-moi de m'être montré impoli.

Othello se leva et prit son plateau.

— C'est déjà du passé ! assura Fletcher. Au fait, j'ai rencontré un autre nain, hier. Il m'a donné ceci.

Le jeune homme tira de sa poche la carte ornée d'une enclume.

— Cache ça tout de suite, siffla Othello.

Malgré son étonnement, Fletcher obtempéra.

Ils allèrent s'attabler avec les autres novices, qui interrompirent aussitôt leur bavardage, comme intimidés par le nain. Fletcher fit les présentations.

— Bonjour à tous, dit Othello, un peu gêné.

On lui répondit par des signes de tête. Ce fut Rory qui rompit soudain le silence :

— Autant dire que j'aimerais bien avoir une moustache et une barbe pareilles ! Tu as toujours été comme ça ? s'enquit-il en caressant son menton glabre.

— Tu veux sans doute savoir si je suis né ainsi ? répliqua le nain avec un sourire narquois. Eh bien, non. Mais, selon nos croyances, nous commettrions un péché si nous nous rasions : puisque notre Créateur nous a fait ainsi, nous respectons sa volonté. S'il nous a donné des poils et des cheveux, c'est pour que nous les gardions.

— Dans ce cas, pourquoi est-ce que tu ne laisses pas pousser tes ongles ? demanda Atlas en désignant ceux d'Othello, soigneusement limés. Tout ça me paraît absurde, ajouta-t-il sans le moindre tact.

— Atlas ! le réprimanda Geneviève.

— Sa question est légitime, reprit Othello. Nous considérons que la partie de l'ongle qui dépasse du doigt est morte, et qu'elle n'appartient donc plus à notre corps. De nos jours, ces croyances relèvent davantage de la tradition que de la religion. Nombre de nains se taillent la barbe, et les plus jeunes vont même jusqu'à se la teindre. Mais tout le monde sait ce genre de choses. Tu n'es pas d'ici, si je comprends bien ?

— Je viens d'un village de l'ouest de l'Empire, près de la mer Vésanienne, répliqua Atlas. Et toi, tu es originaire de Corcillum ?

Othello resta bouche bée. Séraph répondit à sa place :

— Les nains vivaient déjà ici bien avant l'arrivée des humains. Ce sont eux qui ont fait dévier le cours des fleuves, qui ont déboisé et assaini ce territoire, et qui ont dressé les grandes bornes de pierre qui délimitent encore aujourd'hui les frontières d'Hominum.

Othello sourit, impressionné par les connaissances du jeune plébéien.

— Les humains s'y sont établis il y a deux mille ans, après avoir traversé l'immense désert d'Akhad, poursuivit Séraph, voyant qu'il avait capté l'attention de ses compagnons. La plupart se sont installés à Corcillum, la capitale des nains, et les deux peuples ont d'abord travaillé et commercé en paix. Puis une épidémie s'est répandue, qui a surtout affecté les nains. Peu après, le premier de nos empereurs a pris le pouvoir avec l'appui de quelques familles influentes, lesquelles forment maintenant notre aristocratie : un petit groupe d'invocateurs capables de contrôler des démons beaucoup plus puissants que ceux de nos mages-guerriers actuels. C'est pour cette raison que tous les enfants qui ont du sang noble sont en mesure d'invoquer : ils ont hérité des aptitudes de leurs ancêtres.

— Et cela explique aussi pourquoi nous nous sommes si souvent révoltés, ajouta Othello à voix basse. Même si c'était insensé, car nous étions moins nombreux et n'avions pas d'invocateurs parmi nous. À la suite de l'épidémie, la population de nains n'a plus jamais augmenté, à cause d'une loi qui nous a été imposée par les ancêtres de votre souverain. Nous sommes obligés de vivre dans un quartier précis de la cité et ne pouvons donner naissance qu'à un nombre limité d'enfants chaque année. Nous n'avons même pas le droit de posséder des terres.

Tous les novices se rembrunirent. Fletcher sentait la colère monter en lui, semblable à celle qu'il avait éprouvée quand Didric s'en était pris à lui. Ce que subissaient les nains était affreux. Seul Atlas paraissait dubitatif. Fletcher, voyant qu'il s'apprêtait à protester, s'empressa de le devancer :

— Puisque tu as mené ta petite enquête, Séraph, racontenous un peu ce que nos professeurs nous réservent dans les mois à venir ?

L'intéressé, visiblement ravi de pouvoir dispenser son savoir, se pencha vers ses compagnons en souriant.

— J'ai entendu dire que les élèves sont jugés équitablement à Vocans, et que les postes d'officiers que nous obtiendrons dans l'armée seront attribués au mérite : mieux on s'en sortira lors des examens, plus on montera en grade. Il y a cependant un problème. Nous autres plébéiens sommes d'emblée défavorisés : les démons qui nous sont confiés sont plutôt faibles. Les nobles, en revanche, les héritent de leurs parents, qui prennent soin de capturer des créatures puissantes pour leurs enfants. Certains ont même la chance de se voir offrir un démon ayant déjà appartenu à leur père ou à leur mère, même si c'est assez rare. J'ignore tout des caractéristiques de la salamandre de Fletcher, car c'est la première fois que j'en vois une. Mais ton golem, Othello, sera doté d'une force immense quand il aura grandi… du moins d'après ce que j'ai entendu dire à propos de cette espèce.

— Si je comprends bien, nous devrons donc nous contenter de nos mites, Rory et moi ? demanda Geneviève, décontenancée.

— Vous aurez toujours la possibilité d'en capturer un autre dans l'Éther, répondit Séraph. Je ne sais pas vraiment comment il faut s'y prendre… Je crois que c'est plus risqué quand on possède un démon trop fragile. Pour ma part, j'espère obtenir autre chose qu'une simple mite. C'est une espèce très utile quand on a besoin d'éclaireurs, et leurs mandibules sont redoutables, mais le niveau de leur mana est assez bas, et les mites ne peuvent rivaliser avec d'autres démons, pas même avec un jeune canid.

Avant que Fletcher puisse lui demander ce que le terme « mana » signifiait, Geneviève, qui observait Azura en train de voltiger près du plafond, poussa un soupir.

— Je vois, fit-elle, un peu dépitée. Rory et moi, nous serons désavantagés.

Le scarabée se posa sur la statue qui trônait au centre du réfectoire et entreprit de grimper jusqu'à l'un des yeux de pierre.

— Qui représente-t-elle ? demanda Fletcher.

— Ignatius, répondit Othello en désignant une plaque de métal fixée au piédestal. Le bras droit de l'empereur Corwin et le fondateur de l'Académie Vocans, à l'époque où cette école n'était qu'un campement au milieu d'un champ. Il a péri il y a près de deux mille ans, lors de la Première Guerre orquienne, mais on raconte qu'il a mené la charge héroïque qui a conduit à la défaite des orques.

— Ça y est, j'ai trouvé, murmura alors Fletcher en regardant son démon.

Celui-ci, perché sur son bras, était occupé à lécher avec un plaisir évident ses restes de bouillie d'avoine.

— Quoi donc ? fit Rory.

— J'ai choisi le nom de ma salamandre : elle s'appellera Ignatius !

20

Une fois le repas achevé, tous ces nouveaux compagnons décidèrent de regagner leurs chambres pour se reposer. Fletcher, lui, n'avait aucune envie de se tourner les pouces dans une pièce pleine de courants d'air. Jugeant plus utile d'en apprendre davantage sur la Citadelle, il décida d'imiter Séraph, qui s'était renseigné auprès des serviteurs, et alla trouver Jeffrey. Par chance, celui-ci était encore dans le vestibule, tout à sa tâche.

— Tu veux bien me faire visiter les lieux ? À quoi bon continuer de laver ce sol ? Les élèves de seconde année vont le salir de nouveau quand ils descendront prendre leur petit déjeuner.

— Oh, c'est pour éviter que M. Mayweather me réprimande. Mais si je sers de guide à un novice, il se montrera plus indulgent. En revanche, évitons de monter les marches quatre à quatre, d'accord ? ajouta Jeffrey en souriant. Bon, qu'as-tu envie de découvrir ?

— Tout ! J'ai la journée devant moi.

— Dans ce cas, moi aussi ! s'exclama le serviteur, rayonnant. Commençons par la salle des invocations.

Celle-ci se trouvait au même étage, dans l'aile est. Jeffrey eut du mal à pousser les battants d'acier des grandes portes, qui grincèrent sur leurs gonds rouillés. Une torche à la main, il entra le premier. Le sol, couvert d'épaisses bandes de cuir, paraissait adhérer aux semelles de Fletcher, qui s'avança seul, son compagnon étant visiblement réticent à s'éloigner du seuil. Au milieu de la pièce était peint un immense pentacle ; en son centre partait une spirale d'étoiles de plus en plus petites ; chacune était entourée de symboles étranges, semblables à ceux que le jeune homme avait vus dans le livre de Baker. S'agissait-il des codes que l'invocateur avait mentionnés ?

— Pourquoi emploie-t-on du cuir ?

— Pour qu'ils fonctionnent, il faut que les pentacles et les symboles soient dessinés sur un matériau organique. Par le passé, il y avait un plancher, mais le bois prenait souvent feu, et il fallait sans cesse le remplacer. Le recteur a décidé qu'il valait mieux se servir de cuir : parfois, ces bandes fument et empestent ; malgré tout, on ne risque plus l'incendie dès qu'un démon voyage dans l'Éther.

— Vraiment ? s'exclama Fletcher en examinant des tabliers de cuir accrochés le long d'un mur. Je n'en avais pas la moindre idée. Comment se déroule une séance d'invocation, au juste ?

— Je n'en sais rien. Tu ferais mieux d'interroger un élève de seconde année… à supposer que l'un d'eux accepte de te répondre. La concurrence est rude, et ils rechignent à aider les débutants par crainte que ces derniers n'obtiennent les postes d'officiers qu'ils briguent. Je n'aime guère cette façon de voir, mais, selon le recteur, il est bon que les novices aient un avant-goût de la compétition acharnée qui règne sur le front. Partons d'ici, cet endroit me donne la chair de poule !

Il conduisit ensuite Fletcher jusqu'au deuxième étage.

— Voici la bibliothèque, annonça Jeffrey en ouvrant une porte. Si ça ne t'ennuie pas, je vais t'attendre dans le couloir. Il y a trop de poussière à l'intérieur.

Sans hésiter, Fletcher franchit le seuil. Dans la profonde salle, plongée dans la pénombre, tous les murs étaient bordés d'étagères chargées de livres, certains plus épais encore que le grimoire de James Baker. De longues tables étaient disposées à intervalles réguliers.

— On y trouve des milliers de récits et d'essais théoriques rédigés par les invocateurs d'antan, expliqua le serviteur, appuyé contre le chambranle. Ce sont pour la plupart des journaux et des mémoires, certains composés il y a plus d'un millénaire. Rares sont les novices qui viennent étudier ici, car ils sont déjà surchargés de travail. Ce sont généralement les plébéiens qui y passent le plus de temps, en tout cas ceux qui n'ont pas envie de dépenser leur solde à Corcillum quand on leur laisse quartier libre en fin de semaine. D'ailleurs, ils préfèrent souvent rester ici afin de rattraper leur retard, vu que les nobles, grâce à leurs parents, ont déjà pu acquérir une instruction étendue dans le domaine de l'invocation.

— C'est fascinant, murmura Fletcher en contemplant les piles d'ouvrages. Dommage que cette bibliothèque ne serve pas davantage. Elle doit receler des trésors de savoir, pas vrai ?

— Aucune idée. Depuis quelque temps, par nécessité, l'enseignement théorique a été délaissé au profit de leçons plus pratiques, c'est tout ce que je sais. Plus personne n'a de temps à consacrer à l'expérimentation et à la recherche… Désormais, tout ce qui leur importe, c'est d'envoyer des mages-guerriers au combat.

À cet instant, Fletcher aperçut un groupe s'éloigner dans le couloir, en direction de l'escalier.

— Ce sont les élèves de seconde année, précisa Jeffrey. Ces derniers mois ont été éprouvants pour eux. Les autorités militaires ont besoin de davantage d'officiers depuis que les nains ont été autorisés à s'engager ; sans compter les prisonniers qui risquent d'être enrôlés à leur tour. Et les novices les moins doués de tous se verront attribuer ces bataillons de nains ou de criminels dont personne ne veut, ou bien seront envoyés sur le front elfique, où rien ne se passe.

Mener des nains au combat ne devait pas être si affreux que cela. Fletcher évita cependant d'émettre cette remarque à haute voix – à quoi bon se quereller avec le jeune serviteur, qui avait tant de choses à lui apprendre ?

Il reporta son attention sur les élèves qui descendaient à présent les marches ; aucun démon ne les accompagnait, mais de minuscules sphères incandescentes d'un bleu vaporeux, pareilles à des lucioles, flottaient autour de leurs têtes. Fletcher s'en étonna, tandis que Jeffrey et lui s'engageaient à leur tour dans l'escalier.

— Les démons ne sont pas autorisés à circuler dans la Citadelle, hormis dans les chambres et lors de certaines leçons, précisa le serviteur. Quant à ces lumières, on les appelle des flammelles. Les novices apprennent à les faire apparaître dès les premiers cours, je crois. D'ici quelques jours, tu te promèneras toi aussi avec l'une d'elles !

— Je suis impatient… dit Fletcher en suivant du regard les globes bleus qui voltigeaient.

Une fois dans le vestibule, Jeffrey se dirigea vers la porte donnant sur la salle des invocations et bifurqua vers un escalier, lequel descendait au sous-sol.

— Le château est immense, mais la plupart des pièces servent à loger les élèves, les professeurs et les domestiques. Les autres salles sont vides ou utilisées comme débarras, à l'exception de quelques-unes, réservées aux cours, expliqua Jeffrey tandis que le bruit de leurs pas résonnait sur les marches de pierre.

Ils arrivèrent dans un couloir humide, où Fletcher remarqua aussitôt des rangées de fers et de chaînes fixés le long d'un mur. Un peu plus loin, ils passèrent devant plusieurs geôles munies de barreaux.

— Quel est cet endroit ? demanda-t-il, réprimant un frisson.

— Cette partie de la Citadelle a été construite il y a huit ans, dans les premiers temps de la guerre. Ces cellules étaient réservées aux déserteurs. Les autorités militaires s'arrangeaient pour que les soldats passent une nuit dans cette prison avant d'être envoyés sur le front. De cette façon, ces hommes savaient ce qui les attendait s'ils s'avisaient de s'enfuir. À ce qu'il paraît, seuls quelques dizaines d'entre eux ont été enfermés ici, au tout début. Maintenant, quand un déserteur est rattrapé, les officiers se contentent de le faire fouetter et de l'expédier de nouveau en première ligne.

L'oppressant corridor déboucha dans un immense amphithéâtre arrondi, garni de gradins de pierre susceptibles d'accueillir cinq cents personnes au moins.

— À quoi peut servir une arène dans le sous-sol de la Citadelle ? s'exclama Fletcher.

— D'après toi, mon garçon ? répliqua derrière lui une voix rauque. Pour exécuter les orques que nous capturons et remonter le moral des troupes qui viennent assister au spectacle !

Fletcher et Jeffrey firent volte-face et se retrouvèrent nez à nez avec un individu édenté, aux cheveux grisonnants, qui s'appuyait sur un bâton. Il lui manquait un pied et une main, respectivement remplacés par un épais sabot de bois et un crochet acéré. Plus étrange encore, il portait une cotte de mailles chatoyante sous un surcot sans manches, vert foncé et argenté – une armure d'autrefois, aux couleurs d'une des plus vieilles et des plus illustres maisons de l'Empire.

— Je plaisante, ricana le nouveau venu. Personne n'a jamais pu attraper un orque vivant ! Nous avons capturé quelques gremlins, seulement, il n'y a rien de très gratifiant à voir ces créatures pisser dans leur pagne. Sans compter que ces esclaves éprouvent sans doute plus de ressentiment pour leurs maîtres que pour nous.

En boitillant, il se dirigea vers le centre du terrain tapissé de sable.

— Allez, amène-toi ! fit-il à Fletcher en brandissant son bâton. Et voyons ce dont tu es capable avec ce khopesh. Cela faisait longtemps que je n'en avais pas vu un de près. J'ai peut-être perdu ma main droite à la guerre, mais je suis encore capable de t'enseigner deux ou trois petites choses utiles avec la gauche. Que diantre, c'est à ça que je sers, après tout !

— Bon sang, qui est ce vieux bonhomme ?

Qui pouvait être assez fou pour passer son temps dans les oubliettes de la Citadelle ?

— Messire Caulder, le maître d'armes ! chuchota Jeffrey d'un ton respectueux.

De la pointe de son bâton, l'intéressé traça une ligne sur le sable et fit signe à Fletcher d'approcher.

— Dépêche un peu. Je suis éclopé, je te l'accorde, mais je n'ai pas que ça à faire !

Le jeune homme regarda son démon et, par la pensée, lui ordonna de rester près de Jeffrey. Puis il s'avança dans l'arène. Le maître d'armes leva son crochet pour le saluer d'un air taquin.

— Je sais déceler si un novice fera un bon officier. Seras-tu à la hauteur lors de ce combat ?

— Je n'ai pas envie de vous blesser, messire, répliqua Fletcher. Cette lame est vraiment tranchante.

Il dégaina son khopesh et le tendit à Caulder afin qu'il l'examine.

— Je suis vieux, mais c'est avec l'âge que vient l'expérience. Mon bâton est deux fois plus dangereux que ton épée, même si je ne peux le tenir que d'une main !

Le jeune homme en doutait : Caulder, maigre comme un clou, semblait dépourvu de toute vigueur. Fletcher agita son arme à contrecœur en prenant soin de ne pas toucher son adversaire. Ce dernier ne fit pas mine de se défendre, laissant même la pointe du khopesh lui frôler la poitrine.

— Assez joué, petit gars, aboya-t-il. Il est temps de passer aux choses sérieuses.

Le bâton fouetta l'air et s'abattit brutalement sur le crâne de Fletcher, qui plaqua la main contre son oreille. Il sentit un filet de sang couler déjà dans son cou.

— Ton khopesh n'arriverait même pas à transpercer cette cotte de mailles ! le défia le vieillard.

— Je n'étais pas prêt, grommela le garçon avant de porter, des deux mains, un coup vers le ventre de Caulder.

Le bâton descendit comme un marteau, frappant si violemment la lame du khopesh que la pointe s'enfonça dans le sable. Avant que le jeune homme puisse réagir, il reçut un autre coup, sur la joue cette fois.

— Tu seras bien amoché demain matin ! ricana le maître d'armes.

Il cogna alors Fletcher dans le ventre, l'obligeant à se plier en deux.

— Tu vois, Jeffrey, ces gamins paradent avec leurs jolies épées, mais ils sont incapables de les manier ! ajouta Caulder en ponctuant chacun de ses mots d'un petit coup dans les côtes de Fletcher. Quand un orque charge, ce n'est pas une balle de mousquet qui risque de l'arrêter : il se servira de ton tibia comme d'un cure-dents avant même que tu te rendes compte de ce qui t'est arrivé !

Perdant patience, Fletcher fit tournoyer son arme et attrapa l'extrémité du bâton avec la partie incurvée de sa lame ; il se rua aussitôt sur son adversaire, le bouscula d'un bon coup d'épaule et atterrit au-dessus de lui.

Fletcher s'apprêtait à pousser un cri de triomphe quand les genoux du vieillard se refermèrent autour de son cou ; son sabot de bois heurta la tempe du jeune homme, qui lâcha son khopesh et, des deux mains, s'efforça d'écarter les cuisses de Caulder, dures comme de l'acier. En pure perte.

La vue de Fletcher se troubla et, pris de vertige, il se sentit sombrer dans les ténèbres.

21

Quand il revint à lui, Fletcher entendit un sifflement aigu. Il ouvrit les yeux : Ignatius était assis près de lui, les yeux rivés sur Jeffrey et Caulder, lesquels observaient la créature depuis l'autre bout de l'arène. Le maître d'armes jurait, et une odeur de brûlé planait dans l'air.

— Fichus démons, on devrait tous les abattre ! Ce ne sont pas ces abominables créatures qui nous débarrasseront des orques, mais nos bonnes vieilles méthodes de combat, grommelait-il en triturant un pan carbonisé de son surcot.

Ignatius avait dû s'en prendre à Caulder quand Fletcher avait perdu connaissance. Frottant sa gorge endolorie, il s'assit, se demandant pourquoi tous ceux qu'il rencontrait cherchaient à l'étrangler – Didric, Arcturus, et maintenant Caulder. Sans oublier Ignatius, qui aimait tant s'enrouler autour de son cou.

— Vous oubliez un détail, messire, dit le garçon d'une voix enrouée. Les chamans orquiens possèdent deux fois plus de démons que nous. Croyez-vous que vos « bonnes vieilles méthodes » suffiraient face à ces abominables créatures, ainsi que vous les appelez ? Et si vous les détestez tant, pourquoi enseignez-vous à l'Académie Vocans ?

Jeffrey et le maître d'armes le rejoignirent d'un pas prudent, redoutant visiblement une autre attaque d'Ignatius. Fletcher l'apaisa en lui transmettant quelques pensées rassurantes, puis ramassa son khopesh qu'il passa de nouveau à sa ceinture.

— Je suis désolé, petit gars, il fallait que ça sorte, répondit le maître d'armes. Et ce surcot et cette cotte de mailles faisaient partie de mon uniforme, à l'époque où je guerroyais encore, précisa le vieil homme en donnant de petits coups de pied dans le sable.

— C'est ma faute, répondit Fletcher, contrit. J'aurais dû dire à mon démon qu'il ne s'agissait que d'un entraînement… Enfin, si on peut appeler ça comme ça, ajouta-t-il en tâtant sa joue meurtrie. Je suis navré pour votre surcot. Je le remplacerai, si vous voulez.

— Non. Je combattais sous la bannière des Raleigh, répliqua Caulder, comme si cela suffisait à tout expliquer.

— Les Raleigh ? C'est une famille de la noblesse ?

— Oui, mais plus maintenant, marmonna-t-il.

Fletcher avait perçu la tristesse du maître d'armes, dont les propos avaient toutefois piqué sa curiosité.

— Pourquoi ? insista-t-il. Ils ont perdu les bonnes grâces de l'empereur ?

Même s'il ignorait tout des intrigues de la cour d'Hominum, il se doutait que ce genre de choses devait souvent se produire.

— Non, absolument pas, jeune imbécile ! Je servais déjà messire Edmund Raleigh bien avant la guerre. Comme d'autres nobles, il possédait, le long de la frontière méridionale, des terres qui subissaient les rapines constantes de bandes d'orques. En ce temps, les militaires avaient trop à faire avec les nains pour nous envoyer des renforts ; c'était donc la garde personnelle de messire Raleigh, à laquelle j'appartenais, qui s'efforçait de combattre ces pillards. Mon maître était un homme généreux, un ami proche de l'empereur, ne t'avise pas d'aller raconter le contraire !

— Je ne voulais pas vous offenser, se défendit Fletcher en tâchant de garder son calme. Mais je ne comprends toujours pas ce qui est arrivé aux Raleigh.

— Tout est la faute des orques, mon garçon. Ils sont venus au beau milieu de la nuit sans s'attaquer cette fois ni au bétail, ni aux réserves de céréales, ni aux villageois, que mes hommes et moi protégions, car nous pensions que c'était ce qui les intéressait… raconta Caulder en serrant les poings. Ils se sont rendus au manoir où résidait la famille de mon maître, et ils ont massacré les femmes et les enfants. Ils ont ensuite emporté leurs corps et suspendu ces trophées à des arbres le long de la frontière. Messire Raleigh s'est défendu avec bravoure : son canid a tué trois orques avant que les autres ne lui transpercent le ventre et ne le laissent lentement se vider de son sang. J'ai achevé le pauvre homme moi-même. Alors ne va pas t'imaginer que je déteste les invocateurs et leurs démons !

Il gravit les gradins et ouvrit une porte. Il se retourna pour ajouter depuis le seuil :

— Tu n'es pas un mauvais combattant, mais il va te falloir apprendre à affronter les orques. Le petit coup d'épaule que tu m'as donné n'aurait eu aucun effet sur eux. Du reste, ils ne sont pas équipés d'armes de précision. Ils ont des gourdins et des haches. Reviens me voir, et je t'enseignerai quelques techniques de combat.

Sur ce, il quitta l'amphithéâtre.

Jeffrey leva sa torche vers le visage tuméfié de Fletcher, tandis qu'Ignatius grimpait sur l'épaule de ce dernier. À la vue de la flamme, le démon se mit à ronronner avec contentement.

— Il t'a sacrément amoché, constata le serviteur.

— Je n'ai pas trop mal, répondit le novice.

Portant la main à sa joue, il réprima cependant un gémissement de douleur. Ils regagnèrent le vestibule en silence, Fletcher ne cessant de repenser au récit du maître d'armes.

— La visite est terminée, annonça Jeffrey.

— Tu étais au courant de ce massacre ?

— Oui, je savais ce qui était arrivé aux Raleigh. En revanche, j'ignorais que messire Caulder avait été à leur service. Mais c'est cette tuerie qui a déclenché la guerre. En représailles, l'empereur et les autres nobles ont commencé à étendre leur territoire au-delà de la frontière, déboisant la jungle et rasant les villages des orques au fil des années. Le conflit s'est envenimé quand l'orque albinos s'est mis à unir les tribus sous sa bannière, précisa Jeffrey en s'emparant d'une brosse pour frotter le sol.

— Dire que je n'avais jamais entendu parler de tout ça, soupira le jeune homme en se grattant la tête.

— C'est normal, ces informations n'ont pas été dévoilées à la population ! L'empereur n'a pas envie que ses sujets apprennent qu'une illustre lignée a été massacrée par une bande d'orques en maraude. C'est en écoutant les conversations des novices que j'ai récolté quelques renseignements. Et messire Caulder n'avait jamais abordé ce sujet en ma présence.

— Il a l'air de tenir à son uniforme, en tout cas, murmura Fletcher en caressant la tête d'Ignatius.

— À ce propos, je constate que tu ne t'es pas encore changé ! le réprimanda le jeune serviteur. Retourne dans ta chambre, j'enverrai quelqu'un chercher ton linge sale.

22

La pleine lune brillait dans un ciel sans nuages. Grelottant, Fletcher remonta le col de son uniforme élimé, le seul habit que le serviteur lui avait laissé. La pièce était glaciale, et il n'avait pour toute couverture qu'un lambeau d'étoffe. Il s'approcha de la fenêtre et, appuyé contre le rebord, se remémora cette première journée.

L'elfe n'avait pas quitté sa chambre, ce qui avait plutôt arrangé le garçon. Même si les relations entre Atlas et Othello ne s'étaient pas améliorées, tous s'étaient montrés de très bonne humeur au dîner, car ils attendaient fébrilement le début des cours. Si Fletcher appréciait leur compagnie, c'était surtout Séraph, pourvu d'une autorité naturelle et d'un vrai talent de conteur, qui le fascinait. L'attitude insouciante de Rory le rendait plaisant et, bien que Geneviève ne soit pas parvenue à remettre en état son uniforme, Fletcher avait découvert qu'elle était fort gentille et plutôt pince-sans-rire.

Il avait du mal à croire que, d'ici deux ans, ses nouveaux camarades et lui risqueraient leur vie dans les jungles orquiennes. Autant Fletcher évitait de s'appesantir sur la question, autant les autres semblaient impatients de participer aux combats et le faisaient savoir à qui voulait l'entendre – à l'exception de Geneviève, laquelle parlait toutefois des orques avec une colère sourde. Elle avait dû vivre une affreuse tragédie.

Fletcher se sentait trop agité pour dormir. Même Ignatius, qui d'ordinaire se serait déjà assoupi, s'amusait à courir après sa queue dans la pénombre. Alors qu'il franchissait le seuil de la salle commune, une bougie à la main, Fletcher aperçut une lueur s'éloigner dans l'escalier et entendit l'écho de pas précipités.

— J'ai l'impression que nous ne sommes pas les seuls à être encore debout. Allons voir !

Les couloirs pleins de courants d'air de la Citadelle n'étaient pas le lieu idéal pour une promenade nocturne, et la bougie du garçon menaçait de s'éteindre à chaque instant. Il se rappela alors les flammelles des seconde année, regrettant de ne pas encore savoir les faire apparaître. Bientôt, celui ou celle qu'il suivait pressa le pas, et Fletcher l'imita, poussé par la curiosité. Mais quand il atteignit le vestibule, il ne vit qu'une silhouette qui sortait à vive allure et s'évanouissait dans l'obscurité.

Un silence de mort planait dans la cour de la forteresse endormie. Fletcher s'approcha du pont-levis et scruta la route, sans rien distinguer d'anormal. Il entendit soudain un bruit régulier de sabots se dirigeant vers la Citadelle ; il s'empressa de moucher sa bougie et se réfugia dans la guérite vide. Il n'avait pas envie qu'on le prenne pour un fouineur ou un espion. Ignatius poussa un petit glapissement, et, par la pensée, le garçon lui ordonna de se taire. Il ne se rappelait que trop bien la nuit où il s'était retrouvé acculé dans le mausolée du cimetière de Pelt – souvenir que le démon parut se remémorer à son tour, car Fletcher perçut une pointe de regret dans l'esprit de la créature. Esquissant un sourire, il lui gratta le menton.

Un instant plus tard, des grincements de roues et le claquement d'un fouet se superposèrent au clic-cloc de plusieurs chevaux au trot, annonçant l'arrivée de voitures. En effet, franchissaient déjà le pont-levis deux berlines joliment décorées, éclairées par des torches, qui s'immobilisèrent non loin de sa cachette. À l'avant de chacune d'elles étaient assis deux individus vêtus d'uniformes noirs, aux boutons de cuivre, et coiffés de képis semblables à ceux des pinkertons ; armés de tromblons, ils paraissaient disposés à abattre quiconque se serait avisé de tendre une embuscade à leur convoi et de s'emparer d'une cargaison sans nul doute précieuse.

Les portières s'ouvrirent, et deux personnes affublées d'un bel uniforme immaculé de l'Académie Vocans descendirent de voiture. À la lueur vacillante des torches, Fletcher distingua un garçon aux traits réguliers et aux cheveux blonds qui tombaient en boucles sur sa nuque ; en dépit de son visage d'ange, ses yeux gris-bleu étaient froids et cruels.

— Mon Dieu, je savais l'endroit en piteux état, mais je ne m'attendais pas à un taudis pareil, déclara celui-ci d'une voix traînante, pleine d'affectation.

— Oui, c'est affreux, Tarquin, répondit une jeune fille, restée dans l'ombre, avec un accent tout aussi maniéré. À se demander comment ce pont-levis ne s'est pas écroulé sous le poids de nos voitures !

— Voilà ce qui arrive quand on assouplit les critères de sélection et qu'on octroie des libertés à la racaille, rétorqua le dénommé Tarquin. Je suis sûr que la Citadelle était bien différente à l'époque où père la fréquentait.

— Au moins, les postes d'officiers dont nous ne voudrons pas reviendront aux plébéiens, répliqua la fille.

— Oui, c'est le seul avantage. Ils se chargeront des criminels, et les nains de leurs minuscules congénères. Si chacun reste à sa place, tout ira pour le mieux.

Son interlocutrice s'approcha alors de lui et Fletcher put l'étudier tout à loisir tandis qu'elle contemplait les bâtiments qui les entouraient. Avec ses hautes pommettes et sa cascade de boucles blondes, on aurait dit la jumelle de Tarquin.

— C'est une honte, reprit-elle en replaçant une mèche rebelle derrière son oreille. Comment peut-on contraindre les jeunes aristocrates d'Hominum à vivre ici pendant deux longues années ?

— Justement, chère sœur, aucun Forsyth n'a plus mis les pieds dans ce lieu depuis que père a obtenu son diplôme d'invocateur. Et nous allons montrer à l'Académie Vocans de quelle manière la vraie noblesse entend être traitée. À ce propos, où sont les domestiques ? Sois gentille et va les chercher, veux-tu, Isadora ?

— Quelle horreur ! s'exclama la jeune fille. Je préférerais me faire raser la tête plutôt que passer ne serait-ce qu'une minute dans les quartiers des serviteurs !

À cet instant, une porte s'ouvrit ; accompagné de Jeffrey et de quelques autres serviteurs à moitié endormis, M. Mayweather s'avança dans la cour.

— Toutes mes excuses pour ce retard, messire Forsyth, dit le cuisinier avec humilité. Mais en voyant que vous n'étiez pas arrivés à minuit, on a pensé que vous ne seriez pas là avant demain.

— Nous avons été retenus dans une taverne de Corcillum, un établissement beaucoup plus accueillant que celui-ci, répliqua Tarquin d'un ton glacial. Toi, ajouta-t-il en désignant Jeffrey, porte mes sacs jusqu'à mes appartements. Et prends-en soin, leur contenu vaut plus que ce que tu pourras gagner durant toute ta vie.

Le jeune serviteur s'inclina maladroitement devant le frère et la sœur, puis s'empressa d'obéir.

— Je vais vous conduire à vos chambres, ajouta Mayweather, se dirigeant vers la volée de marches.

Tarquin et Isadora le suivirent, tandis que les autres domestiques déchargeaient les berlines. Fletcher se retrouva bientôt seul, écœuré par la scène à laquelle il venait d'assister. Il avait toujours imaginé les nobles comme des individus généreux et bienveillants, menant leurs hommes au combat avec bravoure, pendant que leurs enfants s'entraînaient à devenir des mages-guerriers afin de servir l'Empire à leur tour. Il savait que certains d'entre eux risquaient leur vie sur le front, mais il avait d'emblée trouvé que ces jeunes aristocrates étaient aussi mal élevés qu'insupportables. Il espérait que les autres novices, dont l'arrivée était prévue au matin, seraient moins arrogants.

Il attendit quelques minutes avant de quitter la guérite, puis il regagna l'entrée principale aussi discrètement que possible, rasant les murs. Alors qu'il s'apprêtait à gravir les marches baignées par le clair de lune, il entendit un grincement du côté du pont-levis.

Il fit volte-face, juste à temps pour voir une silhouette à la chevelure rousse s'élancer à toute allure sur la route et s'évanouir dans le noir.

23

Tarquin et Isadora en tête, les nobles arrivèrent en retard pour le petit déjeuner et allèrent s'asseoir à l'autre bout du réfectoire. Visiblement, les Forsyth avaient déjà de l'ascendant sur leurs camarades, même si Fletcher devina que les jeunes aristocrates se connaissaient déjà tous – du moins à en juger par les plaisanteries échangées et les claques amicales qu'ils se distribuaient dans le dos. Des commentaires agacés sur la piètre qualité de la nourriture fusèrent bientôt autour de leur table.

— Pourquoi font-ils semblant de ne pas nous voir ? s'étonna Atlas en jetant un regard par-dessus son épaule.

— C'est ainsi, ils ne se mêlent jamais aux plébéiens, répliqua Séraph d'un air posé. L'autre jour, j'ai aperçu l'une de leurs chambres depuis le couloir : elle était aussi vaste que toutes les nôtres réunies.

— Ce n'est pas normal ! protesta Rory. Nous allons étudier côte à côte pendant deux ans. Ils ne sont que cinq : ils finiront par en avoir assez de rester entre eux.

— J'en doute, répondit Fletcher. L'un des serviteurs m'a appris que les nobles passaient tout leur temps libre à Corcillum. C'est nous qui allons être coincés dans cette forteresse… Il serait préférable, je crois, de se faire des amis parmi les novices de seconde année.

Justement, une douzaine d'entre eux venaient d'entrer dans le réfectoire. Ils se séparèrent en deux groupes pour s'installer à des tables différentes ; néanmoins, contrairement aux élèves de première année, ils semblaient tous en bons termes, bavardant sans animosité aucune. Ils ne saluèrent toutefois pas Fletcher et ses compagnons, se contentant de les observer d'un air hautain – et plus particulièrement Othello et son golem, que son propriétaire avait baptisé Salomon. Le nain, embarrassé, se tassa sur son banc.

— Ils sont matinaux, cette fois, commenta Séraph.

— J'aimerais bien pouvoir me lever aussi tard qu'eux, répondit Geneviève en étouffant un bâillement.

Fletcher la dévisagea d'un œil soupçonneux. Était-ce elle qu'il avait vue quitter la Citadelle la nuit précédente ?

Alors que les serviteurs apportaient des plateaux aux novices de seconde année, le silence retomba dans la salle. Fletcher leva les yeux : le recteur Scipio venait de les rejoindre, accompagné d'une femme et de deux hommes en uniforme. Le garçon sursauta en reconnaissant Arcturus. Quand la jeune elfe entra derrière eux, marchant la tête haute, un murmure d'étonnement s'éleva dans le réfectoire. Elle alla s'asseoir non loin de la table des plébéiens. Son canid se lova sous son banc et scruta les autres élèves d'un air menaçant.

Les bras croisés, les quatre officiers attendirent que tous se soient tus. Puis le recteur Scipio commença d'un ton bourru :

— Que les nouveaux élèves soient les bienvenus à la Citadelle ! Vous avez le privilège de faire partie de la prestigieuse Académie Vocans, même si vous êtes moins nombreux encore que les années précédentes. Nos traditions remontent à plus de deux mille ans, quand régnait notre premier empereur. Les novices qui deviendront des mages-guerriers auront l'honneur d'aller étoffer les rangs de nos officiers en servant notre souverain ou l'une des familles les plus illustres de l'Empire.

Fletcher vit Tarquin murmurer quelques mots à l'oreille de sa sœur, dont le rire cristallin retentit d'un bout à l'autre de la salle. Le visage rouge de colère, Scipio pointa le doigt sur le garçon.

— S'il y a une chose que je ne tolère pas, c'est l'impolitesse, que ce soit de la part d'un noble ou d'un plébéien, tempêta-t-il. Lève-toi et présente-toi !

L'emportement du recteur ne paraissant pas le perturber outre mesure, Tarquin obéit et, après avoir enfoncé les pouces dans les poches de son pantalon, s'exprima d'une voix claire :

— Je suis Tarquin, héritier du duché de Pollentia. Mon père, le duc Zacharie, est le général Forsyth.

Il sourit en entendant les exclamations de surprise des novices de seconde année, qui avaient reconnu ce nom – sans doute celui d'une des plus puissantes familles de l'Empire. Pollentia, une région fertile, s'étendait entre la mer Vésanienne et le centre d'Hominum. Le jeune noble s'était tu, attendant manifestement une réaction de la part de Scipio ; cependant, ce dernier garda le silence, se contentant de fixer Tarquin de ses yeux sévères, que surmontaient des sourcils blancs et broussailleux.

— Veuillez excuser mon impolitesse, finit par articuler le garçon. J'expliquais simplement à ma sœur combien j'étais fier d'appartenir à cette belle institution.

— Si je ne te renvoie pas sur-le-champ dans ta chambre comme un garnement, c'est bien par égard pour ton père, grommela le recteur. Tu peux te rasseoir. Mais je ne veux plus t'entendre.

Un sourire aux lèvres, Tarquin s'inclina et, impassible, reprit place sur son banc. Son attitude était-elle à mettre sur le compte de sa seule arrogance ou de l'assurance que lui conférait sa position sociale ? Scipio considéra le jeune Forsyth un bref instant, puis se tourna vers les trois officiers debout derrière lui.

— Voici vos professeurs, annonça-t-il. Le commandant Goodwin et les capitaines Arcturus et Lovett. Vous les traiterez avec tout le respect qui leur est dû. N'oubliez jamais une chose : tandis qu'ils séjournent ici afin de vous instruire, leurs soldats restés sur le front souffrent de ne plus bénéficier de leurs conseils et de leur protection.

Le capitaine Lovett, une femme aux cheveux d'un noir de jais et aux yeux durs, esquissa néanmoins un sourire plein de douceur. Le commandant Goodwin, un homme corpulent qui semblait aussi âgé et sévère que Scipio, arborait une barbiche touffue ; des lunettes cerclées d'or reposaient sur son nez couperosé.

— Les élèves de seconde année se demandent certainement pour quelle raison il leur a fallu se lever plus tôt que de coutume, n'est-ce pas ? reprit le recteur. J'ai une annonce à faire qui vous concerne tous. Nous avons été dans la nécessité de prendre une décision qui sera sans doute impopulaire : les novices de première année participeront aux examens et au tournoi de fin d'études aux côtés de leurs homologues de seconde année. Si certains se révèlent assez doués, ils se verront offrir des postes d'officiers avant d'être envoyés sur le front.

Ces paroles déclenchèrent un tollé général, que le recteur fit taire d'un mugissement.

— Je suis conscient que cette façon de procéder augmente le nombre de concurrents auxquels vous devrez faire face, élèves de seconde année ; mais je tiens à vous rappeler que vous avez un an d'avance sur les nouveaux venus. Et si un novice de première année l'emporte sur vous, cela signifiera que vous ne méritez pas de poste important dans l'armée impériale.

Après une telle annonce, Fletcher songea qu'il ne risquait pas de se faire des amis parmi les plébéiens de seconde année.

— Quant à vous, élèves de première année, peut-être redoutez-vous désormais de n'obtenir que des grades peu élevés, alors que vous auriez pu vous voir attribuer des fonctions plus importantes en restant une année de plus à l'Académie. En compensation, voici ce qui a été décrété : nous ne vous proposerons pas de grade plus bas que celui de lieutenant, à moins, bien entendu, que vous n'optiez pour un poste moins prestigieux de premier-lieutenant. Quant au vainqueur du tournoi, il sera aussitôt promu capitaine, le grade le plus élevé qu'un mage-guerrier sans expérience est en droit d'espérer.

Ces paroles furent accueillies par des marmonnements mécontents de la part des novices de seconde année.

— En outre, pour encourager les concurrents, notre souverain a décidé que le vainqueur siégerait dans son conseil, poursuivit le recteur d'un ton solennel. Il souhaite en effet que les jeunes mages-guerriers y soient représentés. Cette mesure devrait vous inciter à faire de votre mieux, j'en suis convaincu.

Tarquin et sa sœur échangeaient déjà des chuchotements excités, en dépit des regards réprobateurs d'Arcturus.

— Quels bataillons risquons-nous d'obtenir, recteur Scipio ? s'enquit alors un plébéien de seconde année, qui s'était levé de son banc. Certains novices de première année auront-ils eux aussi la malchance de se retrouver à la tête de criminels ou de nains ?

Fletcher remarqua qu'Othello, la mine sombre, avait crispé les poings.

— Vous prendrez les bataillons qu'on vous donnera, bon sang de bois ! tonna Scipio. Et ne t'avise plus de m'interrompre ! Quel que soit votre niveau, vos chances seront égales, c'est tout ce que je peux affirmer.

À ces mots, Isadora leva une main délicate pour demander la parole. Scipio poussa un long soupir avant de hocher la tête. La jeune aristocrate lui fit une élégante révérence.

— Veuillez m'excuser, recteur Scipio : j'aimerais savoir qui est cette personne et ce qu'elle fait parmi nous, s'enquit-elle en pointant sur l'elfe un doigt accusateur.

— Justement, je m'apprêtais à vous la présenter, répondit le vieil homme en se dirigeant vers la créature aux cheveux argentés. Les pourparlers de paix entre Hominum et les clans elfiques étaient jusqu'alors dans une impasse, mais il semblerait qu'ils soient maintenant sur le point d'aboutir. Plutôt que de payer l'impôt, les clans ont résolu de soutenir notre combat en nous envoyant leurs guerriers pour qu'ils s'entraînent à nos côtés, ainsi que les nains le font désormais.

À ces mots, il adressa un signe de tête respectueux à Othello, qui lui rendit son salut.

— Mais, comme il fallait s'y attendre, il y a encore beaucoup de méfiance de part et d'autre, reprit Scipio en rejoignant les trois professeurs. Aussi, pour nous prouver leur bonne foi, les clans nous ont confié la fille de l'un de leurs chefs afin que celle-ci devienne une mage-guerrière : la première des elfes que nous comptons enrôler dans notre armée dans les années à venir.

Elle s'appelle Sylva Arkenia. Je compte sur vous tous pour l'accueillir chaleureusement. Les elfes n'ont jamais été nos véritables ennemis, quoi qu'en pensent certains sujets de l'Empire. J'ose espérer qu'il s'agit là d'un premier pas vers une alliance fructueuse et durable.

Sylva resta imperturbable, mais Fletcher remarqua que Sariel, sous son banc, remuait la queue. La jeune elfe ne devait pas manquer de courage. Après tout, elle avait quitté son pays pour participer à une guerre qui n'était pas la sienne, parmi des gens qui se méfiaient de ses semblables. Alors que le garçon se demandait comment il lui présenterait ses excuses, la voix tonitruante de Scipio interrompit le cours de ses réflexions :

— Dépêchez-vous de terminer votre repas, le premier cours débute dans quelques minutes ! Oh, Fletcher, ajouta-t-il en se tournant vers le novice, j'ai à te parler. Suis-moi jusqu'à mon cabinet de travail. Sur-le-champ.

24

La chaleur qui régnait dans le cabinet de travail de Scipio était aussi étouffante que la veille, à la différence que les volets étaient cette fois ouverts et que quelques rayons de soleil illuminaient la pièce. Cela faisait une bonne minute que le recteur, les mains croisées, fixait Fletcher, qui commençait à se sentir fort mal à l'aise.

— Pourquoi m'as-tu menti ? s'enquit soudain le vieil homme, portant le regard sur Ignatius.

— Ce n'était pas mon intention, recteur Scipio.

— Quand je t'ai demandé qui t'avait donné ce démon, tu as simplement dit qu'Arcturus t'avait envoyé ici. Pensais-tu que cette réponse me suffirait ? Que je ne découvrirais pas la vérité en parlant avec le capitaine ?

Sa voix calme semblait plus menaçante que quelques instants plus tôt, quand il tempêtait dans le réfectoire.

— C'est en effet lui qui m'a invité à me rendre à la Citadelle, mais vous avez raison, j'aurais dû tout vous raconter hier. Je craignais d'être renvoyé.

Il regrettait sincèrement d'avoir caché la vérité au recteur. Celui-ci laissa échapper un grognement, puis lui fit signe d'approcher.

— C'est aussi ma faute, soupira le vieil homme. J'aurais dû me montrer un peu plus curieux. Mais puisque la plupart des mages-guerriers s'intéressent à la manière de capturer des démons appartenant à des espèces rares, telle ta salamandre, il m'a paru évident que tu ne pouvais connaître sa provenance exacte ni savoir ce que la présence de cette créature signifiait… Arcturus m'a expliqué de quelle façon tu te l'étais procurée. J'ai encore du mal à croire que tu aies pu te servir d'un parchemin ayant appartenu à un chaman orquien. Quoi qu'il en soit, j'exige que tu remettes ce grimoire à la bibliothécaire : peut-être parviendra-t-elle à y glaner quelques informations utiles. Si j'en crois le capitaine Arcturus, ce James Baker était des plus discrets sur ses recherches, ajouta Scipio en considérant Fletcher d'un air soucieux.

Le jeune homme jugea préférable de ne pas protester, et, plein d'espoir, attendit que le recteur décide de son sort.

— Voici le contrat que tous les novices doivent accepter avant de pouvoir s'engager dans l'armée impériale, finit par poursuivre Scipio en prenant un document qu'il posa devant lui sur le bureau. Une fois cela fait, tu seras un élève officier au service de Sa Majesté l'empereur Harold. Ta solde annuelle sera de mille écus, sur laquelle nous prélèverons une somme correspondant au gîte, au couvert et aux leçons. Tout est écrit sur ce parchemin. Dépêche-toi de le signer.

Il tendit une plume à Fletcher, qui, aux anges, s'empressa d'écrire son prénom au bas de la feuille.

— Tu n'as pas de nom de famille ?

— Non, je n'en ai jamais eu, marmonna le garçon, embarrassé.

— Il te faut pourtant inscrire quelque chose. Les officiers se font appeler par leur patronyme, vois-tu.

Fletcher nota alors « Wulf », celui de Berdon.

— Rends-toi dans le vestibule. Le premier cours du capitaine Arcturus a déjà débuté, et tu as dix minutes de retard, déclara Scipio en lui adressant un mince sourire.

***

L'immense vestibule était déjà constellé de flammelles qui voletaient çà et là. Dans la lueur bleu-vert, Fletcher vit les nobles qui riaient, faisant apparaître plusieurs orbes du bout de leurs doigts et jouant à qui créerait le plus volumineux. Othello, Rory et Geneviève, à l'écart, les observaient en silence, l'air misérable.

— Ils ont vite appris, constata Fletcher en les rejoignant. Est-ce aussi facile que ça ?

À cet instant, à la grande stupéfaction de ses compagnons, Tarquin projeta au-dessus de lui une boule de lumière aussi grosse que son poing.

— Je ne crois pas, chuchota Rory, qui affichait une expression d'envie et de déception mêlées. On ne nous a pas encore expliqué comment il faut s'y prendre. Mais eux ont la chance d'avoir pour parents des invocateurs, qui leur ont déjà enseigné ce genre de choses.

Debout au centre de la salle, Arcturus, impassible, regardait les nobles. Puis il claqua des doigts et toutes les flammelles s'éteignirent, plongeant l'endroit dans l'obscurité. Une autre petite boule lumineuse apparut au bout de l'index du professeur : des filaments se déployèrent à l'extrémité de son doigt et se propagèrent au petit orbe ; celui-ci grossit à vue d'œil pour atteindre la taille d'une tête et demeura immobile, en suspension au-dessus de lui, comme s'il était accroché au plafond. Le vestibule était à présent nimbé d'un bel éclat bleuté.

— Je ne vous ai pas demandé de nous faire une démonstration, simplement de me dire si certains parmi vous avaient déjà quelque expérience en la matière, déclara Arcturus avec sévérité. Et puisque vos parents vous ont manifestement appris à maîtriser cette technique, vous êtes libres de partir. Vous trouverez votre emploi du temps dans vos appartements. Je vous conseille de le mémoriser. Dorénavant, tout retard sera sanctionné, ajouta-t-il en jetant à Fletcher un regard qui en disait long.

— Je savais que cette leçon serait une perte de temps, ricana Isadora. Viens, Pénélope, laissons les amateurs s'entraîner, ajouta-t-elle, s'adressant à une fille brune aux yeux noisette.

Cette dernière acquiesça d'un air hésitant avant de suivre sa camarade. Tarquin, de son côté, s'éloigna en compagnie de deux garçons – l'un, costaud, avait les cheveux noirs et le teint aussi hâlé que Séraph, l'autre, brun et plus frêle, une figure angélique. Au passage, le jeune Forsyth fronça le nez avec dégoût à la vue de l'uniforme élimé de Fletcher. Mais ce dernier était de trop bonne humeur pour s'en offusquer.

— Ils n'ont pas encore appris à contrôler les mouvements de leurs flammelles, affirma Arcturus une fois que les nobles furent hors de portée de voix. Lors du prochain cours, ils seront à la traîne.

Il se tourna vers les quatre jeunes gens.

— Le principe des flammelles est le même que celui qui régit toute formule magique. Chacun de vous possède des aptitudes distinctes dans ce domaine. Vos démons sont en effet à la source de ce que l'on appelle le mana, une force primitive capable d'engendrer des sortilèges et que votre esprit est en mesure de capter. L'espèce à laquelle appartient votre démon, l'expérience et l'âge de celui-ci déterminent la quantité et la qualité de leur mana.

Le *mana*. Fletcher se souvint que Séraph avait déjà employé ce terme. Arcturus s'approcha d'eux ; sa balafre paraissait plus macabre encore à la lueur de l'orbe bleuté.

— Excusez-moi, mais où sont Séraph et Atlas ? voulut alors savoir Fletcher.

— *Capitaine* Arcturus, répliqua l'intéressé.

— Capitaine Arcturus, répéta le jeune homme d'un ton exaspéré.

— Je crois qu'ils sont allés chercher leurs démons. Puisque je t'ai pris sous ma tutelle sans avoir à t'offrir l'une de ces créatures, comme c'est habituellement le cas, le recteur Scipio a estimé que je devais fournir un démon à un autre plébéien. J'en ai donc capturé un hier, au risque de perdre Sacharissa dans l'Éther. J'espère que tu en vaux la peine, ajouta-t-il.

En entendant le regret qui perçait dans sa voix, Fletcher fut gagné par le découragement.

— Cela veut donc dire que ce démon est vraiment puissant ? demanda Rory.

— Pas nécessairement. Il le deviendra avec le temps, mais comme il appartient à une espèce des plus rares et que c'était la première fois que j'en croisais un, je n'ai pu manquer pareille occasion. L'un de vos compagnons a la chance de le posséder désormais, et vous le découvrirez d'ici quelques instants. Assez de questions. Asseyez-vous par terre et fermez les yeux.

Les quatre jeunes gens obéirent tandis que le professeur, derrière eux, leur donnait d'autres instructions :

— Faites le vide dans votre esprit et écoutez-moi attentivement.

Ravi que la leçon débute enfin, Fletcher, le cœur battant, s'efforça de réprimer son enthousiasme pour se concentrer sur la voix mélodieuse d'Arcturus.

— Pensez à votre démon, percevez le lien qui vous unit à lui. Il faut vous y prendre en douceur. Ce sera sans doute la première fois que vous communiquerez avec lui de cette manière. Si vous n'y parvenez pas d'emblée, pas d'inquiétude : plus vous vous entraînerez, plus la chose vous semblera naturelle.

Fletcher tâcha de percevoir l'esprit d'Ignatius, qu'il sentit ondoyer à la lisière de sa conscience : dès qu'il fut en contact avec le démon enroulé autour de son cou, celui-ci s'agita, mal à l'aise. L'émotion qu'éprouvait le garçon était très différente de ce qu'il avait ressenti auparavant.

— Emparez-vous mentalement de ce lien, et son mana se propagera en vous, poursuivit le professeur. Dirigez-le alors vers votre index.

Une sensation d'ivresse et de clarté envahit à nouveau le jeune homme, semblable à celle qui l'avait submergé quand il avait invoqué le démon dans le cimetière de Pelt ; elle se répandait en lui avec la force d'un ouragan, et tout son corps se mit à trembler.

— Dirige le mana vers ton doigt, Fletcher, qu'il le traverse ! s'exclama Arcturus, dont la voix lui parut lointaine. Tu en absorbes une trop grande quantité ! Ne perds pas le contrôle de ta volonté !

Le garçon prit une profonde inspiration, essayant de canaliser le flot d'énergie dans son index : celui-ci le picota, comme dévoré par le froid et la chaleur en même temps. Derrière ses paupières closes, l'obscurité céda la place à une lueur bleutée.

— Ouvre les yeux, Fletcher, ordonna le professeur en posant la main sur son épaule.

Le jeune homme, se rendant compte qu'il haletait, s'apaisa avant d'obéir. Il découvrit alors que le bout de son doigt était nimbé d'une lumière éblouissante, d'un bleu tirant sur le blanc. Il remua l'index, qui laissa une traînée scintillante dans son sillage, comme lorsque l'on agite une torche dans les ténèbres et que son éclat subsiste un court instant.

— J'avais dit qu'il devait *traverser* ton doigt, non y rester, reprit Arcturus, avec cependant une pointe de fierté dans la voix.

— Est-ce dangereux ? demanda Fletcher, apeuré à la vue du huit lumineux qu'il avait dessiné dans le vide.

Ses compagnons, à qui il avait à l'évidence fallu plus de temps pour réaliser l'exercice, venaient tout juste de rouvrir les paupières. Mais Fletcher se rappela qu'il possédait Ignatius depuis plus de deux semaines.

— Non, répliqua le professeur, mais tu viens d'accomplir une chose que tu n'étais pas censé apprendre avant plusieurs leçons. Regarde.

Il leva l'index, lequel se mit aussitôt à luire comme un saphir, et traça un étrange symbole triangulaire aux lignes irrégulières ; puis il modifia la position de son doigt et le dessin le suivit, comme attaché à une armature invisible. Alors que le symbole était sur le point de s'estomper, Arcturus projeta des traits incandescents qui le relièrent à son index : des tentacules opaques émergèrent du triangle et formèrent un demi-cercle devant lui, pareil au rempart lumineux qu'il avait fait apparaître pour protéger Fletcher dans les rues de Corcillum, deux jours plus tôt.

— C'est ce qu'on appelle l'art glyptique. Quand nous employons notre mana de façon brute, sans le manipuler, nous créons une simple flammelle. En revanche, si le mage-guerrier trace un glyphe tel que ce triangle et y dirige son énergie, il dispose alors d'un outil précieux. La chose est toutefois loin d'être facile : un bouclier comme celui-ci, aux contours aussi définis, requiert beaucoup d'entraînement. Et même une flammelle parfaitement ronde vous demandera du temps.

Ignatius, qui ronronnait, bondit à terre et lécha l'index de Fletcher, qui avait viré au rose, apaisant le picotement.

— Qu'avons-nous manqué ? lança soudain une voix joyeuse.

Fletcher se retourna et vit Séraph, qui souriait jusqu'aux oreilles ; il était accompagné d'Atlas, du capitaine Lovett et de leurs démons. Le sien, qui se déplaçait lourdement près du sol, ressemblait à un énorme blaireau dont la peau rugueuse était pareille à de l'écorce couverte d'une fine couche de moisissure ; une rangée d'épines épaisses, aussi acérées que des scalpels, courait le long de sa colonne vertébrale.

— Quelle est cette créature ? murmura Rory, stupéfait.

Celle-ci plissa son court museau et ouvrit une gueule remplie de dents carrées, à l'intérieur de laquelle Fletcher aperçut des feuilles mâchouillées que le démon avala d'un coup de langue.

— C'est un camoufleur, annonça Arcturus, et il porte bien son nom. Voilà pourquoi il est si rare d'en croiser dans l'Éther. Tu auras du mal à le nourrir, Séraph, car il a besoin d'une livre de feuilles par jour. Mais je suis certain que le commandant Goodwin te donnera des conseils utiles lors de son cours de démonologie.

Le professeur examina le démon d'un air résigné, puis, non sans réticence, se pencha pour lui gratter le sommet du crâne.

— J'aurais bien voulu le garder et t'en offrir un autre, Séraph, reprit-il avec un soupir, mais cette créature, fort rusée, s'est amusée à projeter des épines sur mon canid. Après cette mésaventure, Sacharissa était trop affaibli pour repartir dans l'Éther. Quoi qu'il en soit, je te souhaite bien du plaisir avec ce camoufleur.

— Merci, capitaine Arcturus ! s'exclama Séraph, soulevant dans ses bras la créature, qui paraissait pourtant lourde. Vous n'avez pas idée de ce qu'il signifie pour moi ! Je l'ai baptisé Sliver.

Pendant ce temps, Atlas était resté à l'écart, un sourire radieux aux lèvres, aux côtés d'un démon de la taille d'un gros chien : il avait l'apparence d'une loutre, était doté d'un pelage hirsute, de deux canines proéminentes, ainsi que d'une queue semblable à celle d'un rat, dont l'extrémité était ornée d'une boule hérissée de pointes, un peu comme celle d'un fléau d'armes. La bête, d'une agilité incroyable, paraissait glisser sur le sol tandis qu'elle courait autour des pieds de son maître.

— Le mien est un lutra, déclara ce dernier, et je l'ai appelé Barbare !

Le capitaine Lovett venait de s'éclipser dans la salle des invocations ; avant que la porte ne se referme derrière elle, Fletcher eut le temps d'apercevoir une créature au plumage brun s'engouffrer dans la pièce à sa suite – de quel genre de démon s'agissait-il ? Puis, alors qu'Arcturus s'apprêtait à reprendre la parole, une question traversa l'esprit du jeune homme.

— Où est Sacharissa, capitaine ? Et je n'ai pas vu non plus les démons des nobles. Les ont-ils laissés dans leurs chambres ?

— Sais-tu ce qu'est l'infusion ? demanda le professeur en le fixant avec attention.

Le garçon secoua la tête.

— Ce procédé permet à un mage-guerrier d'absorber son démon en lui afin que celui-ci se repose. L'invocateur peut encore communiquer avec lui et même utiliser son mana. Par exemple, quand les javelots des orques pleuvent autour de toi, l'infusion reste le seul moyen de protéger ton démon. Tu en apprendras davantage dès demain, lors de la première leçon d'invocation du capitaine Lovett. Pour ma part, je suis chargé de vous enseigner les sortilèges. Cela répond-il à ta question ?

— Oui, merci, capitaine Arcturus.

Tandis que ce dernier recommençait à tracer un symbole dans les airs, Fletcher porta la main à son épaule et caressa Ignatius, dont il sentit le petit squelette sous ses doigts. L'infusion… songea-t-il, intrigué par ce phénomène qui lui paraissait à peine croyable. Son démon était-il réellement capable de se fondre en lui ?

25

Quand la leçon s'acheva, le groupe de plébéiens pleins d'entrain se dirigea vers l'escalier. Seuls Othello, Fletcher et Séraph avaient réussi à créer de petites flammelles. Les autres n'avaient pu produire que quelques filaments bleutés. Malgré tout, ce premier cours leur avait plu ; du reste, Rory et Geneviève n'étaient manifestement pas du genre à envier leurs camarades. Même Atlas grattait le cou de son démon en souriant.

— Je vais m'entraîner à contrôler ma flammelle, annonça Séraph une fois qu'ils eurent regagné la salle commune.

Il disparut aussitôt dans sa chambre, son camoufleur sur les talons. Sylva devait être restée dans la sienne ; en quel honneur avait-elle été autorisée à ne pas assister au premier cours ?

— Je me demande si nous n'aurions pas dû attendre un peu avant d'accepter nos démons, dit Rory, en observant Malachi.

— J'aime beaucoup Azura, mais elle aura du mal à rivaliser avec les autres, j'en suis consciente, renchérit Geneviève. Si le capitaine Arcturus lui-même trouve qu'il est compliqué de capturer un démon, quel espoir avons-nous d'y parvenir ?

Fletcher ne savait comment les réconforter ; ce fut Othello qui s'en chargea, sortant de sa réserve habituelle :

— Vous ne réussirez peut-être pas à ramener un camoufleur ou un canid, mais pourquoi ne pas essayer d'attraper d'autres mites ? Il existe différentes sortes de mages-guerriers, vous savez. Certains n'ont qu'un seul démon, puissant et difficile à contrôler, tandis que d'autres préfèrent s'entourer de nombreux démons plus petits. Et quand vous posséderez plusieurs mites, vous pourrez certainement les envoyer dans l'Éther afin d'y dénicher un démon moins vulnérable.

— Tu as raison ! s'exclama Rory, qui avait retrouvé son sourire. Imagine Malachi à la tête d'une centaine de mites fondant sur l'ennemi !

À cet instant, Séraph revint dans la salle commune en brandissant un parchemin.

— Regardez ! annonça-t-il, enthousiaste, en étalant le document devant ses compagnons. C'est notre emploi du temps : trois jours de cours par semaine et un entraînement aux armes facultatif le quatrième jour. Pour le reste, nous sommes libres !

Rory éclata de rire en donnant une grande claque sur la surface de la table où Azura et Malachi avaient atterri ; les mites sursautèrent avant de s'envoler en bourdonnant.

— Oh, désolé ! s'exclama le garçon, la main tendue afin que son démon revienne vers lui.

— Et ce n'est pas tout, reprit Séraph en agitant une bourse. Ils nous ont déjà versé notre première solde. Cinquante écus ! À quoi bon s'inscrire à l'université quand on peut s'enrôler dans l'armée et être payé pour étudier ?

— C'est plus que ce que ma mère gagne en un mois de travail, constata Geneviève, radieuse. Une excursion à Corcillum s'impose ! Allons-y après le déjeuner, puisque les cours sont terminés.

— Oui, j'ai besoin de trouver un tailleur, acquiesça Fletcher en triturant la couture effilochée de sa veste.

— Ma famille doit s'inquiéter pour moi, ajouta Othello. Je vais leur rendre visite et leur dire que je me suis fait des… amis, précisa-t-il avec timidité, tout en tirant sur sa barbe.

— C'est donc d'accord, déclara Séraph. Ça va probablement nous coûter les yeux de la tête pour nous y rendre, mais ça en vaut la peine !

Tous s'apprêtaient à regagner leurs chambres quand ils entendirent, dans l'escalier, un bruit de pas et des voix féminines en pleine conversation.

— Tu comprends à présent ce que je voulais dire ? Je suis logée avec les plébéiens bien que mon sang soit aussi noble que le tien. C'est une honte ! Si tu en parles au recteur, il t'écoutera, j'en suis certaine, et je pourrai alors m'installer à votre étage.

C'était Sylva, suivie de Pénélope et Isadora.

— C'est affreux, fit cette dernière en fronçant son nez délicat, comme si une odeur pestilentielle régnait dans l'endroit. Cette pièce est encore plus petite que mon cabinet de toilette !

— Tu vois, je n'ai pas menti. Laisse-moi te montrer ma chambre, répliqua l'elfe en entraînant Isadora vers le couloir des filles.

Celle-ci s'immobilisa à la vue de Fletcher et de ses compagnons ; portant le regard sur Othello, elle plissa les yeux.

— Attends un peu, reprit-elle, péremptoire. Il est temps que j'aie une petite explication avec la plèbe.

Elle s'approcha et les considéra d'un air si féroce que l'image d'un puma en chasse traversa l'esprit de Fletcher. Il émanait d'elle une assurance qui agaça d'emblée le jeune homme, lequel restait sur ses gardes.

— Voici comment les choses vont se passer : il est dans votre intérêt de faire profil bas et de ne pas nous causer le moindre problème. Au moment du tournoi, vous vous inclinerez dès la première manche afin que vos supérieurs obtiennent les postes qu'ils méritent. Après tout, ce sont les impôts dont nous nous acquittons qui permettent à l'empereur de financer son armée : il est donc juste que nous menions au combat les soldats que nos familles rémunèrent. Vous autres n'êtes pas en droit de servir comme officiers. Ne vous avisez pas de vous mettre en travers de notre route ; pour vous récompenser, sans doute accorderons-nous à l'un d'entre vous de devenir lieutenant. Est-ce entendu ?

Elle leur adressa un sourire mielleux, comme si elle venait de les gratifier de quelque faveur.

— Tu as donc peur de nous au point de chercher à nous éliminer de la compétition ? demanda Fletcher, feignant la nonchalance.

Ses camarades gardèrent le silence, se demandant de quelle manière Isadora allait réagir à cette provocation. La jeune

Forsyth fit d'abord une moue d'enfant gâtée ; puis, se ressaisissant, elle siffla :

— Ce n'est pas parce que tu possèdes une salamandre que tu en tireras de la puissance. Ne l'oublie pas, Fletcher.

Séraph choisit ce moment pour entrer dans la salle, et sourit à la vue des jeunes filles.

— Personne n'a jugé bon de m'informer que nous avions des invitées ! Bienvenue dans notre modeste demeure, mesdemoiselles. Mais je ne me suis pas encore présenté. Je suis Séraph.

Isadora eut une grimace de dégoût, fit volte-face et se dirigea vers l'escalier sans jeter un regard à Sylva. Celle-ci lança un coup d'œil accusateur à Fletcher, puis se précipita derrière Isadora. Pénélope, qui se mordillait la lèvre d'un air indécis, dévisagea Séraph avec embarras.

— Je suis navrée… murmura-t-elle.

La voix autoritaire d'Isadora retentit au loin :

— Dépêche un peu, Pénélope !

La jeune noble rougit, tourna les talons et disparut à son tour dans la cage d'escalier.

— Ravi d'avoir fait votre connaissance, grommela Rory.

— Bon sang, qu'est-ce qu'elles nous voulaient ? demanda Séraph, incrédule, en s'affalant sur une chaise.

— Isadora Forsyth cherchait à nous intimider ! déclara Othello, les poings crispés. Elle s'est trompée.

— Mais pourquoi Sylva essaie-t-elle de se mettre dans ses petits papiers ? s'étonna Geneviève, déconcertée.

— En tant que fille d'un chef de clan, elle considère qu'elle appartient aussi à l'aristocratie, répondit Fletcher.

Il n'avait plus la moindre intention de présenter ses excuses à l'elfe – laquelle venait de baisser dans son estime en s'alliant aux Forsyth dès le premier jour.

— Pourquoi ne pas aller à Corcillum dès maintenant ? proposa-t-il. Peu importe le déjeuner !

— Bonne idée, répliqua Othello. De toute façon, cette conversation m'a coupé l'appétit.

26

Étant donné que la location d'une berline allant de la Citadelle à Corcillum aurait coûté à chacun la somme considérable de six écus, Othello proposa à ses compagnons de se rendre dans un bourg situé à une demi-heure de marche ; là, après dix minutes de négociations, le propriétaire d'une carriole accepta de les emmener à la capitale pour six écus en tout ; ils achetèrent également un panier de pommes acides qu'ils croquèrent en chemin. Même l'averse qui s'abattit sur eux en cours de route ne put leur faire perdre leur bel entrain ; la tête rejetée en arrière, ils tirèrent la langue pour tenter d'attraper des gouttes. Le lutra d'Atlas, qui jappait en se roulant sur les planches mouillées de la charrette, semblait tout particulièrement apprécier la pluie.

Le conducteur les déposa sur l'une des voies les plus animées de la cité, une rue bondée où se bousculaient vendeurs ambulants et acheteurs. Comme il pleuvait de nouveau, Fletcher, ses amis et leurs démons allèrent se réfugier sous un porche, s'attirant les regards tantôt curieux, tantôt apeurés des promeneurs.

— Je veux trouver une parfumerie, annonça Geneviève à la vue de deux jeunes élégantes, abritées sous des ombrelles de toile rose.

Elles laissèrent dans leur sillage des effluves exotiques et boisés qui rappelèrent ses montagnes à Fletcher. Songeant à Berdon, il sentit sa gorge se serrer. Comment lui faire savoir qu'il était sain et sauf ?

— J'ai un message à envoyer et quelques courses à faire. Othello, connais-tu un forgeron capable de fabriquer un fourreau pour mon khopesh ?

— Bien sûr… si ça ne te dérange pas de rendre visite à ma famille, répondit le nain avec bonne humeur.

— Pourquoi pas ? Je connais très mal la cité, tu sais. Ce sera l'occasion de découvrir ton quartier. Est-ce qu'on y trouve aussi des tailleurs ?

— Les meilleurs de l'Empire, assura Othello.

— Et qui veut m'accompagner à la parfumerie ? demanda Geneviève d'un ton enjôleur. Je ne peux tout de même pas m'y rendre seule.

Séraph, qui observait les jeunes citadines avec un intérêt non déguisé, accepta sans hésitation.

— Je viens ! Je compte bien acheter un parfum qui attendrira peut-être le cœur de pierre d'Isadora Forsyth.

— Et toi, Rory ? s'enquit Fletcher.

— Je crois que je vais suivre Geneviève et Séraph. Ma mère cueille des fleurs des montagnes et les vend à des parfumeurs. Je suis curieux de voir ce qu'ils en font, précisa-t-il sans cesser d'admirer les jolies demoiselles fardées qui passaient devant eux.

Atlas s'était déjà éloigné ; Fletcher ne chercha pas à le rappeler, devinant que le garçon, qui n'avait jusqu'alors montré que de l'animosité envers Othello, aurait refusé de les accompagner jusqu'au quartier des nains.

— On se retrouve ici dans deux heures, d'accord ? proposa Othello. Et si certains ont du retard, que les autres n'hésitent pas à prendre l'une des nombreuses voitures qui se dirigent vers le front.

Fletcher et lui se mirent en route sous la pluie battante, longeant les murs ou s'abritant de temps à autre sous l'auvent d'une boutique. Ignatius, bien au sec dans le capuchon de son maître, ne cessait de ronronner, tandis que le pauvre Salomon, trempé de la tête aux pieds, les suivait à grand-peine sur ses jambes courtes et épaisses. Fletcher, constatant que le nain se frayait aisément un passage dans les ruelles étroites, comprit que son camarade était le guide idéal pour découvrir Corcillum.

— À part un fourreau et des vêtements, de quoi as-tu besoin ? s'enquit Othello. Tu as parlé d'envoyer une lettre, il me semble ?

— Oui, sur le front elfique, répliqua le jeune homme.

S'il communiquait directement avec son père adoptif, Caspar et Didric intercepteraient peut-être la missive. Ainsi, mieux valait tenter d'entrer en contact avec Rotherham, qui pourrait se rendre à Pelt lors d'une permission et informer Berdon en toute discrétion.

— Dans ce cas, il serait plus judicieux de l'expédier depuis la Citadelle. Des messagers militaires font régulièrement la navette entre les deux fronts. Quant au forgeron auquel je vais te conduire, tu peux me faire confiance ! Regarde ce qu'il m'a confectionné.

Il tira de sa sacoche une hachette dont le manche de bois noir, durci au feu, épousait parfaitement ses doigts ; la lame était mince, mais très tranchante.

— C'est un tomahawk. Chaque nain en reçoit un pour son quinzième anniversaire. Après les premières persécutions, il y a deux mille ans, nos anciens ont décrété que nous devions garder cette arme à portée de main à toute heure du jour et de la nuit. Nos femmes, elles, possèdent un bracelet hérissé de pointes. C'est une coutume religieuse autant que guerrière.

Les yeux écarquillés, Fletcher indiqua la hachette.

— Tu m'autorises à la prendre ? demanda-t-il.

Mais avant que le nain puisse lui répondre, un coup de sifflet strident retentit non loin. Les deux garçons se retournèrent : deux pinkertons équipés de matraques se dirigeaient vers eux au pas de course. Dès qu'ils les rejoignirent, ils pointèrent leurs pistolets sur Othello.

— Lâche ça tout de suite ! ordonna l'un d'eux, un homme fluet, de grande taille, à la moustache fine et aux cheveux blonds.

L'autre – un individu fort laid, dont la barbe noire et hirsute couvrait en partie son visage grêlé – saisit le nain à la gorge, le souleva de terre et le plaqua contre un mur de brique. Le tomahawk tomba sur les pavés.

— Tu as donc oublié que vous n'aviez pas le droit d'arborer d'armes en public ? s'exclama le premier pinkerton. Comment faut-il vous le faire entrer dans le crâne ? C'est un privilège réservé aux humains !

— Laissez-le tranquille ! cria Fletcher, qui avait enfin retrouvé l'usage de la parole.

Alors qu'il s'avançait, Ignatius bondit de son capuchon et atterrit sur le sol en crachant une mince flamme.

— Lâche-le, Turner, ordonna le blond.

— Pas de problème, sergent Murphy, grogna son acolyte. De toute façon, on s'amusera encore mieux avec lui une fois qu'il sera dans une geôle.

Il retira sa main, et Othello, pantelant, s'effondra sur les pavés. Le dénommé Turner en profita pour lui donner dans les côtes un coup de pied qui lui arracha un cri. Au même instant, un rugissement féroce s'éleva.

— Salomon, non ! s'exclama le nain.

Le golem, qui se ruait sur le pinkerton, s'immobilisa à deux mètres de lui, pendant qu'Othello se redressait avec difficulté ; vacillant, il s'appuya contre le mur. Salomon le rejoignit en laissant échapper des grondements inquiets.

— Tu n'as rien de cassé ? s'enquit Fletcher.

— Non, ça peut aller. J'ai connu pire, tu sais, ajouta-t-il en tapotant la tête de son démon.

Le jeune homme s'empressa de se placer devant Othello et, portant la main au manche de son khopesh, dévisagea les pinkertons avec colère. Murphy s'avança et lui souleva le menton du bout de sa matraque.

— Quant à toi, tu ferais bien de te montrer moins arrogant, bougonna-t-il d'un ton menaçant. Pourquoi diable défends-tu un nain ? Un conseil : à l'avenir, évite de fréquenter ces créatures.

— C'est scandaleux ! rétorqua Fletcher avec un aplomb qu'il était loin d'éprouver. Vous osez vous en prendre à un officier simplement parce qu'il est armé ? Vous croyez peut-être qu'il se bat à mains nues contre les orques ?

— Qui es-tu pour me dire ce que je dois faire ? grogna Murphy en pointant son pistolet sur le jeune homme.

Conscient qu'Ignatius était incapable d'arrêter une balle et que lui-même ne saurait pas non plus créer un bouclier semblable à celui d'Arcturus, Fletcher marmonna un juron. C'était la deuxième fois, en l'espace de trois jours, qu'il se retrouvait acculé dans une ruelle de Corcillum, face à un individu muni d'une arme à feu.

— Je crois qu'il vient de vous insulter, sergent Murphy, déclara le barbu en levant son pistolet à son tour.

Les yeux rivés sur les canons des armes, qui lui faisaient l'effet de deux serpents prêts à mordre, Fletcher bredouilla quelques mots inintelligibles.

— Vous ne savez pas à qui vous avez affaire, gronda alors Othello, qui redressa les épaules en réprimant une grimace de douleur. Vous feriez mieux de baisser ces pistolets et de décamper.

— Tais-toi, Othello ! chuchota Fletcher, affolé.

Le nain avait-il perdu la tête ?

— Attendez un peu que le père de mon ami soit informé de votre conduite, poursuivit-il. Messire Forsyth sera fort mécontent d'apprendre que des pinkertons de bas étage ont eu la témérité de braquer leurs armes sur son fils Tarquin !

Fletcher tâcha de ne pas montrer sa surprise même si, en son for intérieur, il était horrifié. Comment son compagnon pouvait-il prendre un risque pareil ? Quoi qu'il en soit, il était désormais trop tard pour reculer.

— Bien entendu, vous n'êtes pas sans savoir que des nains ont été recrutés sur le front elfique, dit le jeune homme d'une voix hautaine en écartant le pistolet de Turner de son visage. Et si nous autres, Forsyth, souhaitons incorporer l'un de leurs bataillons dans nos troupes, il nous faudra le meilleur officier qui soit ! Et c'est justement lui que vous vous permettez d'assaillir en pleine rue, parce qu'il porte une arme offerte par Zacharie Forsyth en personne ! Quels sont vos noms ? Murphy et Turner, c'est bien ça ?

Le sergent baissa alors son arme, une lueur indécise dans les yeux.

— Ton accent n'est pourtant pas celui d'un noble, grommela-t-il d'un ton soupçonneux. Ton uniforme non plus, ajouta-t-il en observant l'habit élimé de Fletcher.

— Ton uniforme serait dans le même état que le mien si tu combattais sur le front. Sache également que mes compagnons sont de simples soldats, ce qui explique mon accent plébéien. Nous ne sommes pas aussi élégants que vous autres, pinkertons ! cracha le jeune homme, qui commençait à se prendre au jeu.

Othello lui donna un petit coup dans le dos, et Fletcher comprit qu'il était allé trop loin.

— À présent, veuillez nous excuser, reprit-il, nous avons à faire. Ignatius, en route !

Il s'éloigna d'un pas décidé, Othello à ses côtés. Il ne regarda pas en arrière, même en entendant le cliquetis d'un pistolet.

— Ne t'arrête surtout pas, chuchota le nain. Ils cherchent à nous mettre à l'épreuve.

Fletcher poursuivit son chemin sans pouvoir s'empêcher d'imaginer qu'une balle allait lui traverser le dos. Dès qu'ils atteignirent le coin de la rue, ils s'élancèrent en courant, leurs démons sur les talons, et ne ralentirent qu'une bonne dizaine de minutes plus tard.

— Quelle ingéniosité ! s'exclama alors Fletcher, à bout de souffle.

— Ne me remercie pas encore. Si tu croises de nouveau leur chemin, ils risquent de te donner une bonne rossée. Quant à moi, ils ne me reconnaîtront pas : pour eux, tous les nains se ressemblent. C'est la deuxième fois qu'ils m'interpellent, et ils ne se souvenaient pas de moi. Je crois que j'ai une côte fêlée, précisa Othello d'une voix sifflante.

— Tout ça à cause de ces deux brutes ! Tu dois voir un médecin. Et ne t'inquiète pas pour moi. La ruelle était sombre et je n'ai pas ôté mon capuchon. Tout ira bien, à condition qu'ils ne revoient plus Ignatius ni Salomon en notre compagnie. Il va falloir apprendre au plus vite la technique de l'infusion et nous entraîner à faire apparaître des boucliers.

— Pour l'instant, allons trouver les miens. Notre quartier n'est plus très loin. Ma mère saura me soulager.

Ils repartirent, tandis que Salomon, visiblement peu habitué à courir, les suivait en poussant des gémissements rauques.

— Je vais aussi avoir besoin de toi pour me remettre, Salomon, murmura Othello, se retournant pour gratter le crâne du golem.

Plus ils avançaient, plus les rues étaient sales et étroites, et les bâtiments vétustes.

— Pour quelle raison ces pinkertons t'ont-ils arrêté les autres fois ? s'enquit Fletcher en enjambant un homme en haillons, qui dormait en travers de la chaussée.

— Tous les nains à la tête d'un négoce sont contraints de leur verser des pots-de-vin en échange de leur prétendue protection. Chaque fois que mon père a refusé, ils m'ont jeté en prison et ne m'ont relâché qu'après que mon père a fini par céder.

— C'est insensé ! Comment peuvent-ils s'en tirer à si bon compte ?

Voyant qu'Othello restait silencieux, il s'en voulut d'avoir posé une question aussi absurde.

— Quel est le métier de ton père ? reprit-il au bout de quelques minutes. Le mien est forgeron.

— Le mien aussi ! Avec ses confrères artificiers, il a conçu le mousquet et les autres armes à feu. Depuis qu'ils détiennent ce secret, les pinkertons les importunent moins souvent, ce qui ne les empêche pas de s'en prendre aux autres artisans. L'invention du mousquet est une étape capitale pour l'égalité entre les humains et les nains, et la possibilité de faire carrière dans l'armée impériale en est une autre. J'ai la ferme intention de marcher dans les traces de mon père afin que notre situation s'améliore. Voilà pourquoi je veux devenir officier.

— Il doit déjà être fier de toi : tu es le premier nain à avoir été admis à l'Académie Vocans.

Fletcher était sincère ; plus il en apprenait à propos des nains, plus il les respectait. Il résolut de se montrer digne de son nouvel ami et de soutenir sa cause. Soudain, Othello s'immobilisa et tendit le doigt devant lui.

— Bienvenue dans le quartier des nains !

27

La rue s'ouvrait sur une place immense où se dressaient des dizaines de grandes tentes de toile blanche, décorées de broderies formant des motifs kaléidoscopiques rouges et bleus. Les pavés avaient disparu, remplacés par de l'herbe verdoyante, et chaque pavillon était entouré d'un jardinet bien entretenu. Les fleurs aux couleurs vives et au doux parfum rappelèrent à Fletcher les étés passés dans les montagnes. Le pâle soleil hivernal, que ne cachaient plus les hautes maisons de pierre, réchauffait son visage.

— Quel endroit merveilleux, murmura-t-il.

À en juger par la décrépitude des bâtiments alentour, il s'était attendu à découvrir un quartier pauvre et insalubre. Othello se contenta de sourire avant de se remettre en route, saluant quelques nains assis dans leurs jardins. Un peu plus loin, il désigna une tente.

— C'est chez moi. Toute ma famille vit là.

— Combien êtes-vous ? s'enquit Fletcher en tâchant de ne pas se formaliser des regards méfiants que lui lançaient les passants.

— Chaque pavillon peut accueillir une trentaine de personnes. Mais le nôtre abrite aussi l'atelier de mon père, et comme il a besoin de place, nous ne sommes que vingt.

Le jeune homme avait du mal à se faire à l'idée que trente individus puissent vivre sous chacune de ces tentes de la taille d'une petite grange – à moins qu'ils ne dorment sur des couchettes superposées.

— Avant d'entrer, découvre-toi et ôte tes bottes, sinon, tu risques de passer pour un rustre, précisa Othello.

Fletcher s'exécuta, puis s'agenouilla pour aider son compagnon à enlever ses souliers – Othello, blême, paraissait souffrir atrocement. Tandis qu'il dénouait tant bien que mal les lacets de son camarade, Fletcher vit une silhouette vêtue d'une ample robe s'élancer vers eux en poussant un cri d'alarme.

— Othello, que t'est-il arrivé ? demanda-t-elle d'une voix stridente.

Seuls ses yeux étaient visibles, la partie inférieure de son visage étant dissimulée par un voile rose maintenu en place par une chaînette en argent.

— Tout va bien, Thaïssa. Je veux simplement entrer au plus vite. Je n'ai pas envie que les voisins me voient ainsi : ils croiront que je suis maltraité à Vocans, ce qui est loin d'être le cas. Voici Fletcher, un ami. Et elle, c'est ma sœur Thaïssa, ajouta le nain en désignant la jeune fille.

Cette dernière écarta un pan de toile, et les deux garçons la suivirent. Contrairement à ce à quoi Fletcher s'était attendu, l'endroit n'était ni bondé ni encombré de lits : au centre de la vaste tente, agrémentée de tapis et de sofas, un épais pilier de métal s'élevait jusqu'au plafond. Remarquant l'escalier qui s'enroulait autour de la colonne pour s'enfoncer dans le sol, le visiteur comprit que les autres pièces devaient se trouver sous terre.

Thaïssa s'empressa de disposer quelques coussins pour que son frère puisse s'y étendre, tandis qu'une naine aux joues vermeilles et aux grands yeux verts apparaissait en haut de l'escalier ; dès qu'elle aperçut Fletcher, elle laissa échapper une exclamation de stupeur et cacha son visage derrière un voile.

— Othello ! appela-t-elle. Comment peux-tu amener des invités sans me prévenir ? Il m'a vue !

— Ne t'inquiète pas, mère, c'est un humain, ça ne compte pas. Et puis Fletcher est mon ami, ajouta le garçon avant de s'effondrer.

— Mais tu es blessé ! hurla-t-elle en courant vers lui.

— Turner et Murphy s'en sont pris à moi, et je crois que j'ai une côte cassée, répondit-il, le souffle court, comme s'il avait du mal à respirer. Peux-tu aller chercher de quoi me bander la poitrine ?

Il ôta le haut de son uniforme. Son torse musclé était couvert d'une épaisse toison rousse et bouclée. Fletcher constata que ses épaules étaient zébrées de cicatrices – marques sans doute laissées par les pinkertons.

Tandis que Thaïssa épongeait le front en nage de son frère avec la manche de sa robe, leur mère redescendit l'escalier à vive allure ; elle revint deux minutes plus tard avec un long morceau d'étoffe qu'elle enroula autour du torse de son fils. Ce dernier, qui tressaillait chaque fois que sa mère serrait la bande, parvint néanmoins à supporter la douleur.

— Déjà de retour ? fit une voix étonnée.

Sur le seuil de la tente se tenait un nain qui ressemblait de manière frappante à Othello.

— Je suis juste de passage, Atilla, répondit le garçon. Et j'avais besoin de soins. Les pinkertons me sont encore tombés dessus. Heureusement, mon ami Fletcher était là. C'est grâce à lui que j'ai pu leur échapper.

Atilla jeta un coup d'œil malveillant à Fletcher avant de s'approcher d'Othello, qu'il aida à se redresser.

— On devrait tous quitter cette maudite cité pour aller s'établir loin d'ici. Les humains ne nous accepteront jamais. Et toi, tu fraternises ? Regarde un peu à quoi ça t'a mené… Fiche le camp avant que je te fasse subir le même sort, ajouta-t-il, s'adressant à Fletcher.

Sur ces entrefaites, Ignatius bondit à terre en sifflant ; de minces volutes de fumée jaillirent de ses narines.

— Ça suffit, Atilla ! s'emporta Othello. J'en ai plus qu'assez de ton hostilité envers les humains ! Je t'interdis d'insulter mon ami dans cette maison, est-ce compris ?

Il se tut, pris d'une quinte de toux, et s'appuya contre Fletcher pour ne pas vaciller. Après un dernier regard mauvais, Atilla sortit en marmonnant un juron.

— Pardonne à mon frère jumeau, dit Othello. Lui aussi a le don d'invocation, mais il éprouve tant de haine pour les tiens qu'il a refusé de s'inscrire à Vocans. Jamais il ne combattra pour Hominum, même en tant que mage-guerrier. Si, comme moi, il souhaite que les nains obtiennent les mêmes droits que les humains, nous ne sommes pas d'accord sur la manière de conduire cette lutte, précisa le garçon avec tristesse. Je m'inquiète pour lui. Je sais de quoi il est capable… J'ai oublié le nombre de fois où je me suis rendu pour endurer des châtiments qui lui étaient réservés. Il aurait essayé de riposter et serait mort entre les mains de ses geôliers, j'en suis convaincu. J'étais bien obligé de prendre sa place.

— Vu la façon dont les pinkertons t'ont traité aujourd'hui, comment pourrais-je en vouloir à ton frère ? Je comprends ce qu'il doit ressentir. Simplement, j'espère avoir un jour l'occasion de lui prouver que tous les humains ne sont pas comme ce Murphy et ce Turner.

— C'est vrai, tu es moins méchant qu'il n'y paraît, dit Othello en riant. Bon, allons saluer mon père dans son atelier. Il pourra jeter un œil à ton khopesh. C'est le meilleur forgeron de tout Hominum !

— L'inventeur du mousquet et du pistolet ? Je n'en doute pas un instant, répliqua Fletcher avant de se tourner vers les naines. Si vous le permettez, je serais honoré de visiter votre demeure, ajouta-t-il en s'inclinant poliment.

La mère d'Othello hocha la tête.

— Je me fie à la bonne opinion que mon fils semble avoir de toi, et je suis contente qu'il ait un ami à Vocans. Je craignais qu'il n'y soit malheureux. Je m'appelle Briss. Enchantée de faire ta connaissance, Fletcher.

— Et je ne suis pas son seul ami, précisa le jeune homme en tapotant le dos d'Othello.

— Tu dois trouver bien étrange le voile que nous portons, dit alors Thaïssa, intimidée. Il est rare que les naines rencontrent des humains. La plupart de tes semblables croient même que nous sommes barbues !

Elle pouffa, tandis que sa mère laissait échapper un petit rire cristallin.

— Pourquoi cachez-vous vos visages ?

— Pour qu'on nous épouse par amour, pas pour notre apparence, expliqua Briss. Un mari ne découvre le visage de sa femme que le jour des noces. Ce voile est également une marque de modestie, et nous empêche de faire étalage de notre beauté. Seuls nos époux…

— En parlant d'époux, il est temps d'aller voir père, l'interrompit Othello, que la franchise de sa mère paraissait embarrasser. Suis-moi, Fletcher.

28

Une fois en bas de l'escalier, Fletcher et Othello débouchèrent dans une vaste caverne où flambait un grand feu dont la fumée et les étincelles s'engouffraient dans la colonne métallique. Les parois de terre étaient nues et le plafond soutenu par de solides poutres en bois, auxquelles étaient suspendus de petits lustres dont les bougies diffusaient une lueur orangée. Le jeune homme remarqua des portes d'acier sur tout le pourtour de la salle.

Othello le conduisit dans une autre pièce en tous points semblable, meublée d'une table en pierre. Un tuyau de métal était relié à un grand four ; des vases et des récipients de tailles variées, décorés de motifs floraux, étaient empilés le long des murs.

— C'est l'antre de ma mère, elle y passe la plupart de son temps, expliqua le nain. C'est ici qu'elle cuisine et qu'elle fabrique des plats de céramique. L'homme qui vient lui en acheter un lot chaque semaine fait croire aux clientes de sa boutique qu'il les confectionne lui-même… Les dames de Corcillum seraient mécontentes d'apprendre qu'elles achètent des objets qui proviennent du quartier des nains. Quoi qu'il en soit, nous gagnons bien notre vie, se vanta-t-il en traversant la caverne d'un bon pas.

Surpris de voir avec quelle rapidité son compagnon semblait s'être rétabli, Fletcher se dit que les nains devaient être particulièrement vigoureux.

Ils prirent un escalier plus étroit que le précédent et s'enfoncèrent davantage sous terre. Le jeune homme comprenait à présent pourquoi Othello avait demandé à Salomon de rester auprès de Briss et de Thaïssa – le démon aurait en effet eu le plus grand mal à descendre les marches abruptes sur ses courtes jambes. Ils passèrent deux autres cavernes plus petites : dans la première, remplie de vapeur, des tubes de cuivre couraient le long des murs taillés dans la roche – une sorte de salle de bains ; dans la seconde, plongée dans la pénombre, il distingua des lances et des épées. Un peu plus loin, tout devint si sombre que le garçon manqua de trébucher.

— Si cet escalier est exigu et mal éclairé, c'est pour des raisons défensives, précisa Othello. Il descend dans le sens des aiguilles d'une horloge, de sorte qu'un attaquant cherchant à accéder aux salles les plus profondes serait obligé de se servir de son arme de la main gauche. Un guerrier expérimenté n'aurait alors aucun difficulté à repousser une attaque, quel que soit le nombre d'ennemis.

Il donna un coup dans le pilier central, lequel empêchait un combattant droitier de manier son épée.

— Vous avez toujours vécu dans des cavernes ?

Habitué au grand air des montagnes, il commençait à trouver l'atmosphère du lieu oppressante.

— Oui, je crois qu'il en a toujours été ainsi, répondit Othello. Il y a des siècles, c'était pour nous protéger des bêtes sauvages et des orques ; d'ailleurs, nous préférons dormir sous terre, où tout est si paisible. Je dois reconnaître que j'ai eu un peu de mal à trouver le sommeil à la Citadelle, où le vent s'engouffre sans cesse dans ma chambre. Nous voilà arrivés, annonça-t-il alors qu'ils atteignaient le bas des marches.

Ils se tenaient devant une grande porte en acier au chambranle de pierre, comme encastrée dans le granite.

— À moins de creuser la roche, personne ne peut pénétrer dans cet endroit à l'insu de mon père. Il n'aime guère être dérangé. Les armes à feu sont fabriquées dans d'autres grottes, mais celle-ci est la plus importante de toutes, car c'est ici que le premier mousquet a été conçu.

Du poing, il frappa à coups rythmés et répétés contre le battant – une sorte de code. Quelques secondes plus tard, il entendit qu'on poussait plusieurs verrous, puis un visage familier apparut dans l'entrebâillement de la porte.

— Athol ! s'exclama Fletcher en souriant. Tu travailles donc pour le père d'Othello ? J'aurais dû m'en douter, vu les beaux pistolets que tu vendais !

— Que fais-tu ici ? demanda le nain, interloqué.

— Fletcher est lui aussi un novice à Vocans, et c'est mon ami, répliqua Othello en franchissant le seuil. Je souhaite le présenter à mon père.

— Uhtred est trop occupé pour le moment. Tu ferais mieux de revenir un autre jour. Et toi, Fletcher, attends dehors, je ne pense pas que tu seras le bienvenu ici.

Les deux nains disparurent à l'intérieur sans pourtant refermer la porte, ce qui permit au jeune homme d'observer à loisir la salle remplie d'outils et de lingots de métal. À la différence de la forge de Berdon, tout semblait impeccablement organisé et rangé. La chaleur qui régnait dans le lieu était si intense que Fletcher avait l'impression de se trouver à quelques centimètres d'un brasier. Il percevait le murmure d'une conversation sans être capable de distinguer de quoi il retournait, le rugissement des flammes étouffant les voix des nains.

— QUOI ? hurla soudain l'un d'eux.

Aussitôt, un nain à la carrure imposante apparut sur le seuil. Son torse nu, d'une largeur exceptionnelle, était couvert d'une toison rousse, luisante de transpiration. Sa barbe, tout aussi rousse, se séparait en deux tresses qui descendaient jusqu'à sa taille, et ses moustaches tombantes étaient si longues qu'elles paraissaient lui chatouiller le ventre. Mesurant près d'un mètre quarante, il devait passer pour un géant parmi ses semblables.

— Athol m'apprend que tu as demandé à devenir mon apprenti il y a trois jours de ça ! commença-t-il d'une voix tonitruante. Et tu profites à présent de l'amitié que mon fils te porte pour t'introduire dans ma forge ! Sache que je ne te fais pas confiance et que j'ai bien envie te t'envoyer balader le plus loin possible.

Conscient de la menace qui pesait sur son maître, Ignatius s'agita dans le capuchon de la pelisse. Quant à Fletcher, il recula de quelques pas, comprenant toutefois la méfiance du père d'Othello.

— Je n'ai aucune mauvaise intention, je vous le jure, se défendit-il. J'ai été apprenti forgeron dans le nord de l'Empire : il était donc naturel que je cherche un emploi dans ce domaine quand je suis arrivé à Corcillum ! Quant à Othello, j'ai fait sa connaissance à l'Académie Vocans. J'ai besoin d'un fourreau pour mon épée, et il a proposé de m'indiquer un excellent forgeron, sans me dire qu'il s'agissait de vous. J'ignorais également qu'Athol était à votre service. Je m'excuse de vous avoir importuné, et je préfère prendre congé.

Après avoir salué Uhtred, Fletcher s'engagea de nouveau dans l'escalier. Mais à peine eut-il gravi deux marches que le nain s'éclaircit la gorge.

— Attends, j'ai peut-être parlé trop vite… Othello et Athol se trompent rarement quand il s'agit de juger les gens. Je préfère néanmoins m'assurer que tu as dit vrai et que tu n'es pas un espion. Athol, va donc cacher les mousquets, puis déniche un petit marteau pour ce garçon. Pendant ce temps, montre-moi ce khopesh, ajouta-t-il, s'adressant de nouveau à Fletcher.

Le jeune homme tendit l'arme à Uhtred. Dans la grosse main du nain, elle lui parut minuscule.

— Cela faisait longtemps que je n'en avais pas vu d'aussi beau. Toutefois il n'est pas en très bon état. À quand remonte la dernière fois où tu l'as graissé et affûté ? demanda Uhtred en examinant la lame. Un khopesh est un outil comme les autres. Je vais te donner un morceau de tissu huilé dans lequel l'envelopper en attendant que tu aies un fourreau… si du moins tu parviens à me persuader de ta bonne foi. Et tâche de prendre soin de cette arme, mon garçon ! Laisserais-tu ton démon mourir de faim ?

— Je n'ai pas eu le temps de m'en occuper depuis quelques jours, reconnut Fletcher, gêné.

À dire vrai, il avait à peine pensé à son khopesh depuis l'instant où il l'avait découvert dans sa besace, hormis lors du bref combat qui l'avait opposé à Caulder. Il se sentit plus coupable encore en songeant aux efforts que Berdon avait dû déployer pour le confectionner.

— Bon, Athol a dû terminer ses préparatifs, reprit le nain en s'écartant du seuil. Voyons un peu de quoi tu es capable, petit gars.

29

Voyant que la barre d'acier chauffée au rouge qu'il venait de poser sur l'enclume virait de nouveau au gris, Fletcher grimaça. Chaque fois qu'il l'ôtait du fourneau, elle refroidissait après quelques coups de marteau. Et même s'il avait réussi à donner forme à un objet allongé, celui-ci ne ressemblait pas à la dague qu'il avait eu l'intention de fabriquer.

— C'est un acier dont nous seuls connaissons la composition, précisa Othello avec une pointe de pitié. Il est plus dur et plus résistant que les métaux que travaillent les humains, mais il ne reste pas chaud bien longtemps. Et tu n'as pas la vigueur d'un nain.

— Je t'ai joué un mauvais tour, Fletcher, avoua Uhtred, qui s'était radouci, car je savais d'avance que tu serais incapable de le façonner.

— Au moins, vu ton étonnement, il est clair que tu ignorais tout de cet alliage, intervint Athol. Un espion à la solde de l'armée s'y serait attendu. À présent, voyons si tu as réellement été apprenti chez un forgeron. Je vais aller te chercher une pièce de fer dans la réserve.

— Pas la peine, je crois que j'ai une idée ! annonça Fletcher.

Il retira Ignatius de son capuchon, le posa sur son épaule et le réveilla en douceur. Le démon bâilla, puis se gratta la tête à l'aide de sa patte arrière, comme l'aurait fait un chien.

— Il est temps que tu te rendes utile, espèce de paresseux, murmura son maître en souriant.

Il se concentra alors sur le morceau d'acier et l'imagina rougeoyant. Ignatius lança un pépiement excité, gonfla d'air sa petite poitrine et cracha une longue flamme bleutée sur le bout de métal qui vira aussitôt au rouge.

— Un de ces démons me rendrait de fiers services, grommela le forgeron, émerveillé, en voyant une autre langue de feu jaillir de la gueule de la créature.

Une odeur âcre de soufre planait dans la caverne : le bout d'acier était à présent chauffé à blanc. Fletcher en profita pour le marteler à coups répétés, la dague prenant peu à peu forme sous ses martèlements. Au bout de quelques minutes qui lui parurent interminables, il lança un ordre à Ignatius par la pensée ; le démon s'apaisa sur-le-champ et, visiblement exténué, alla se rendormir dans le capuchon du garçon. Ce dernier, lui aussi épuisé, avait le bras tout engourdi à force de manier le marteau.

Au moyen d'une pince, Uhtred saisit l'arme que Fletcher venait de fabriquer et l'examina à la lueur du fourneau : le manche surmonté d'un pommeau arrondi était prêt à être enveloppé dans des bandelettes de cuir ; quant à la petite lame effilée, de facture très sobre, elle ressemblait à celles qu'affectionnaient les assassins.

— Où as-tu appris à façonner ce genre de dague ? s'exclama Othello. Il est rare d'en voir à Corcillum.

— Le forgeron dont j'étais l'apprenti vendait surtout ses armes à des marchands de passage et à des voyageurs. Ceux-ci demandaient souvent des dagues ou des poignards faciles à dissimuler sous un vêtement afin de pouvoir prendre par surprise les bandits de grands chemins, expliqua Fletcher, admirant son ouvrage.

— C'est bon, petit gars, tu as su me convaincre ! affirma Uhtred. Tu es libre de partir. Ce n'est pas comme si tu avais découvert tous nos secrets ! Pour me faire pardonner, je te fabriquerai un fourreau. Il te faut toutefois me confier ton khopesh pendant quelques jours. Mon épouse va également te confectionner un nouvel uniforme. Il ne sera pas taillé sur mesure, mais ce sera mieux que cet habit miteux. Sans vouloir t'offenser, ajouta-t-il d'un air taquin, je n'ai pas envie qu'on raconte que les amis de mon fils sont des loqueteux !

— Combien vous dois-je ? demanda le jeune homme en sortant sa bourse.

— Rien, hormis cette dague. Mais promets-moi de veiller sur mon fils. Tu m'as l'air d'être quelqu'un de bien… plutôt rare chez les humains. Les gens comme toi me font espérer qu'une réconciliation est encore possible.

***

La pluie avait redoublé quand ils atteignirent le porche sous lequel ils étaient censés retrouver leurs compagnons. Ces derniers n'étaient pas là. Othello donna un coup de pied dans un mur ; Fletcher, grelottant, observait la rue en quête d'une carriole qui aurait pu les transporter jusqu'à la Citadelle.

— Quel temps de chien, ronchonna le nain.

Il était de mauvaise humeur depuis qu'il s'était rendu compte que son tomahawk avait disparu : Fletcher et lui étaient pourtant retournés dans la ruelle où les pinkertons s'en étaient pris à eux. La hachette n'y était plus.

— Maudits soient ces pinkertons, poursuivit Othello, furieux. Je vais avoir mal aux côtes pendant des jours, et j'ai perdu l'une des plus belles armes de mon père.

— Je suis certain qu'il t'en fabriquera une autre, répondit Fletcher, plein de compassion.

— On voit bien que ce n'est pas toi qui as perdu ton khopesh ! s'exclama son ami avec amertume.

Sur ce, il quitta leur abri et s'éloigna dans la rue. Comprenant qu'il était pour l'instant inutile d'insister, Fletcher le suivit sous la pluie. En dépit de sa pelisse, il était à présent glacé jusqu'aux os ; le retour serait pénible. Alors qu'un grondement de tonnerre retentissait au loin, Othello cria :

— Nous trouverons peut-être une voiture sur la place Valentius, c'est le quartier des écuries.

— Parfait, allons-y ! répliqua Fletcher.

Ils se mirent à courir à travers les rues vides, sous les éclairs qui zébraient le ciel tourmenté.

— On est bientôt arrivés ! assura Othello, dont la voix était étouffée par les rafales.

Ils débouchèrent sur une place dont l'un des côtés était couvert d'un immense auvent sous lequel ils se réfugièrent. Il y avait déjà foule, et la plupart des gens écoutaient un homme debout sur une estrade.

— C'est ici qu'ils vendent des chevaux aux enchères, au cas où tu aurais un jour envie de m'offrir une monture, précisa Othello en essorant sa barbe.

— Je n'aurais pas les moyens d'acheter un destrier, mais un vieux poney devrait te suffire, pas vrai ? plaisanta Fletcher, content de voir que son ami semblait ragaillardi.

Alors qu'il cherchait une charrette des yeux, le jeune homme saisit au vol les paroles courroucées de l'individu qui s'adressait à l'assistance :

— ... à cause des elfes que ce conflit s'enlise ! Et plutôt que de les obliger à payer l'impôt, notre souverain parle de paix, sans avoir conscience des véritables intentions de ces créatures. Les elfes veulent nous voir perdre la guerre ! Et quand l'Empire tombera, ils s'empareront de nos terres ! Les orques n'en veulent pas, tout ce qui les intéresse, c'est de nous massacrer. Quand le sang coulera dans les rues, les elfes se réjouiront !

Son public poussa un rugissement d'approbation et des poings s'élevèrent. Fletcher était intrigué que quelqu'un montre autant de haine envers les elfes et se permette de parler ouvertement contre l'empereur – même Rotherham n'avait pas été aussi véhément.

— Que faut-il donc faire pour forcer la main à notre souverain ? brailla l'individu. Je vais vous le dire : prendre d'assaut l'ambassade de ces monstres aux oreilles pointues et les tuer jusqu'au dernier !

Cette fois, l'assistance parut moins enthousiaste : cette suggestion était si audacieuse qu'un silence gêné s'abattit sur la place, bientôt rompu par quelques murmures indignés. L'orateur leva la main.

— Oh, je sais, le premier pas est toujours le plus difficile. Et c'est en nous unissant que nous vaincrons ! Mais d'abord, permettez-moi de vous montrer comment il faut s'y prendre. Grindle, amène la prisonnière !

Un individu chauve et corpulent, aux bras aussi épais que ceux d'Othello, apparut à l'arrière de l'estrade ; il tirait derrière lui une elfe qui hurlait, pieds et poings liés. Fletcher la reconnut aussitôt.

— Sylva ! s'exclama-t-il.

30

La foule vibrait d'excitation et d'horreur à la fois. Quelques personnes poussèrent de vives acclamations à la vue de la massue que brandissait le dénommé Grindle. Fletcher voulut se frayer un chemin jusqu'à l'estrade, mais Othello le retint fermement par le bras.

— Lâche-moi ! s'écria le jeune homme.

— Nous sommes désarmés. Allons plutôt chercher de l'aide !

— Auprès de qui ? Des pinkertons, peut-être ? Si nous ne faisons rien maintenant, Sylva va mourir, répliqua Fletcher en se dégageant de la poigne d'acier de son ami.

Hélas, il se retrouva bientôt coincé entre les spectateurs, à peine capable de voir au-delà de leurs têtes.

— Les elfes ont la témérité de se promener dans nos rues comme si la guerre ne leur importait pas ! fulmina l'orateur. Grindle, montrons à tous ces honnêtes sujets d'Hominum ce que nous réservons à ceux qui cherchent à nous provoquer !

Des mugissements s'élevèrent, sans qu'il soit possible de dire si les gens approuvaient ou non ces paroles. L'atmosphère était aussi orageuse que le ciel, où ne cessaient de retentir des coups de tonnerre. Le crépuscule approchait.

— Que se passe-t-il ? demanda Othello en sautillant derrière Fletcher, qu'il venait de rejoindre.

Tapi à ses pieds, Salomon laissait échapper des grondements sourds chaque fois que les souliers des spectateurs qui l'entouraient piétinaient le sol boueux.

— Je n'en sais rien. Il faut se rapprocher !

Sylva poussa alors un long hurlement de pure terreur qui glaça Fletcher jusqu'au fond de son âme. La mâchoire crispée, il tenta de se faufiler entre les deux individus qui se tenaient devant lui, en vain.

— Othello, demande à Salomon d'effrayer les gens les plus proches, qu'il les oblige à se disperser !

Un mugissement profond retentit derrière lui, pareil à celui d'un ours. À la vue du golem, les personnes alentour reculèrent en toute hâte.

— Ignatius ! cria Fletcher en s'élançant vers l'estrade, Othello et son démon sur les talons.

La salamandre se percha sur son épaule et des flammes jaillirent dans les airs, contraignant d'autres spectateurs à s'écarter sur leur passage. Fletcher et Othello gravirent une volée de marches et se retrouvèrent sur la plate-forme, où l'orateur, agenouillé près de Sylva, maintenait la tête de cette dernière sur un billot. Grindle s'apprêtait à abattre sa massue sur la captive, dont les yeux avaient été bandés.

D'instinct, Ignatius cracha une balle de feu qui percuta l'épaule du bourreau et le souleva de terre ; Othello en profita pour décocher un coup de pied dans le visage de l'orateur, l'assommant sur-le-champ.

Trois hommes équipés de matraques se ruèrent alors sur le nain, qui s'écroula à son tour ; mais avant qu'un autre coup soit porté à son maître, Salomon frappa la jambe d'une des brutes avec une telle violence que le membre se tordit avec un craquement horrifiant. Le golem grimpa aussitôt sur la poitrine de sa victime, qu'il entreprit de piétiner, pendant que ses deux acolytes avançaient sur Fletcher en faisant tournoyer leurs matraques avec dextérité ; le garçon, blême, recula afin de gagner du temps, tout en regrettant amèrement d'avoir laissé son arc à la Citadelle.

— À toi de jouer, Ignatius, murmura-t-il.

Toutes griffes dehors, le démon bondit de son épaule en crachant des flammes et atterrit sur le visage de l'individu le plus proche, qu'il fouetta de sa petite queue pointue. Avant que son complice puisse intervenir, Fletcher fondit sur lui, évita un coup de matraque et fit apparaître une flammelle qu'il projeta dans les yeux de l'homme ; celui-ci, aveuglé, ne vit pas venir le coup de pied que le garçon lui décocha à l'entre-jambe, ni le poing qui lui brisa le nez. De son côté, Ignatius léchait son museau ensanglanté avec plaisir, tandis que son adversaire défiguré gisait à terre.

Pendant que Salomon poussait des glapissements, son visage de pierre enfoui dans la barbe d'Othello, Sylva, étendue sur les planches, essayait de se dégager. Fletcher arracha le bandeau qui couvrait les yeux de l'elfe, puis entreprit de dénouer les cordes de ses doigts engourdis par le froid. Les gens debout sous l'auvent n'avaient pas bougé, comme s'ils appréciaient le spectacle.

— Détache-moi ! braillait Sylva, dont les yeux roulaient dans leurs orbites. Dépêche-toi !

Comment avait-elle pu se retrouver dans une situation pareille ? La dernière fois que Fletcher l'avait vue, elle était à la Citadelle, en compagnie d'Isadora.

Soudain, une douleur fulgurante éclata dans la tempe du jeune homme, qui bascula sur le dos ; la grosse tête chauve de Grindle apparut dans son champ de vision.

— Sale traître, siffla la brute.

Fletcher remarqua la chair brûlée de son épaule à laquelle étaient encore accrochés des lambeaux d'étoffe calcinée. Grindle tenait Ignatius par le cou, comme il l'aurait fait avec un poulet. La poitrine du démon se gonfla et, un instant, le garçon retrouva espoir ; mais seule une mince volute de fumée sortit des narines de la salamandre. Grindle plaqua le pied contre la gorge de Fletcher, puis, de sa main libre, brandit au-dessus de lui sa massue, un vieux morceau de bois tordu. Le captif ferma les yeux en priant pour une mort rapide.

Au même instant, il entendit un cri, suivi d'un bruit sourd, et une masse s'écroula en travers de lui ; le souffle coupé, il rouvrit les paupières et vit Sylva, un gourdin à la main. Fletcher était coincé sous le corps de l'homme, aussi lourd qu'un tronc d'arbre.

— Je n'arrive plus à respirer… murmura le garçon.

L'elfe s'agenouilla près de lui, tâchant de repousser Grindle. En pure perte. Au bord de l'évanouissement, Fletcher sentait le sang battre dans ses tempes. Alors que ses yeux se voilaient déjà, Othello, le front sanguinolent, s'approcha d'un pas vacillant. Avec Sylva, il réussit à écarter le corps, et leur compagnon put enfin inspirer une goulée d'air, laquelle lui parut plus douce que du miel.

— Espèces de monstres ! hurla Sylva en se tournant vers la foule silencieuse.

— Fichons le camp d'ici ! cracha Othello en jetant un coup d'œil de mépris à l'assistance.

Ils aidèrent Fletcher à se relever, puis le soutenant, descendirent de l'estrade, comme des ivrognes titubants. Cette fois, les gens leur livrèrent passage sans protester.

Ne sachant s'ils étaient suivis, les trois novices parcoururent des rues désertes battues par la pluie et le vent qui soufflait en bourrasques. Othello, qui connaissait bien Corcillum, guidait ses compagnons dans un méandre de venelles qui finirent par les mener à l'artère principale. L'obscurité ne tarderait pas à les envelopper. Il aurait été plus prudent de passer la nuit dans la capitale ; cependant, à la vue de Sylva, aucun aubergiste n'aurait accepté de leur louer une chambre. Hors de la cité, ils marchèrent deux heures durant sans croiser une seule charrette. L'elfe, vêtue d'une simple robe en soie, avait perdu ses souliers lors de sa capture. Quand Fletcher proposa de lui prêter sa pelisse, la jeune fille grelottait tellement qu'elle eut le plus grand mal à l'enfiler.

— Il faut qu'on fasse une pause ! cria-t-il pour se faire entendre dans le tumulte de l'orage.

Othello se contenta de hocher la tête, trop épuisé pour répondre. Son visage livide était ruisselant, le sang de la plaie qu'il avait au front se mêlant à la pluie.

Fletcher parcourut les environs du regard : au milieu des prairies, à quelques centaines de mètres de la route, il remarqua un toit de chaume.

— Par ici ! hurla-t-il en entraînant ses compagnons derrière lui.

Ils traversèrent un champ de maïs, piétinant les longues tiges, et arrivèrent devant une grange abandonnée. Fletcher sentit le découragement l'envahir à la vue du gros cadenas rouillé fixé à la porte, mais Salomon le brisa aisément dans son poing de pierre.

L'endroit, qui sentait le moisi, était plein de vieux barils de farine avariée. Le vent glacial se faufilait entre les planches fissurées des murs, mais, au moins, ils étaient enfin à l'abri de la pluie torrentielle. Sylva et Othello s'écroulèrent à même le sol de terre battue et, frissonnants, se blottirent l'un contre l'autre, pendant que Fletcher refermait la porte. Puis il alla les rejoindre. Jamais il n'aurait imaginé que leur excursion à Corcillum s'achèverait ainsi.

— Ne vous en faites pas, nous serons bientôt au chaud, assura-t-il. Ignatius !

Le démon descendit le long de son bras et le fixa d'un air misérable. Son cou était couvert d'une marque rouge foncée, là où Grindle l'avait étranglé. Il prit une profonde inspiration et crachota une mince flamme qui éclaira brièvement la grange humide. « Comment faire ? » se demanda le jeune homme, inquiet, en regardant Sylva qui grelottait, les genoux remontés contre la poitrine, le bout de ses oreilles pointues rougi par le froid ; le jeune homme n'osait imaginer les autres épreuves qu'elle avait subies.

Soudain, le golem poussa un grondement et entreprit de démanteler un baril de ses grosses mains.

— Arrête un peu, Salomon, marmonna Othello. Ne dépense pas tes forces pour rien.

Le démon lança un coup d'œil au nain, mais se remit à sa tâche avec énergie, empilant des planches brisées.

— Il prépare de quoi allumer un feu ! comprit alors Fletcher.

Quand Salomon eut martelé l'une des douves d'un autre baril pour faire du petit bois, Ignatius cracha plusieurs jets de flammes sur ces brindilles ; Fletcher ajouta quelques planches et, bientôt, une douce chaleur se répandit dans la grange. Le bois pourri dégageait une fumée un peu âcre, mais les vêtements des trois compagnons commencèrent à sécher sur eux. Malgré tout, la nuit serait longue…

31

Fletcher se réveilla en sursaut et regarda autour de lui. L'air morose, Othello remuait les tisons à l'aide d'un bâton ; il avait ôté sa veste et sa tunique et les avait étendues sur le sol, près du feu.

— J'ai dormi longtemps ? demanda le jeune homme.

Ses habits étaient encore humides, cependant il préféra les garder sur lui – Sylva n'apprécierait guère de se retrouver face à un deuxième garçon torse nu. Pourtant, à sa stupéfaction, il vit l'elfe, agenouillée non loin, occupée à déchirer des pans de sa robe ; Ignatius était blottie près d'elle, dos aux flammes.

— Seulement quelques minutes, répliqua Sylva en tendant un morceau d'étoffe à Othello. Tiens, prends ça pour étancher le sang.

— Merci, répondit le nain, agréablement surpris par le geste de la jeune fille. Je suis navrée que tu aies été obligée d'abîmer ta robe.

— C'est le dernier de mes soucis. J'ai été bien bête de penser que je pouvais me promener dans les rues de Corcillum, alors que la paix entre l'empereur Harold et nos clans n'a pas encore été officiellement signée.

— Qu'est-ce qui a pu te décider à agir ainsi ? s'enquit Fletcher, les sourcils froncés.

— J'ai cru que je ne risquerais rien en compagnie des Forsyth, mais j'aurais dû me méfier, précisa-t-elle en se tordant les mains. Si un humain pénétrait seul en territoire elfique, certains des miens lui réserveraient un sort atroce. Les préjugés ont la vie dure, que ce soit d'un côté de la frontière ou de l'autre.

— Je suis content que tu voies les choses sous cet angle, dit Fletcher en frottant ses mains engourdies au-dessus du feu.

Après ce qui t'est arrivé, tu pourrais très bien aller te plaindre auprès de ton père et le persuader qu'une alliance entre nos deux peuples est impossible.

— Au contraire, cet incident n'a fait que renforcer ma détermination, déclara Sylva.

La fille méprisante qui les avait regardés de haut le matin même n'était plus – et celle qui était à présent face à eux paraissait sincère et vaillante.

— Comment ça ? demanda Fletcher, intrigué.

— Si le seul conflit absurde que nous avons mené jusqu'à maintenant a pu engendrer tant de haine entre les humains et les elfes, imagine un peu ce qu'une vraie guerre provoquerait…

— Quel est le sentiment général parmi les tiens ? s'enquit Othello en ôtant ses bottes et ses chaussettes.

Salomon, docile, les ramassa et les rapprocha du feu afin de les faire sécher. Sylva plissa le nez, incommodée par l'odeur que dégageaient les pieds du nain.

— Certains comprennent qu'il est nécessaire de s'unir aux humains pour combattre les orques, qui pourraient nous envahir un jour. D'autres affirment que ces brutes ne s'aventureront jamais si loin au nord, même si l'Empire d'Hominum tombait entre leurs mains. Mon père est un vieux chef ; il n'a pas oublié ce que lui contait son propre père : des récits à propos des orques qui saccageaient nos villages, égorgeaient les habitants pour le plaisir, plaçaient les têtes de nos guerriers au bout de piques. Nos jeunes gens n'ont pas conscience que nous avons été contraints de nous établir dans les grandes forêts septentrionales à la suite de ces dévastations. Les premiers humains à avoir traversé le désert d'Akhad se sont ensuite unis à nos clans pour repousser les orques dans les jungles et pour patrouiller les frontières. Malheureusement, cette bonne entente est peu à peu tombée en désuétude.

— Nous étions alliés avec les elfes, autrefois ? s'exclama Fletcher, les yeux écarquillés.

— Avant d'accepter cette mission diplomatique, j'ai étudié l'histoire de nos deux peuples. Nous autres elfes avons une espérance de vie de près de deux cents ans, aussi nos annalistes ont-ils su préserver notre mémoire collective avec plus de précision que les vôtres. Corwin, le premier empereur d'Hominum, a mené une guerre contre les orques en notre nom. En échange, les elfes lui ont enseigné l'art de l'invocation, qu'il a ensuite transmis à son entourage.

— C'est incroyable ! J'ignorais que les elfes nous avaient aidés à bâtir l'Empire et qu'ils avaient été les premiers invocateurs.

— Pas tout à fait, murmura Sylva. Les orques pratiquaient cet art bien avant nous. Mais leurs procédés étaient primitifs, et ils ne capturaient que de petits démons. Si seulement c'était encore le cas de nos jours…

— J'ai une question, l'interrompit Othello. Pourquoi n'as-tu pas amené l'un de vos démons à la Citadelle ? Vous devez pourtant en posséder, non ?

— C'est compliqué, répondit Sylva. Après la création de l'Empire d'Hominum, une longue période de paix a suivi. Tandis que les nains se révoltaient et que les orques pillaient les territoires limitrophes, les elfes ont vécu en sécurité. Nous n'avions plus besoin de démons pour nous défendre. Du reste, il y a quatre cents ans, l'invocation a été interdite pendant une brève période afin d'empêcher les héritiers des chefs de clan de s'affronter en duel, une coutume jugée nuisible. Peu à peu, tous les démons se sont éteints : tantôt ils étaient tués lors de ces combats, tantôt ils étaient relâchés dans l'Éther.

À cet instant, l'estomac d'Othello gargouilla, et la jeune elfe s'esclaffa.

— J'ai une idée, annonça Fletcher en se levant.

Il sortit de la grange en courant et revint moins d'une minute plus tard, trempé, avec plusieurs épis de maïs. En se rasseyant, il remarqua que son ami avait le dos orné d'un beau tatouage noir, qui représentait un marteau et une hache de bataille croisés.

— Qu'est-ce que ça signifie ? demanda le jeune homme en désignant le dessin.

— C'est notre sceau, expliqua le nain. La hache symbolise notre vaillance au combat et le marteau nos compétences manuelles. Pourtant, je n'aime guère les tatouages. Je n'ai pas besoin de marques sur la peau pour avoir l'impression d'être un nain digne de ce nom.

— Mais alors, pourquoi en as-tu un ? s'étonna Sylva en plantant quelques épis au bout d'une fourche rouillée qu'elle plaça au-dessus du feu.

— Pour avoir le même que mon frère Atilla. Il m'arrive d'être obligé de me faire passer pour lui. Et les pinkertons ôtent toujours la tunique de leurs victimes avant de les… châtier, ajouta-t-il, dépité.

L'elfe le dévisagea avec une expression aussi épouvantée que stupéfaite, puis porta le regard sur les cicatrices qui couvraient les épaules du nain.

— Atilla est mon jumeau, précisa celui-ci – cela expliquait tout.

— Vous êtes donc comme… Isadora et Tarquin, constata l'elfe.

— Je me doutais qu'ils n'étaient pas de simples frère et sœur, mais je n'en étais pas sûr, intervint Fletcher.

— C'est pourtant évident, reprit Othello. C'est toujours le premier-né qui hérite du don d'invocation. Il est rare que les enfants suivants possèdent quelques aptitudes. Ceci a permis aux familles nobles de consolider leur pouvoir : vu que seul l'aîné, fille ou garçon, hérite de ses parents, les biens familiaux ne sont pas dispersés. Les Forsyth, quant à eux, sont assez riches pour que leur fortune puisse être divisée en deux parts égales.

Le nain prit un épi et mordit dedans avec appétit.

— Dis-moi, Sylva, pourquoi étais-tu à Corcillum aujourd'hui ? demanda Fletcher en tâchant d'oublier que son ami et lui avaient manqué de mourir pour la sauver. As-tu croisé Geneviève à la parfumerie ?

— Les nobles m'ont proposé de visiter la cité. Nous avons pris une voiture jusqu'à la place principale, puis je suis allée dans le quartier des fleuristes avec Tarquin et Isadora, qui voulaient acheter des roses pour décorer leurs chambres. Je n'étais pas inquiète. Un foulard cachait mes cheveux et mes oreilles. Mes yeux ont dû me trahir. Cet horrible bonhomme, Grindle, a arraché mon foulard et m'a entraînée dans une ruelle. Et les Forsyth ont pris leurs jambes à leur cou ! Puisque je n'avais pas apporté de vélin d'invocation, Sariel, que j'avais absorbé avant notre départ, est resté en moi.

— Un vélin d'invocation ? répéta Othello, terminant son épi pour en prendre un autre.

Sylva lui donna une tape sur la main.

— Quel goinfre tu fais ! s'exclama-t-elle en souriant. Fletcher, sers-toi. J'ai vu qu'aucun de vous n'était présent au réfectoire pour le déjeuner.

— Oui, nous sommes partis avant le repas, et je n'ai avalé qu'une pomme de toute la journée, répondit le jeune homme en s'emparant d'un épi.

— Un vélin d'invocation, reprit l'elfe en se tournant de nouveau vers Othello, est un simple pentacle dessiné sur un carré de cuir. Si j'en avais eu un sur moi, j'aurais pu invoquer mon canid et le faire réapparaître.

— J'ai quand même du mal à croire que Tarquin et Isadora se soient enfuis, dit alors Fletcher, la bouche pleine de grains de maïs croquants.

— Il y a pire encore. Tous deux étaient accompagnés de leurs démons quand j'ai été enlevée.

— Quels lâches ! grommela Othello.

— Sans compter qu'ils ont hérité d'une hydre et d'un félis, des démons adultes et expérimentés qui appartenaient à leurs parents, ajouta Sylva. Ceux-ci auraient vaincu sans le moindre mal les hommes qui m'ont capturée. Si j'étais restée plus près des Forsyth, ces individus n'auraient jamais osé s'approcher, mais je m'étais écartée de quelques mètres. J'en avais assez de leurs bavardages creux et narcissiques.

— Pourquoi essayer de devenir leur amie, si tu ne les aimes pas ? s'étonna Fletcher.

— Les miens m'ont confié une mission diplomatique. S'il me faut cimenter une alliance entre les humains et les elfes, avec qui selon toi devrais-je me lier d'amitié ? J'ai conscience que fréquenter des enfants gâtés dépourvus d'influence réelle ne suffit pas, et que le meilleur moyen est de devenir officier pour me faire un nom dans l'armée impériale. Si je parviens à mes fins, les humains comprendront que les elfes peuvent guerroyer avec autant de vaillance qu'eux.

— Oui, cela paraît logique, conclut Fletcher.

Il était encore offensé par la manière dont elle l'avait traité à la Citadelle. Il se dit pourtant qu'il se serait sans doute lui aussi comporté de la sorte s'il s'était retrouvé seul en territoire inconnu, entouré d'ennemis potentiels.

— Bon, il est temps de nous reposer un peu, qu'en pensez-vous ? reprit-il en s'allongeant près du feu. Nous ne pouvons pas reprendre notre route par un temps pareil, même si on risque de se faire réprimander à notre retour…

— Oh, ça m'étonnerait, dit Othello, pliant sa veste en guise d'oreiller. Il n'y a jamais de sentinelles devant le pont-levis. Si nous rentrons avant l'arrivée des charrettes qui viennent livrer des victuailles, on pourra se faufiler à l'intérieur à l'insu des domestiques.

Tandis que Sylva se blottissait dans sa pelisse, une question traversa l'esprit de Fletcher : comment Othello savait-il cela ?

32

— Bon sang, où étiez-vous passés ? chuchota Séraph.

Fletcher, Othello et Sylva venaient d'entrer dans la salle des invocations en compagnie de leurs camarades, qu'ils avaient rejoints dans le vestibule un instant plus tôt. Aucun d'eux n'avait eu le temps d'aller se changer – arrivés à la Citadelle alors que les carrioles des livreurs étaient en train d'être déchargées dans la cour, ils n'avaient pu y pénétrer qu'après le petit déjeuner, juste à l'heure pour le premier cours.

— C'est une longue histoire, nous t'expliquerons tout ça plus tard, murmura Fletcher.

À la vue de l'elfe, Isadora écarquilla les yeux et donna un coup de coude à Tarquin, qui parut tout aussi surpris qu'elle. Sylva les fixa d'un air impassible, puis se tourna vers le capitaine Lovett, qui attendait que les novices se soient installés pour commencer. Elle avait enfilé des gants épais et revêtu un tablier de cuir par-dessus son uniforme.

— Il nous faut de la lumière, déclara-t-elle.

Elle projeta plusieurs flammelles dans les airs et les laissa errer librement d'un bout à l'autre de la salle, à présent nimbée d'un éclat bleuté, surnaturel.

— D'après ce que j'ai pu comprendre, hier, Arcturus a donné quartier libre à ceux d'entre vous qui savaient déjà créer des flammelles. Sachez que cela n'arrivera pas dans mon cours. Ma devise est la suivante : c'est à force d'entraînement qu'on atteint la perfection. Et vu le peu de temps dont vous disposerez cette année pour tout assimiler, autant faire bon usage de chaque minute que vous passerez sous ma supervision.

Elle marchait de long en large devant les élèves, scrutant leurs visages de ses yeux froids. Fletcher devina aussitôt qu'il valait mieux ne pas se la mettre à dos.

— Pour commencer, je vais vous enseigner l'art de l'infusion. Je remarque que certains parmi vous n'ont pas leur démon à leurs côtés ; j'en déduis que l'on vous a déjà appris à les absorber. Cependant, c'est la rapidité avec laquelle vous parviendrez à faire de nouveau émerger votre démon qui sera susceptible de vous sauver la vie. Croyez-moi, j'ai de l'expérience en la matière. Ceux qui ont déjà pu bénéficier des conseils de leurs parents iront s'entraîner sur les cercles d'invocation gravés sur le sol, à l'autre bout de la salle. Je viendrai vérifier vos progrès un peu plus tard.

Affichant des mines arrogantes, les nobles s'éloignèrent en bavardant. Ils disparurent derrière la grande tenture que le professeur avait suspendue au centre de la pièce. Au bout d'un moment, Fletcher vit des filets de lumière passer sous le rideau. Quels genres de démons les jeunes aristocrates possédaient-ils ?

Sylva leva alors la main.

— Je suis autodidacte en la matière. Puis-je rester avec les plébéiens afin d'apprendre l'infusion dans les règles de l'art ?

Le capitaine Lovett considéra l'elfe échevelée, dans sa robe sale et déchirée, et haussa un sourcil.

— C'est d'accord, finit-elle par répondre. Mais, à l'avenir, tâche d'assister au cours en uniforme.

Puis, s'adressant à tout le groupe :

— Que chacun de vous aille chercher un vélin d'invocation ainsi qu'un tablier de cuir. Vous trouverez des gants et des lunettes de protection de ce côté, ajouta-t-elle en indiquant l'un des murs.

Aussitôt, l'une des flammelles partit dans cette direction pour éclairer un meuble à tiroirs. Tandis que les étudiants s'y rendaient, Geneviève en profita pour interroger Fletcher :

— Que vous est-il arrivé ? Nous vous avons attendus un bon moment avant de nous décider à monter dans une carriole qui nous a ramenés à la Citadelle.

— Nous avons été retardés et il nous a fallu rentrer à pied, chuchota le garçon, préférant ne pas dévoiler la mésaventure de Sylva.

Connaissant l'elfe, celle-ci n'avait sans doute pas envie que cela se sache. Il se mit à fouiller dans un tas de vieux parchemins et finit par en dénicher un dont le pentacle était encore à peu près visible.

— Vous vous êtes retrouvés mêlés à une bagarre ? insista Geneviève.

— Qu'est-ce qui te fait dire ça ? répliqua Fletcher en passant un tablier.

— Cela paraît évident : Othello a un bandage autour de la tête, et tu as une bosse de la taille d'un œuf sur la tempe, précisa la jeune fille.

Le garçon porta la main à son front et grimaça de douleur. Fort heureusement, le capitaine Lovett, qui s'était approchée d'eux, les fit taire d'un regard.

— J'ai appris que certains d'entre vous sont en possession de leur démon depuis plus de quatre ou cinq jours. Ces créatures ont besoin de repos : nous allons donc procéder à leur infusion dès aujourd'hui. Qui a reçu son démon la semaine dernière ?

Geneviève et Rory levèrent la main. Après quelques secondes d'indécision, Fletcher les imita.

— Pourquoi cette hésitation ? s'enquit le professeur en lui faisant signe d'avancer.

— Ignatius est avec moi depuis deux semaines et demie.

— Ma foi, il doit être épuisé ! s'exclama Lovett. Laisse-moi l'examiner.

Par la pensée, le jeune homme réveilla le démon lové dans son capuchon ; Ignatius poussa un feulement agacé avant de bondir sur le sol et de regarder autour de lui, curieux. Puis il se lécha les babines – il devait être affamé.

— Ignatius dort beaucoup, crut-il bon de préciser.

Il se sentit coupable en voyant le démon bâiller.

— Une salamandre… murmura le professeur. Le commandant Goodwin sera intrigué. Il n'a pas souvent l'occasion d'étudier une espèce aussi peu commune.

— Ignatius ne va tout de même pas tomber malade ? demanda Fletcher, gagné par l'inquiétude.

— Non, certainement pas. Plus un démon est puissant, plus il peut survivre longtemps dans notre monde sans avoir besoin de vrai repos. Il faudrait plusieurs mois au tien pour mourir d'épuisement. Puisque tu es un plébéien, je croyais que l'on t'avait offert une créature plus fragile. Vous pouvez vous estimer heureux : l'an passé, la plupart de vos prédécesseurs possédaient de vulgaires mites, alors que vous avez un lutra, un camoufleur, un golem, une salamandre.

— Et un canid ! ajouta Sylva en déployant un vélin d'invocation sur le sol.

Fletcher sourit, heureux que l'elfe ait visiblement décidé de faire partie de leur groupe. Les poings serrés, Rory se dandinait d'un pied sur l'autre.

— J'en ai assez de m'entendre dire que je n'ai pas eu de chance avec Malachi, grommela-t-il sans pourtant attirer l'attention du professeur.

— Commence donc, Sylva, proposa Lovett. Je te reprendrai si tu fais des erreurs. Le procédé est simple, une fois qu'on en connaît le déroulement.

L'elfe s'agenouilla et plaqua ses mains gantées sur le vélin. Les branches des lunettes de protection étaient un peu de travers sur ses oreilles pointues, mais elle ne paraissait pas s'en formaliser. Elle devait être impatiente de retrouver Sariel après l'épreuve qu'elle avait subie.

Elle inspira profondément et fixa le pentacle dessiné sur le carré de cuir, qui se mit à scintiller d'une douce lueur violette.

— Observez de quelle manière elle expulse le mana à travers ses mains afin qu'il se propage au vélin et au pentacle, chuchota Lovett. Dès que celui-ci brillera de façon stable, elle fera émerger son démon.

Pendant une bonne minute, rien ne se passa. Le souffle rauque de Sylva était le seul bruit alentour. Puis, sans prévenir, comme sortis du néant, les contours lumineux d'un canid surgirent au-dessus du vélin : d'abord minuscules, ils prirent de l'ampleur en l'espace d'une seconde. La silhouette diffusa une lueur blanche qui s'estompa peu à peu, et Sariel se matérialisa.

Le canid fixa sa maîtresse de ses quatre yeux avant de lui bondir joyeusement dessus ; l'elfe bascula en arrière tandis que le démon lui léchait le visage en jappant. Sariel avait-il conscience de ce qui avait été infligé à Sylva durant son absence ? À moins qu'elle ne lui ait tout simplement manqué…

— Ton démon a besoin d'être discipliné, constata le capitaine Lovett, mais tu t'en es très bien sortie, Sylva. Je vais à présent invoquer le mien, Lysandre, afin de vous montrer comment pratiquer l'infusion. Reculez !

Tout le groupe obéit.

— Plus le démon est imposant, plus l'invocation se complique. Bien entendu, sur le terrain, vous ne porterez pas cet équipement de protection ; pour l'heure, mieux vaut prendre quelques mesures de précaution, surtout avec des débutants, expliqua le professeur en s'agenouillant devant le vélin. Vous en aurez de toute façon besoin quand vous vous servirez de pentacles codés.

Elle tira d'une poche de son tablier un bonnet de cuir dont elle se coiffa et une paire de lunettes aux verres fumés qu'elle enfila aussitôt.

Le pentacle chatoya de nouveau, et des étincelles crépitèrent à la surface du vélin. Apparut un orbe blanc qui, au grand étonnement de Fletcher, prit la forme d'un démon en quelques secondes. La créature ailée avait le corps, la queue et les pattes arrière d'un lion, tandis que sa tête était celle d'un aigle, dont les pattes avant étaient munies de serres. De la taille d'un cheval, Lysandre possédait également un plumage fauve qui se fondait imperceptiblement dans la fourrure dorée de son dos et de ses flancs.

— J'ai moi aussi la chance d'avoir un démon singulier, un griffon. Mais je l'ai capturé. Sachez que j'ai commencé avec une mite, comme deux d'entre vous. Que ces débuts modestes ne vous découragent pas, Geneviève et Rory ! Les mites sont des créatures féroces, d'une loyauté absolue, et il est possible d'en contrôler plusieurs à la fois. Lysandre, lui, requiert tant de concentration de ma part que je ne pourrais m'occuper d'un second griffon. Le commandant Goodwin vous enseignera comment maîtriser vos démons.

À ces mots, Geneviève sourit et déposa un baiser sur la carapace d'Azura.

— Cela veut-il dire que vous êtes vous aussi une plébéienne ? demanda Rory, qui avait du mal à détacher son regard de la créature majestueuse qui leur faisait face.

— Non… répondit le professeur. Même si j'étais présente le jour où les premiers plébéiens ont été admis à Vocans. Je suis la troisième fille des Lovett de Calgary, propriétaires d'un petit fief situé dans le nord d'Hominum. Par une étrange coïncidence, mon père a découvert que plusieurs de ses enfants avaient le don d'invocation, un phénomène assez rare. Comme j'étais la benjamine, il m'a offert une simple mite. Mais j'en suis maintenant heureuse. Sans ça, je ne me serais pas spécialisée dans la capture de démons. Si vous êtes déterminés à fournir des efforts, vous pourrez un jour posséder un griffon tel que Lysandre.

Elle posa le bras autour du cou de la créature, qui frotta son bec avec affection contre la poitrine de sa maîtresse. Les yeux du griffon, sombres et ambrés, étaient aussi gros et expressifs que ceux d'une chouette. Ils passèrent d'un élève à l'autre avec curiosité, puis fixèrent Ignatius avec une attention toute particulière.

— Je vais à présent vous montrer en quoi consiste l'infusion, reprit Lovett. La méthode s'apparente à l'invocation, mais il faut diriger le pentacle vers le démon, lequel doit être assez proche du vélin.

Elle ordonna au griffon de se placer sur le carré de cuir, s'agenouilla et plaqua les mains sur les figures géométriques qui scintillèrent de nouveau.

— Il faut d'abord projeter votre mana dans le pentacle. Une fois cela fait, vous sentirez un obstacle se dresser entre la conscience du démon et la vôtre : il sera alors temps d'absorber le démon…

Elle poussa un long soupir ; Lysandre brilla un bref instant puis se dissipa dans les filaments de lumière blanche qui parcouraient les doigts du professeur.

— Voilà, annonça cette dernière, le front en nage.

Les novices l'applaudirent discrètement. Mais quand elle posa sur Fletcher ses yeux perçants, celui-ci se sentit plein d'appréhension.

— Tu vas essayer le premier, car ton démon a besoin de repos. Selon Arcturus, tu es particulièrement doué en sortilèges. Voyons si c'est aussi le cas pour l'infusion.

Le jeune homme déroula lentement son vélin et, par la pensée, ordonna à Ignatius de s'y asseoir. Le démon, percevant l'angoisse de son maître, lâcha un miaulement anxieux. Puis Fletcher suivit les instructions du capitaine Lovett, et le pentacle se mit à luire d'un éclat pourpre qui se stabilisa aussitôt.

— Sens-tu l'esprit de ton démon ? demanda le professeur en lui posant une main rassurante sur l'épaule.

— Oui, il est là, murmura Fletcher, ébloui par la lumière que diffusait la forme étoilée.

— Attire-le en toi à présent. Au début, il risque de résister, mais la première fois, c'est normal, précisa Lovett, dont la voix lui paraissait venir de très loin.

À chaque battement de son cœur, il avait l'impression que l'énergie du démon palpitait dans ses veines et vibrait à ses tempes. Le lien qui l'unissait à Ignatius était comme obstrué. Puis il s'empara de la conscience de la créature et, fournissant un effort inouï, la tira à lui. L'espace d'un instant, Ignatius se rebiffa, poussant un sifflement, avant de s'apaiser. Au bout d'un moment qui lui parut s'éterniser, le jeune homme perçut une sorte de déclic, et la conscience du démon se fondit enfin dans la sienne : il eut la sensation de s'enfoncer dans un bain tiède.

— Félicitations, Fletcher, chuchota le professeur à son oreille. Détends-toi, maintenant.

Le front plaqué contre le vélin, empli d'un bonheur et d'une clarté d'esprit inhabituels, le garçon inspira une bonne bouffée d'air, entendant à peine la clameur de joie de ses camarades.

— L'infusion de sa salamandre a procuré à Fletcher une exaltation qui ne va pas durer, expliqua le capitaine Lovett. D'ici quelques minutes, il sera à peine conscient de la présence du démon. Celui-ci va voir tout ce que son maître voit, il va éprouver des émotions similaires, sans forcément tout comprendre. Cela peut se révéler fort utile s'il vous faut invoquer votre démon lors d'une bataille, car il sera déjà informé de la situation quand il surgira de vous. Dans les mois qui suivent l'infusion d'un premier démon, certains invocateurs sont tourmentés par des visions nocturnes : il ne s'agit pas d'hallucinations, ni de rêves, mais de souvenirs qui appartiennent à leur démon. Là encore, c'est un phénomène temporaire, cependant susceptible de nous fournir de précieuses indications sur l'Éther. Si cela vous arrive, ne manquez pas de prendre des notes et de nous informer, le commandant Goodwin et moi, de vos découvertes.

Encore étourdi, Fletcher se releva enfin et, non sans mal, rejoignit les autres novices. Séraph lui donna une bonne tape dans le dos en lui adressant un sourire où la joie se mêlait à l'envie.

— Bravo, murmura-t-il. Tu vas être un adversaire de taille, j'en ai bien peur.

— Ça m'étonnerait, répliqua le garçon. Cette petite expérience m'a déjà achevé.

Il sentait encore en lui la chaleur d'Ignatius ; il avait aussi l'impression de ne plus pouvoir différencier sa conscience de celle du démon, comme si elles ne faisaient plus qu'une.

Othello lui sourit d'un air encourageant, tandis que Sylva lui effleurait brièvement le bras avant de reporter son attention sur Sariel, qu'elle semblait si heureuse d'avoir retrouvé : elle enfouit le visage dans la fourrure bouclée du canid, se raccrochant à lui comme si sa vie en dépendait. Elle n'aurait sans doute pas le désir de se séparer de lui avant longtemps, songea le jeune homme.

— Othello, Fletcher, approchez, que je puisse vous examiner de plus près, reprit Lovett.

Une fois qu'ils se furent avancés, elle leur parla à voix basse :

— Y a-t-il quelque chose dont vous souhaitez me faire part ? Vous êtes dans un piteux état, Sylva et vous… et j'estime avoir le droit de savoir ce qui vous est arrivé.

— Tout ce qui importe, c'est que nous nous en sommes tirés, assura Fletcher avec un regard à Othello.

— Oui, tout est arrangé, renchérit le nain.

Le professeur finit par hocher la tête.

— Bon, très bien. Mais si vous changez d'avis, sachez que vous pouvez me parler en toute confiance. Et me demander de l'aide, si nécessaire.

Elle recula aussitôt d'un pas et haussa le ton :

— Rassemblez-vous autour de moi, je vais employer un sortilège de guérison, annonça-t-elle.

Les novices s'exécutèrent avec curiosité. Sur un signe du professeur, Othello ôta la bande de tissu qui ceignait son front : à la vue de la plaie à vif, Fletcher réprima une grimace.

— Regardez attentivement, dit le capitaine Lovett.

Une flammelle au bout du doigt, elle traça devant elle un symbole en forme de cœur qu'elle dirigea vers la tempe du nain.

— Ce sortilège a un effet sur les coupures, les hématomes et même certaines blessures internes. En revanche, il ne peut rien contre le poison ou la maladie. Il requiert une bonne quantité de mana et, plus la chair est entamée, plus il faut faire preuve de patience.

Tout en expirant, le capitaine Lovett projeta sur Othello les filaments de lumière dorée qui émanaient du symbole. Pendant une demi-minute, rien ne se passa. Puis, à la grande surprise de Fletcher, les lèvres de la plaie commencèrent peu à peu à se rapprocher ; un instant plus tard, la peau était presque intacte, à peine couverte d'une croûte de sang séché.

Les élèves enthousiastes applaudirent des deux mains. Le capitaine se tourna alors vers Fletcher, examina sa tempe et secoua la tête.

— Je ne peux rien faire pour toi, reconnut-elle. Il y a peut-être une fracture sous cette bosse, et le sortilège risquerait d'endommager les os en les ressoudant de travers. Il serait dommage que, par ma faute, tu sois défiguré.

Le novice opina du chef tout en touchant son front meurtri du bout des doigts.

— Parfait, reprit le professeur. Il est temps que les autres s'entraînent à l'infusion. Une fois que vous aurez maîtrisé cette technique, nous pourrons passer à des expériences plus amusantes ! s'exclama-t-elle en tapant dans ses mains.

— C'est-à-dire ? s'enquit Rory, tandis qu'il déroulait son vélin d'invocation sur le sol.

Lovett ôta ses lunettes de protection et lui adressa un sourire énigmatique.

— Nous irons faire une promenade dans l'Éther.

33

Le cours suivant leur fut dispensé par le commandant Goodwin, qui, en dépit de sa corpulence, ne cessait d'arpenter la salle d'un pas alerte.

— La démonologie est une science élémentaire, sur laquelle reposent non seulement votre aptitude pour les sortilèges mais aussi votre endurance, quand, par exemple, il vous faudra partir en excursion dans l'autre monde. Elle concerne également l'identification, l'étude et le dressage des démons, la topographie et les caractéristiques de l'Éther, ainsi que l'impact démonique sur le niveau de mana de chaque invocateur et sur ce que ce dernier est susceptible d'accomplir.

Il parlait d'une voix saccadée, postillonnant sur la première rangée de bancs, où les nobles avaient pris place. Fletcher constata, non sans plaisir, que Tarquin était dans la ligne de mire – à en juger par son expression de dégoût, il n'appréciait guère de se retrouver couvert de salive. Malheureusement, le sourire narquois de Fletcher attira l'attention du professeur.

— Dis-moi, mon garçon, quel est le plus haut degré d'accomplissement d'un invocateur ?

— Euh… son bonheur ? bredouilla Fletcher, à qui cela semblait évident.

— Une réponse des plus risibles ! J'osais espérer qu'un novice ayant la chance de posséder un démon aussi rare qu'une salamandre aurait pris la peine d'effectuer quelques recherches sur la question avant ce premier cours. Visiblement, je me suis trompé, précisa Goodwin en secouant la tête d'un air consterné.

Fletcher, mortifié, s'empourpra. Isadora se tourna sur son siège et lui sourit avec suffisance.

— Bref, un mage-guerrier s'accomplit en capturant et en maîtrisant le plus grand nombre de démons possible, en fonction de son niveau, reprit le professeur. L'un de vous saura-t-il expliquer ce qui distingue un invocateur d'un autre ? Malik ?

Ce dernier, les cheveux noirs et le teint hâlé, était l'un des garçons que Fletcher avait aperçus en compagnie de Tarquin.

— Dès la naissance, chaque invocateur possède un niveau d'accomplissement qui définit sa capacité à absorber l'énergie démonique, répondit-il avec aplomb. Par exemple, le capitaine Lovett peut seulement contrôler un griffon et une mite à la fois. Un autre mage-guerrier, doté d'un niveau d'accomplissement plus élevé, sera en mesure de maîtriser deux griffons en même temps.

— Excellente réponse, déclara Goodwin. Alfric, le père de notre empereur actuel, possède un niveau de cent, le plus haut depuis que nous avons commencé à classifier les démons. Pour reprendre l'exemple du capitaine Lovett, nous savons que son niveau est de onze, car son griffon est un démon de classe dix et sa mite de classe une. Que sais-tu d'autre ?

— Qu'il est possible d'améliorer son niveau, dit Malik après quelques secondes d'hésitation.

— De quelle manière ?

— Je l'ignore, commandant.

Celui-ci renifla d'un air courroucé.

— C'est décevant. Voici ce que tu aurais dû répondre : le niveau d'un mage-guerrier progresse naturellement avec le temps, en fonction de divers critères. Ce processus peut cependant s'accélérer si un invocateur s'en donne les moyens. Le capitaine Lovett n'a pas toujours possédé les aptitudes requises pour contrôler un griffon : elle y est parvenue à force de travail, d'entraînement et d'excursions dans l'Éther, où elle a régulièrement combattu et capturé des démons. Le niveau d'accomplissement de certains invocateurs ne s'élèvera jamais au-dessus de cinq, tandis que d'autres partiront de cinq pour atteindre vingt ou davantage.

Le professeur marqua une pause, puis, à brûle-pourpoint, s'écria :

— Qu'attendez-vous pour prendre des notes ?

S'empressant de tirer plumes et parchemins de leurs sacoches, tous les novices se mirent à écrire avec fébrilité – tandis que Fletcher s'apercevait qu'il était venu les mains vides.

— Fletcher... Wulf, c'est bien ça ? gronda Goodwin.

— Oui, commandant, acquiesça le garçon en baissant la tête.

— Pendant que tes camarades sont occupés à travailler, peux-tu me dire ce qui arrive à un démon quand son invocateur est tué ?

Désireux de regagner les bonnes grâces du professeur, Fletcher s'efforça de réfléchir ; il savait que les démons, une fois morts, étaient parfois conservés dans des bocaux et vendus à des collectionneurs. Mais il devait forcément se passer quelque chose de précis quand l'une de ces créatures se retrouvait soudain privée de maître... à moins que la question ne soit un piège ? Il se souvint alors du récit de Rotherham, qui avait expliqué combien le démon de James Baker avait semblé attaché à ce dernier, pourtant agonisant.

— Le démon pleure son maître, voilà tout, finit-il par répondre d'un ton assuré.

Toutefois, à la vue du sourire de Tarquin, qui s'était tourné vers lui, Fletcher sentit le découragement l'envahir.

— C'est absurde, rétorqua le professeur. Es-tu donc ignare à ce point ? Quand un invocateur disparaît, son démon est absorbé dans l'Éther quelques heures plus tard. Afin de pouvoir demeurer dans notre monde, un démon doit être uni à un mage-guerrier : c'est ce lien qui lui permet de rester. Tu t'imaginais sans doute que certaines de ces créatures erraient parmi nous, à l'état sauvage ? ironisa Goodwin.

Les élèves notaient sans répit tout ce qu'il disait, le grattement de leurs plumes résonnant dans la salle. Affichant une mine méprisante, le professeur se détourna de Fletcher et s'approcha de plusieurs rouleaux de parchemin rangés derrière lui. Il en choisit un, qu'il déroula et épingla au mur. Y était représenté le croquis en noir et blanc d'une mite, accompagné de chiffres et d'inscriptions diverses.

— Aujourd'hui, nous allons étudier le démon le plus faible. Nous avons dans cette salle deux spécimens qui appartiennent au sous-ordre des scarabées, la catégorie la plus puissante de mites. Il en existe d'autres, tout en bas de la chaîne alimentaire, qui ne valent même pas la peine d'être capturées. Leur mana est certes bas, et leur force vitale réduite, mais les scarabées sont des éclaireurs très efficaces. De même, ils savent distraire l'attention d'un ennemi durant un combat, surtout s'ils visent le visage et les yeux. Les mites de Rory et de Geneviève, qui sont encore jeunes, posséderont d'ici quelques mois un dard capable de paralyser temporairement un adversaire et de lui causer une douleur non négligeable. Un essaim de dix scarabées suffit à mettre un orque hors d'état de nuire : aussi, ne sous-estimez jamais leur venin.

— Incroyable ! s'exclama Rory, radieux, avant de plaquer la main sur sa bouche.

Les autres s'esclaffèrent ; seul Goodwin émit un reniflement d'irritation.

Le cours se poursuivit toute la matinée, heures durant lesquelles le professeur leur enseigna de quelle manière se comportaient et se nourrissaient les mites. Fletcher, de plus en plus accablé, regardait les feuilles des autres novices s'empiler sur leurs bureaux, jusqu'à ce qu'Othello lui donne un petit coup de coude.

— Tu pourras recopier mes notes plus tard, chuchota-t-il.

Au cours du déjeuner, Fletcher emprunta une plume à Rory et une liasse de parchemin à Geneviève, espérant se faire bien voir du commandant Goodwin, dont la leçon était censée reprendre dès le repas achevé. Mais, quand il regagna la salle, il découvrit que Scipio l'y attendait.

— Fletcher, je m'étonne que tu n'aies toujours pas remis le grimoire de James Baker à la bibliothécaire, déclara celui-ci avec impatience. Commandant, ce novice peut-il s'absenter un moment ?

— Je me passerai volontiers de lui, grommela Goodwin.

Le recteur haussa les sourcils.

— Ah ? fit-il, surpris. Quoi qu'il en soit, retrouve-moi devant la bibliothèque au plus vite. Et apporte l'ouvrage en question, crut-il bon de préciser avant de quitter la pièce sans lui accorder un autre regard.

L'élève, humilié, se contenta de ramasser ses affaires et de sortir à son tour. Une fois dans le corridor, il monta en toute hâte jusqu'au logis des plébéiens, maudissant son étourderie : il avait oublié d'écrire à Berdon, de remettre le journal de l'invocateur à la bibliothécaire et, plus important encore, d'examiner celui-ci tant qu'il était encore en sa possession. Puis il se rappela qu'il avait fait trop sombre pour lire dans la charrette bâchée qui l'avait conduit jusqu'à Corcillum ; malgré tout, il aurait eu l'occasion de le consulter la veille au soir, mais n'en avait rien fait.

Après avoir récupéré le grimoire dans sa chambre, il dévala de nouveau l'escalier et atteignit, pantelant, la porte de la bibliothèque. Là, il s'appuya un instant contre le mur afin de rependre son souffle et de se composer une attitude présentable ; il n'avait pas envie de baisser davantage dans l'estime du recteur.

— Qu'est-ce que tu attends, Fletcher ? aboya Scipio, qui venait d'arriver derrière lui.

Le jeune homme sursauta.

— Entre donc ! ajouta le recteur, une main sur son épaule, le poussant sans ménagement.

Ils pénétrèrent dans l'immense salle dont l'odeur de renfermé rappela soudain à Fletcher la crypte du cimetière de Pelt – dire que, quelques semaines plus tôt, il se trouvait encore dans son village ! Il avait l'impression que des mois avaient passé depuis son départ. Le cœur serré, il évoqua brièvement Berdon, désormais seul dans sa forge.

— Ah, te voilà enfin ! lança une voix affable. J'attendais ce moment avec impatience.

Apparut entre deux étagères une femme replète d'une cinquantaine d'années, aux boucles blondes, aux lunettes cerclées d'or, dont le visage respirait la franchise.

— Merci de l'avoir accompagné jusqu'ici, recteur Scipio.

— Voici dame Rose Providence, annonça celui-ci, s'adressant à Fletcher. L'infirmière et la bibliothécaire de Vocans. Elle est avec nous depuis bien longtemps.

— Allons donc, recteur ! Ne me faites pas passer pour plus vieille que je ne suis.

Elle se tourna vers le garçon et lui fit signe de s'avancer vers une table qu'illuminaient une multitude de bougies.

— Montre-moi cet ouvrage, reprit-elle. Pose-le ici, que je puisse l'examiner. Arcturus m'a expliqué d'où il provenait. Je me rappelle James Baker, à l'époque où il était encore novice. Un garçon discret, doté d'une grande sensibilité artistique ; il préférait dessiner plutôt que participer aux entraînements ! En tout cas, il n'avait pas l'étoffe d'un guerrier, et son niveau d'accomplissement n'était que de trois. J'ai été navrée d'apprendre sa mort.

Fletcher et Scipio se penchèrent vers l'ouvrage qu'elle entreprit de feuilleter avec fébrilité.

— C'est incroyable, murmura-t-elle en découvrant les croquis soignés et l'écriture serrée de l'invocateur. Visiblement, il étudiait les démons originaires de la région de l'Éther où se rendent les chamans orquiens ! Il a tout noté, leurs caractéristiques, leur physiologie… Il a dû en disséquer un nombre impressionnant ! À moins qu'il n'ait simplement traduit certains documents ayant appartenu à des chamans… Quoi qu'il en soit, c'est exactement ce dont nous avions besoin pour nos archives. La plupart des mages-guerriers semblent avoir oublié un dicton essentiel : « Apprends à connaître ton ennemi. » Maintenant que nous possédons ce journal, sans doute pourront-ils s'en inspirer.

Fletcher affichait un grand sourire, heureux de pouvoir contribuer, même indirectement, à accroître les savoirs des invocateurs.

— C'est une excellente nouvelle, dame Providence, dit Scipio. J'espérais cependant que nous en apprendrions davantage sur la manière dont James Baker a acquis le vélin d'incantation qui a permis à Fletcher d'invoquer sa salamandre.

— Je crois qu'il a laissé quelques indications à la fin de son grimoire, précisa le jeune homme.

En effet, quand la bibliothécaire eut pris connaissance du passage en question – celui que Fletcher avait lu le matin du départ de Rotherham –, elle retint une exclamation de surprise.

— Et ceci, qu'est-ce donc ? ajouta-t-elle, intriguée, en tirant le parchemin glissé entre deux pages et en le plaçant sur la table.

— Euh… à votre place, je m'abstiendrais de le toucher, prévint Fletcher.

— Ne t'inquiète pas, je comprends à présent de quoi il s'agit, répondit dame Providence en caressant, fascinée, le fragment de peau humaine. Cela fait des années qu'il ne m'avait pas été donné d'en voir un. Quand ils souhaitaient invoquer un démon pour l'offrir à un apprenti, les chamans orquiens avaient pour coutume de graver leur formule d'incantation en scarifiant la peau d'un ennemi. Une pratique plus ou moins tombée en désuétude, heureusement. Voyons ce que Baker en dit.

Elle parcourut quelques pages du journal sous le regard patient de Scipio et de Fletcher. Au bout d'un long moment, elle referma l'ouvrage.

— Pauvres James, soupira-t-elle. Sur la fin, il paraissait fort abattu. À l'évidence, personne ne prenait ses recherches au sérieux. Les autres mages-guerriers avaient peu de respect pour lui, car il n'avait pas leur talent. Lors de sa dernière mission, il avait apparemment pour objectif de rencontrer un chaman orquien et de découvrir ainsi les codes employés par l'ennemi.

— Une tentative absurde, sans doute dictée par le désespoir ! commenta Scipio. Les chamans, conscients que nous souhaitons mettre la main sur leurs codes, ne s'aventurent jamais dans l'Éther quand ils sont près du front. Et ce parchemin en peau humaine, que nous apprend-il ? C'est surtout pour cette raison que je suis ici.

— Baker explique qu'il l'a exhumé dans un campement anciennement occupé par des orques. Il raconte également qu'il a découvert, au même emplacement, des ossements humains et orquiens fort anciens. Je suppose que l'endroit a été pris d'assaut au cours d'une cérémonie d'invocation, et que le parchemin a été enfoui dans une fosse commune. Les hommes chargés d'enterrer les morts n'ont certainement pas saisi l'importance de ce document, ajouta dame Providence, effleurant de nouveau la surface du parchemin avec une sorte de fascination morbide.

— Il l'a donc trouvé par hasard ? dit Scipio, déçu. Quelle perte de temps ! Bon, faites réaliser des copies de cet ouvrage en omettant les dernières pages, et nous l'enverrons aux mages-guerriers qui sont sur le front.

— Oui, recteur Scipio, répondit la bibliothécaire en feuilletant de nouveau le livre d'un air absent. J'aurai besoin d'engager quelques scribes pour reproduire ces croquis avant de les envoyer chez l'imprimeur.

— Parfait. Au moins, tout ceci aura eu quelque utilité, répliqua le vieil homme en se dirigeant vers la porte. Sans compter que cela a permis à Fletcher d'être admis à Vocans !

Sur ces mots, il quitta la salle. Le novice ne pouvait détacher son regard du grimoire, regrettant d'avoir tant attendu pour le lire, tandis que dame Providence continuait de le parcourir avec avidité ; puis elle leva des yeux étonnés vers l'élève, comme si elle venait de se rappeler sa présence.

— Désolée, Fletcher, mais cet ouvrage est tout bonnement passionnant. Merci de me l'avoir apporté. Il me faudra cependant le garder le temps que je puisse en faire plusieurs copies… Tu pourras le récupérer d'ici quelques mois, je pense.

34

Les jours qui suivirent, Fletcher tâcha de voir à quoi ressemblaient les démons des nobles, mais, lors des leçons d'infusion, le capitaine Lovett ordonnait toujours à ces derniers de les absorber de nouveau avant d'aller tirer la tenture qui les séparait des plébéiens. Ceux-ci progressaient vite et bien. Rory et Geneviève semblaient les plus doués ; en revanche, il fallut à Séraph, Othello et Atlas plusieurs tentatives pour parvenir à maîtriser cette technique. Le professeur leur expliqua que c'était logique : plus un démon était puissant, plus il était difficile de contrôler son esprit.

Au fil des différents cours, Fletcher s'aperçut que les nobles, en dépit de leurs compétences, se montraient paresseux et avaient tendance à s'endormir sur leurs lauriers ; au contraire, les plébéiens, grâce à leur soif d'apprendre, s'entraînaient avec frénésie. Sylva et Othello, qui avaient des aptitudes innées, recevaient régulièrement des compliments de leurs professeurs et brillaient tout autant dans les leçons plus théoriques de démonologie ; l'elfe et le nain passaient presque tout leur temps libre à la bibliothèque, à consulter de vieux volumes qui leur donnaient accès à des savoirs méconnus. Fletcher en apprenait presque davantage en discutant avec eux qu'en écoutant le commandant Goodwin.

Du côté des plébéiens humains, Séraph et Fletcher, à force de travail acharné, arrivaient en tête ; Geneviève, Rory et Atlas avaient pris l'habitude de se rendre à Corcillum en fin de semaine afin de faire des emplettes et de se divertir. Issu d'une famille aisée, Séraph connaissait bien la cité pour y avoir déjà séjourné à de nombreuses reprises et préférait rester à la Citadelle afin d'étudier en compagnie de Fletcher. Sans malice, mais doté d'un sens de l'humour irrévérencieux, Séraph s'attirait souvent des regards désapprobateurs de Sylva et d'Othello quand ces derniers lisaient en silence dans la bibliothèque poussiéreuse.

— Par ici ! appela le capitaine Lovett, arrachant Fletcher à ses rêveries.

Tous les novices se rassemblèrent au centre de la salle des invocations, où quatre serviteurs venaient d'apporter une table ronde en pierre, couverte d'un drap blanc sous lequel on devinait un objet convexe. Isadora fit la grimace quand Atlas, tout transpirant, trouva une place à côté d'elle. La jeune noble plaqua ostensiblement un mouchoir de dentelle contre son nez.

— Navré, marmonna le garçon embarrassé.

Le capitaine Lovett alla s'agenouiller près du plus grand pentacle de la salle ; à la différence des symboles dessinés sur les vélins employés par les élèves, celui-ci était entouré de signes cryptiques, semblables à ceux que Fletcher avait pu observer sur la couverture en cuir du grimoire de James Baker.

— Je vous interdis d'utiliser un pentacle codé en mon absence, est-ce bien compris ? dit le professeur en désignant l'étoile tracée devant elle.

Les novices acquiescèrent tandis que Lovett plaquait ses paumes sur le cuir ; les contours de la figure géométrique se mirent aussitôt à crépiter, projetant des étincelles dans toutes les directions. Cette fois, Lovett courba la tête plusieurs minutes, le visage crispé. Un léger bourdonnement s'échappait du triangle qui, enfermé dans son cercle, palpitait sous les yeux des élèves.

— Vu le temps que cela lui prend, je ne vois pas comment je serais capable de me servir d'un pentacle codé, chuchota Séraph, près de Fletcher. J'ai déjà du mal à pratiquer l'infusion sans tomber dans les pommes !

— Ne t'en fais pas, le rassura son ami. Avec de l'entraînement, tu y arriveras bientôt aisément.

Au bout d'un moment, une sphère lumineuse apparut au centre de l'étoile, grossissant à vue d'œil : elle flotta bientôt au-dessus du sol, pareille à une petite lune voilée. Hors d'haleine, le capitaine Lovett se redressa et, à genoux, se dirigea vers le pentacle suivant : elle effleura sa surface en cuir et fit apparaître un démon volant.

— Une mite ! murmura Geneviève.

Le professeur, qui l'avait entendue, se tourna vers elle et lui adressa un sourire las.

— En effet. Le meilleur éclaireur qui soit, et des plus indispensables quand il s'agit de chasser dans l'Éther. Valens a été mon tout premier démon. Sans lui, jamais je n'aurais été en mesure de capturer Lysandre et ses prédécesseurs.

Elle se releva et, une fois près de la table, posa la main sur le drap blanc ; dans l'autre, elle tenait une longue bande de cuir reliée à la base du pentacle codé. Ce devait être à travers cette lanière que son mana se propageait.

— Ce que je suis sur le point de vous montrer est le bien le plus précieux de Vocans, reprit Lovett en scrutant les visages des élèves avec sévérité. Aussi, ne touchez à rien. Contentez-vous de regarder attentivement.

Sur cet avertissement, elle arracha le drap.

Une énorme gemme translucide, d'un violet foncé rappelant la bruyère, était sertie au centre d'une surface de marbre blanc.

— Ce cristal, extrêmement rare, est un corindon, expliqua le professeur. Il en existe aux formes et aux couleurs variées, mais une pierre aussi transparente et aussi grosse que celle-ci est difficile à trouver. Il s'agit plus précisément d'un oculus, lequel nous permet, entre autres choses, de suivre les déplacements d'un démon, où qu'il soit, dans notre monde ou dans l'Éther. Chacun de vous devra posséder l'une de ces pierres. Et si vous n'avez pas les moyens, l'école vous en fournira une, même si, je le crains, celle-ci sera de… piètre qualité.

Sur ce, le capitaine Lovett fit signe à sa mite d'approcher. Le démon vint aussitôt se poser sur le cristal, et Fletcher constata, un peu déçu, que la carapace de Valens, contrairement à celle de Malachi et d'Azura, était d'un brun terne. Comme si elle avait lu dans les pensées de l'élève, le professeur lui adressa un sourire entendu, puis caressa la petite créature.

— Valens est le démon idéal pour ce genre de mission, précisa-t-elle. Il n'est ni beau ni gracieux, mais, une fois perché sur mon épaule, il ne risque pas d'attirer un démon affamé en quête d'une proie.

Fletcher se rappela soudain qu'Ignatius, la nuit où il l'avait invoqué dans le cimetière de Pelt, grignotait une sorte d'insecte marron – néanmoins plus petit qu'un démon scarabée, car sans doute appartenait-il à une autre espèce.

— Il est temps de commencer, annonça Lovett. Je vais expulser une certaine quantité de mana dans le démon et à travers l'oculus, comme ceci, dit-elle, joignant le geste à la parole.

Le cristal vira au noir, puis sa couleur se modifia de nouveau dès que le professeur eut retiré la main de sa mite. Fletcher, dont le visage se réfléchissait dans la gemme, crut d'abord que celle-ci était devenue un miroir, mais le visage de Séraph vint aussitôt remplacer le sien.

— La pierre reflète ce que voit Valens. Cette technique de vision à distance est fort utile quand un démon part en reconnaissance dans l'Éther. Chacun de nous est déjà capable de percevoir les émotions de son démon et de le contrôler. Cependant, grâce à l'oculus, nous pouvons également voir à travers lui. En effet, avant de pénétrer dans l'autre monde, il est impératif de vérifier ce qu'on y trouvera : voilà pourquoi je vais y envoyer Valens plutôt que Lysandre. Une mite étant plus agile, elle peut aussi s'enfuir plus facilement.

Lovett dirigea son regard sur Valens, qui voleta jusqu'à la sphère bleue tandis que l'image reflétée dans le cristal se déformait légèrement. Le professeur fit claquer sa langue : sans attendre, le démon plongea comme une flèche dans l'orbe.

La première chose que Fletcher vit dans l'oculus fut un sol rougeâtre, au-dessus duquel tourbillonnaient de petits nuages de poussière agités par un vent furieux. Le ciel était d'un orange foncé, même si aucun soleil levant n'était visible. Le paysage aride était émaillé d'arbres rabougris aux maigres branches nues et tordues.

— Parfait, déclara Lovett. Nous nous trouvons dans les terres mortes.

— Les terres mortes ? répéta Rory d'une voix craintive.

— L'exploration de l'Éther n'est pas une science exacte, expliqua le professeur, et il est rare que nous sachions à l'avance où nous allons arriver. Les terres mortes sont plutôt paisibles, ce qui n'a pas que des inconvénients. Tout dépend de l'objectif que l'on s'est fixé. Si, par exemple, nous avions l'intention de capturer un démon, il nous faudrait le ramener sur une longue distance jusqu'au portail par lequel Valens est entré, et qui est ici représenté par cette sphère bleutée. En revanche, cet endroit convient à la démonstration prévue : les terres mortes se situent non loin du néant, à la périphérie des régions que peuplent les démons.

Elle s'exprimait d'une voix tendue. Fletcher vit une veine palpiter sur son front. Pénétrer dans l'Éther devait requérir une concentration extrême, comprit-il.

Valens, qui s'était éloigné de son point d'arrivée, gagnait peu à peu de l'altitude. Le silence régnait dans la salle des invocations, où seule se faisait entendre la respiration hachée du capitaine Lovett. Dans l'oculus, le paysage paraissait de plus en plus désolé et, bientôt, il n'y eut plus un seul arbre en vue.

— Comment savez-vous où vous allez ? s'enquit Tarquin. Tout se ressemble.

Une question judicieuse. Le jeune noble était peut-être plein de morgue, mais il était loin d'être idiot.

— Le portail se trouve toujours face au centre de l'Éther, ce qui nous permet de nous orienter dès que le démon y pénètre seul. Du reste, d'instinct, tous les démons sont attirés vers le cœur de ce monde, un peu comme s'ils possédaient une boussole interne. Je m'en remets donc à ma mite pour me diriger. Évidemment, cette méthode n'est pas toujours très fiable et requiert beaucoup d'entraînement. Voilà pourquoi il est toujours risqué de s'aventurer dans l'Éther. Par ailleurs, je ne peux maintenir le portail ouvert très longtemps : s'il se refermait avant le retour de Valens, le lien qui m'unit à lui serait rompu et je le perdrais, sans doute à jamais.

Tarquin s'apprêtait à poser une autre question, mais Fletcher le devança :

— Qu'entendez-vous par le *centre* de l'Éther ?

— D'après ce que nous savons, ce monde a la forme d'un disque. Les démons les plus puissants gravitent autour du centre tandis que les plus faibles ont tendance à s'établir dans les territoires les plus éloignés. La chaîne alimentaire, assez rudimentaire, correspond à cette organisation spatiale, les mites se trouvant dans les régions proches des terres mortes.

Tarquin voulut ajouter quelque chose, mais le capitaine Lovett l'arrêta d'un geste.

— Plus tard, fit-elle d'un ton cassant. Il m'est déjà assez difficile de garder le portail ouvert et de guider Valens en même temps.

À cet instant, la lumière qui nimbait les contours du pentacle tremblota brièvement avant de se stabiliser de nouveau. En dépit de l'atmosphère tendue qui planait dans la salle des invocations, Fletcher se sentit soudain très serein. Était-ce parce que la leçon stimulait, pour la première fois, l'intérêt de tous les novices, même Tarquin ? Le jeune homme avait dorénavant l'impression d'être à sa place parmi eux, comme s'il venait enfin de se remémorer une chose oubliée depuis longtemps.

Dans le cristal, l'horizon s'assombrit et parut s'éloigner, et le ciel fut bientôt d'un noir d'encre, changement qui ne parut pas affecter la petite mite, laquelle continuait de s'élever toujours plus haut. Elle finit par s'immobiliser et, voletant sur place, baissa les yeux vers le sol.

— Valens s'approche du vide. Regardez bien, conseilla le capitaine Lovett d'une voix rauque tout en essuyant son front en nage.

Le paysage s'arrêtait abruptement, cédant la place à un gouffre s'enfonçant dans les ténèbres. Le bord de la falaise semblait se poursuivre à perte de vue, formant une légère courbe dans le lointain. Le disque dont avait parlé le professeur devait être immense, de la taille de mille Hominum… Un endroit où il valait mieux ne pas s'égarer, se dit sombrement Fletcher avant de remarquer quelque chose qui remuait dans l'abîme. Une masse grouillante apparut, se contorsionnant de manière atroce : un enchevêtrement de tentacules, d'yeux et de dents acérées.

— Des cétéens, murmura Sylva, épouvantée.

— Je constate que tu connais ton sujet, fit le capitaine Lovett, se rembrunissant. Certains les appellent les Anciens. Les cétéens vivent au fond de ce précipice ; constamment affamés, ils n'hésitent pas à s'entredévorer en attendant des proies : des démons généralement blessés ou malades en quête d'un lieu isolé pour guérir. C'est pour cette raison que Valens a pris autant d'altitude avant de s'approcher de ce gouffre. Je tenais à ce que vous voyiez ces lieux au moins une fois afin que vous puissiez retenir une règle essentielle : ne vous aventurez jamais dans cette sinistre région.

Valens fit alors demi-tour ; les monstres grotesques et tourmentés que Fletcher avait aperçus disparurent de son champ de vision. Le jeune homme n'avait pu les entendre, mais il n'avait eu aucune peine à imaginer leurs hurlements déchirants.

L'orbe bleu qui faisait office de portail surgit à nouveau à l'intérieur du cristal ; la mite se contenta pourtant de le dépasser sans s'arrêter.

— Avant de terminer cette exploration, je vais guider Valens jusqu'au terrain de chasse que fréquentent les mages-guerriers d'Hominum, afin de vous en offrir un avant-goût, marmonna le professeur, les dents serrées. D'ordinaire, je suis capable de tenir plus longtemps, mais je ne suis pas encore remise de mon excursion de la semaine dernière, lors de laquelle j'ai capturé le lutra d'Atlas. Par chance, le recteur Scipio était à mes côtés : c'est lui qui m'a aidée à contrôler Barbare.

Elle pointa le doigt sur l'oculus. Valens survolait à présent une région verdoyante, où se dessinait une forêt à la végétation insolite. Dans le lointain, Fletcher remarqua des démons ailés qui voltigeaient ou descendaient en piqué vers le sol. Des mites minuscules, en essaim, frôlèrent la cime des arbres avant de se disperser, effrayées par un scarabée qui ressemblait à Valens et qui attrapa l'une d'elles entre ses mandibules. Plus loin encore, l'azur était constellé de nuages cendrés ; des volcans couronnés de lave bouillonnante crachaient dans les airs des colonnes de fumée qui paraissaient soutenir la voûte des cieux.

Soudain, le paysage bascula, comme si le démon venait de heurter un obstacle de plein fouet. Lovett poussa un cri de douleur, et l'oculus s'obscurcit brusquement.

35

Retenant leur souffle, les novices alarmés gardèrent les yeux rivés sur la pierre noire. Le capitaine Lovett serra la lanière de cuir à s'en faire blanchir les phalanges tandis que le pentacle grésillait, projetant des étincelles violettes sur le sol tapissé de cuir, qui dégageait une odeur de brûlé. Puis une image aux contours flous réapparut dans l'oculus : Fletcher reconnut la cime des arbres irisés. Valens était encore en vie !

— Je craignais que survienne un incident de ce genre, murmura le professeur. La migration annuelle des grièches a débuté. D'habitude, j'attends qu'elle soit achevée avant de faire découvrir l'Éther aux novices de première année, mais puisqu'il a été décidé que vous participeriez au tournoi de fin d'études, il m'a fallu avancer ce cours. Le recteur est décidément bien pressé de vous envoyer sur le front, à croire qu'il a perdu la raison ! À l'époque où il était élève ici, il y a fort longtemps, les novices bénéficiaient de cinq années de formation.

Elle ajouta une bordée de jurons qui auraient fait rougir un marin vésanien, et Fletcher ne put s'empêcher d'esquisser un sourire. Puis il tenta de se rappeler ce qu'il avait appris à propos des grièches. Selon le commandant Goodwin, c'étaient de dangereux démons volants.

— Valens a visiblement une aile fracturée, et la grièche qui l'a attaqué le prendra peut-être en chasse. Il va lui falloir retourner au plus vite au portail : il est incapable d'affronter une créature pareille, supérieure de trois niveaux. Voire de cinq s'il s'agit d'une grièche matriarche, précisa le professeur avec inquiétude.

Ignorant de quoi elle voulait parler, Fletcher se demanda à quelle classe Ignatius appartenait dans la hiérarchie démonologique. Puis, tandis que la mite blessée se remettait en route avec ténacité, il reporta son attention sur l'oculus. Le petit démon survolait les terres mortes avec difficulté, malmené par des vents violents qui charriaient des nuages de poussière. Au bout de quelques longues minutes, le jeune homme remarqua une ombre menaçante sur le sol.

— Il y a quelque chose au-dessus de lui ! fit-il observer.

— Oui, je sais. Et ce, depuis qu'il a quitté la forêt. Les grièches ont pour habitude d'assaillir leurs proies, de leur infliger une blessure sans gravité, puis de les poursuivre jusqu'à ce que celles-ci s'effondrent, épuisées. C'est une technique efficace, mais, cette fois, nous aurons sans doute l'avantage : les démons sauvages ont une peur presque instinctive des portails, il est donc rare qu'ils s'y aventurent. Si je parviens à faire revenir Valens, la grièche le laissera en paix. Et une fois que je l'aurai absorbé en moi, il guérira. J'espère simplement qu'il parviendra à rejoindre le portail…

Celui-ci apparut enfin à l'horizon. Il était grand temps ! La mite avançait de plus en plus lentement, et l'image que reflétait le cristal ne cessait de se brouiller.

— Allez, un dernier effort, grommela Lovett.

Mais Valens, à bout de forces, bascula vers le sol à quelques mètres de la sphère bleue et s'écroula dans la poussière. Pourtant, l'orbe luisait encore, seule indication que le démon était en vie.

— Vite, que quelqu'un m'apporte mon équipement de protection ! ordonna le professeur. Il est rangé dans le placard le plus éloigné, sur la droite. J'ignore combien de temps il nous reste pour sauver Valens !

Le premier à réagir fut Séraph, qui courut à l'autre bout de la salle.

— J'ai besoin d'aide, c'est lourd ! cria-t-il en empoignant un paquetage volumineux.

Othello alla aussitôt lui prêter main-forte et, à deux, ils apportèrent l'objet au capitaine Lovett. Fletcher, de son côté, gardait les yeux rivés sur le cristal ; l'ombre immense qui planait sur le sol semblait se rapprocher.

— Je peux envoyer Ignatius à la rescousse !

— Non, ce serait imprudent, rétorqua le professeur. Si ton démon franchissait le portail que j'ai créé, nos manas se mêleraient. Contrôler des énergies combinées requiert beaucoup d'expérience et, si tu échouais à la première tentative, le portail se refermerait : je perdrais alors Valens pour de bon.

Elle s'affairait à enfiler des bottes cerclées d'acier et une sorte de combinaison en cuir épais, munie d'un anneau métallique qui enserrait son cou. Elle attacha la lanière de cuir reliée au pentacle à une corde semblable, de plusieurs mètres de long, laquelle était fixée dans son dos ; puis elle se pencha pour ramasser un casque raccordé à un tuyau enroulé et s'en coiffa.

— Déroule ce tuyau, Séraph ! dit-elle d'une voix étouffée. Nous ne pouvons respirer l'air pernicieux de l'Éther. Si vous vous apercevez que j'ai un accroc dans ce vêtement, ramenez-moi sur-le-champ au moyen de cette corde, même si je n'ai pas réussi à récupérer Valens !

— Ce n'est qu'une vulgaire mite, fit remarquer Tarquin. Pourquoi risquer votre vie pour cette créature alors que vous pourriez en capturer une autre demain ?

Le professeur se tourna vers lui, son visage à peine visible derrière le casque de cuivre dont l'avant était pourvu d'une plaque de verre.

— Un démon n'est pas un objet que l'on peut se permettre de jeter comme une vieille chaussette. Tu comprendras peut-être ce que je veux dire quand tu auras combattu aux côtés du tien des années durant.

Sur ces mots, elle pénétra dans l'orbe bleu.

Les novices la virent surgir dans le paysage désolé, sa silhouette aux contours flous apparaissant dans le champ de visio de Valens. Il lui avait suffi de quelques secondes pour pénétrer dans l'Éther, dont elle foulait déjà le sol rougeâtre en direction de son démon. Un instant plus tard, sa main gantée de cuir souleva la mite de terre et la porta vers son visage. Dans les yeux gris du professeur, Fletcher lut de la peur et de l'inquiétude. Puis elle fit demi-tour et, à pas mesurés, repartit vers la sphère bleue.

— Pourquoi se déplace-t-elle si lentement ? chuchota Geneviève.

— Elle est vêtue d'une lourde combinaison dans une étendue désertique et torride ; dans le même temps, elle maintient un portail ouvert et contrôle un démon blessé, répondit Tarquin d'un ton hautain. Si le portail se referme, elle se retrouvera piégée dans un environnement hostile, son tuyau sera tranché et l'air empoisonné finira par la tuer. Son inconséquence risque de lui coûter cher.

— Elle va réussir, murmura Fletcher, angoissé, en l'encourageant en silence.

Soudain, Othello tendit le doigt vers un petit point qui grossissait à vue d'œil dans le ciel. Fletcher vit alors une sorte d'oiseau dont les longues plumes noires étaient teintées de blanc à leur extrémité ; dotée d'un bec acéré et crochu, d'une excroissance de chair pourpre sur la gorge et d'une crête rouge au sommet du crâne, comme celle d'un coq, la créature ressemblait à un vautour géant. Le capitaine Lovett avait dû voir la grièche elle aussi, car elle pressa le pas ; le pentacle se mit à grésiller.

Le démon ailé plongea vers le professeur, qui se pencha pour l'esquiver… Trop tard : les serres s'abattirent contre le casque avec une précision redoutable et Lovett bascula en arrière. La grièche entreprit de donner de violents coups de bec dans la coiffe de cuivre, sans pourtant parvenir à la percer.

— Il faut la ramener ! hurla Fletcher.

Il empoigna la lanière et tira de toutes ses forces ; les autres vinrent lui porter assistance – même Isadora, qui saisit la corde avec délicatesse –, et leurs efforts conjugués leur permirent de traîner le capitaine Lovett sur quelques mètres. Fletcher jeta un bref coup d'œil à l'oculus, mais ne vit que des plumes noires ébouriffées par le vent, se découpant sur le ciel couleur de bronze. Bientôt, le professeur se redressa, puis culbuta à l'intérieur de l'orbe bleu. Les élèves lancèrent des exclamations de soulagement, avant de se taire brusquement – leur professeur n'était pas revenue seule.

La grièche, de la taille d'un homme, poussa un cri rauque et déploya ses larges ailes. Ses yeux jaunes plissés, elle avança en sautillant de manière grotesque. Le capitaine Lovett gisait sur le sol, immobile.

— Reculez ! hurla Tarquin, se plaçant sans hésiter devant ses camarades.

Tarquin s'agenouilla à la hâte devant le pentacle le plus proche et plaqua les mains sur la surface de cuir ; quelques secondes plus tard, en surgit une hydre – sorte d'énorme varan pourvu de trois longs cous, chacun se terminant par une tête reptilienne. Le démon du jeune noble s'élança aussitôt vers la grièche et s'efforça de la repousser vers l'orbe bleu, ses têtes ondulant au-dessus de son adversaire. Les pattes de l'hydre étaient courtes, mais ses griffes noires déchiraient le cuir à chaque pas. Le démon ailé, lui, laissait échapper des criaillements affolés.

— Trebius est invincible ! brailla Tarquin.

Fletcher détourna les yeux du combat et s'agenouilla près du capitaine Lovett. Elle n'avait pas dû perdre connaissance, car le portail était encore ouvert, mais elle ne bougeait plus. Posé sur sa paume, Valens pépiait doucement, incapable d'aider sa maîtresse.

— Je vais chercher un autre professeur ! annonça Geneviève avant de quitter la salle en courant.

Fletcher ôta le casque du capitaine avec précaution. Les lèvres écumeuses, Lovett roula des yeux et fut soudain prise d'affreuses convulsions, sa tête heurtant le sol. Comment parvenait-elle à maintenir le portail ouvert ? Tandis qu'il plaçait les mains sous son crâne afin d'amortir les chocs, il découvrit une fissure dans la paroi de verre du casque et comprit que la grièche avait dû le fracturer lors du premier assaut ; le professeur avait inspiré de l'air toxique !

Furieux, Fletcher se tourna vers l'oiseau géant, qui s'était immobilisé à quelques mètres du portail, comme si sa crainte de la sphère bleue était plus grande encore que celle que lui inspirait l'hydre de Tarquin. À cet instant, la grièche s'avança d'un pas et donna un coup de bec dans l'une des têtes de Trebius : un filet de sang apparut, ce qui arracha un cri au jeune noble.

Fletcher se pencha vers le pentacle le plus proche et, projetant une onde de mana dans le cercle, invoqua son démon. Ignatius se lança sans attendre dans la mêlée : il se rua sur la patte du démon ailé, qu'il mordit avec férocité tout en la fouettant de sa queue pointue. La grièche poussa des piaillements stridents, perdit l'équilibre et bascula vers l'orbe bleu. L'hydre en profita alors pour enfoncer ses paires de crochets dans le cou de son adversaire. Les trois démons, qui combattaient avec frénésie, étaient à présent tout près du portail.

— Ignatius ! appela Fletcher, craignant de le perdre s'il s'approchait davantage de la sphère lumineuse.

La salamandre roula sur le côté en crachant une longue flamme en direction de la grièche ; celle-ci, affolée, donna un dernier coup de serre à Trebius avant de plonger dans le portail. Quelques secondes plus tard, celui-ci se volatilisa, et les flammelles s'éteignirent une à une, plongeant la salle des invocations dans l'obscurité. Lovett poussa un profond soupir, puis son corps se détendit.

Des acclamations triomphantes s'élevèrent parmi les novices, mais leur joie fut de courte durée, car certains venaient de se rendre compte que leur professeur ne s'était pas relevée. Fletcher tâcha de la faire asseoir ; il lui frottait le dos avec l'espoir qu'elle reprenne conscience, quand la voix courroucée de Tarquin retentit près de lui :

— Espèce d'imbécile ! Tu n'as donc pas compris que je m'apprêtais à capturer cette grièche ?

Une flammelle apparut dans la paume du jeune Forsyth, qui pointa sur Fletcher un doigt accusateur.

— Tout ce qui t'importe, c'est notre professeur, qui n'a pas été capable de maîtriser la situation ! Tu l'auras voulu : je vais te dispenser une leçon que tu n'es pas près d'oublier !

36

L'hydre siffla et, dardant ses trois langues, s'approcha de Fletcher. Ses têtes ondulaient en un mouvement hypnotique, comme celles de cobras sur le point de s'abattre sur une proie.

— Salomon ! hurla Othello, agenouillé devant un pentacle.

Le golem se matérialisa aussitôt et, d'un pas lourd, alla se placer entre Fletcher et Trebius ; Ignatius l'imita, grondant d'un air féroce.

— Le nain s'est donc décidé à passer à l'action, railla Tarquin. Cela ne me surprend pas : les faibles ont tendance à se serrer les coudes.

— Tu cherches à défier un *faible* nain ? grommela Othello, se relevant. Approche donc, si tu l'oses.

— Le moment est mal choisi pour se quereller ! s'écria Fletcher. Le capitaine Lovett est à l'agonie !

En effet, elle respirait de plus en plus péniblement.

— Pourquoi empêcherais-tu le demi-homme de se battre s'il en a envie ? fit Tarquin.

L'insulte étonna tant les autres novices qu'ils laissèrent échapper des exclamations indignées. Othello serra les poings, mais resta muet, jugeant sans doute préférable de ne pas envenimer la situation.

— La ferme, Tarquin ! ordonna Fletcher, dont le sang bouillait dans les veines. Je t'interdis de parler de lui comme ça !

— Le nain s'imagine qu'il est sur un pied d'égalité avec nous depuis que l'un de nos mages-guerriers a été contraint de lui remettre un golem. Il se trompe lourdement, et je vais le lui prouver. Ensuite, je tuerai cette ridicule salamandre, Fletcher. Ce ne sont pas ses petites étincelles qui risquent d'effrayer Trebius.

— Très cher frère, cesse de monopoliser l'attention, je souhaite m'amuser moi aussi ! intervint Isadora.

Elle inclina la tête, puis s'agenouilla devant un pentacle : s'en élevèrent de minces vrilles incandescentes, blanches et torsadées, à partir desquelles émergea peu à peu la silhouette d'un grand félin. Le démon, dressé sur ses pattes arrière, ressemblait à un bipède ; couvert d'une épaisse fourrure rayée d'orange et de noir, comme celle d'un tigre, et doté de muscles saillants, il possédait en outre deux canines pareilles à des poignards, d'une dizaine de centimètres de long et, à l'instar des canids, une paire d'yeux supplémentaire.

— Tu n'avais donc jamais vu de félis ? dit Isadora à la vue de l'expression stupéfaite de Fletcher. Tamil est formidable, il faut le reconnaître. Et ce n'est pas demain la veille que tu auras de nouveau l'occasion de croiser un aussi beau spécimen. Ma chère mère a eu la bonté de me l'offrir, mais c'était la moindre des choses, car Tarquin, lui, a eu droit au démon préféré de notre père.

Tamil émit un miaulement excité, sa queue battant l'air. Puis, sortant les griffes, il posa ses yeux ardents sur Ignatius. À la vue de l'hydre et du félis côte à côte, Fletcher déglutit, sa colère cédant la place à la frayeur. Les deux démons, qui appartenaient probablement aux Forsyth depuis des années, devaient être très puissants ; même avec l'aide de Salomon, Ignatius ne ferait pas le poids, le jeune homme en était convaincu. Par la pensée, il lança un ordre à son démon, qui cracha une langue de feu au-dessus de Trebius et de Tamil : ceux-ci ne parurent pas le moins du monde impressionnés.

— À toi, Trebius ! cria Tarquin.

En sifflant, l'hydre se rua en direction du golem et de la salamandre, suivie du félis, qui avança d'un bond. Salomon, bien campé sur ses deux jambes, poussa un rugissement guttural et brandit ses poings de pierre, tandis qu'Ignatius se dressait sur ses pattes arrière, prêt à expulser un autre jet de flammes. Soudain, dans un éclat de fourrure dorée, Sariel vint se placer entre les quatre démons. La crinière du canid était hérissée, ses quatre yeux luisaient de rage et son museau plissé dévoilait des crocs menaçants, dégoulinants de salive. Il gratta le sol de ses pattes griffues, lacérant le cuir. Cette fois, l'hydre eut un mouvement de recul.

— C'est assez ! s'exclama Sylva. Avez-vous oublié qui est le véritable ennemi ? Nous sommes tous dans le même camp !

— Pas officiellement, rétorqua le jeune Forsyth d'un ton plein de malice. À moins que les clans elfiques ne se soient déjà rendus ? Tu n'es qu'un otage à Hominum : tâche de ne jamais l'oublier.

À ces mots, Sylva parut se crisper, et Sariel, percevant sa colère, aboya.

— Voyons, Tarquin, un peu de retenue, le tança alors Isadora en posant la main sur son épaule. Il est possible que les elfes soient bientôt nos alliés. Leurs chefs et les Forsyth sauront tirer certains bénéfices de cette alliance, tu devrais le savoir…

Elle serra le bras de son frère, si fort que ses ongles s'enfoncèrent dans l'étoffe de sa tunique. Le jeune homme resta un instant silencieux, puis parut se raviser. Comme s'il venait de lui en donner l'ordre, Trebius recula.

— Veuillez accepter mes excuses ; je me suis laissé emporter dans la fièvre de l'action, marmonna-t-il.

Il avait pourtant le visage cramoisi de colère et jetait des regards mauvais à Fletcher.

— Alors, Sylva, quel camp choisis-tu ? s'enquit Isadora. Celui du nain et de la plèbe, ou le nôtre ?

L'elfe n'eut pas le temps de répondre car, au même instant, la porte s'ouvrit à toute volée, et le capitaine Arcturus pénétra en trombe dans la salle, suivi de Geneviève et de deux serviteurs qui portaient une civière.

— Écartez-vous, mugit le professeur en se dirigeant vers le capitaine Lovett.

Sacharissa entra à son tour et, d'un bond, rejoignit Sariel, qu'il dépassait d'une bonne tête. D'un claquement de mâchoires, il fit signe à l'autre canid de rejoindre sa maîtresse. Pendant ce temps, Arcturus soulevait Lovett pour la déposer sur le brancard. Il écarta une mèche de cheveux de son front, puis, constatant que ses yeux écarquillés continuaient de fixer le plafond, lui ferma les paupières.

— Emmenez-la à l'infirmerie, ordonna-t-il.

Les serviteurs s'exécutèrent.

— J'exige de savoir ce qui s'est passé, reprit Arcturus, à peine capable de contenir sa fureur.

— Nos démons ont repoussé dans l'Éther une grièche qui avait franchi le portail du capitaine Lovett, expliqua Tarquin, qui ne mentait qu'à moitié.

Arcturus se tourna alors vers Fletcher ; celui-ci se dandina d'avant en arrière d'un air coupable, mais resta muet, rechignant à dénoncer les autres novices, y compris Tarquin. Le professeur l'observa d'un œil soupçonneux, puis éparpilla des flammelles à travers la salle avant de s'adresser aux autres élèves d'une voix ferme :

— J'espère que vous n'aviez pas l'intention de vous mesurer les uns aux autres. C'est en se comportant de la sorte que les elfes, qui aimaient à se battre en duel, ont perdu tous leurs démons, précisa-t-il en regardant Sylva avec insistance. Et savez-vous ce qui leur est arrivé ? Sans le mana de leurs démons, ils se sont retrouvés démunis, incapables de rouvrir des portails qui auraient pu leur permettre de retourner dans l'Éther afin d'y capturer d'autres créatures. Voilà pourquoi il serait insensé que tu te livres à ce genre d'activité, Sylva. Les tiens ont fait d'importantes concessions pour que tu puisses étudier à Vocans ! C'est sur toi que repose l'avenir des elfes invocateurs dont tu seras la première représentante. Ce sera ensuite à toi de leur offrir les démons que tu auras appris à contrôler. Par conséquent, ne prends pas cette tâche à la légère. Si tu perds ton canid, nous ne t'en donnerons pas un autre.

La jeune elfe, honteuse, baissa la tête, tandis que Sariel gémissait, la queue entre les pattes. Fletcher, de son côté, était reconnaissant à Sylva d'avoir pris un tel risque pour leur porter assistance, à Othello et à lui ; si le canid ne s'était pas interposé, Ignatius et Salomon auraient été au beau milieu d'un combat à l'arrivée d'Arcturus.

— Ceux d'entre vous qui s'aviseront de se provoquer en duel seront renvoyés sur-le-champ, est-ce compris ? Pour un plébéien, cela signifie qu'il sera contraint de servir comme simple soldat ou, avec un peu de chance, comme sergent. Un noble, lui, pourra acheter un grade d'officier, ce qui sera cependant un déshonneur pour sa famille, précisa-t-il en dévisageant Tarquin.

À ces mots, celui-ci s'esclaffa et murmura quelque chose à l'oreille de sa jumelle.

— Est-ce vraiment ce que tu souhaites, Tarquin ? s'exclama Arcturus d'une voix sarcastique. Que le grand Zacharie Forsyth soit obligé de soudoyer les autorités militaires afin que son fils puisse devenir officier ?

Le garçon blêmit, puis, sentant tous les regards converger sur lui, se ressaisit.

— Oh, mon père en a les moyens, répliqua-t-il avec un haussement d'épaules.

Puis, avec un sourire sinistre, il ajouta :

— Et ceux qui appartiennent à la demi-noblesse, que leur arrivera-t-il ? Je suppose que vous devez le savoir mieux que quiconque ici… à moins que je ne fasse erreur, capitaine Arcturus ?

Qu'avait donc cherché à insinuer Tarquin ? Et comment pouvait-il se montrer aussi irrespectueux vis-à-vis de l'un de ses professeurs ?

Arcturus, d'abord interloqué, resta muet ; puis un flot de sang empourpra son visage, tandis que Sacharissa laissait échapper un grondement menaçant. Prenant conscience qu'il était allé trop loin, le jeune Forsyth pâlit de nouveau et recula d'un pas. Heureusement pour lui, le recteur choisit cet instant pour faire son entrée, les joues rouges et le souffle court.

— Je viens d'apprendre la nouvelle ! s'exclama-t-il. Est-ce qu'elle va mieux ?

— Non, Scipio, elle est en état de choc : elle a dû inspirer de l'air toxique.

— Quand sera-t-elle remise ?

— Tant qu'elle ne sera pas sortie de sa torpeur, cela sera difficile à dire. En attendant, je peux me charger des cours d'invocation, proposa Arcturus.

Scipio ferma brièvement les yeux, poussa un soupir irrité et s'adressa aux novices :

— Que cet incident vous serve de leçon : vous savez désormais à quels périls vous vous exposez dans l'Éther. Vous comprenez aussi quels risques vos aînés ont pris afin de pouvoir vous offrir les démons qui sont à présent les vôtres. Soyez-leur reconnaissants et travaillez d'arrache-pied, qu'ils n'aient pas fait ces sacrifices pour rien.

Sur ce, il se dirigea vers la sortie. Semblant se raviser, il se tourna de nouveau vers les jeunes gens.

— Tarquin Forsyth, suis-moi, ordonna-t-il. Je t'ai entendu depuis le seuil. Ne crois pas que tu t'en tireras à si bon compte après avoir insulté l'un de tes professeurs. Ton insolence est inexcusable !

Les traits décomposés, le garçon baissa la tête, mais ne bougea pas. Puis, entendant le recteur taper du pied avec impatience, il se résigna à obéir. Fletcher ne put s'empêcher d'esquisser un sourire, ravi de voir le jeune noble contraint de ravaler son arrogance. Sa joie fut néanmoins de courte durée, car la voix d'Arcturus l'arracha à ses pensées :

— Cesse de sourire, Fletcher. Puisque je t'ai pris sous ma tutelle, ton comportement porte atteinte à mon honneur. Va m'attendre dans mon cabinet de travail, j'ai à te parler.

37

Un froid mordant régnait dans le cabinet de travail d'Arcturus, dont l'unique fenêtre était une simple meurtrière. La pièce, dépourvue de cheminée, était sobrement meublée – une table de chêne, une chaise, un fauteuil et un coussin posé dans un coin, sûrement réservé à Sacharissa ; Fletcher se rappela que le professeur n'avait rejoint Vocans que quelques semaines plus tôt. « Comme moi », songea-t-il, alors qu'il avait l'impression de vivre à la Citadelle depuis des mois. S'il pensait souvent à Berdon, il n'avait pas encore osé lui écrire pour lui donner de ses nouvelles ; Othello lui avait certes suggéré qu'il serait plus simple de faire partir des missives depuis la Citadelle, en employant l'un des messagers de l'armée impériale, mais le nain ignorait que Fletcher était un fugitif, sans doute recherché par les autorités – comment, dans ce cas, recourir aux services d'un messager de l'Empire se rendant au nord du pays sans alerter celles-ci ? Il n'avait toujours pas résolu ce problème.

Plusieurs minutes s'écoulèrent, durant lesquelles le jeune homme resta sur le qui-vive, redoutant l'arrivée du professeur. Ignatius s'était endormi autour de son cou, épuisé. Au bout d'un moment, rongé par l'ennui, Fletcher contourna le bureau de chêne et jeta un coup d'œil aux documents éparpillés à sa surface. L'un d'eux retint aussitôt son attention : une liste de noms qui tous commençaient par son prénom ; atterré, le garçon aperçut une deuxième liste de prénoms, cette fois associés au patronyme « Wulf ». Arcturus effectuait-il des recherches à son sujet ? Auquel cas il risquait de découvrir que Fletcher avait fui son village après avoir commis un crime ! Pire encore, ses investigations alerteraient peut-être Caspar, qui retrouverait sa trace. Il se creusa la cervelle : avait-il mentionné Pelt lors de ses conversations avec le professeur ? Non, il en était certain.

En entendant un bruit de pas dans le couloir, le jeune homme s'empressa de s'écarter de la table ; Sacharissa sur les talons, Arcturus entra dans la pièce, l'air agité. Il alla s'asseoir derrière le bureau et fouilla parmi ses papiers sans prêter la moindre attention à Fletcher. Puis il releva les yeux et, les doigts entrecroisés, demanda abruptement :

— Sais-tu pourquoi je t'ai pris sous ma tutelle ?

— Parce que je possédais déjà un démon et que vous n'aviez pas besoin de m'en offrir un ? suggéra le garçon.

— Non, cela ne m'aurait pas dérangé. Mon canid aime chasser dans l'Éther, bien que le camoufleur de Séraph lui ait donné du fil à retordre. Pas vrai, Sacharissa ? ajouta-t-il en tapotant la tête de la créature. Alors, pourquoi ? insista-t-il en se calant dans son fauteuil.

— Euh… à cause de ma salamandre ?

— Un atout, je te l'accorde, mais ce n'est pas pour cette raison que je t'ai accordé ma protection.

— Ma vaillance face à mes attaquants, même si j'étais certain de mourir ? plaisanta Fletcher.

Il avait perçu une lueur amusée dans le regard du professeur, et espérait ainsi détendre l'atmosphère.

— Non ! répliqua Arcturus avec un petit rire sec. Vu la situation dans laquelle tu te trouvais, tu aurais pu prendre une autre décision. Un officier doit apprendre à sacrifier ses hommes quand les circonstances l'y obligent ; de la même manière, tu aurais pu accepter de remettre ta bourse à ces gredins, qui t'auraient alors laissé la vie sauve. Je dois avouer que tu m'as impressionné : face au danger, tu as su rester calme en prenant un risque calculé. Les bons officiers sont pragmatiques et gardent leur sang-froid, même sous le feu ennemi. En revanche, ceux qui se distinguent par leurs exploits savent prendre des risques, quoi qu'il leur en coûte. Tu parviendras peut-être à les égaler si tu sais te montrer habile.

Fletcher esquissa un sourire, qui s'effaça néanmoins quand Arcturus ajouta d'un air sombre :

— Ce qui n'a pas été le cas aujourd'hui. Tu as eu tort de réagir à la provocation de Tarquin ! Je n'étais pas présent, et ce dernier t'a provoqué, je n'en doute pas. Cependant, si tu t'étais battu, tu aurais été immédiatement renvoyé.

— Je suis navré, même si je n'ai fait que me défendre, répondit le garçon, penaud. Si je savais créer un bouclier, je n'aurais pas hésité à m'en servir.

— Un bouclier n'a pas grande utilité face à un démon, mais là n'est pas la question. Il te faut comprendre une chose : les nobles sont prêts à toutes les manigances pour se débarrasser de leurs concurrents. Voilà pourquoi il vaut mieux accepter une défaite plutôt que de mordre à l'hameçon. Crois-moi, j'ai de l'expérience en la matière, précisa Arcturus, non sans amertume.

Il parut sur le point de poursuivre, secoua la tête et se ravisa ; il resta songeur un instant, puis se leva soudain et fit signe au jeune homme d'approcher.

— Nous avons besoin de plébéiens dans nos rangs, Fletcher, mais d'aucuns estiment qu'ils n'ont pas leur place parmi les officiers : pour certains nobles, un mage-guerrier fait tout aussi bien l'affaire en étant simple soldat. Ils pensent également que vous devriez recevoir votre instruction dans une autre académie, que vous n'avez pas à côtoyer les novices appartenant à la noblesse. Alors ne donne pas au recteur Scipio de bonnes raisons de te renvoyer, d'accord ?

Le garçon hocha la tête, sans pouvoir s'empêcher de lancer un coup d'œil aux documents étalés sur le bureau. Arcturus ne fit rien pour les dissimuler.

— Je vais te dire pourquoi je t'ai pris sous ma tutelle, Fletcher : tu m'as rappelé qui j'ai été. Plus important, je sais qui tu es. Ou, du moins, *ce que* tu es.

Il désigna l'un des parchemins et le retourna vers le garçon afin qu'il puisse le lire.

— Tu constateras que les Fletcher de ton âge ne sont pas légion à Hominum, et aucun d'eux n'a « Wulf » pour nom de famille. En outre, je ne t'ai trouvé sur aucun recensement officiel. J'en ai donc conclu que tu étais un orphelin dont la naissance n'a pas été consignée dans les archives de l'Empire. C'est bien cela ?

Fletcher, sans tout à fait comprendre de quoi il retournait, opina du chef. Arcturus, les yeux dans le vague, se rassit dans son fauteuil et lui désigna la chaise. Le jeune homme y prit place.

— Tu as entendu Tarquin insinuer que j'appartenais à ce qu'il appelle la demi-noblesse, n'est-ce pas ? reprit le professeur, lissant d'une main ses cheveux vers l'arrière de son crâne, puis réajustant la cordelette qui retenait ses boucles noires.

Le garçon hocha de nouveau la tête.

— Il y a dix ans, un jeune noble a quitté son château, situé dans la province septentrionale qui longe la frontière elfique, pour se rendre à la Citadelle. Il a passé sa première nuit de voyage dans la petite ville de Boreas, laquelle n'est pas très éloignée de tes montagnes.

Étant donné qu'il y avait des dizaines de villages dans la région des Dents-d'Ours, Fletcher se réjouit de ne pas avoir mentionné Pelt le soir où il avait fait connaissance avec Arcturus…

— Messire Faversham, le père de ce jeune aristocrate, lui avait offert un canid. Toutefois, ce garçon attendait d'être arrivé à Vocans pour invoquer son démon sous la supervision de ses professeurs. Le parchemin d'invocation rangé au fond de son sac de selle, il s'est endormi. Cette nuit-là, un garçon d'écurie qui ne possédait rien, pas même les habits qu'il avait sur le dos, a décidé de dépouiller le jeune voyageur. Orphelin, il avait grandi dans un hospice réservé aux indigents avant d'être vendu à un aubergiste pour vingt écus. Et puisqu'il n'avait rien à perdre, il comptait récolter assez d'argent pour commencer une vie nouvelle, loin de Boreas. Mais le sort en a voulu autrement.

Fletcher fronça les sourcils. Cette histoire lui rappelait vaguement quelque chose.

— En dépit de ses origines, ce garçon avait réussi à apprendre à lire afin d'en savoir davantage à propos du vaste monde, dévorant tous les ouvrages que les clients de passage oubliaient parfois à l'auberge. Quand il a découvert le parchemin et le vélin d'invocation du jeune noble, il n'a pu réprimer sa curiosité : après avoir étalé les documents devant lui, il a lu les instructions à voix basse et, à sa grande surprise, un petit canid à la fourrure noire et aux yeux brillants a surgi devant lui. Ce n'était qu'un chiot, mais jamais il n'avait vu une créature aussi belle…

Arcturus s'interrompit pour caresser les oreilles de Sacharissa, qui poussa un jappement de contentement avant de frotter son museau contre la paume de son maître. Fletcher regarda tour à tour le professeur et le canid, et la vérité lui apparut enfin.

— C'était donc vous, le premier plébéien à posséder un démon ! s'exclama-t-il, stupéfait. Sans vous, aucun d'entre nous ne serait à Vocans ! Votre découverte a permis d'augmenter les rangs des mages-guerriers…

Arcturus acquiesça d'un air sombre.

— Qu'est-ce que tout ça a à voir avec moi ? s'enquit Fletcher, décontenancé. Et quel rapport avec les insinuations de Tarquin ?

— Comme tout le monde, tu avais déjà entendu parler de ce palefrenier. Mais tu ne connais pas la suite de cette histoire ; seuls certains membres de l'aristocratie et une poignée de privilégiés sont dans le secret. Quelques années plus tard, alors que la guerre contre les orques durait depuis plusieurs mois, s'est tenue une assemblée à laquelle participèrent l'empereur Harold, ses généraux et les nobles de l'Empire. Les chamans orquiens, qui avaient commencé à rejoindre le chef albinos, étaient beaucoup plus nombreux que nos mages-guerriers. Les nobles, eux, rechignaient à envoyer leurs premiers-nés sur le front, car la disparition de ces jeunes invocateurs aurait provoqué l'extinction de leur lignée. Ils étaient contraints d'avoir plusieurs enfants afin que les suivants puissent éventuellement remplacer ceux qui tombaient au combat, si du moins ils avaient le don d'invocation. Il n'y a en effet qu'une chance sur trois pour que les cadets naissent avec des aptitudes similaires. Par ailleurs, la plupart des novices de la noblesse sont obligés de se marier dès que s'achève leur formation à la Citadelle afin de ne pas mourir sans héritier.

Fletcher, qui n'avait jusqu'alors jamais réfléchi à ces questions, comprit à quels périls s'exposaient les jeunes nobles partant sur le front – non seulement ils pouvaient y périr, mais ils mettaient aussi en danger la survie de leur famille. L'espace d'un instant, il plaignit Tarquin et Isadora, sur lesquels pesaient de lourdes responsabilités.

— Chose incroyable, reprit Arcturus, c'est Obediah Forsyth, le grand-père de Tarquin, qui le premier a proposé d'étoffer les rangs des mages-guerriers en autorisant les plébéiens à devenir invocateurs. Il a fondé l'Inquisition, dont les membres se sont mis en quête de novices d'un bout à l'autre d'Hominum. Obediah reste le noble le plus influent et le plus fortuné de l'Empire ; son fils Zacharie a épousé l'aînée d'une autre illustre famille, Joséphine Queensouth, ce qui lui a permis d'étendre son domaine. Cette union a certes provoqué la dissolution de la maison de sa femme, mais les parents de cette dernière, proches de la faillite, étaient de toute façon sur le point de vendre leurs terres. D'ordinaire, l'aîné d'une famille se marie avec la cadete ou la benjamine – ou l'inverse – d'une autre maison afin que soit conservé leur patrimoine.

— C'est très intéressant, mais en quoi cela me concerne-t-il ? demanda Fletcher.

— Si je t'explique en détail la manière dont fonctionne notre noblesse, c'est pour que tu puisses mieux comprendre qui tu es vraiment. Quoi qu'il en soit, les recherches d'Obediah et de son Inquisition n'ont pas tardé à porter leurs fruits, et des plébéiens, dont moi-même, ont alors pu s'inscrire à Vocans. Toutefois, quand d'autres inquisiteurs employés par l'empereur ont pris la suite, ceux-ci ont remarqué un fait singulier qui avait échappé à l'attention du vieil Obediah : nombre de ces jeunes novices étaient souvent originaires des mêmes régions, et plus particulièrement des orphelinats établis dans les villes du nord de l'Empire. Que pourrais-tu en conclure, Fletcher ?

Le garçon, qui ne voyait pas où Arcturus souhaitait en venir, resta muet.

— Qu'est-ce qui différencie un orphelin des autres enfants ? insista le professeur.

— Personne ne veut de lui ?

— C'est exact. Et, généralement, qui ne veut pas de son propre enfant ? murmura Arcturus.

— Les gens qui n'ont pas les moyens de subvenir à ses besoins ? suggéra le jeune homme, se remémorant les longues nuits solitaires durant lesquelles ces questions l'avaient taraudé.

— C'est vrai, certains parents sont trop pauvres pour élever leur progéniture. Il y a aussi des orphelins qui ont perdu père et mère. Mais il existe une autre catégorie de personnes qui abandonnent régulièrement leurs nouveau-nés. Et les inquisiteurs ont découvert que c'était là l'un des points que presque tous les novices plébéiens avaient en commun…

Arcturus prit une profonde inspiration.

— Chacune de leurs mères, dont la mienne, était une courtisane.

Sacharissa poussa un gémissement, et son maître le fit taire d'un mot apaisant. Fletcher comprit que le professeur abordait un sujet qui le peinait profondément.

— Vois-tu, Faversham est un homme… insatiable. Longtemps, son épouse n'a pu lui donner d'enfants. Et même si elle a fini par avoir un fils – celui-là même à qui j'ai dérobé le fameux vélin –, elle se montrait froide et distante vis-à-vis de son mari, lui refusant souvent son lit. Il a alors trouvé satisfaction auprès d'autres femmes.

— Ce qui signifie que tous les premiers-nés des courtisanes qu'il a fréquentées ont eux aussi le don d'invocation ? devina Fletcher, intrigué.

— En effet. Il a également eu de nombreuses maîtresses. Un homme peut avoir un enfant doué de facultés d'invocation avec chacune des femmes dont il partage la couche, s'il s'agit du premier-né de celle-ci. Et c'est également valable pour une femme dont chacun des enfants est engendré par un père différent. Le fait qu'un petit nombre de plébéiens, tel Séraph, possèdent eux aussi ce don est pure coïncidence. Mais je ne suis pas l'un d'eux : j'étais l'un des premiers-nés de Faversham.

Les pensées se bousculaient dans l'esprit de Fletcher, qui songeait aux circonstances dans lesquelles Berdon l'avait trouvé aux portes de Pelt, sans même une couverture pour le protéger du froid. Tout concordait : il devait lui aussi être né d'un adultère…

— Bien entendu, cette découverte a provoqué un véritable scandale. L'infidélité de certains aristocrates, dont celle de Faversham, a jeté l'opprobre sur leurs maisons. Les dames ont menacé de démissionner de l'armée si une loi n'interdisait pas de mettre à l'épreuve les orphelins d'Hominum : l'idée que les bâtards de leurs époux aient le droit de combattre aux côtés de leurs enfants légitimes leur est insupportable. J'ai entendu dire que dame Faversham avait été très contrariée d'apprendre que le canid destiné à son enfant m'était revenu. La haine qu'elle me voue est plus terrible encore que celle de toutes les autres dames réunies. D'autant que, selon la loi, j'hériterais du titre des Faversham si son fils venait à mourir – peu importe que je sois un enfant illégitime. Elle a même demandé à Alfric, l'ancien souverain, d'intervenir en faveur de son fils, afin que ce dernier soit posté loin du front ; elle craignait que j'en profite pour l'assassiner.

Le calme avec lequel Arcturus parlait des soupçons dont il faisait l'objet étonna Fletcher. Son mentor serait-il capable de pareil crime ? Il fallait dire que Faversham, un seigneur riche et influent, possédait la plupart des terres autour des Dents-d'Ours.

— Évidemment, quand ce scandale a éclaté, la plupart des orphelins avaient été identifiés et entraînés à Vocans, et certains, comme moi, combattaient déjà sur le front. L'on nous a autorisés à conserver nos postes d'officiers à condition de ne pas dévoiler l'histoire de notre naissance, ni d'employer notre patronyme. C'est pour cette raison que je me fais appeler Arcturus. J'ai trois demi-frères de mon âge dans l'armée. Il en existe sûrement de nombreux autres, qui ignorent tout de leurs origines, puisqu'il est dorénavant interdit de chercher des novices dans les orphelinats. J'aimerais pouvoir me rendre dans le nord de l'Empire afin d'en avoir le cœur net, mais je n'en ai pas le droit. Pourtant, quand mon chemin a croisé le tien, j'ai bien vite compris que c'était un signe.

Fletcher, dérouté, eut le plus grand mal à saisir ce que le professeur cherchait à lui faire entendre.

— Je me trompe peut-être, et tu n'es en ce cas qu'un orphelin quelconque. Après tout, tu es beaucoup plus jeune que moi, et j'ignore si Faversham a continué de fréquenter d'autres femmes après que son épouse a donné naissance à leur fils. Mais vu que tu as été abandonné dans la région de Boreas et que tu possèdes aussi le don d'invocation, il y a de fortes chances pour que tu sois, comme moi, le fruit d'une union illégitime…

— Vous voulez dire que je serais le bâtard de messire Faversham, et que ma mère aurait été sa maîtresse ou, pire encore, une courtisane ? s'exclama le jeune homme avec amertume.

— Et, par conséquent, mon demi-frère…

38

Fletcher avait quitté le cabinet de travail d'Arcturus comme un ouragan, sans savoir contre qui diriger sa colère. Ignatius passa la soirée à feuler tout bas, de petits nuages de fumée s'échappant de ses narines, tandis que les novices bavardaient en riant autour de la table du dîner sans se formaliser du mutisme de Fletcher. Celui-ci avait réussi à écarter leurs questions en affirmant qu'Arcturus l'avait simplement réprimandé pour son comportement dans la salle des invocations.

Seul Othello avait remarqué l'air abattu de son ami et, quand les autres furent couchés, il alla toquer à sa porte. Fletcher se résolut donc à lui raconter ce qu'il avait appris ; après tout, il lui devait bien ça : le nain lui avait fait confiance en le présentant à sa famille. Othello ne fut cependant guère impressionné par les théories d'Arcturus.

— Si tu veux mon avis, il s'est emballé trop vite à ton sujet, dit-il en se grattant la barbe. J'ai l'impression qu'il veut à tout prix retrouver d'autres membres de sa famille : il occulte plusieurs aspects de ton histoire afin qu'elle coïncide avec la sienne. J'ai entendu parler de dame Faversham, cousine d'Alfric, l'ancien empereur. Elle était jadis célèbre pour sa beauté. Mais je doute qu'Alfric, après avoir eu vent de la conduite de messire Faversham, ait laissé ce dernier entacher davantage la réputation de leur maison. L'empereur Harold a dû intervenir lui aussi pour mettre un terme à ces frasques.

— Tu n'en as pas la preuve, rétorqua Fletcher. Et si Faversham avait eu d'autres moments de faiblesse, en dépit de la désapprobation de son entourage ?

— À supposer que cela soit vrai, pourquoi as-tu été abandonné aux portes de Pelt ? Ta mère, si elle a été l'une des maîtresses de Faversham, t'aurait probablement confié à un orphelinat ! Pourquoi se serait-elle rendue dans un endroit aussi reculé, proche de la frontière elfique ?

— Elle ne voulait peut-être pas que je me retrouve dans un hospice pour indigents, comme celui où Arcturus a grandi, répliqua Fletcher, obstiné, sans savoir pour quelle raison il tenait tant à défendre l'hypothèse du professeur.

— Dans ce cas, elle ne t'aurait pas laissé dans la neige, sans même une couverture. Non, Fletcher, cette histoire ne tient pas debout. Je ne cherche pas à te décourager. Estime-toi simplement heureux d'avoir croisé la route d'Arcturus dès ton arrivée à Corcillum, et profite du fait qu'il semble bien disposé à ton égard.

Sur ces mots, Othello regagna sa chambre. En dépit de leur désaccord, Fletcher se sentait soulagé d'avoir pu se confier à son ami ; une fois étendu sur son lit, il ne cessa de repenser à tout ce qu'Arcturus lui avait expliqué et de s'interroger sur ses origines.

— Qui suis-je ? chuchota-t-il dans l'obscurité.

Lâchant un petit miaulement bienveillant, Ignatius blottit la tête contre la poitrine du jeune homme. Malgré la journée mouvementée qu'il venait de vivre, le garçon dormit cette nuit-là d'un sommeil paisible et sans rêves.

***

Les novices attendaient leur professeur dans la salle des invocations. Un peu plus tôt dans la journée, Fletcher avait essayé de s'introduire dans l'infirmerie, mais dame Providence lui en avait aussitôt interdit l'accès ; selon elle, le capitaine Lovett n'aurait guère apprécié d'être importunée par ses élèves alors qu'elle était paralysée de la tête aux pieds ; du reste, elle ne s'ennuyait pas, car l'infirmière lui faisait la lecture. En apprenant que le professeur était consciente – du moins suffisamment pour entendre dame Providence –, le garçon avait insisté, mais l'infirmière lui avait fermé la porte au nez sans rien ajouter.

— Bel habit, commenta Geneviève en observant Fletcher.

Celui-ci sourit en triturant le col de sa veste neuve. Uhtred avait tenu parole : le matin même, il lui avait fait envoyer un uniforme bleu foncé – à sa grande joie, Fletcher avait découvert que les boutons dorés étaient ornés d'une petite salamandre –, ainsi que son khopesh et un fourreau d'excellente qualité, en cuir noir et en acier bruni ; le jeune homme n'avait pas manqué de constater que la lame de l'épée avait été affûtée et que le forgeron y avait ajouté un chiffon huilé, comme pour lui rappeler de prendre soin de l'arme. Fletcher était heureux de la sentir accrochée à sa taille. Caulder lui avait jusqu'alors fourni un bâton lors des entraînements ; seuls les plébéiens y participaient, étant donné que les nobles avaient tous appris à manier l'épée dès leur plus jeune âge. Malik et Pénélope avaient brièvement assisté au début du premier cours avant de s'en aller en bâillant d'ennui. Quand Fletcher avait demandé au maître d'armes pour quelle raison il apprenait aux novices à se battre les uns contre les autres, après que celui-ci lui avait expliqué qu'il leur faudrait affronter les orques, le vieil homme avait répliqué d'un ton sec :

— De quelle manière comptes-tu t'en sortir le jour du tournoi si tu ne t'exerces pas, mon garçon ? Vous serez obligés de disputer des duels et Dieu sait quoi d'autre ! Si je vous montrais comment vous défendre contre un sauvage de deux mètres de haut et non contre un noble armé d'une rapière, vous autres plébéiens seriez tous éliminés dès la première manche.

La mention du tournoi avait rempli Fletcher d'une telle crainte qu'il s'était empressé de se rendre à la bibliothèque afin de se plonger dans des ouvrages de démonologie ; ses compagnons, conscients de leurs lacunes, l'avaient imité. Contrairement aux aristocrates, qui avaient bénéficié de l'expérience et du savoir de leurs parents, les plébéiens avaient souvent du mal à répondre aux questions de leurs professeurs. Il existait en effet des dizaines de démons dont il fallait retenir le nom, la physiologie, les forces et les faiblesses, même si la plupart d'entre eux ne se trouvaient pas dans la région de l'Éther à laquelle les invocateurs d'Hominum avaient accès. Les dix-huit sous-espèces de canids avaient par exemple demandé à Fletcher des heures d'études.

La porte de la salle s'ouvrit brusquement. Entra un individu barbu, au teint cireux ; mince et de grande taille, il était vêtu d'un uniforme taillé dans une étoffe verte, rehaussé de broderies en fil d'argent.

— Je suis l'inquisiteur Damian Rook, mais messire suffira, annonça l'homme en observant les novices de ses petits yeux noirs et luisants. Je vous enseignerai l'invocation et l'art d'explorer l'Éther jusqu'à la guérison complète du capitaine Lovett qui, comme vous le savez, a été victime d'un regrettable… accident. Heureusement pour vous, le recteur Scipio a eu la bonne idée de recruter un professeur plus compétent.

À ces mots, Tarquin esquissa un sourire narquois et sa sœur gloussa discrètement – au grand désarroi de Fletcher. Le dénommé Rook, plutôt que de les réprimander, se tourna vers les plébéiens, qu'il considéra d'un œil sceptique.

— Ma foi, il s'est écoulé des mois depuis que je vous ai évalués, mais j'ai l'impression que c'était hier. Geneviève, Rory, Atlas, Séraph, ainsi que l'elfe et le nain, placez-vous de ce côté, ordonna-t-il d'une voix qui ne souffrait pas de contradiction.

Les jeunes gens allèrent aussitôt se ranger contre le mur du fond. Puis le professeur fixa son attention sur Fletcher et les nobles, et se mit à marcher autour d'eux comme s'ils avaient été des chevaux à vendre.

— Vous êtes un peu plus nombreux que les années précédentes. Tarquin et Isadora, j'espère que votre père se porte bien ?

— Oui, messire, répondit le jeune Forsyth, du moins je le crois. Je ne l'ai pas vu depuis quelques semaines.

L'extrême politesse de Tarquin surprit Fletcher ; quelles étaient les relations que le professeur entretenait avec une famille aussi illustre ?

— Et toi, tu dois être un Saladin, reprit l'inquisiteur, s'adressant au garçon au teint hâlé.

— Oui, messire, je suis Malik, fils de Baybars Saladin, originaire de la cité d'Antioche, répliqua l'intéressé avec fierté.

— En effet, l'anubis de ton père a combattu aux côtés de mon minotaure lors de la bataille du pont de Watford. As-tu hérité de son démon ?

— Non, messire, mon père en a davantage besoin que moi, mais il m'a offert un jeune anubis qu'il a capturé avant que je vienne ici.

— Parfait, tu en feras bon usage, déclara Rook avant de s'approcher de l'une des jeunes filles. Et toi, qui es-tu ?

— Pénélope… Colt, du comté de Colt, murmura celle-ci en s'inclinant nerveusement devant le professeur.

Ce dernier lui tourna le dos avec indifférence pour regarder d'un air interrogateur un garçon menu et timoré qui ne lâchait jamais Tarquin d'une semelle.

— Je m'appelle Rufus… Cavendish, bredouilla-t-il.

— Qui sont tes parents ? s'enquit Rook, intrigué, en scrutant le novice d'un œil perçant.

— Ma mère, le capitaine Cavendish, est morte quand j'étais enfant. Mon père est un plébéien.

— Je vois, rétorqua l'inquisiteur, peu intéressé.

Il toisa alors Fletcher et observa avec curiosité son uniforme, puis son khopesh.

— Et toi, qui es-tu ?

Le jeune homme hésita un bref instant avant de prendre la parole.

— Fletcher, messire. Je viens de la région de Boreas, au nord de l'Empire.

— Un Faversham, si je comprends bien ? Je ne savais pas qu'ils avaient un fils de ton âge. J'ignorais tout de ton existence, comment cela se fait-il ?

— Fletcher n'est pas l'un des nôtres, messire, intervint Tarquin.

— C'est absurde ! Il ne peut être que noble. En tant qu'inquisiteur, je connais tous les plébéiens qui possèdent des facultés d'invocation. Explique-toi, mon garçon, ajouta Rook à l'intention de Fletcher.

— J'ai invoqué… un démon, et le capitaine Arcturus m'a ensuite pris sous sa tutelle, messire. C'est grâce à lui que j'ai pu entrer à Vocans.

— Quand ils ont découvert tes aptitudes, tes parents n'ont pas eu l'idée de prévenir l'Inquisition ? Et comment Arcturus a-t-il pu te rencontrer ? Il lui est interdit de se rendre dans le Nord.

— Je suis orphelin, messire…

— ORPHELIN ! hurla le professeur.

— Ce n'est pas ce que vous croyez ! s'exclama Fletcher, comprenant ce que Rook devait s'imaginer.

— Arcturus a donc envoyé en secret des vélins d'invocation aux orphelins de Boreas, contrevenant à l'accord conclu avec le vieil empereur ? Il a enfreint les règles ! Quelle arrogance ! Il ne va pas s'en sortir à si bon compte ! cracha l'inquisiteur, jubilant presque.

— Non, c'est faux ! protesta Fletcher.

— Tais-toi, sale petit bâtard ! Et moi qui croyais que nous étions débarrassés pour de bon de cette engeance ! Je ne manquerai pas d'en informer dame Faversham, ajouta-t-il, enfonçant un doigt dans la poitrine du jeune homme.

— Vous vous trompez ! Demandez au recteur !

— Oh, je compte bien m'entretenir avec lui, mais cela attendra. Pour l'heure, nous allons évaluer le niveau d'accomplissement de chacun. Venez !

Rook les conduisit hors de la salle des invocations, gravit l'escalier de l'aile ouest et, une fois au dernier étage, descendit d'autres marches avant de s'engager dans un couloir menant à la tour sud-ouest. Othello, le seul à avoir compris la teneur de l'altercation qui venait d'avoir lieu, posa la main sur l'épaule de son ami.

— Ne t'en fais pas, ça va s'arranger, chuchota-t-il d'une voix réconfortante.

Les autres ne cessaient de lancer des regards soupçonneux ou étonnés à Fletcher, mais le silence qui régnait dans le corridor et la crainte que leur inspirait l'inquisiteur les empêchaient de lui poser la moindre question. Il n'y avait aucun escalier en colimaçon dans la tour de pierre où ils débouchèrent, un immense espace vide avec en son centre un énorme pilier ; composé de cristaux multicolores de corindon, celui-ci, s'élevant jusqu'au sommet, étincelait à la lumière du jour qui entrait par les meurtrières.

— Voici le plus grand niveaumètre de l'Empire, annonça l'inquisiteur. Chacun de ces segments correspond à un niveau d'accomplissement : pour connaître le sien, un invocateur se sert de cet instrument de mesure. Un volontaire ? murmura-t-il en dévisageant les nobles. Malik ? Voyons si tu m'impressionneras autant que ton père. Il te suffit de poser la main à la base du pilier.

Le garçon s'avança sans hésiter et, s'agenouillant, fit ce que le professeur lui avait demandé. L'espace d'un instant, rien ne se produisit. Puis, soudain, les cristaux du premier segment brillèrent vivement, illuminant la tour de mille éclats ; l'écho d'une vibration sourde se répercuta entre les murs de pierre, suivi de plusieurs autres, à mesure que d'autres segments s'éclairaient : quatorze en tout. Quand Rook signifia à Malik d'ôter sa main et de se relever, la colonne de cristal s'éteignit peu à peu.

— Félicitations, mon garçon. La moyenne est de huit chez les novices de la noblesse. Tu auras bientôt surpassé ton père. Au suivant !

D'un geste coquet, Isadora écarta une boucle de son visage et s'approcha du pilier. Cette fois, Fletcher compta douze segments.

— Le sang des Forsyth ne saurait mentir, affirma l'inquisiteur, satisfait, en aidant la jeune fille à se redresser. Zacharie sera fier de toi.

Puis, constatant que Tarquin atteignait un niveau similaire, Rook serra la main du garçon et précisa :

— C'est courant avec les jumeaux, mais il était important de le vérifier.

Fletcher perdait peu à peu courage en découvrant la puissance de ses adversaires potentiels. Vint le tour de Pénélope, qui ne réussit à éclairer que sept segments du niveaumètre ; elle paraissait néanmoins ravie. Rufus Cavendish, lui, obtint neuf, un résultat qui lui valut une bonne claque dans le dos de la part de Tarquin et un grognement d'approbation de celle de Rook.

— Aux plébéiens, à présent, annonça celui-ci. Le nain d'abord. Tu devrais atteindre un niveau de huit au moins, vu que tu es en mesure de contrôler un golem. La moyenne est de cinq en ce qui concerne les novices n'appartenant pas à la noblesse, mais tu es un cas à part.

— Pourquoi nos niveaux d'accomplissement seraient-ils inférieurs, messire ? s'enquit Rory en se dandinant d'un pied sur l'autre.

— Si tu veux mon avis, c'est à cause de votre sang impur. Mais l'explication officielle est la suivante : les nobles, qui grandissent auprès d'autres invocateurs, ont la chance de se voir offrir un démon bien avant d'entrer à Vocans et de pratiquer l'infusion et certains sortilèges ; cela leur permet d'accroître leur niveau. En revanche, vous autres plébéiens, qui n'avez pas eu l'occasion de mettre vos compétences à profit, vous arrivez à l'Académie Vocans avec le niveau dont vous êtes dotés à la naissance. Voilà pourquoi on vous confie en général une mite. Il serait absurde de vous offrir un démon que vous seriez incapables de maîtriser – sans compter que, à mon avis, vous ne méritez pas davantage. Je constate malgré tout que la chance a particulièrement souri à certains cette année…

Othello s'approcha et plaqua la main contre la base de la colonne, qui s'illumina peu à peu.

— Dix ! s'exclama Rook. Il semblerait que les nains aient finalement quelques aptitudes. C'est fort intéressant. Il faut que j'en informe notre souverain…

Fletcher lut de l'inquiétude sur le visage de son ami. Pourquoi, en effet, l'inquisiteur tenait-il à parler à l'empereur du résultat d'Othello ? Cela signifiait-il que les nains seraient de meilleurs alliés que prévu ? Ou qu'ils représentaient une menace plus grande encore ? Le professeur désigna Sylva, qui s'avança à son tour.

— D'ordinaire, le niveau minimum des elfes est de sept. Du moins, c'était jadis le cas.

La jeune fille obtint en effet le chiffre annoncé, même si, l'espace d'une seconde, le huitième segment du pilier scintilla.

— Tu te rapproches du niveau supérieur, c'est une excellente nouvelle, commenta Rook. Il faut dire que cela fait déjà quelques mois que tu possèdes ton canid. Avec des efforts, tu parviendras bientôt à capturer une mite en sus de ton premier démon.

Geneviève atteignit le niveau cinq et Séraph, à la surprise générale, le niveau sept ; quant à Atlas, à sa grande déception, il ne parvint pas à dépasser le quatrième segment.

— J'espère que tu feras mieux que moi, grommela-t-il en croisant Rory, qui se précipitait déjà vers le pilier.

Cette fois, deux segments s'illuminèrent aussitôt. Au bout d'une demi-minute supplémentaire, un troisième clignota. Rook attrapa alors le garçon par le bras et l'obligea à s'écarter.

— Non ! s'écria Rory. Laissez-moi un peu plus de temps !

— Ce serait inutile, rétorqua l'inquisiteur. Tu es incapable d'absorber davantage d'énergie démonique, c'est ainsi. Tu es donc un invocateur de niveau trois, estime-toi heureux de ne pas avoir obtenu moins que ça ! Au tour du bâtard, à présent, poursuivit-il avec mépris.

Fletcher alla s'agenouiller devant le pilier et posa la main sur les cristaux froids au toucher, un peu comme de la glace bien lisse. Il sentit aussitôt le mana courir dans ses veines et se propager à ses doigts ; puis l'envahit un flot d'énergie bien différent, pareil à du feu liquide qui faisait bouillir son sang et fourmiller sa peau. Il n'avait pas envie de lever les yeux vers le haut de la colonne, mais les trépidations successives qui se répercutaient contre les murs de la tour lui indiquaient avec exactitude où il en était : quatre, cinq, puis six segments. Au septième, l'onde reflua légèrement. Il perçut pourtant une huitième vibration. Puis, alors qu'il croyait que tout était terminé, une neuvième résonna à travers la salle. Soulagé, le jeune homme se redressa ; il avait toutefois de la peine pour Rory, qui, comme James Baker, n'avait pas obtenu plus de trois.

— Quelle surprise ! s'exclama Rook. Qui l'aurait cru ? Peu importe, cependant. Fletcher ne sera bientôt plus parmi nous : dès que j'aurai pu prouver qu'Arcturus lui a envoyé un vélin d'invocation, il sera exclu. Les bâtards n'ont plus le droit de recevoir une instruction à la Citadelle depuis que le vieil empereur Alfric en a décidé ainsi, à la demande de dame Faversham. Et il est également interdit aux bâtards plus âgés, tel Arcturus, de se mettre en quête d'orphelins.

À ces mots, les plébéiens retinrent un cri de stupéfaction. Comment l'inquisiteur osait-il parler ainsi de leur professeur ?

— Une fois que je me serai débarrassé de cet imposteur, poursuivit Rook en souriant, nul doute que le recteur Scipio désignera un remplaçant.

— Le capitaine Arcturus n'est pas mêlé à tout ça, je vous l'assure ! protesta de nouveau Fletcher. C'est un marchand ambulant qui m'a donné le vélin d'invocation. Celui-ci avait appartenu à un chaman orquien.

L'inquisiteur le fixa un instant, puis détacha un cylindre de cuir accroché à sa ceinture ; il en sortit un parchemin qu'il déroula sur le sol et pointa le doigt sur le pentacle qui l'ornait.

— Montre-moi, ordonna-t-il.

Fletcher s'agenouilla devant le vélin, et Ignatius se matérialisa en quelques secondes, à l'évidence ravi d'être de nouveau libre. À la vue de Rook, il claqua des mâchoires, obligeant l'homme à reculer.

— Ça alors… marmonna celui-ci en se frottant le menton de ses doigts fuselés. Le niveaumètre va nous dire à quelle classe il appartient, car nous n'avons jamais mesuré la puissance d'une salamandre… et le commandant Goodwin sera fort intéressé de la connaître.

Fletcher prit le démon dans ses bras et plaça la queue de celui-ci contre la base du pilier, qui vibra doucement. Les quatre premiers segments s'illuminèrent les uns après les autres ; puis, à la surprise du jeune homme, le cinquième diffusa à son tour une lumière vive.

— Ha ! s'esclaffa Tarquin. Et tu croyais ta salamandre capable d'affronter une hydre de niveau huit et un félis de niveau sept avec un golem pour tout allié, abruti ? Pauvre bâtard, incapable de faire la différence entre un vrai démon et une petite créature inoffensive !

— D'après ce que tu as raconté au capitaine Arcturus, nous avions convoqué nos démons afin qu'ils repoussent la grièche dans l'Éther, l'as-tu oublié ? rétorqua Fletcher, qui avait bien du mal à contenir sa fureur – personne, pas même Didric, ne lui avait jamais parlé de la sorte. Souhaites-tu revenir sur ta version ?

Le jeune Forsyth, pris de court, bredouilla quelques mots, mais Rook l'interrompit aussitôt :

— Taisez-vous ! Suivez-moi jusqu'à la salle des invocations, le cours n'est pas terminé.

Les novices obéirent, dans un lourd silence. Othello était plongé dans ses pensées ; Rory, accablé, fermait la marche en traînant les pieds. Geneviève fit de son mieux pour lui remonter le moral, lui chuchotant des paroles réconfortantes ; le garçon ne répondit pas. À leur arrivée dans la pièce, ils découvrirent que des serviteurs étaient occupés à dresser, non sans peine, une lourde colonne de quelques mètres de haut ; de composition semblable au niveaumètre, elle était formée de plusieurs segments, mais chacun ne comportait qu'un seul cristal rouge de la taille d'un poing. Une fois qu'elle fut bien droite, Rook la tapota nonchalamment, illuminant chaque gemme les unes après les autres.

— Pour accéder à l'Éther, le capitaine Lovett ouvrait un portail elle-même, privilégiant une méthode traditionnelle mais dépassée, déclara-t-il aux novices. Pour ma part, je préfère me servir d'une pierre de charge telle que celle-ci : c'est beaucoup moins risqué. Grâce à ce genre d'instrument, nous pouvons, par exemple, créer les immenses boucliers qui protègent nos soldats sur le front. Nous l'emploierons toutefois dans un but différent, en emplissant cette pierre de mana et en la reliant aux portails que nous ouvrirons sur l'Éther. De cette façon, si la concentration de l'un d'entre vous faiblit, son portail ne se refermera pas avant l'heure. Nous ne pouvons nous permettre de perdre une hydre, n'est-ce pas ? On n'en trouve plus dans la partie de l'Éther que nous connaissons.

— Pour quelle raison, messire ? demanda Séraph. Nous ne les avons tout de même pas toutes capturées !

L'inquisiteur poussa un soupir exaspéré, avant de secouer la tête, comme s'il se résignait à répondre à une question inepte.

— Tu vois ces symboles gravés sur les pourtours de ces pentacles ? Ils représentent des coordonnées géographiques, qui correspondent à une région précise de l'Éther. Depuis deux millénaires, tous les invocateurs de l'Empire chassent sur un même territoire, où ils ont capturé quantité de démons. Bien entendu, nombre de ces derniers ont péri durant la Première Guerre orquienne, puis lors des révoltes des nains, et il nous a fallu les remplacer. Bientôt, les puissants démons sauvages ont appris à rester à l'écart de notre terrain de chasse et certains, parmi les plus recherchés, se sont sans doute éteints. Quoi qu'il en soit, il ne reste désormais que quelques espèces. De temps en temps, un griffon ou un spécimen tout aussi rare s'aventure sur notre territoire, mais il s'agit souvent d'un démon malade ou blessé. Et parfois, on y trouve encore des créatures telles que les grièches, lors de leurs migrations.

— Voilà pourquoi nous aurions besoin des coordonnées qu'emploient les orques ! devina soudain Geneviève.

— Absolument pas ! aboya le professeur. Les démons les plus faibles sont réservés aux plébéiens, tandis que les nobles transmettent à leurs enfants ceux qui sont plus puissants et plus recherchés. Cela afin que chacun reste à sa place. Il serait impensable de bouleverser l'ordre des choses. De toute façon, les démons que les orques envoient contre nous sont des créatures sans pouvoirs réels, ce qui prouve que leur terrain de chasse n'est pas mieux pourvu que le nôtre : leurs coordonnées ne présentent donc aucun intérêt, et ce serait une perte de temps que d'essayer de les découvrir ! conclut-il en fixant la jeune fille d'un air sombre.

Celle-ci, intimidée, se mordilla la lèvre inférieure et recula d'un pas. Fletcher, de son côté, avait du mal à comprendre pourquoi le sujet irritait Rook à ce point. L'exploration d'un autre territoire de l'Éther n'aurait-elle pas profité à l'Empire ? Cet homme semblait avant tout désireux de perpétuer le système inégalitaire qui prévalait à Hominum et qui empêchait les invocateurs plébéiens de s'élever au-dessus de leur condition.

— Cette pierre de charge ne me permettra d'entraîner que cinq novices à la fois, car l'énergie qu'elle diffuse s'épuise vite, reprit l'inquisiteur. Par conséquent, jusqu'à la fin du tournoi, seuls les nobles seront autorisés à accéder à l'Éther. Nous verrons ensuite si les plébéiens méritent de s'y aventurer.

39

Voyant le symbole qu'il venait de tracer devant lui trembloter puis se volatiliser, Fletcher poussa un soupir.

— Recommence ! ordonna Arcturus. Et concentre-toi davantage !

De son doigt luisant, le jeune homme traça de nouveau le glyphe censé donner vie à un bouclier : le triangle resta suspendu dans les airs.

— C'est bien. À présent, retiens-le !

Fletcher fixa son attention sur le symbole, au centre duquel il tendit son index ; puis il attendit que le scintillement s'intensifie et, sentant que le triangle était stable, déplaça sa main et observa le glyphe suivre le mouvement, comme soutenu par une armature invisible. Des gouttes de sueur coulaient dans son dos, mais l'élève, tout à sa tâche, n'y prêtait pas attention.

— Dirige ton énergie à l'intérieur *et* à travers le glyphe, sans précipitation, conseilla Arcturus.

C'était là l'étape la plus ardue. Fletcher avait l'impression que son esprit était sur le point de se scinder en deux tandis qu'il emplissait lentement le triangle de mana, tout en prenant soin de projeter la même quantité de substance opaque à travers le symbole. Celui-ci vacilla encore, mais le garçon serra les dents et se concentra.

— Parfait ! annonça Arcturus. Maintenant, façonne ton bouclier.

Le lien qu'il avait établi avec le glyphe était fragile. De peur de le rompre, Fletcher n'osait plus y propager davantage de mana. À partir des vrilles reliées au triangle, il parvint cependant à donner forme à une grosse balle.

— C'est un bouclier que je t'ai demandé ! Il te faut l'étirer en demi-cercle. Je te laisse une dernière chance.

Le jeune homme, incapable de stabiliser plus longtemps le symbole, le vit étinceler un bref instant, puis s'éteindre. Quelques secondes plus tard, la boule lumineuse s'évanouit à son tour.

— Bon, il est trop tard pour recommencer, conclut le professeur avec une pointe de regret. Tu réessaieras au cours suivant. Repose-toi un peu.

Fletcher crispa les poings ; il s'en voulait de ne pas avoir réussi ce que d'autres, à travers la vaste salle, semblaient accomplir avec aisance. Les nobles étaient les plus habiles de tous, bien entendu, et s'amusaient à façonner des boucliers de formes et d'épaisseurs diverses. Malik, particulièrement doué, venait de créer un bouclier incurvé si dense qu'il était presque impossible de voir au travers. Quant aux plébéiens, hormis Rory et Atlas, tous parvenaient, une fois sur deux, à en créer un, alors que Fletcher n'y était arrivé qu'une seule fois durant les trois dernières heures – il était certes épuisé et il se faisait tard, le capitaine Arcturus ayant ce jour-là décidé d'entraîner les novices après le dîner.

Abattu, il alla s'asseoir sur un banc et regarda ses camarades s'exercer. Depuis le premier cours de Rook, quelques semaines plus tôt, les choses allaient de mal en pis. Il y avait d'abord eu la distribution des oculus. L'inquisiteur s'était chargé d'en fournir aux plébéiens, passant devant eux avec une petite boîte remplie de corindons ; chacun des novices avait pu se servir avant Fletcher, que le professeur avait placé – comme de bien entendu – au bout de la rangée : le jeune homme avait donc été obligé d'accepter un fragment pourpre de la taille d'un écu d'argent qu'il lui fallait placer juste devant son œil s'il voulait distinguer quoi que ce soit. Sans compter que les plébéiens étaient contraints de s'exercer dans la salle des invocations, où les nobles, pendant ce temps, envoyaient leurs démons explorer librement l'Éther. Lors de la leçon de sortilèges qui avait suivi, le capitaine Arcturus avait fait part à Fletcher de ses inquiétudes.

— Je n'apprécie guère les inquisiteurs, et Damian Rook est le pire d'entre eux. Alfric, l'ancien empereur, a fondé l'Inquisition, l'ordre des pinkertons et celui des magistrats, trois institutions corrompues jusqu'à la moelle. Quand son père a abdiqué, l'empereur Harold a dû s'en accommoder, mais le bruit court qu'il se passerait volontiers de ces instances ; si Rook cherche à nous créer des ennuis, je doute que notre souverain le soutienne. Le vieil Alfric pourrait s'en mêler, mais il y a peu de chances pour que cette affaire lui vienne aux oreilles – il quitte rarement le palais. Ne t'en fais pas, Fletcher. Tu n'as commis aucun crime. Espérons simplement que Rook n'enverra pas d'inquisiteurs fouiner jusqu'à ton village.

Ces paroles tourmentaient encore Fletcher ; il avait résolu de ne pas tenter de contacter Berdon, par crainte que ses missives ne soient interceptées. Et si Rook finissait par découvrir pour quelle raison il lui avait fallu quitter Pelt ? Il préférait ne pas y penser.

Pour couronner le tout, le commandant Goodwin surchargeait les novices de travail, exigeant des exposés interminables sur la démonologie et multipliant les critiques acerbes dès que ses élèves commettaient la moindre erreur. Malgré tout, Fletcher avait fini par s'attirer les éloges du professeur – même si celui-ci ne les adressait généralement qu'à contrecœur – grâce à son exposé sur l'espèce des canids et de leurs cousins : après avoir identifié sans se tromper les démons de Malik et de Pénélope, il s'était montré des plus éloquents sur le sujet. Celui de la jeune fille était un vulpin, un renard à trois queues un peu plus petit qu'un canid mais beaucoup plus agile ; doté d'un museau fin et élégant, il avait un pelage cuivré, lustré et très doux. L'anubis de Malik se dressait souvent sur ses pattes arrière, un peu comme un félis ; il avait une tête de chacal et sa fourrure était d'un noir luisant. Il appartenait à une espèce proche de celle des lycaons, les démons de prédilection du commandant Goodwin ; ces derniers, semblables aux anubis, avaient cependant la tête d'un loup et un pelage gris et touffu. Les anubis étaient très appréciés des mages-guerriers originaires du désert d'Akhad, même si leur espèce était en voie d'extinction dans la région de l'Éther que les invocateurs d'Hominum fréquentaient. Atlas, à sa grande déception, avait découvert que Rufus Cavendish possédait lui aussi un lutra ; toutefois, à la différence des autres nobles, Rufus, orphelin de mère, s'était vu offrir son démon par un mage-guerrier.

L'escrime était le seul domaine dans lequel Fletcher avait le sentiment d'avoir des aptitudes innées, et Caulder l'avait invité à prendre des cours supplémentaires afin de lui enseigner des techniques spécifiques au maniement du khopesh. Le jeune homme avait pourtant un point faible : il avait du mal à contenir son agressivité. Or, d'après le maître d'armes, la patience était l'une des qualités essentielles d'un épéiste.

— Très bien, que tout le monde approche ! ordonna soudain Arcturus, arrachant Fletcher à ses pensées.

Les novices se rassemblèrent autour de lui, heureux d'avoir enfin pu s'entraîner à créer des boucliers – les semaines précédentes avaient été consacrées aux seules flammelles : selon le professeur, avant d'aborder l'art glyptique, il était nécessaire de s'approprier les méthodes permettant de donner vie aux boules de lumière et de contrôler leurs mouvements, leur taille et leur intensité.

— Certains d'entre vous ont du mal à produire un bouclier dès la première tentative, reprit le capitaine Arcturus d'une voix sévère. Et ceux qui y parviennent sont encore trop lents. Que les choses soient bien claires : rapidité et précision sont des atouts indispensables pour un mage-guerrier. À présent, l'un de vous sait-il quels sont les quatre sortilèges les plus courants qu'un invocateur se doit de connaître ?

Pénélope leva aussitôt la main.

— Le sortilège du bouclier, celui du feu et celui de l'éclair.

— En effet. Et le quatrième ?

— Celui qui permet de déplacer des objets ? suggéra Séraph.

— C'est exact : la télékinésie. Regardez attentivement, ajouta Arcturus en souriant.

Du bout du doigt, il traça une spirale devant lui. Soudain, il abaissa la main, et le chapeau qu'il portait s'envola avant de redescendre en flottant, nimbé d'un halo trouble, pour se reposer sur sa tête.

— C'est un art délicat, car, contrairement aux autres sortilèges, celui-ci est à peine visible à l'œil nu. Il est en effet plus difficile d'attraper un objet au lasso et de le manipuler quand la corde que vous employez n'a pas d'existence tangible. La plupart des mages-guerriers s'y prennent sans subtilité aucune : ils sont par exemple capables de projeter un ennemi au loin, mais gaspillent pour ce faire une trop grande quantité de mana.

Il jeta un coup d'œil à une pile de parchemins contenant les innombrables incantations qu'il avait demandé aux élèves d'apprendre.

— Bien entendu, il existe des milliers de sortilèges. Celui de guérison, par exemple, précisa-t-il en dessinant un cœur dans les airs. Il est fort utile en temps normal, sauf lors d'une bataille, car il n'a pas d'effet immédiat. Il y a d'autres glyphes dont vous aurez besoin l'an prochain, tel celui qui permet d'envelopper votre corps d'une barrière de protection, même si vous n'aurez pas l'occasion de le pratiquer pour l'instant. Vous verrez à quoi il ressemble lors du tournoi. Pour l'heure, pendant les entraînements, tenez-vous-en aux quatre sortilèges indispensables que nous venons de mentionner. En revanche, il vous faudra mémoriser tous les autres pour les examens écrits. Le cours est terminé !

Sur ces mots, Arcturus tourna les talons et se dirigea vers la sortie. Les novices se mirent aussitôt à bavarder avec animation, mais Fletcher s'empressa de rattraper le professeur sur le seuil de la salle, car une question lui brûlait les lèvres depuis quelques jours.

— Avez-vous des nouvelles du capitaine Lovett ? Comment va-t-elle ?

Arcturus fit volte-face et regarda le jeune homme droit dans les yeux.

— Elle est toujours en état de choc. Il est impossible de dire si elle se remettra un jour, répliqua-t-il, le front barré d'un pli soucieux. Je lui rends visite et lui fais la lecture dès que j'en ai l'occasion, précisa-t-il en indiquant un livre calé sous son bras. Par chance, Valens ne se trouvait pas en elle lors de l'accident : par la pensée, elle sera sans doute capable de voir et d'entendre à travers ses yeux. Seuls les plus habiles des mages-guerriers possèdent cette aptitude, mais le capitaine Lovett est l'invocatrice la plus douée que j'aie eu l'honneur de rencontrer.

Il posa la main sur l'épaule de Fletcher et, esquissant un sourire, conseilla d'un ton encourageant :

— Va te reposer, tu en as besoin après cette leçon.

Le jeune homme le salua d'un signe de tête avant de s'éloigner vers l'escalier de l'aile ouest, impatient de retrouver la solitude de sa chambre et la compagnie d'Ignatius, qu'il n'était autorisé à invoquer que rarement. Depuis que le capitaine Lovett avait perdu conscience, Fletcher se sentait un peu désemparé. Ses amis étaient certes d'un grand soutien, mais chacun d'eux avait ses propres ennuis. Même Arcturus semblait plus distant et préoccupé ces derniers temps, un changement peut-être dû à la présence de Rook à la Citadelle. Contrairement à l'inquisiteur, Lovett s'était montrée encourageante et équitable avec les novices, et elle n'avait attaché aucune importance à leur appartenance sociale. Il regrettait de ne pas s'être davantage confié à elle.

Perdu dans ses pensées, Fletcher se trompa d'étage et se retrouva sur le palier menant aux appartements des nobles. Alors qu'il s'apprêtait à rebrousser chemin, une tapisserie accrochée à l'un des murs retint son attention ; y étaient représentés des guerriers vêtus de cuirasses, en plein combat. Il s'en approcha pour admirer le tissage ouvragé qui donnait vie à la scène : des orques montés sur des rhinocéros franchissaient un pont, se ruant vers un petit groupe d'hommes armés de piques ; à leur tête se détachait une silhouette imposante qui, de son bras tendu, traçait une spirale lumineuse dans les airs. À ses côtés se dressait un félis aux babines retroussées, qui paraissait rugir face à la horde à l'approche. Le garçon se pencha pour lire la légende inscrite sur une plaque de métal : *Le héros du pont de Watford*.

— Incroyable, murmura-t-il, se rappelant ce que Jeffrey lui avait raconté. C'est à l'aide d'un sortilège que Scipio a réussi à repousser une charge ennemie…

Soudain, il perçut des éclats de voix, et se réfugia en toute hâte contre une porte en retrait. Il n'était pas d'humeur à rencontrer Tarquin ou l'un de ses camarades.

— … la tête qu'a faite cet imbécile quand son glyphe s'est volatilisé ! disait Tarquin. J'en aurais pleuré de rire. Ce bâtard se croyait sans doute meilleur que nous et, maintenant, regarde un peu où il en est !

Un gloussement fusa, indiquant à Fletcher qu'Isadora se trouvait là elle aussi.

— Tu es toujours aussi amusant, cher frère ! Mais nous n'avons pas encore eu le temps de bavarder aujourd'hui. Que racontait donc père dans la lettre que tu as reçue ce matin ?

— Tu sais qu'il ne peut trop en dire, du moins par écrit ; cela pourrait lui causer du tort si ses courriers tombaient entre les mains de ses adversaires. J'ai cependant pu lire entre les lignes : son plan sera mis à exécution dès cette nuit. À compter de demain, nous serons les plus puissants manufacturiers d'armes de l'Empire. Il ne restera plus qu'à se débarrasser du père de Séraph et à s'emparer de son négoce. À nous la fortune !

— Parfait. Notre héritage va pouvoir fructifier. Mais t'a-t-il aussi dit que…

La voix d'Isadora s'évanouit, tandis que son frère et elle entraient dans une pièce. Fletcher, qui avait retenu son souffle, poussa un long soupir. Il ne savait que penser de ce qu'il venait d'entendre, mais il ne s'agissait pas d'une bonne nouvelle. Il était sur le point de quitter sa cachette quand il perçut un autre bruit de pas et un murmure :

— Un peu de courage, Sylva, tu en es capable.

Que faisait donc l'elfe à cet étage, à une heure aussi tardive ? Et pour quelle raison rendait-elle visite aux Forsyth ?

— Capable de quoi ? s'enquit-il en sortant de l'ombre.

La main devant la bouche, Sylva réprima une exclamation de surprise.

— Fletcher ! Je te croyais déjà couché.

— Capable de quoi ? insista le jeune homme, les sourcils froncés.

— De… me réconcilier avec Tarquin et Isadora, marmonna l'elfe en évitant de croiser son regard.

— Quelle idée ! Tu as donc oublié qu'ils t'ont abandonnée dans les rues de Corcillum alors que tu avais besoin d'eux ?

— Non, mais je ne dois pas non plus oublier pourquoi je suis à Vocans. Je suis la première invocatrice que les miens envoient à Hominum, où j'ai un rôle d'ambassadrice à jouer. Othello et toi m'avez secourue, et je vous en suis reconnaissante ; toutefois, je ne peux susciter l'hostilité de la noblesse alors que les relations entre nos peuples sont encore tendues. Zacharie Forsyth est l'un des plus proches conseillers de l'empereur Harold, et c'est ce dernier qui négociera une alliance entre les elfes et les humains. Si je me lie d'amitié avec les enfants des Forsyth, je saurai les rallier à notre cause.

Elle avait parlé avec fermeté, comme si elle avait répété ce petit discours avant de venir.

— Mais enfin, ils te méprisent, Sylva ! Ils ne chercheront qu'à se servir de toi pour parvenir à leurs fins.

— Et je compte bien les imiter. Je suis navrée, Fletcher. Ma décision est prise… même si cela ne changera rien entre nous.

— Bien sûr que si ! Tu t'imagines que nous continuerons à te faire confiance quand tu seras l'amie de ces deux vipères ? s'emporta le jeune homme.

Il passa devant elle, la bousculant.

— Fletcher, je t'en prie ! lança Sylva, suppliante.

Le garçon, qui s'éloignait à grands pas, ne l'écoutait déjà plus. Que les elfes aillent au diable ! Et les nobles aussi ! Il avait le sentiment que tout s'écroulait autour de lui – ses amitiés, ses études, ses certitudes.

Attablés dans la salle commune des plébéiens, Rory, Séraph et Geneviève discutaient avec animation du dernier cours de sortilèges. Fletcher s'affala dans un fauteuil en espérant que personne ne lui prêterait attention.

— Mon niveau d'accomplissement augmente peu à peu, j'en suis certain ! s'enthousiasmait Rory. Je me suis bien débrouillé, pas vrai ? Et Malachi progresse lui aussi !

— J'ai l'impression que tu n'as pas compris comment cela fonctionnait, répondit Séraph d'un ton posé. Ton habileté à pratiquer certains sortilèges n'a rien à voir avec ton niveau. Celui-ci influe simplement sur la quantité d'énergie démonique que tu es en mesure d'absorber. Quant à Malachi, il ne peut évoluer, c'est ainsi pour tous les démons. Même s'il grandit et prend des forces, cela ne changera jamais.

— Ah… fit Rory, qui s'était rembruni. Je vois pourquoi ce vantard de Tarquin a affirmé que Trebius était d'un niveau supérieur à celui d'Ignatius : celui-ci n'aurait pas fait le poids s'ils avaient combattu.

— Oui, mais la catégorie à laquelle appartient chaque démon permet simplement d'avoir des repères approximatifs, reprit Séraph. Un démon de niveau sept est en général plus puissant qu'un autre de niveau six, en effet. Néanmoins, ces données ne tiennent pas toujours compte de leur vigueur. Par exemple, neuf fois sur dix, un félis l'emportera sur un canid, même s'ils sont tous deux de niveau sept. Et quand le golem d'Othello aura sa taille adulte, il sera beaucoup plus robuste qu'un canid. Par ailleurs, je suis convaincu que tu vas t'améliorer au fil du temps, assura Séraph. Selon le commandant Goodwin, il est rare qu'un invocateur conserve un niveau identique pour le restant de ses jours, à moins qu'il ne capture jamais un seul démon.

— Ce qui risque de m'arriver, puisque l'inquisiteur Rook nous empêche d'explorer l'Éther ! s'exclama Rory avec fougue.

— Sois patient, tenta de le raisonner Geneviève. Dès l'an prochain, nous aurons bien des occasions.

Mais Rory, furibond, s'éloignait déjà en direction de sa chambre. La jeune fille jeta un regard agacé à Séraph avant de suivre Rory jusqu'au couloir des garçons.

— J'ai encore dit ce qu'il ne fallait pas, marmonna Séraph en se mordant la lèvre inférieure.

Sur ce, il se tut et se pencha vers ses livres. Bientôt, seule se fit entendre sa plume grattant un parchemin. Au bout d'un moment, il éteignit sa flammelle et se leva pour se diriger à son tour vers sa chambre.

— Attends, dit alors Fletcher depuis son fauteuil. J'ai quelque chose à te demander.

— Quoi donc ? répondit Séraph en étouffant un bâillement.

— Que fait ton père ? J'ai besoin de le savoir, car j'ai surpris une conversation entre les Forsyth… Tarquin a affirmé que sa famille comptait s'emparer de son négoce.

À ces mots, l'autre garçon se figea. Il parut hésiter un instant, puis, comme s'il venait de prendre une importante décision, alla s'asseoir près de Fletcher.

— Puisque Rook a divulgué tes secrets, je peux bien te confier les miens. Promets-moi seulement de n'en parler à personne.

Le jeune homme hocha la tête.

— Je suis originaire d'Antioche, la cité d'où vient également Malik Saladin. À la différence d'autres familles nobles d'Hominum, la sienne ne possède ni forêts ni terres cultivables, mais un grand nombre de propriétés, de manufactures et de commerces dans la ville même, car celle-ci se dresse au milieu d'un désert aride.

— Les Saladin vous posent-ils un problème ?

— Non, pas vraiment. Ils auraient plutôt tendance à nous ignorer. Pour une raison qui m'est inconnue, mon père a pris de gros risques en achetant de vastes terrains situés en plein désert. Des terrains sans valeur. Peut-être pensait-il les revendre d'ici quelques années avec un bénéfice. Je me souviens d'avoir entendu mes parents se quereller à ce sujet, car ma mère était furieuse qu'il ait dépensé ainsi toutes nos économies. Puis, un jour, un nain est venu nous rendre visite. Il nous a expliqué que son peuple n'était pas autorisé à posséder des terres, mais qu'il leur en fallait. Les nobles refusant de traiter avec eux, il espérait que nous accepterions son offre.

— Je me doutais que les nains avaient quelque chose à voir avec tout ça ! s'exclama Fletcher avant de plaquer la main sur ses lèvres, comprenant qu'il avait parlé trop fort.

— Oui, ils avaient besoin de matières premières, surtout des métaux et du soufre. Ce nain et les siens, en expertisant nos terres, y ont trouvé des gisements profondément enfouis dans le sol, que nous ne pouvions extraire sans leur savoir-faire. Mon père a donc conclu un marché avec eux : ils nous aideraient à ouvrir des mines et nous prêteraient l'argent nécessaire pour employer des ouvriers et acheter du matériel ; en échange, nous nous sommes engagés à ne traiter qu'avec eux : ils nous achètent le minerai, s'en servent pour fabriquer leurs armes, et nous partageons équitablement les profits.

— Et à quoi leur sert le soufre ? demanda Fletcher.

— Il est employé pour produire de la poudre à canon. Il n'y a que dans le désert d'Akhad que l'on en trouve en quantité et les terrains que possède mon père sont les seuls qui soient faciles d'accès, car ils ne sont pas trop éloignés de la cité. Chaque balle de plomb et chaque baril de poudre de l'Empire provient d'une des mines appartenant aux Pasha – mon nom de famille.

— Et pourquoi les Forsyth s'y intéressent-ils ?

— Tu ignores donc qu'ils sont les plus gros producteurs d'armes d'Hominum ? Ce sont eux qui fournissent les épées, les armures, les casques et même les uniformes dont l'armée a besoin. Cependant, leur affaire a commencé à péricliter quand les nains se sont lancés dans la production de mousquets : ces derniers sont de plus en plus répandus, et les soldats qui les emploient peuvent se passer de cuirasses, étant donné qu'ils ne livrent plus de combats rapprochés. Les Forsyth n'ont sans doute pas encore trouvé le moyen de réduire à néant l'accord que nous avons négocié avec les nains, mais je ne serais pas surpris d'apprendre qu'ils en ont l'intention.

— Tarquin a parlé d'un plan qui sera mis à exécution cette nuit. Une fois cela fait, ils s'occuperont de ton père, précisa Fletcher, s'efforçant de se rappeler les paroles exactes du jeune Forsyth.

— Il est trop tard pour en découvrir davantage ce soir. Rassure-toi, mon père ne craint rien, répondit Séraph en souriant d'un air énigmatique. En quelques décennies, l'Empire a perdu plusieurs familles de l'ancienne noblesse, dont les Raleigh et les Queensouth, qui ne font désormais plus qu'un avec les Forsyth. L'empereur a alors cherché à créer d'autres maisons en donnant des titres aux cadets des familles nés avec le don d'invocation. Évidemment, les nobles s'y sont opposés : ces enfants sont généralement mariés aux premiers-nés des autres maisons. Notre souverain a donc songé à anoblir des plébéiens… Mon père, par exemple, s'entend bien avec les nains : il possède de nombreuses terres et une fortune non négligeable. Mais cela ne suffirait pas. Pour être noble, il faut être invocateur. Un jour, des inquisiteurs sont venus chez nous pour m'évaluer…

— Et ils ont découvert que tu avais des aptitudes ! Tu pourrais être le fondateur d'une nouvelle lignée, puisque ton premier-né sera lui aussi doté de tes compétences.

— C'est exact. L'empereur compte l'annoncer l'année prochaine, mais aucun membre de la noblesse n'en a encore été informé. Du reste, je n'ai pas l'impression que les jumeaux ou Malik me portent dans leur cœur. Quand ils apprendront cette nouvelle, ils risquent d'en être fort contrariés.

Fletcher demeura silencieux, s'efforçant d'assimiler ce que Séraph venait de lui dévoiler.

— Bonne nuit, ajouta l'autre garçon en se levant. Je compte sur ta discrétion.

40

Les tambours guerriers résonnaient avec ferveur, faisant palpiter la nuit de leurs battements, tandis que des rangées d'orques tapaient des mains et des pieds en rythme, ponctuant chaque mesure d'un ululement guttural.

Depuis une estrade, la salamandre enroulée autour du cou d'un chaman observait la scène qui se déroulait en contrebas. De grands feux brûlaient à chaque coin de la clairière, alimentés par des gremlins qui s'enfonçaient dans la jungle pour en rapporter des branchages.

Soudain, les percussions cessèrent, et le démon sursauta et bâilla bruyamment. Le chaman le fit taire et lui glissa un morceau de viande dans la bouche tout en lui caressant la tête d'un geste affectueux.

Un gémissement rompit le silence. Le visage ensanglanté, un elfe allongé sur le ventre était ligoté à une traverse en bois ; dans son dos, un carré de peau avait été arraché, laissant la chair à vif. Derrière lui, un orque était occupé à gratter ce lambeau de peau au moyen d'une pierre afin de le débarrasser de ses impuretés. Un cri rauque, désespéré, sortit de la bouche de l'elfe, dont la gorge devait être trop sèche pour qu'il puisse formuler des paroles cohérentes. Le chaman lui décocha un coup de pied dans le flanc, et la pauvre créature poussa un hurlement étranglé tout en essayant de se dégager des liens qui lui meurtrissaient les poignets et les chevilles.

Un murmure s'éleva peu à peu de la foule, qui s'écarta pour livrer passage à dix orques musclés, plus grands que la moyenne, dont les corps grisâtres étaient couverts de motifs dessinés à l'ocre rouge et jaune. Leurs armes primitives, de lourdes massues hérissées de pierres pointues, n'en étaient pas moins menaçantes.

Les suivait un autre orque, plus massif encore ; sa peau était d'une blancheur laiteuse, et ses yeux féroces rougeoyaient à la lueur des feux. Il se déplaçait avec assurance sous les regards respectueux de ses congénères. Alors que le groupe s'approchait de l'estrade, l'elfe s'égosilla de nouveau ; cette fois, le chaman ne lui prêta pas attention et s'agenouilla, tête inclinée, devant l'albinos qui gravissait une volée de marches pour le rejoindre, laissant sa garde rapprochée au pied de la plate-forme. Il aida le chaman à se redresser et l'étreignit, pendant que l'assistance lâchait des rugissements d'approbation en tapant si fort des pieds que la plate-forme en trembla. En dépit du vacarme, l'on entendait les cris épouvantés de l'elfe qui ne cessait de se débattre, en pure perte.

Le silence retomba quand l'orque blanc s'avança vers le captif supplicié : le saisissant par les cheveux, il lui releva la tête, scruta son visage, puis le relâcha avec un grognement de mépris. L'elfe s'était tu, comme résigné à son sort. Les orques retenaient leur souffle, les yeux rivés sur l'albinos à qui l'on venait de remettre le morceau de peau tannée, tendu sur un cadre en bois. Quand il le brandit pour l'observer à la lueur des brasiers, tous virent, sur sa main blanche, le pentacle tatoué à l'encre noire, et les symboles qui ornaient le bout de chacun de ses doigts.

Le chaman déposa le démon sur le sol, puis s'écarta en s'inclinant de nouveau devant son chef. Ce dernier leva la main, paume vers le haut, et, d'une voix grave, se mit à lire l'incantation gravée sur la peau scarifiée :

— *Di rah go mai lo fa lo go rah lo...*

Le pentacle diffusa une lumière pourpre et des filaments blancs, aveuglants, se matérialisèrent, formant un lien palpable et sinueux, tel un cordon ombilical, entre le chaman et la salamandre. Puis ce même lien se rompit brusquement dans un claquement sec.

— *Fai lo so nei di roh...*

L'albinos ne put poursuivre : une longue flèche elfique, reconnaissable à son empennage de plumes de cygne, traversa l'air en sifflant pour se ficher dans sa gorge ; en jaillit une giclée de sang qui éclaboussa l'estrade. Sur ces entrefaites, d'autres traits vinrent semer la confusion parmi les rangs des orques. Le chaman laissa échapper un rugissement, mais sans son démon, il n'avait plus aucun pouvoir. Pris au dépourvu, il se précipita vers l'albinos, qui gisait sur les planches, et tenta d'étancher le sang qui coulait de sa blessure.

Une autre volée de flèches s'abattit parmi les orques qui brandissaient massues et javelots, cherchant l'ennemi des yeux. Soudain, des trompettes retentirent à travers la jungle : une troupe nombreuse surgit alors de l'obscurité et s'élança à la charge en lançant des cris de guerre. Ce n'étaient pas des elfes, mais des humains vêtus de lourdes amures de fer, équipés d'épées et d'écus, qui fondirent hardiment sur les orques ; ils ne firent aucun quartier, transformant, en moins de quelques minutes, la clairière en boucherie tandis que des flèches continuaient de pleuvoir avec précision sur les créatures désemparées.

Cependant, les orques étaient loin d'être des lâches et, une fois remis de leur surprise initiale, ils se défendirent avec vaillance, broyant armures et casques à l'aide de leurs massues. Toute tactique et toute habileté étaient oubliées dans cette horrible mêlée : les orques poussaient des mugissements de défi en arrachant les traits fichés dans leurs chairs tandis que les lames des guerriers s'abattaient sans relâche, que les massues les projetaient au loin et que la garde rapprochée de l'albinos massacrait tous ceux qui avaient le malheur de croiser son chemin. Ces dix orques, dont la force était inégalée, esquivaient les coups avec agilité et, peu à peu, rallièrent les autres, hurlant des ordres pour repousser les humains.

Tandis que ces derniers paraissaient perdre du terrain, une masse sombre, qui attendait son heure, s'agita dans la jungle. Et ce qui avait jusqu'alors ressemblé à de simples branchages devint une forêt de ramures en mouvement qui s'élança dans la clairière : des dizaines d'elfes montés sur des élans immenses aux pattes robustes et aux andouillers acérés. Ils ne portaient pas de cuirasse, mais tenaient les arcs qui, quelques instants plus tôt, avaient noirci le ciel de leurs traits. Celui qui allait en tête brandissait une large bannière ondoyante taillée dans une étoffe verte brodée de fil d'or, sur laquelle était représentée une flèche brisée. Ils percutèrent les premiers rangs des orques, qui s'empalèrent sur les bois des élans ou furent catapultés au-dessus de la mêlée. Les elfes tiraient avec adresse, leurs flèches se fichant dans les crânes et dans les yeux, tandis que les humains les acclamaient tout en achevant les orques piétinés par les montures.

Si ces derniers reculaient peu à peu sous l'assaut brutal, la bataille était loin d'être terminée. Ils se regroupèrent autour de l'estrade, refusant de se rendre, lançant leurs javelots aux fers acérés sur l'ennemi. Les premiers rangs des hommes brandirent alors leurs boucliers et s'agenouillèrent, protégeant les elfes qui avaient mis pied à terre afin de cribler de flèches les quelques orques encore debout. Il fallut des dizaines de traits pour abattre chacune des massives créatures, qui mouraient pourtant les unes après les autres en s'écroulant dans la poussière. Pour finir, la garde rapprochée de l'albinos tenta une percée héroïque : à peine eut-elle fait quelques pas qu'elle tomba à son tour.

Le chaman, étendu sur les planches de l'estrade, caressait sa salamandre avec laquelle tout lien était rompu, regrettant de ne pouvoir absorber le mana qui aurait pu le sauver. Puis il dégaina un coutelas et rampa en direction de l'elfe captif. Alors qu'il approchait sa lame du cou du supplicié, les autres elfes bandèrent de nouveau leurs arcs et lancèrent une dernière volée de flèches.

Fletcher, réveillé en sursaut, se redressa, trempé de sueur.

41

Ce n'était pas un rêve qu'il venait de faire, Fletcher en était convaincu. Il avait encore l'odeur du sang dans les narines, les hurlements des guerriers aux oreilles. La scène à laquelle il avait assisté ressemblait fort aux visions dont le capitaine Lovett avait parlé le jour où elle leur avait enseigné l'infusion.

— Ce sont donc tes souvenirs que j'ai vus dans mon sommeil, murmura-t-il à Ignatius, recroquevillé près de lui. Je suis presque jaloux… Tu appartenais autrefois à un chaman orquien.

Le démon laissa échapper un grognement sourd avant de s'enfouir sous les couvertures, tandis que Fletcher se remémorait les événements dont il venait d'être le témoin. Horrifié, il prit soudain conscience que le parchemin dont il s'était servi pour invoquer Ignatius et qui se trouvait à présent en possession de dame Providence avait été fabriqué dans la peau de l'elfe supplicié. Maintenant qu'il avait vu le visage de la victime, il ressentait un dégoût plus profond encore pour cet objet. Chassant cette pensée, il s'interrogea sur la présence des elfes en territoire orquien et se demanda si l'albinos était celui qui menait les tribus actuelles. Non, c'était impossible. James Baker avait découvert le parchemin dans une fosse commune, parmi des ossements anciens. Cette bataille avait dû se dérouler quelques siècles plus tôt, sans doute pendant la Deuxième Guerre orquienne ; par ailleurs, aucun des soldats n'avait été armé d'un mousquet. Cela n'expliquait pas pourquoi les elfes avaient combattu aux côtés des humains.

— Si je comprends bien, tu dois être âgé de quelques centaines d'années, chuchota-t-il en se réchauffant les mains sur le ventre d'Ignatius.

Le jeune homme s'allongea de nouveau, mais le sommeil ne vint pas ; il revenait sans cesse sur ce qu'il avait vu. Il n'avait remarqué aucun démon parmi les humains, ni aucun mage-guerrier – comment était-ce possible ? Puis il se souvint d'un détail important : la bannière des elfes devait appartenir à un clan précis ! Sylva, qui en savait tant sur l'histoire de son peuple, serait capable de le renseigner. Alors, non sans découragement, il se rappela qu'ils s'étaient querellés le soir même. S'était-il montré trop dur ? Il le regrettait. Sans doute aurait-il dû tenir compte de la position délicate dans laquelle elle se trouvait et des responsabilités qui lui incombaient. Peu importait les liens qu'elle souhaitait établir avec les Forsyth si cela permettait la réconciliation des elfes et des humains. Et cette alliance aurait forcément des répercussions sur les projets de Didric, car si le front elfique n'avait plus lieu d'être, les anciens forçats enrôlés dans l'armée ne seraient plus envoyés au nord de l'Empire pour y être entraînés.

Il se leva d'un bond et s'habilla à la hâte. Puis, après avoir placé Ignatius, toujours endormi, autour de son cou, il se dirigea sur la pointe des pieds vers le couloir réservé aux filles. Cette fois, il ne se risquerait pas dans la chambre de Sylva sans y être convié, se dit-il, se souvenant de sa première rencontre avec Sariel.

Dès qu'il eut frappé un petit coup, l'elfe lui ouvrit. Le canid, couché sur un tapis, observa le jeune homme avec la même méfiance que sa maîtresse ; celle-ci était encore vêtue de son uniforme, et Fletcher comprit qu'elle devait tout juste revenir de son entretien avec les Forsyth. Ravalant son irritation, il demanda d'un ton posé :

— Puis-je entrer ?

— Bien sûr, mais si tu penses pouvoir me faire changer d'avis, tu ferais mieux de retourner te coucher. Tarquin et Isadora se sont montrés désireux de laisser de côté nos différends, et j'espère que tu entends les imiter !

— Ce n'est pas pour parler d'eux que je suis ici, répliqua le jeune homme, réprimant l'envie de la contredire. J'ai eu une vision semblable à celles que le capitaine Lovett avait mentionnées, et j'ai besoin d'en savoir davantage sur l'histoire de ton peuple.

Sylva, intriguée, le pria de s'installer dans un fauteuil, puis écouta avec attention le récit détaillé des événements auxquels il avait assisté par l'intermédiaire de son démon.

— Tu es certain qu'il ne s'agissait pas d'un rêve ? s'enquit l'elfe une fois qu'il eut terminé. J'ai en effet du mal à croire que ce que tu viens de me relater se soit réellement passé…

— Pourquoi ? Je t'assure que ce sont les souvenirs d'Ignatius !

— Mais alors… cela signifie que ton démon est âgé de plus de deux mille ans !

Sans s'expliquer davantage, elle se précipita vers un coffre et fouilla à l'intérieur.

— Je sais qu'il est ici, marmonna-t-elle en sortant des livres poussiéreux qu'elle empilait sur le sol dallé. Le voici ! finit-elle par annoncer en posant un lourd volume sur le lit.

Fletcher vint s'asseoir près de Sylva qui se mit à feuilleter l'ouvrage. Trouvant enfin la page qu'elle cherchait, elle la montra au garçon qui, pris de vertige, découvrit une gravure identique en tous points à ce qu'il avait vu dans son sommeil : une bannière ornée d'une flèche brisée, des elfes montés sur des élans qui chargeaient des orques, des guerriers en plein combat et même la garde rapprochée de l'albinos.

— Te souviens-tu de ce que je t'ai raconté, la nuit où nous nous sommes réfugiés dans la grange ? Comment les elfes ont enseigné l'art de l'invocation à l'empereur Corwin, en échange de quoi celui-ci a accepté de s'allier à eux pour repousser les orques ?

Fletcher acquiesça d'un signe de tête.

— Sur cette illustration est représentée la bataille de Corcillum, la dernière qu'ils ont livrée contre l'ennemi, ainsi baptisée car elle s'est déroulée non loin de la capitale – tout près d'ici, d'après les annales, même si l'on ne connaît pas le lieu exact de la charge finale, menée par Ignatius, le bras droit de l'empereur Corwin. Et il t'a été donné d'assister à cet engagement… c'est tout bonnement incroyable ! s'exclama-t-elle, les yeux rivés sur la gravure, suivant du doigt les contours d'un élan.

— Mais je n'arrive toujours pas à m'expliquer la présence de l'orque blanc… Et pourquoi n'y avait-il aucun démon, hormis Ignatius ?

— À cette époque, seuls les chefs des clans elfiques étaient invocateurs : s'ils ont voulu s'associer avec le premier empereur d'Hominum, c'était pour ne pas avoir à guerroyer eux-mêmes. Selon le pacte qu'ils avaient conclu, les elfes n'étaient pas censés participer aux combats. À une exception près : ils ont accepté de renforcer les rangs des soldats de l'Empire lors de la bataille de Corcillum : les orques avaient enlevé le fils de l'un de leurs chefs. Il faut dire qu'ils n'avaient pas encore livré les secrets de l'invocation à l'empereur Corwin, car il était convenu que l'ennemi devait d'abord être vaincu, ce qui explique l'absence de démons et de mages-guerriers. Quant à l'orque blanc, j'ignore tout de lui. Je sais simplement que les siens, après cette défaite, se sont repliés dans la jungle. Cette victoire a ouvert une ère de paix durable, jusqu'à la Deuxième Guerre orquienne, qui a éclaté il y a trois cents ans.

Fletcher se félicitait d'être venu trouver Sylva, dont les connaissances étaient si solides.

— En cherchant dans les archives de la bibliothèque, nous découvrirons sans doute s'il est fait mention d'un albinos qui aurait existé durant la Première Guerre orquienne, suggéra-t-il. Sa mort durant la bataille de Corcillum a visiblement provoqué la chute des siens. Les orques blancs, s'il y en a eu d'autres au cours de l'Histoire, sont peut-être davantage que de simples chefs.

— Tu as raison ! Le chaman était sur le point de lui faire don de la salamandre durant la cérémonie dont tu as été le témoin.

Sur ces mots, Sylva se leva et se dirigea vers la porte d'un pas décidé.

— Où vas-tu ? demanda le jeune homme, interloqué, tandis que Sariel, manquant de le renverser, se précipitait vers sa maîtresse.

— Quelle question ! À la bibliothèque, évidemment !

En dépit de l'heure tardive, Fletcher se résolut à la suivre dans les couloirs glacials de la Citadelle, où ils parvinrent à s'orienter sans mal grâce à leurs flammelles. Si seulement il pouvait de nouveau avoir accès au grimoire de James Baker ! Il y trouverait sûrement des indications sur le site où l'invocateur avait découvert le parchemin. Alors qu'il descendait un escalier en colimaçon, Fletcher aperçut soudain l'éclat bleuté d'une autre flammelle derrière eux.

— Cachons-nous, vite ! chuchota-t-il en pressant l'allure. C'est peut-être Rook !

Ils éteignirent leurs flammelles et, au palier suivant, se dissimulèrent à l'entrée de l'un des corridors. Sariel poussa un petit gémissement, mais l'elfe le fit taire d'une tape sur le museau. Retenant leur souffle, ils entendirent un bruit de pas et une respiration haletante. Au bout d'un moment, le silence retomba.

— Allons-y, murmura Fletcher quand il fut certain que tout danger était passé.

— Qui donc se promène dans les couloirs à une heure pareille ? demanda Sylva.

— J'ai ma petite idée, répondit le garçon tandis qu'ils se remettaient en route. La nuit qui a suivi mon arrivée à Vocans, j'ai aperçu l'un des novices qui sortait de la Citadelle. J'ai aperçu des cheveux roux. Je ne sais pas de qui il s'agissait, mais il n'avait pas envie d'être vu, j'en suis certain.

— Et tu n'as prévenu personne ? répliqua l'elfe d'un ton désapprobateur.

— Sur le coup, cela m'a simplement intrigué. Je me suis dit que quelqu'un avait voulu prendre l'air, comme moi cette nuit-là. Mais tu as raison, j'aurais peut-être dû en parler à l'un des professeurs…

Il s'immobilisa devant la porte de la bibliothèque, qu'il poussa, sans succès.

— Si j'avais su que dame Providence la verrouillait le soir, je ne serais pas descendu, soupira-t-il avec irritation. Nos recherches attendront demain, après le cours de Rook. Il est temps d'aller dormir.

— C'est hors de question ! siffla Sylva. Je tiens à découvrir qui rôde la nuit dans les couloirs ! Et s'il s'agit d'un traître, je le dénoncerai et prouverai que les elfes sont dignes de confiance.

Sur ces entrefaites, elle s'éloigna dans le corridor.

— Tu ne peux pas y aller seule, c'est trop risqué ! la prévint son compagnon. Souviens-toi de ce qui t'est arrivé à Corcillum !

Trop tard. L'elfe avait déjà disparu dans l'escalier menant au vestibule.

***

Fletcher trébucha dans l'obscurité et jura.

— Sylva ! chuchota-t-il.

Cela faisait une bonne heure qu'il était parti derrière elle, le mince croissant de lune qui luisait dans le ciel nocturne éclairant à peine le sentier. Il se repérait grâce à des brindilles brisées et des herbes piétinées çà et là. À un moment, il crut avoir perdu sa trace, mais il avait plu, et il remarqua alors des empreintes de pas sur le sol détrempé. S'il n'avait été un chasseur expérimenté, il n'aurait pas été capable de la pister. Le jeune homme s'en voulait de ne pas l'avoir suivie dès qu'elle lui avait faussé compagnie. Il avait préféré remonter jusqu'à sa chambre pour récupérer son khopesh, par mesure de précaution.

Il atteignit bientôt l'orée d'un bois, à moins d'un kilomètre de la Citadelle. De grands arbres se dressaient sur les flancs des collines escarpées.

— Sylva, je vais te tuer ! siffla-t-il, exaspéré.

— Ça m'étonnerait, murmura une voix derrière lui.

Sentant la pointe d'une lame dans son dos, Fletcher se figea.

— Je suis parfaitement consciente des dangers que je cours en tant qu'elfe. Mais je refuse de vivre dans la crainte ou de changer de comportement pour arranger mes ennemis.

Sylva vint se placer devant lui : elle tenait une dague à la lame effilée, qui ressemblait à celle que le garçon avait fabriquée dans la forge d'Uhtred.

— Je suis armée, comme tu peux le constater, reprit-elle avec un sourire. Et Sariel, à lui tout seul, vaut bien une troupe de dix gardes du corps et deux traqueurs.

La vanité de Fletcher fut piquée au vif – comment avait-il pu se faire surprendre ainsi ? Il vit alors le canid apparaître derrière un amas rocheux, la truffe collée au sol.

— Il faut rentrer : tout cela ne nous regarde pas ! Il est possible que Geneviève ait décidé d'aller rendre visite à sa famille, qui vit non loin, tâcha de la raisonner le jeune homme, impatient d'être de retour à la Citadelle.

Il faisait si froid qu'il grelottait sous sa pelisse.

— Non, pas question, rétorqua l'elfe avec entêtement. Nous sommes tout près du but. Allez !

Elle s'éloigna au pas de course. Fletcher se résigna à la suivre. Quelques dizaines de mètres plus loin, une flammelle apparut devant eux, flottant au-dessus d'une petite falaise rocheuse. Sylva s'empressa de la gravir ; une fois au sommet, elle se tourna vers son compagnon et, les yeux écarquillés, agita la main pour qu'il la rejoigne au plus vite. Dès qu'il fut sur la crête, Fletcher s'étendit près d'elle dans la pente boueuse. Son regard suivit celui de l'elfe : ce qu'il vit en contrebas lui fit froid dans le dos.

Othello et Salomon se tenaient devant l'entrée d'une grotte gardée par deux nains en armure, montés sur des sangliers musclés au pelage dru, couleur de rouille, aux épaisses défenses, aux petits yeux rouges et féroces. Quant à leurs cavaliers coiffés de casques cornus, ils étaient équipés de haches de bataille à double tranchant. Une bandoulière accrochée à leurs selles contenait des haches de lancer plus petites – des projectiles munis d'une troisième lame.

Soudain, une voix tonitruante annonça :

— Je suis Othello Thorsager, sous les ordres du conseil de guerre. Je suis attendu.

42

Les deux gardes suivirent Othello dans la grotte. Le claquement des sabots de leurs sangliers se répercuta quelques secondes sur les parois de pierre.

— Tu as entendu !? s'exclama Sylva. Tu penses toujours que cela ne nous regarde pas ?

— Oui, répliqua Fletcher. Nous ignorons pour quelle raison ce conseil de guerre a décidé de se réunir. Et puis, les nains font dorénavant partie de l'armée impériale.

Il y avait pourtant une pointe de déception dans sa voix. Il s'était confié à Othello, qui, de son côté, semblait lui cacher bien des choses.

— Et s'ils fomentaient une révolte ? reprit l'elfe. Cela serait logique : l'empereur Alfric a été l'instigateur des lois les plus sévères à l'encontre des nains, même si son fils Harold se montre un peu plus clément. Et, par le passé, ils se sont rebellés contre Hominum pour moins que ça. Sans compter qu'ils ont maintenant le monopole de la fabrication des armes à feu.

— Non, c'est impossible. Othello aspire à la paix entre nos peuples. Jamais il ne chercherait à la compromettre ! siffla Fletcher, furieux que Sylva puisse soupçonner son meilleur ami de déloyauté.

— Comment peux-tu en être certain ? demanda Sylva. Et si leurs actions menaient à une guerre civile ?

Fletcher réfléchit un instant, puis enfonça le poing dans la terre humide.

— Très bien, que proposes-tu ? Nous ne pouvons tout de même pas le suivre dans cette grotte ! Et si nous prévenions les pinkertons, ce seraient eux qui déclencheraient une guerre civile, et cette nuit même !

— Nous sommes des invocateurs, Fletcher. Envoie donc Ignatius en éclaireur. Grâce à l'oculus, nous verrons tout ce qu'il observera. En revanche, il te faudra me répéter ce qu'il entendra, car je ne serai pas directement en contact avec lui.

— Pourquoi n'envoies-tu pas ton canid ?

— Il se ferait aussitôt remarquer, répliqua l'elfe. Et nous avons besoin de lui pour nous protéger.

— Tout ce qui t'intéresse, c'est de t'assurer que les nains préparent un complot afin de fournir ces informations à l'empereur, l'accusa Fletcher. Tu pourras ainsi t'insinuer dans ses bonnes grâces !

— Ce n'est pas pour cette seule raison, soupira l'elfe. Si une révolte venait à éclater alors que le conflit contre les orques continue de faire rage, qui sait ce qui pourrait arriver ? Il nous faut découvrir les intentions de ce conseil de guerre, tu le sais aussi bien que moi. Cesse donc de nous faire perdre du temps et sers-toi plutôt de mon oculus pour suivre les déplacements de ton démon : avec le tien, nous aurions du mal à voir quoi que ce soit.

Elle sortit de sa poche un cristal d'un ovale parfait, quatre fois plus gros que la pierre que Rook avait fournie à Fletcher.

— Dépêche-toi, ajouta-t-elle, nous avons déjà dû manquer le début de leur réunion.

Le garçon réveilla Ignatius en tapotant l'oculus contre son crâne.

— Debout, il est temps de mettre en pratique ce que nous avons appris avec Rook.

Ce dernier empêchait les plébéiens d'explorer l'Éther, mais cette injustice n'avait pas que des inconvénients : ils avaient ainsi pu se perfectionner dans le domaine de la vision à distance.

La salamandre bâilla, poussa un grognement mécontent, puis, percevant l'humeur de son maître, finit par ouvrir les yeux. Elle bondit aussitôt de l'épaule du garçon, qui lui envoyait des ordres par la pensée, et, enfonçant ses griffes dans le sol, courut le long de la crête avant de descendre à la verticale vers l'entrée de la grotte. Alors, comme s'il s'agissait de la chose la plus facile au monde, le démon grimpa vers le plafond de la galerie et, avançant tête à l'envers, s'enfonça dans l'obscurité.

— C'est incroyable, j'ignorais qu'Ignatius pouvait faire cela, chuchota Sylva en retournant l'oculus dans la paume de Fletcher afin de pouvoir observer l'intérieur de la grotte à l'endroit.

— J'en suis le premier surpris, répondit le jeune homme avec fierté.

Il n'avait aucune peine à guider son démon : le puissant lien mental qui les unissait n'avait cessé de croître au fil des leçons. Il suffisait donc au garçon d'une brève pensée pour diriger Ignatius d'un côté ou d'un autre. La grotte était sombre, mais comme la vision nocturne de la salamandre était particulièrement développée, Fletcher et Sylva distinguaient sans mal le tunnel sinueux. Au bout de quelques minutes, celui-ci s'élargit, et des torches aux flammes vacillantes apparurent devant Ignatius. Le jeune homme ordonna à ce dernier de ralentir, craignant que les gardes n'entendent le cliquetis de ses griffes sur la pierre. Justement, les deux cavaliers qui avaient escorté Othello à l'intérieur se trouvaient là, en compagnie d'une vingtaine d'autres, occupés à scruter la galerie.

Le démon passa au-dessus d'eux sans être repéré et poursuivit sa route sur la voûte de plus en plus haute, de sorte qu'il fut bientôt vingt mètres au-dessus du sol. Un seul faux pas l'aurait fait chuter, mais Ignatius continuait d'avancer avec agilité, contournant les stalactites à vive allure. Un peu plus loin, la galerie déboucha sur une vaste salle souterraine au plafond en coupole, éclairée par des centaines de torches, d'où partaient plusieurs autres tunnels – leur entrée étant surveillée par des sentinelles juchées sur des sangliers : les nains avaient pris des mesures drastiques pour assurer leur protection.

— Il est clair que la décision de tenir ce conseil n'a rien d'improvisé, déclara Sylva.

Fletcher la fit taire, car Ignatius, qui s'était immobilisé, observait à présent la scène en contrebas : assis sur des bancs de pierre, des dizaines de nains étaient rassemblés autour d'une plate-forme rocheuse depuis laquelle un individu bien charpenté s'adressait à eux.

— Je n'entends pas ce qu'il dit, il faut qu'Ignatius se rapproche, chuchota le jeune homme en lui ordonnant de parcourir la caverne des yeux.

Les torches diffusaient une lumière si vive sur les parois que le démon n'aurait pu s'y diriger sans être vu.

— Dis-lui de descendre le long de cette stalactite, suggéra l'elfe en indiquant un cône de pierre qui s'arrêtait à quelques mètres au-dessus du sol.

Fletcher s'exécuta en pressant Ignatius d'être prudent. Puis, dès que le démon fut à portée d'oreille du nain debout sur la plate-forme de pierre, le garçon se mit à répéter les paroles qu'il entendait par le biais de la salamandre :

— Je vous le répète, le temps de la révolte est venu ! Jamais nous n'aurons de meilleure occasion. C'est la première fois depuis des centaines d'années que nous sommes en position de force. L'armée impériale est confrontée à deux guerres, l'une au sud, contre les orques, l'autre au nord, contre les elfes. Elle ne sera pas en mesure de faire face à un troisième conflit. D'un point de vue tactique, nous sommes les mieux placés pour attaquer le palais et prendre en otages l'empereur et son père.

L'orateur, qui s'était exprimé avec assurance, balaya du regard les rangées de nains, puis descendit les marches de l'estrade. Un nain âgé, à la barbe grisonnante, lui serra la main avant d'aller le remplacer. Dès qu'il se mit à parler, Fletcher répéta de nouveau ce qu'entendait Ignatius :

— Merci, Ulfr, pour ce vibrant discours. Tu n'as pas tout à fait tort, mais tu as oublié quelques points essentiels. Vous n'êtes pas sans savoir que nous sommes les seuls fabricants d'armes à feu de tout Hominum. Dans l'armée impériale, neuf soldats sur dix sont désormais entraînés au tir au mousquet, et, lorsqu'il leur faut combattre au corps à corps, ils n'ont pour tout équipement qu'une baïonnette. Ils n'ont plus ni armure, ni épée.

Imaginez ce qui se passerait si nous cessions de leur fournir des armes ! Nous avons un autre avantage…

Il fut interrompu par les acclamations d'une partie du public, qui scandait son nom :

— Hakon ! Hakon !

Pourtant, la plupart des nains gardaient un silence maussade. À l'évidence, l'assistance était divisée.

— Nous avons un autre avantage, sans doute le plus important de tous, reprit le dénommé Hakon. Les mines du désert d'Akhad sont contrôlées par les Pasha, nos alliés, et ce sont les nains qu'ils emploient qui confectionnent la poudre et les balles de plomb. Sans ces deux ressources, les mousquets sont inutilisables… Par conséquent, quand l'armée sera à court de munitions, nous gagnerons cette guerre !

Cette fois, des huées fusèrent, se mêlant aux cris d'enthousiasme. Un nain bondit de son siège pour se précipiter vers l'estrade. Il échangea une poignée de main avec Hakon et lui murmura quelques mots à l'oreille.

— C'est Othello ! s'exclama Sylva.

— Non, c'est son jumeau, Atilla, je le reconnais à la manière dont il a tressé ses cheveux. Il voue une haine absolue aux humains.

— Des traîtres et des lâches, voilà ce que vous êtes ! mugissait déjà l'intéressé. Êtes-vous de vrais nains ou des… demi-hommes ?

Plusieurs individus protestèrent avec colère.

— Qui parmi vous n'a jamais eu à subir les coups de bâton des pinkertons ? poursuivit pourtant Atilla. N'avez-vous pas tous été un jour contraints de leur remettre, sous la menace, de l'argent gagné à la sueur de vos fronts ? Qui ici n'a jamais vu son fils ou son frère injustement jeté en prison par un juge qui haïssait les nains ? Cela vous plaît-il de devoir ramper aux pieds de l'empereur pour implorer sa clémence si par malheur un second enfant vous est né ?

La clameur enfla tandis que des dizaines de nains se levaient en poussant des cris furieux. Soudain, un rugissement retentit d'un bout à l'autre de la caverne et les fit taire.

— C'est assez ! hurla alors une voix familière.

Othello se fraya un chemin dans la foule et gravit les marches, son golem sur les talons.

— Je suis Othello Thorsager, le premier nain invocateur d'Hominum, et je demande la parole !

— Et je te la donne volontiers, même si tu admires tant les humains ! rétorqua son frère.

— Nous ne pouvons prendre les armes, affirma Othello avec détermination. L'empereur Harold souhaite promouvoir l'égalité entre tous les sujets de l'Empire, vous le savez ! Si nous nous révoltons, nous serons vaincus. L'armée compte dix fois plus de soldats qu'il n'y a de nains dans tout Corcillum. La plupart des nôtres en âge de combattre sont déjà partis pour le front elfique afin d'y être entraînés par des vétérans. Croyez-vous vraiment que la petite centaine de nains qui reste sera capable de prendre le palais d'assaut ?

— Oui, s'il le faut ! brailla Hakon, incitant ses partisans à clamer leur approbation.

— Et ensuite, que se passera-t-il ? répliqua Othello. Il suffira aux autorités d'envoyer des démons volants vers le nord afin d'informer les généraux, lesquels massacreront nos jeunes guerriers sans la moindre hésitation ! Et même si nous mettions les nôtres au courant, pensez-vous qu'un millier de nains sans expérience l'emporteraient face à des soldats chevronnés, épaulés par des mages-guerriers ? L'empereur lui-même est l'un des invocateurs les plus puissants qui aient jamais existé, et vous vous targuez de pouvoir le prendre en otage ? Nous n'aurions pas la moindre chance !

— Et alors ? s'emporta son frère. Je préfère mourir en me battant contre eux plutôt qu'à leurs côtés ! Je parie que ton démon et toi, vous êtes la risée de tout Vocans !

— C'est ce que j'ai d'abord cru, mais je me trompais. Certains des novices et des professeurs sont des gens bien. Dès le premier jour, l'un d'eux m'a même montré une carte ornée d'une enclume !

— Tu veux parler du groupe qui se fait appeler les Enclumes ? Ce sont des humains qui ont pitié de nous, voilà tout ! Pour eux, c'est une occupation comme une autre. Nos anciens ont même refusé de les convier à ce rassemblement par crainte qu'ils ne nous trahissent !

— Et je suis content qu'ils ne soient pas là, à écouter vos discours haineux ! Pourquoi fomenterions-nous une révolte alors que nous gagnons des alliés ? Les Pasha nous soutiennent, de même que les Enclumes. Et même l'empereur est désireux de réviser les lois qui nous privent de certaines libertés et de mettre un frein aux exactions des pinkertons, une fois que nous aurons prouvé que nous méritons sa confiance. Et toi, tu parles de révolte ! ajouta Othello en crachant sur les bottes de son frère.

— Tu n'es pas un nain digne de ce nom ! s'écria ce dernier. Tu déshonores le sceau tatoué dans ton dos ! J'ai honte que tu sois mon frère !

Sur ces mots, il arracha la tunique de son jumeau, dévoilant le tatouage en question. Othello poussa un rugissement enragé et sauta à la gorge de son frère. Salomon s'avança avant de s'immobiliser brusquement, comme si son maître venait de lui en donner l'ordre par la pensée. Un nain plus vieux grimpa aussitôt sur l'estrade pour les séparer. Fletcher reconnut Uhtred. Montèrent à leur tour plusieurs nains chenus, d'aspect vénérable, aux barbes si longues qu'elles étaient glissées dans leurs ceintures.

— Ce doit être le conseil des anciens, chuchota Sylva.

Le garçon enjoignit à Ignatius de tendre l'oreille, car les nouveaux venus, à la différence des orateurs précédents, ne devaient pas être du genre à hurler. Et en effet, un silence respectueux planait à présent sur la caverne ; même Atilla, qui s'était calmé, avait incliné la tête.

Le plus âgé des anciens s'avança, les bras ouverts.

— Ne désirons-nous pas tous la liberté pour nos enfants ? Si nous ne parvenons pas à rester unis dans l'adversité, nous pouvons déjà nous considérer comme vaincus.

Dans l'assistance, les nains penauds se rassirent les uns après les autres.

— Nous avons entendu tout ce qui méritait d'être dit ce soir. Certains parmi nous ont parlé avec fougue, il est vrai, mais la décision que nous sommes sur le point d'annoncer n'a pas été prise à la légère. À quoi bon mourir courageusement, si c'est en vain ? Les nains se sont révoltés à quatorze reprises par le passé : chaque fois, notre peuple a manqué être anéanti. Chaque fois, nous avons été privés de nouveaux droits. Chaque fois, le sang des nôtres a été versé pour rien. Vous autres, jeunes gens, n'avez aucun souvenir des massacres déclenchés par la dernière rébellion.

Des hochements de tête approbateurs accueillirent ces sages paroles.

— Deux voies s'offrent à nous, continua le vieux nain. Nous avons déjà emprunté la première, qui nous a menés à la défaite. Je ne sais où la seconde nous conduira, et j'ignore tout des périls qui la jalonnent. Pourtant, au fond de moi, je suis convaincu qu'il vaut mieux s'engager sur ce chemin incertain plutôt que sur celui d'une gloire illusoire qui causera notre perte. Nous ne combattrons pas contre l'Empire, mes amis, et nous honorerons l'accord conclu avec l'empereur Harold.

Le soulagement envahit Fletcher. Non seulement son ami Othello s'était opposé à une révolte, mais il avait aussi su rallier le conseil des anciens à ses idées.

— Tu n'as pas entendu un bruit ? murmura soudain Sylva en lui secouant le bras.

Le jeune homme parcourut les alentours du regard et vit alors, devant eux, des torches qui se déplaçaient rapidement entre les arbres. Plaqués contre le sol, Sylva et lui retinrent leur souffle en observant les hommes en armure de cuir qui s'approchaient de l'entrée de la grotte. Au nombre de dix, ils étaient équipés de mousquets et d'épées. Leur meneur respirait avec difficulté et, en dépit de l'obscurité, Fletcher n'eut aucun mal à discerner sa silhouette corpulente.

— Tu es sûr qu'on est au bon endroit ? demanda l'un des soldats.

Il leva sa torche, illuminant les visages qui l'entouraient. Reconnaissant aussitôt le meneur en question, Fletcher sentit un frisson lui parcourir l'échine.

— Sûr et certain, grommela Grindle.

43

— C'est Grindle, l'un des hommes qui m'ont enlevée ! chuchota Sylva, affolée.

— Je sais, répondit Fletcher en serrant le manche de son khopesh. Visiblement, le coup de gourdin que tu lui as assené ne l'a pas tué. Il doit avoir le crâne dur.

— Ils sont trop nombreux, marmonna l'elfe.

Le jeune homme la sentait pourtant tendue, prête à fondre sur eux. Sariel, qui avait deviné l'agitation de sa maîtresse, gronda doucement.

— Garde ton calme, conseilla Fletcher en ravalant sa colère. Tâchons plutôt d'apprendre ce qu'ils sont venus faire ici.

Justement, l'un des soldats se plaignait :

— Pourquoi on leur tend pas simplement une embuscade ?

— Parce que ces souterrains ont quatre autres issues, dont trois mènent directement aux tunnels situés sous le quartier des nains, répliqua Grindle en s'asseyant sur un rocher, non loin de l'entrée de la grotte.

Tandis que les autres se rassemblaient autour de lui, leurs torches éclairèrent un instant l'épaule de leur chef, enveloppée d'un bandage – la brûlure qu'Ignatius lui avait infligée n'avait pas encore cicatrisé.

— J'aurais dû l'achever, murmura Sylva, la mâchoire crispée.

Fletcher posa la main sur son bras pour l'apaiser. À eux deux, ils n'avaient aucune chance de l'emporter contre dix hommes, protégés par des armures de cuir qui n'entraveraient pas leurs mouvements. Par ailleurs, il doutait de pouvoir produire un bouclier capable d'arrêter les balles de leurs mousquets.

— Dans ce cas, qu'est-ce qu'on attend ? demanda un autre individu en scrutant la grotte obscure.

— Tu n'as donc pas écouté ce que j'ai expliqué un peu plus tôt ? s'exclama Grindle en l'attrapant par le col de sa tunique, l'obligeant à s'agenouiller devant lui. Les troupes des Forsyth sont postées devant l'autre sortie. On entrera à leur signal d'ici cinq minutes, quand ils feront sonner leur corne. Tu t'imaginais peut-être qu'à nous seuls, nous allions nous en prendre à une centaine de nains ? brailla-t-il, lançant force postillons sur le visage de son interlocuteur.

Sentant son sang se glacer dans ses veines, Fletcher se rappela les paroles de Tarquin à propos du plan de son père. Othello et les siens étaient en danger !

— Il a bien dit cinq minutes ? murmura Sylva. Il faut intervenir !

Le garçon pesa le pour et le contre, regardant tour à tour Grindle et l'entrée de la grotte. Que faire ? À supposer que l'elfe et lui parviennent à mettre ces dix soldats hors d'état de nuire, ce qui semblait très improbable, jamais ils n'auraient ensuite le temps de s'engouffrer dans la caverne pour prévenir les nains de l'assaut imminent. Et même si, par miracle, ils réussissaient, ils auraient du mal à convaincre les gardes de la gravité de la situation.

— Si seulement Ignatius savait parler, il pourrait les avertir… chuchota Sylva en baissant les yeux vers l'oculus.

Dans la vaste caverne, les anciens discutaient à présent avec l'assistance. Soudain, une idée germa dans l'esprit de Fletcher : puisqu'il fallait faire comprendre aux nains qu'ils allaient être attaqués, pourquoi ne pas déclencher ladite attaque ? Il lança ses ordres au démon et perçut aussitôt la confusion de celui-ci ; puis, tandis que ses intentions se précisaient, la crainte qu'éprouvait la salamandre céda la place à la détermination.

— Regarde ce qui va se passer, murmura Fletcher à Sylva.

Ignatius descendit le long de la stalactite, enroula sa queue autour de son extrémité et, enfonçant son aiguillon acéré dans la roche, resta suspendu comme une chauve-souris au-dessus des orateurs.

— Maintenant, ordonna Fletcher, dont la vue se fit plus nette, tandis que son corps s'emplissait de mana.

Le démon cracha alors une épaisse flamme orangée en direction des vieux nains campés sur la plate-forme, dont les chevelures prirent aussitôt feu. Puis, avec un piaillement excité, Ignatius remonta vers le plafond et partit vers le tunnel, tandis que la panique s'emparait de l'assistance.

— Nous sommes attaqués ! mugit Hakon. Il faut fuir ! Protégez les anciens !

Les sentinelles montées sur les sangliers quittèrent leurs postes et dirigèrent le flot des nains vers une galerie qui s'enfonçait plus loin sous terre.

— Ça a marché ! constata Sylva. Fletcher, tu es un génie !

Soudain, une hache vola au-dessus de la foule et alla heurter la voûte de la caverne, à quelques centimètres d'Ignatius.

— Un démon ! hurla Atilla, qui était resté sur l'estrade de pierre. Il vient de Vocans, je le reconnais ! Nous avons été trahis ! À qui as-tu parlé de ce rassemblement ? demanda-t-il, furieux, en se tournant vers son frère.

— À personne, je le jure, assura Othello, consterné. Le maître de ce démon est mon ami !

— Dans ce cas, il ne m'en voudra pas si je le tue ! répliqua Atilla en saisissant une autre hache de lancer accrochée à sa ceinture.

Il bondit de la plate-forme et courut en direction d'Ignatius, qui s'était immobilisé, en proie à une vive terreur.

— Atilla, non ! appela Othello en s'élançant derrière lui. Reste avec les autres !

À cet instant, la salamandre poussa un criaillement et, toujours suspendue au plafond, s'engouffra à vive allure dans la galerie, évitant de justesse le projectile.

— Empêche-le d'aller plus loin, Fletcher, murmura Sylva en le tirant par la manche. Il va les conduire droit sur Grindle !

Mais il était trop tard : les jumeaux avaient déjà rattrapé Ignatius et couraient à présent à sa hauteur.

— Prépare-toi à combattre, annonça Fletcher.

L'elfe hocha la tête en dégainant sa dague. Sariel se tapit près d'elle, prêt à bondir sur les hommes en contrebas. Puis, osant à peine respirer, ils attendirent.

— Vous avez entendu ça ? grommela alors Grindle en désignant l'entrée de la grotte. Formez deux rangs, les premiers à genoux, et ceux qui sont à l'arrière, restez debout ! Tirez quand je vous en donnerai l'ordre, précisa-t-il, brandissant son épée.

L'écho d'un bruit de pas se rapprochait. Fletcher perçut le son métallique d'une hache frappant la roche – Atilla avait de nouveau manqué sa cible.

— Je vais produire un bouclier, annonça Sylva. J'espère qu'il sera assez puissant pour protéger Othello et son frère. Pendant ce temps, aveugle leurs adversaires avec une flammelle !

Elle traça un symbole et un cercle opaque, pareil à de l'ambre liquide, se déploya devant elle.

— Armez vos mousquets ! lança Grindle.

Les hommes pointèrent aussitôt leurs canons sur la grotte. Fletcher, de son côté, absorbait le mana d'Ignatius ; malgré la distance qui le séparait du démon, il sentit bientôt tout son corps vibrer. Les deux nains allaient apparaître d'une seconde à l'autre.

— Tirez ! proféra Grindle en abaissant son épée.

— Maintenant ! cria Sylva tout en projetant un carré de lumière ambrée en contrebas.

Fletcher envoya un vif éclat bleuté vers les soldats, prenant soin de viser leurs yeux ; les coups de feu partirent, les mousquets crachant de petits nuages de fumée noire. Au même instant, Sariel se rua sur Grindle et ses camarades, les bousculant comme il l'aurait fait avec un jeu de quilles, puis sauta à la gorge du soldat le plus proche. Fletcher dévala la pente en poussant un hurlement : dès qu'il fut devant l'entrée du souterrain, il transperça un homme avec son khopesh avant de passer au suivant, qu'il blessa au cou.

Ignatius déboucha à l'extérieur et bondit vers le jeune homme ; ensuite, perché sur son épaule, il cracha un jet enflammé sur le soldat qui se ruait vers son maître.

— Mes yeux ! s'égosilla l'homme.

Sylva l'acheva d'un coup de dague tandis que Sariel la rejoignait, le museau maculé de sang. Les cinq hommes encore debout, dont Grindle, s'étaient regroupés devant l'entrée, bloquant le passage à Fletcher et à l'elfe. Au même moment, les deux nains et Salomon surgirent près d'eux, hors d'haleine mais sains et saufs : le bouclier de Sylva avait visiblement fonctionné.

— C'est une embuscade, Atilla, crut bon de préciser son frère. Fletcher et Sylva sont des nôtres.

— Je combattrai à leurs côtés… pour l'instant, rétorqua Atilla en ramassant une épée qu'un soldat avait laissée tomber sur le sol.

Puis il tendit un tomahawk à Othello.

— Prends donc, tu as toujours été plus doué que moi. Et montre à ces humains ce dont un vrai nain est capable !

— Saleté d'elfe ! cracha alors Grindle à la vue de Sylva. J'aurais dû te tuer. Si messire Forsyth ne nous avait pas obligés à organiser une exécution publique, tu serais déjà en train de pourrir six pieds sous terre !

En entendant le nom de Forsyth, Fletcher se figea. C'était donc lui qui avait projeté l'enlèvement de Sylva ! Le fait que Tarquin et Isadora se soient trouvés en compagnie de l'elfe à Corcillum ce jour-là n'avait rien d'une coïncidence.

— Je vais t'étriper, menaça Grindle en pointant son épée vers le ventre de Sylva. Je me suis toujours demandé si les elfes avaient des entrailles…

— Ton épaule me paraît bien mal en point, répliqua Fletcher, sarcastique. Comment la veux-tu, aujourd'hui ? Saignante ou à point ?

Sans lui prêter attention, la brute esquissa un sourire.

— Ramassez vos mousquets ! ordonna-t-il à ses soldats. On va les tirer comme des lapins !

— Pas si vite ! intervint Atilla. Une hache s'enfoncera dans le crâne du premier qui lèvera son arme.

Joignant le geste à la parole, il s'empara d'une des haches de lancer accrochées à sa ceinture et la fit tournoyer entre ses doigts, face aux hommes de Grindle, qui restèrent immobiles.

— Vous êtes cinq et nous sept, précisa le nain. Et trois des nôtres sont des démons. Si vous acceptez de repartir sans histoires, nous vous laisserons la vie sauve.

Au même instant, Fletcher entendit une corne résonner dans le lointain – le signal que Grindle avait attendu pour passer à l'assaut.

— Les renforts ne vont pas tarder, ricana ce dernier. Ils se feront un plaisir de vous massacrer.

— Si tu… commença Fletcher en s'avançant d'un pas vers le gros homme.

Cependant, devinant que celui-ci avait raison, il s'interrompit. Les cris des soldats de Forsyth lui venaient déjà aux oreilles, se répercutant dans les souterrains. Quand ceux-ci remarqueraient l'absence de Grindle, ils ne manqueraient pas de venir jusqu'ici afin de savoir ce qui lui était arrivé. Il fallait partir au plus vite : un combat leur ferait perdre trop de temps. Le garçon fit alors apparaître une flammelle et l'emplit de mana pour qu'elle atteigne la taille d'un gros ballon palpitant au bout de son doigt : il la lança sur Grindle, qui recula vivement afin de l'éviter.

— Sais-tu quel genre de brûlure ce sortilège est capable d'infliger ? demanda-t-il à l'homme apeuré. Tu t'imagines sans doute qu'il n'y a pas pire douleur que le feu de mon démon, mais attends un peu que cette boule de lumière te ronge la chair ! Tu souffriras le martyre !

Fletcher, qui savait très bien qu'une flammelle se volatilisait dès qu'elle entrait en contact avec un corps solide, était convaincu que Grindle l'ignorait. Sylva et Othello s'empressèrent de l'imiter, envoyant de petites balles bleutées voleter autour de la tête de l'homme, qui se baissa pour les esquiver en battant vainement l'air de son épée.

— Prends donc tes jambes à ton cou, conseilla Fletcher en riant. Tu ne fais pas le poids face à des invocateurs. Estime-toi heureux que nous t'épargnions !

Grindle poussa un grognement irrité, mais finit par ordonner à ses hommes de s'écarter. Fletcher les gratifia d'une révérence moqueuse, puis s'éloigna en compagnie de ses amis, prenant soin toutefois de laisser sa flammelle flotter au-dessus de Grindle – il était essentiel de lui faire croire qu'il contrôlait la situation.

— Bravo, Fletcher, chuchota Othello. Tu es un comédien-né !

— C'est toi qui m'as appris à me montrer aussi rusé, répondit le jeune homme, qui n'avait pas oublié comment le nain avait su duper les pinkertons.

Ils marchaient à grands pas, conscient que Grindle ne les avait pas quittés des yeux.

— Que se passe-t-il ? tonna une voix depuis l'entrée de la grotte. Mes soldats affirment qu'ils ont entendu des coups de feu !

Des silhouettes en armure, équipées de torches, débouchèrent à l'air libre.

— Sauve qui peut ! cria Fletcher.

Une balle rasa la manche de sa pelisse avant d'aller ricocher sur un rocher. D'autres projectiles de plomb sifflèrent au-dessus d'eux, pareils à des guêpes courroucées. Fletcher et ses compagnons, qui ne voyaient pas à plus de quelques mètres devant eux, ne cessaient de trébucher dans l'obscurité. Sylva, Othello et lui avaient éteint leurs flammelles, grâce auxquelles les soldats les auraient repérés sans la moindre peine. Une autre balle frôla le jeune homme, qui entendit alors un bruit sourd : il bascula soudain en avant sur le sol boueux et se retrouva en travers d'Atilla.

— C'est ma jambe ! gémit celui-ci. J'ai été touché !

Ils étaient seuls. Sylva et Othello devaient déjà être loin.

— Pars, je couvrirai ta fuite ! reprit le nain d'une voix étranglée.

— Pas question. Je vais te tirer de là, même si je dois te porter, répliqua le jeune homme d'un ton décidé.

Il entreprit de soulever Atilla, qui écarta sa main en protestant :

— Fiche le camp ! Je n'ai pas peur de mourir au combat, comme un nain digne de ce nom !

— Comme un chien à terre, c'est ce que tu veux dire ? Je croyais les nains plus coriaces que ça ! rétorqua Fletcher d'une voix méprisante, ayant compris que seule la colère pourrait inciter Atilla à se rebiffer.

— Laisse-moi mourir en paix ! s'emporta le nain en le repoussant brutalement.

— Tu veux mourir ? Libre à toi ! Mais pas ce soir. S'ils t'attrapent, Forsyth se servira de toi pour prouver que les nains se sont réunis en secret cette nuit afin de fomenter un complot contre les humains. N'inflige pas cela à ton peuple ! Ne donne pas ce plaisir à tes ennemis !

Atilla, furieux, prit une profonde inspiration.

— Bon, j'accepte, en revanche on fait les choses à ma façon : s'ils nous rejoignent, nous nous battrons jusqu'à la mort, est-ce d'accord ?

— Je n'ai pas l'intention de me rendre, assura Fletcher en aidant le nain à se redresser.

Ils se remirent en marche non sans difficulté, car Atilla, appuyé sur le bras du garçon, était trop petit pour pouvoir passer son bras autour de ses épaules ; de surcroît, les cris de leurs poursuivants se faisaient de plus en plus proches. Fletcher et son compagnon poursuivirent ainsi pendant quelques minutes interminables, jusqu'au moment où Atilla, vacillant, s'effondra sur le sol.

— Tu ferais mieux de me porter, murmura-t-il avec embarras. Nous irons plus vite. J'ai trop mal à la jambe.

Fletcher devina qu'il avait fallu beaucoup de courage au nain, d'ordinaire si arrogant, pour formuler une telle requête.

Il examina sa blessure et s'aperçut que son compagnon continuait de perdre du sang.

— Monte sur mon dos, répondit le jeune homme en se penchant en avant.

Atilla s'exécuta et Fletcher repartit péniblement, le souffle court et la mâchoire crispée. Ignatius, perché sur son épaule, lécha le visage du nain, comme pour l'exhorter à tenir bon.

Soudain, une lumière bleutée les éblouit : une énorme flammelle s'était matérialisée dans le ciel, à des dizaines de mètres au-dessus d'eux, telle une seconde lune tournoyant sous les nuages.

— C'est toi qui l'as créée ? demanda Atilla.

— Non, et elle est trop grosse pour que ce soit Sylva ou Othello. Un mage-guerrier doit accompagner les soldats, à moins que ce ne soit Zacharie Forsyth en personne…

Désorienté, il parcourut l'endroit des yeux. Où étaient-ils ? Il n'en avait pas la moindre idée. S'il ne retrouvait pas rapidement le chemin de la Citadelle, le nain risquait de ne pas survivre à sa blessure.

Les appels de leurs poursuivants semblaient plus lointains à présent, mais cela ne rassurait guère Fletcher : si l'invocateur qui avait produit cette flammelle possédait un démon volant, ce dernier les repérerait d'une minute à l'autre.

— Halte ! hurla une voix.

Un individu sortit de l'ombre en les visant de son mousquet. Fletcher marmonna un juron – il s'en voulait tellement de ne pas savoir encore créer un bouclier digne de ce nom…

— Pas question de se rendre… chuchota faiblement Atilla à son oreille.

Le garçon devina que son compagnon s'effondrerait avant d'avoir fait trois pas. Ignatius bondit sur le sol en sifflant, ce qui ne parut guère impressionner l'homme, qui garda son mousquet braqué sur le visage de Fletcher.

— Ordonne à ton démon de se calmer où je t'abats sur-le-champ !

Le garçon leva alors la main et fit apparaître une flammelle.

— Cette boule de lumière est beaucoup plus rapide que ta balle. Baisse donc ton arme !

— Tu crois m'effrayer avec cette petite flammelle ? rétorqua le soldat d'un ton railleur. Tu me prends pour un idiot ? Pose le nain à terre et…

À cet instant, il laissa échapper un cri et se donna une claque sur la nuque. Une mite à la carapace marron voltigea au-dessus de sa tête avant de se diriger vers Fletcher.

— Valens, murmura le garçon, stupéfait.

Comment le démon avait-il pu les retrouver ? Et qui l'avait envoyé ? se demanda-t-il, tandis que le soldat, comme foudroyé, basculait sur le côté sans lâcher son mousquet.

Le commandant Goodwin ne s'était donc pas trompé le jour où il avait expliqué aux novices qu'il ne fallait jamais sous-estimer le dard venimeux d'une mite, songea Fletcher, admiratif, en observant Valens. Celui-ci émit un vrombissement sonore et s'éloigna de quelques mètres avant de se tourner vers lui. Que cherchait-il à lui faire comprendre ? « Il veut que je le suive ! » saisit-il.

— Tiens bon, chuchota-t-il à l'intention d'Atilla. On va s'en sortir…

44

Quand ils arrivèrent en vue de la Citadelle, Atilla avait perdu connaissance, mais il respirait encore. Du sang coulait le long de sa jambe. Dans l'obscurité, Fletcher ne pouvait juger de la gravité de la blessure. Il s'arrêta un instant, déchira une bande de tissu de la tunique du nain et s'en servit pour envelopper la plaie ; puis, après avoir de nouveau placé Atilla sur son dos, il suivit Valens, qui avait déjà franchi le pont-levis.

— Où me conseilles-tu d'aller, à présent ? chuchota le jeune homme au démon qui voletait au-dessus de lui.

La mite se dirigea vers l'escalier situé à l'est. Fletcher contempla les marches avec appréhension, ne sachant s'il parviendrait à les grimper, ainsi chargé. Percevant son découragement, Ignatius bondit au sol.

— Merci, c'est déjà moins lourd, murmura le garçon en s'engageant dans l'escalier.

Valens voltigeait devant lui, s'immobilisant à chaque palier pour l'attendre, tandis que Fletcher se fiait à ses stridulations pour s'orienter dans la pénombre, jugeant préférable de ne pas créer une flammelle par crainte de se faire remarquer – il n'osait imaginer ce qui aurait pu arriver si Rook l'avait surpris en compagnie du nain blessé. Ils finirent par atteindre le dernier étage, longèrent un couloir menant à la tour nord-est. Ployant sous le poids d'Atilla, Fletcher chancelait. Il continuait pourtant d'avancer avec obstination. Valens s'immobilisa bientôt devant une porte que le jeune homme reconnut : l'infirmerie. Avant même qu'il eut le temps de toquer, Sylva apparut sur le seuil. Elle était dans tous ses états.

— Te voilà ! Nous t'avons cru mort ! sanglota-t-elle en enfouissant son visage contre la poitrine de Fletcher.

Celui-ci tapota gentiment la tête de l'elfe éplorée, puis entra dans la salle. Othello était lui aussi présent, pâle comme un linge, les joues sillonnées de larmes ; se ressaisissant, il se précipita vers son frère, qu'il prit dans ses bras avec précaution.

Parcourant l'infirmerie du regard, Fletcher découvrit des rangées de lits aux montants rouillés et aux matelas poussiéreux. Othello déposa Atilla sur l'un d'eux. Sur la couche la plus proche, Fletcher remarqua la silhouette allongée et immobile du capitaine Lovett vêtue d'une chemise de nuit blanche ; ses longs cheveux noirs étalés sur l'oreiller formaient un halo encadrant son visage endormi ; Sariel se tenait près d'elle. Des torches et des bougies allumées autour de sa couchette diffusaient une lumière tamisée, orangée.

Alors que Valens se posait sur la poitrine de sa maîtresse, Fletcher demanda à Sylva :

— C'est la mite du capitaine Lovett qui vous a conduits jusqu'ici ?

— Oui, elle nous a retrouvés dans les bois il y a une heure environ. Et dès que nous sommes arrivés, elle s'est envolée par la fenêtre pour partir à votre recherche. Elle a dû sentir que vous aviez des ennuis.

— Valens n'est pas le seul qu'il nous faut remercier, dit Fletcher en caressant la carapace du scarabée.

— Comment ça ?

— Arcturus m'a expliqué que certains invocateurs sont capables de voir et d'entendre par le biais de leur démon sans avoir à se servir d'un oculus. Je doute qu'une simple mite aurait été en mesure d'attaquer l'un de nos poursuivants et de nous guider de son propre chef. Est-ce vous qui l'avez contrôlée, capitaine Lovett ? s'enquit le jeune homme en se penchant vers le visage du professeur.

À ces mots, le petit démon exécuta une pirouette au-dessus de sa maîtresse.

— C'est incroyable ! s'exclama Sylva.

— Je me demande comment elle a su que nous avions besoin d'aide, murmura Fletcher.

— Elle veille sans doute sur nous depuis l'arrivée de Rook, répondit l'elfe en lissant la chevelure de Lovett. Sans elle, nous serions déjà morts.

— Si vous en avez terminé, vous pourriez peut-être me donner un coup de main ! appela Othello d'une voix rauque.

Fletcher et Sylva le rejoignirent aussitôt. Il avait découpé le pantalon de son frère, dévoilant un trou aux contours déchiquetés et sanglants. C'était la première fois que Fletcher voyait une blessure infligée par une arme à feu : jamais il n'aurait soupçonné qu'un petit projectile de plomb puisse causer tant de dégâts.

— Il a de la chance : la balle n'a pas perforé d'artère. Mais comme l'os doit être brisé, on ne peut pas employer un sortilège de guérison, précisa Othello. Pour l'heure, il n'y a qu'à panser la plaie afin d'étancher le sang. Soulève sa jambe, ordonna-t-il à Fletcher.

Au moyen de son tomahawk, le nain déchira un pan du drap en coton et l'enroula autour de la blessure.

— Mon frère s'échauffe vite, et il donne l'impression de détester les humains tout autant que certains nous détestent. Malgré tout, il a bon cœur, ajouta Othello en plaçant un oreiller sous la tête d'Atilla.

Il lui épongea le front d'un geste affectueux.

— Il est temps de discuter de ce qui s'est passé ce soir, dit Sylva.

— Je suis d'accord, mais il faut d'abord aller chercher Séraph, proposa Fletcher. Il a le droit de connaître les menaces qui pèsent sur sa famille.

— Je m'en charge, annonça Othello. J'ai de toute façon besoin de récupérer un uniforme de rechange afin d'aider Atilla à quitter la Citadelle au petit matin, avant l'arrivée de dame Providence à l'infirmerie.

Il sortit de la pièce, suivi par Salomon, lequel semblait aussi abattu que son maître. Fletcher alla s'asseoir au bord du lit du capitane Lovett et poussa un gémissement de satisfaction, content de pouvoir enfin se reposer. D'un air absent, il caressa la tête de Sariel, qui se mit à ronronner. Un sourire aux lèvres, il gratta alors le canid sous le menton : celui-ci se frotta contre son genou en jappant de plaisir.

— Hem… Fletcher, bredouilla Sylva.

Levant les yeux, il vit que l'elfe s'était empourprée.

— Oh, désolé… je n'ai pas pensé que… bafouilla-t-il, fort embarrassé, en retirant promptement sa main.

Sylva resta muette puis, dans un soupir, s'assit près de lui.

— Je ne t'ai pas encore remercié, murmura-t-elle, ses doigts triturant les plis de sa veste.

— De quoi ? fit le garçon, dérouté.

— De m'avoir suivie. Si tu n'avais pas été là, ce Grindle m'aurait de nouveau enlevée.

— J'en doute. Cette fois, tu étais accompagnée de Sariel. Et si tu n'avais pas décidé de sortir de la Citadelle, à l'heure qu'il est, Forsyth aurait sûrement déclenché une guerre civile. Tu as eu raison d'agir ainsi.

Valens se mit alors à bourdonner autour de la main de Fletcher.

— Je crois que le capitaine Lovett a envie d'en savoir davantage. Relate-lui ce qui t'est arrivé sur la place Valentius, et je lui expliquerai ce qui s'est passé cette nuit.

Fletcher achevait tout juste son récit quand Othello revint en compagnie de Séraph, les yeux encore gonflés par le sommeil.

— Othello m'a déjà tout raconté, annonça ce dernier. Et j'ai une question, Sylva : pourquoi les Forsyth, qui ont recruté Grindle pour te tuer, veulent-ils malgré tout être en bons termes avec toi ?

— J'ai toujours pensé qu'ils cultivaient mon amitié afin que leur père puisse fournir des armes aux elfes, au cas où l'alliance entre nos deux peuples soit confirmée, répondit-elle en se levant pour arpenter la salle. Pour quelle raison souhaiteraient-ils ma mort ? C'est absurde.

— Tu devrais plutôt te demander pourquoi ils voulaient que tu sois exécutée en public, vu qu'ils auraient pu se débarrasser de toi à n'importe quel autre moment, répliqua Othello.

— Pour raviver la guerre entre Hominum et les clans elfiques, c'est évident ! affirma Séraph. Cela aurait relancé la demande en armes et renfloué leur affaire.

— C'est écœurant, protesta Fletcher. Comment peut-on déclencher un conflit dans le seul but de faire du profit ? Ils cherchent donc à jouer sur les deux tableaux : si les elfes s'allient à l'Empire, les Forsyth se serviront de leur amitié avec Sylva pour obtenir un contrat de vente d'armes auprès des clans. Mais ils préféreraient qu'une guerre éclate afin de s'enrichir davantage. Tarquin et Isadora t'ont abandonnée exprès, le jour où tu as été enlevée à Corcillum, comprit-il en se tournant vers Sylva. Et ce sont probablement eux qui t'ont conduite à Grindle.

— J'en ai bien conscience, murmura celle-ci.

— Quelles petites fripouilles ! gronda Séraph, les poings serrés. Je me doutais qu'ils manigançaient quelque chose… mais, cette fois, ils se sont rendus coupables de trahison !

— Malheureusement, nous n'avons aucune preuve, marmonna Fletcher. Et si nous allions raconter à l'empereur ce qui s'est passé cette nuit, il serait plus enclin à croire que tout est la faute des nains et de leur conseil de guerre.

— Cela n'a plus d'importance, déclara Sylva, puisque le plan des Forsyth a échoué. Je vais écrire à mon père et lui déconseiller de se fier à eux. Quant à moi, je suis en sécurité à la Citadelle et je compte bien rester sur mes gardes. Ils ne peuvent plus rien contre nous à présent.

— Tu oublies le tournoi, rétorqua Séraph. Si l'un des jeunes Forsyth l'emporte, il deviendra un officier de haut rang et pourra siéger au conseil de l'empereur. Cela fera une voix de plus pour leur père Zacharie et contre ma famille, les elfes et les nains.

Othello hocha la tête en se grattant la barbe d'un air pensif, puis se mit à faire les cent pas.

— N'oublions pas que les personnages les plus puissants d'Hominum assisteront au tournoi. Ce seront ces nobles et ces généraux qui décideront si les nains et les elfes sont dignes d'être des mages-guerriers avant d'aller en informer l'empereur. Et les Forsyth feront leur possible pour nous discréditer devant eux, j'en suis convaincu.

— Dans ce cas, il ne faut pas les laisser gagner ! s'exclama Fletcher, enthousiaste, en se levant d'un bond. Nous sommes capables de les vaincre ! Nous possédons un golem, un canid, un camoufleur et une salamandre.

Mais Séraph secouait la tête.

— Ils sont beaucoup plus forts que nous. Sans compter que les novices de seconde année auront l'avantage. Comment pourrions-nous les surpasser ?

Fletcher prit une profonde inspiration et le regarda droit dans les yeux.

— En nous entraînant sans répit, affirma-t-il.

45

La lourde brume qui enveloppait la Citadelle, voilant l'horizon d'une nappe laiteuse, permit à Fletcher et à Atilla de s'éloigner sur la route à l'abri des regards.

— J'espère qu'Uhtred sera là à temps, dit le jeune homme. Je ne veux pas éveiller les soupçons de Rook en arrivant en retard à son cours.

— Il sera là. Du moins si, comme tu l'affirmes, Valens a pu lui transmettre mes instructions.

Il avait le teint cireux, les traits tirés, mais il s'était suffisamment remis pour être capable de marcher d'un pas claudiquant. Fletcher et lui avaient réussi à quitter Vocans sans encombre, même si Tarquin, croisé dans l'escalier, n'avait pas manqué de remarquer que le nain boitait. Il lui avait demandé d'un ton persifleur si quelqu'un lui avait marché dessus. Par chance, Atilla ressemblait tant à son frère – dont il avait revêtu l'uniforme de rechange – que le jeune Forsyth n'y avait vu que du feu.

Fletcher, le souffle coupé, aperçut soudain une ombre devant eux.

— C'est mon père, ne t'inquiète pas, grommela Atilla.

Un sanglier attelé à une charrette émergea du brouillard. Si le visage du conducteur était à peine visible sous son capuchon, Fletcher reconnut sans mal la silhouette râblée d'Uhtred.

— Dépêche-toi, les parages ne sont pas sûrs, déclara celui-ci en s'arrêtant près de son fils.

Fletcher s'empressa d'aider Atilla à se hisser dans la voiture.

— Les nains te sont reconnaissants, ajouta Uhtred à l'attention du jeune homme. Si tu as besoin de quoi que ce soit, n'hésite surtout pas à venir me trouver !

Il fouetta le dos du sanglier avec ses rênes et lui fit faire demi-tour, tandis que Fletcher rebroussait chemin.

— Attends ! s'écria Atilla. J'ai quelque chose à ajouter !

Le garçon se retourna.

— Merci. Je te dois une fière chandelle. Dis à Othello que… je m'étais trompé sur ton compte.

Sur ces entrefaites, la charrette disparut dans la brume, les sabots du sanglier résonnant sur la route.

***

Quand Fletcher arriva dans la salle des invocations, il avait quelques minutes de retard. Il fut cependant surpris d'y trouver Rook en compagnie d'Arcturus ; en rang devant eux, les novices attendaient dans le plus grand silence. Le jeune homme remarqua qu'Arcturus portait un bandeau noir sur l'œil ; avec son tricorne, il avait une allure de pirate.

— Je ne vois pas ce qu'il y a d'amusant à nous faire perdre notre précieux temps ! aboya l'inquisiteur.

— Excusez-moi, messire, répondit Fletcher en allant se ranger près des autres élèves.

— Je le réprimanderai plus tard, assura Arcturus. Pour l'heure, nous devrions commencer.

— Oui, sans doute, rétorqua Rook d'un ton cassant. Puisque le tournoi approche, nous avons pensé qu'il était temps de vous montrer comment un duel est censé se dérouler. Arcturus estime que les mages-guerriers n'ont pas besoin d'apprendre à se battre de cette manière…

— Étant donné que les chamans orquiens prennent rarement part aux combats, il est peu probable que vous ayez à les affronter, l'interrompit le capitaine. Ils préfèrent se dissimuler dans l'ombre et envoyer leurs démons lutter à leur place.

— Une stratégie qui leur est profitable, car nous avons subi de lourdes pertes dans les rangs de nos invocateurs, reconnut Rook. Mais le fait que les nôtres restent en première ligne nous permet, la plupart du temps, d'obtenir l'avantage sur nos adversaires.

— Nos mages-guerriers ne se battent pas en duel, inquisiteur Rook, fit observer Arcturus. Ils mettent leurs talents au service des soldats, qu'ils protègent et soutiennent à l'aide de sortilèges.

— Et ce sont justement ces sortilèges que nous mettons en pratique lors d'un combat singulier, du moins me semble-t-il, répliqua l'intéressé tout en se grattant le menton d'un air faussement songeur.

Comment les deux professeurs pouvaient-ils se chicaner ainsi en présence des novices ? Quoi qu'il en soit, cette conversation prouvait, si ce n'était déjà fait, qu'ils se détestaient cordialement. Tandis que Rook s'éloignait pour aller se placer à quelques mètres d'Arcturus, celui-ci soupira et se tourna vers les élèves.

— Indépendamment de ce que j'en pense, le tournoi de fin d'année est une tradition qui date de la fondation de Vocans, il y a deux millénaires. Il fallait jadis cinq ans d'entraînement avant d'être autorisé à y participer ; puis, sur décision du recteur Scipio, les novices n'ont eu droit qu'à deux ans de formation. Désormais, il faut vous contenter d'un apprentissage plus bref encore. Nous avons pourtant de la chance, car, pour la plupart, vous êtes extrêmement doués. Maîtriser un sortilège requiert d'ordinaire des mois de pratique, et certains novices de seconde année sont par exemple incapables de créer un bouclier digne de ce nom. Tu es même en avance sur eux, Fletcher, précisa-t-il.

L'intéressé rougit, gêné que le professeur attire l'attention sur lui. Malgré tout, il était content de savoir qu'il ne finirait sans doute pas dernier lors du tournoi.

— À présent, regardez bien, reprit Arcturus, traçant un symbole pour créer un épais cercle opaque. Un bouclier est toujours plus solide quand on se prépare à l'impact, poursuivit-il en s'arc-boutant légèrement et croisant les avant-bras sur son torse. Un sortilège, quel qu'il soit…

— Prêt ? le coupa Rook d'un ton nonchalant.

Il leva un doigt dont l'extrémité luisait.

— Oui, je…

Un éclair illumina soudain la salle, zébrant l'air d'un éclat intense. L'inquisiteur avait été si rapide que le jeune homme ne l'avait pas vu bouger la main. Le bouclier se fissura en crépitant, comme la surface d'un lac gelé, tandis qu'Arcturus, ébranlé par le choc, reculait en dérapant sur le sol de cuir. Il grimaça, tant l'effort à déployer devait être grand, projeta davantage de mana à l'intérieur du rempart lumineux, et des vrilles pareilles à des fils de soie se répandirent sur le bouclier afin de le colmater. Puis le capitaine tendit l'index, avec lequel il décrivit un autre cercle : poussant un rugissement, il propulsa à son tour un éclair qui atteignit Rook de plein fouet ; l'inquisiteur, soulevé de terre, alla heurter le mur du fond de la salle avant de glisser à terre.

— Vous comprenez à présent pourquoi il est indispensable de produire un bouclier dès le début d'un duel, précisa Arcturus à l'intention des novices. Il est certes possible de déstabiliser l'adversaire en portant le premier coup ; cependant, si vous ne parvenez pas à le vaincre lors de cette tentative, vous risquez de subir une attaque défensive qui vous mettra hors d'état de nuire. Attaquer sans bouclier, ainsi que l'inquisiteur Rook s'y est pris, est une solution extrême, car l'on risque le tout pour le tout, ajouta-t-il en esquissant un sourire.

Le bouclier se dissipa tandis que son doigt absorbait son éclat avec un petit bruit de succion.

— Il est également conseillé de récupérer au plus vite le mana que l'on a déployé, surtout si l'on possède un démon de niveau inférieur.

Derrière lui, Fletcher entendit Rory lâcher un juron, puis il se tourna vers Rook, qui se relevait enfin.

— Une attaque sournoise ! grommela celui-ci en époussetant son uniforme.

— Cela fait trop longtemps que vous n'avez pas combattu sur le front, répliqua Arcturus en riant. Même un second-lieutenant sait qu'il faut créer un bouclier si le premier assaut est un échec.

— Rira bien qui rira le dernier quand mon minotaure aura la gorge de votre canid entre ses griffes ! gronda l'inquisiteur en s'avançant, menaçant.

Les deux hommes se fixèrent avec une hostilité évidente, comme deux chiens tirant sur leur laisse, empêchés de bondir l'un sur l'autre. Si les novices n'avaient pas été là, ils se seraient affrontés sur-le-champ.

— Le cours est terminé ! annonça Rook, hargneux, avant de se diriger vers la porte. Je crains fort qu'aucun d'entre vous n'ait la moindre chance de remporter ce tournoi ! Il n'y en a pas un pour rattraper l'autre !

En dépit des efforts de l'inquisiteur, les nobles n'étaient pas encore parvenus à capturer un seul démon dans l'Éther ; et même à l'aide d'oculus de bonne qualité, ils avaient les plus grandes peines à contrôler leurs propres démons à distance. En comparaison, ceux des plébéiens s'en sortaient beaucoup mieux quand leurs maîtres leur ordonnaient de courir et de bondir au-dessus des obstacles installés dans un coin de la salle. Fletcher était parmi les plus doués, mais son oculus l'empêchait de donner toute sa mesure. Alors qu'il sortait le cristal de sa poche pour l'examiner, Arcturus reprit la parole :

— Vous avez entendu l'inquisiteur Rook ? Vous pouvez sortir ! Fletcher, reste un instant, je souhaite m'entretenir avec toi.

Le jeune homme le rejoignit, tête basse, pensant qu'il allait se faire réprimander pour son retard. Mais le capitaine posa la main sur son épaule.

— Montre-moi cet oculus.

Fletcher le lui tendit sans un mot.

— Tu ne risques pas de gagner le tournoi avec une pierre pareille. Malheureusement, je ne peux te prêter l'une des miennes.

Il m'est interdit de t'accorder la moindre faveur. Du reste, Rook me surveille. Alors, débrouille-toi pour trouver une solution.

Lui rendant le cristal, il le regarda droit dans les yeux.

— Là est toute la différence entre un bon soldat et un excellent guerrier : lors du bref duel auquel tu as pu assister, l'inquisiteur s'est battu avec courage, mais il a perdu. Un conseil : montre-toi plus malin que l'adversaire.

46

Le bâton fouetta l'air et s'abattit violemment sur l'épaule de Fletcher.

— Ressaisis-toi ! gronda Caulder.

De sa jambe de bois, il décocha un coup dans le tibia du garçon avant de viser son crâne avec son arme. Cette fois, Fletcher para l'attaque à l'aide de son épée de bois, repoussa le bâton de son adversaire et lui donna un coup de genou dans le ventre. Le souffle coupé, le vieil homme s'effondra sur le sol sablonneux de l'arène.

— Doucement, Fletcher ! le tança Sylva depuis les gradins.

Le maître d'armes se redressa en se frottant l'abdomen.

— Ne t'en fais pas, je vais bien, la rassura-t-il d'une voix rauque. Un guerrier ne doit jamais hésiter à passer à l'offensive. L'ennemi, lui, n'aura aucun scrupule à profiter de la moindre occasion.

— N'as-tu pas porté un coup au visage de messire Caulder il y a moins de cinq minutes ? ajouta Fletcher d'un air taquin en se tournant vers l'elfe.

— Ce n'était pas pareil…

Soudain, un hurlement fusa derrière eux. Fletcher fit volte-face et vit qu'Othello avait plaqué Séraph à terre. Leurs armes gisaient près d'eux sur le sable.

— Non, non, non ! s'écria Caulder. Un peu de retenue ! Vous ne pouvez pas vous tomber dessus à bras raccourcis jusqu'à ce que l'un de vous se rende !

Les deux garçons se relevèrent, penauds. Une ecchymose jaunâtre couvrait la joue de Séraph, et la lèvre d'Othello était boursouflée.

— À quoi bon avoir demandé à Uhtred de fabriquer des armes en bois si vous ne les utilisez pas ? s'enquit Fletcher en riant.

— On s'est un peu emportés, reconnut le nain en ramassant sa hache d'entraînement.

Il la fit tournoyer avec adresse au-dessus de lui et la rattrapa avant de la planter dans le sol.

— Vous avez tous fait des progrès ces derniers mois, je vous l'accorde, déclara le vieux guerrier. Sylva et Fletcher sont déjà d'excellents épéistes. Quant à vous, Othello et Séraph, vous saurez sans doute égaler la plupart des nobles, mais vous êtes encore loin de pouvoir les surpasser ! J'attends davantage d'efforts de votre part.

D'un œil sévère, il scruta les deux intéressés un bref instant, puis s'éloigna en ajoutant par-dessus son épaule :

— Nous en avons terminé pour aujourd'hui. Restez ici si vous le souhaitez afin de pratiquer vos sortilèges.

— C'est bien la première fois qu'il nous complimente, fit observer Séraph quand le maître d'armes eut quitté l'amphithéâtre. Malgré tout, nous avons encore le temps de nous améliorer. Le tournoi n'aura pas lieu avant quelques semaines. Je suis bien plus inquiet à propos de l'examen de démonologie. Avec ces entraînements, je m'endors dès que j'ouvre un livre…

— Tout ira bien, affirma Othello. Jusqu'à présent, je n'ai pas vu un seul noble mettre les pieds à la bibliothèque. Quant à Rory, Geneviève et Atlas, ils passent la plupart de leur temps libre à Corcillum. Si nous échouons, les autres seront loin derrière !

— Bon, et ces sortilèges ? proposa Sylva en s'approchant, une flammelle au bout du doigt. Essaie donc de produire une boule de feu, Fletcher. Si tu veux, tu peux prendre pour cible le bouclier que je vais créer de ce côté, d'accord ?

Le jeune homme rougit d'embarras à l'idée qu'il n'arrivait toujours pas à créer un bouclier des plus simples. Il était capable de projeter des éclairs et du feu, et de déplacer des objets, même si ces tâches lui demandaient de grandes quantités de mana. En revanche, donner vie à un bouclier tout en maintenant un glyphe en place lui paraissait encore insurmontable.

— Commencez sans moi, vous êtes beaucoup plus doués, répliqua-t-il. Pour l'instant, je vais m'entraîner au bord de la piste, où je ne vous gênerai pas…

— À ta guise, répondit Sylva.

Elle haussa les épaules, déçue, et se tourna vers Séraph et Othello.

— Et si vous tentiez de toucher une cible en mouvement ? leur suggéra-t-elle, lançant dans les airs une grosse flammelle qui se mit à zigzaguer à travers la salle.

Othello traça un glyphe devant lui et en fit surgir une langue de feu ; il lui donna la forme d'une balle qu'il envoya en direction de la flammelle de Sylva.

Pendant ce temps, Fletcher, découragé, alla s'asseoir sur les marches et dessina plusieurs fois de suite le symbole censé produire une boule de feu. Quand il s'agissait d'art glyptique, il était beaucoup plus rapide que ses amis, mais cela s'arrêtait là. Il projeta une onde de mana à travers le symbole et vit une petite flamme apparaître. Au prix d'un effort inouï, il parvint à la façonner et, stupéfait, fixa un instant la boule de feu avant de la propulser vers la flammelle de Sylva, qui continuait à voltiger dans la salle. Sa boule frôla la balle bleutée, qui se volatilisa aussitôt. Le poing brandi, Fletcher poussa un cri de triomphe, interrompu par un applaudissement isolé. À la vue d'Isadora, campée à l'entrée de l'arène, son euphorie céda la place à une rage sourde.

— Félicitations, Fletcher, déclara la jeune fille. C'est bien la première fois que je te vois réussir quoi que ce soit. Te rends-tu compte de ce que cela signifie ? poursuivit-elle avec ironie. Tu as enfin démontré que tu avais des talents d'invocateur. Tes parents seront si fiers de toi. Oh, attends… j'avais oublié : tu es orphelin !

Fletcher vit alors tous les autres novices de première année entrer à la suite d'Isadora sur le terrain.

— Nous avions raison ! annonça Tarquin. Ils s'entraînent en secret !

Il désigna Fletcher, Sylva, Othello et Séraph d'un doigt accusateur.

— Ce qui explique pourquoi vous n'êtes jamais dans la salle commune ! s'exclama Geneviève d'une voix pleine d'aigreur. Dire que vous nous faisiez croire que vous passiez tout votre temps libre à la bibliothèque…

— Et c'est la vérité, objecta Fletcher, adoptant un ton qu'il voulait raisonnable. Nous nous retrouvons ensuite dans cet endroit pour prendre des cours d'escrime avec messire Caulder. Il a invité tous les novices qui le souhaitent à venir s'entraîner ici après les autres leçons, tu devrais le savoir… Je ne vois pas ce qu'il y a de mal à ça.

— Mais, visiblement, vous étiez en train de pratiquer des sortilèges, fit Atlas, soupçonneux.

— Pourquoi ne nous avoir rien dit ? s'emporta Rory. Chaque fois que je vous demande ce que vous avez prévu de faire, aucun de vous n'est capable de me répondre !

Fletcher fut pris de court. Il se sentait un peu coupable de ne pas avoir proposé aux trois autres plébéiens de se joindre à eux, mais c'était sans doute une question d'affinités.

— En effet, pourquoi viennent-ils ici à votre insu ? reprit Tarquin, feignant d'être intrigué. Peut-être pour… Non, ils n'oseraient quand même pas… C'est impossible !

— Que veux-tu dire ? s'enquit Geneviève d'une voix tremblante.

— Je suis navré, mais j'ai l'impression que vos compagnons s'entraînent en secret dans le but de vous évincer lors du tournoi, répondit le jeune Forsyth, secouant la tête d'un air faussement désabusé. Car il faut être lucide : ils n'ont aucune chance de l'emporter sur nous. En revanche, s'ils parviennent à vous écraser, ils se verront peut-être offrir des postes d'officiers.

— C'est un tissu de mensonges ! s'écria Fletcher en se levant d'un bond pour rejoindre Tarquin. Et si tu t'imagines que nous ne réussirons pas à te vaincre, tu es encore plus arrogant que je le croyais.

— Pourquoi ne pas essayer dès maintenant ? lui proposa Tarquin en approchant son visage à quelques centimètres du sien. Nous sommes dans le lieu idéal, et nous avons des spectateurs. Alors, qu'en penses-tu ?

Bouillant de colère, Fletcher sentit son poing le démanger.

— Des *témoins*, tu veux dire, intervint Sylva en tirant son ami par la manche. Qui s'empresseront d'aller dénoncer Fletcher en expliquant qu'il t'a encouragé à participer à un duel illégal. Et vous serez tous les deux renvoyés ! Je croyais que ta carrière t'importait, Tarquin.

— En ce qui me concerne, jamais Scipio ne mettra sa menace à exécution, il aurait trop peur de contrarier mon père, l'un des meilleurs amis de l'empereur Harold, affirma l'intéressé d'une voix venimeuse. Mais s'il s'agit d'un bâtard, le recteur n'hésitera pas à…

— J'accepterai ton défi en temps et en heure, l'interrompit Fletcher, le jour où nous serons face à un vrai public. Nous verrons alors qui, de nous deux, est le meilleur invocateur.

Avec un sourire, Tarquin se pencha vers lui et murmura :

— Il me tarde de te flanquer une bonne correction.

Sur ce, il quitta l'amphithéâtre, suivi des autres nobles. L'espace d'un instant, Rory parut hésiter, mais Atlas posa la main sur son bras.

— Nous les avons pris sur le fait, Rory, raisonna-t-il d'un air méprisant. Nous aurions dû nous méfier dès le début. Nous n'avons pas besoin d'un prétendu aristocrate, d'un bâtard, d'une elfe et d'un demi-homme parmi nos amis !

À ces mots, Fletcher se hérissa, puis, intrigué, se demanda comment le garçon pouvait savoir que le père de Séraph serait bientôt anobli.

— Tu nous as donc espionnés, Atlas ? s'enquit-il, les yeux plissés, en se rappelant les secrets que Séraph lui avait confiés dans la salle commune. Il s'agissait pourtant d'une conversation privée.

— Oh, j'ai recueilli des tas d'informations fort intéressantes depuis quelque temps. Qui, d'après toi, a raconté à Tarquin et à Isadora à quoi vous occupiez votre temps libre ?

— Sale petit mouchard ! lâcha Séraph, furieux, en donnant un coup de pied dans le sable. Et que t'ont-ils promis en échange ?

— Un poste d'officier dans le bataillon des Forsyth si je mène bien mon jeu, répliqua Atlas. Et je vous conseille de prendre exemple sur moi, ajouta-t-il, s'adressant à Rory et Geneviève.

— Et tu fais confiance à ces serpents ? gronda Fletcher. Ils mentent comme ils respirent ! Ne les écoute pas, et vous non plus, Rory et Geneviève, vous le regretteriez…

Trop tard : les plébéiens avaient choisi leur camp. Sans un mot, ils tournèrent les talons et quittèrent l'arène en compagnie d'Atlas, sous les regards interdits de Fletcher et de ses trois amis.

47

En nage, Fletcher fixait le glyphe qu'il avait tracé et dans lequel il venait de propager un flot de mana.

— Parfait, déclara Sylva, dont la voix résonna d'un bout à l'autre de l'arène.

Séraph, ayant terminé son entraînement, observait son camarade depuis le bord du terrain.

— À présent, façonne-le, reprit l'elfe avec fermeté.

Fletcher étira la substance opaque pour former un ovale régulier, fragile, mais qui résisterait à quelques assauts. Heureux, le jeune homme absorba de nouveau l'énergie lumineuse à travers son doigt. Le tournoi aurait lieu d'ici quelques heures, et il n'avait pas envie de gaspiller ses précieuses réserves d'énergie démonique.

— Bravo ! le félicita Sylva d'un ton encourageant. Tu parviens à créer un bouclier à chaque fois, ce qui te place au-dessus de certains novices de seconde année.

— Tout ce qui m'intéresse, c'est de l'emporter sur les Forsyth. Et eux sont capables de produire un bouclier deux fois plus solide que le mien en seulement quelques secondes. C'est pareil pour les sortilèges d'attaque. Selon Arcturus, il faut se montrer rapide et inébranlable : Tarquin et Isadora me sont supérieurs sur tous les plans.

— Si tu te retrouves face à eux, ils auront besoin de davantage de mana pour te vaincre, ce qui nous laissera ensuite une chance de les terrasser, répondit l'elfe en lui serrant l'épaule avec gentillesse. Othello, Séraph et moi les égalons à présent. Et nous n'en aurions pas été capables sans ton aide, surtout lors des séances d'escrime. Même Malik a reconnu que tu étais plutôt doué, or les Saladin sont réputés pour leur adresse !

Fletcher esquissa un sourire avant d'aller s'asseoir à côté de Séraph. Il était près de minuit. Othello, qui s'était éclipsé pour se rendre à Corcillum, leur avait demandé d'attendre son retour dans l'amphithéâtre.

Les semaines précédentes avaient été éprouvantes, entre les entraînements incessants et les heures d'étude à la bibliothèque – Fletcher avait le poignet douloureux à force d'écrire et de manier son khopesh. Presque tous les novices avaient réussi l'examen de démonologie haut la main, ce dont il se réjouissait. La froideur de leurs anciens compagnons leur laissait toutefois un goût amer : Sylva, Othello, Séraph et lui s'étaient efforcés de se réconcilier avec Geneviève, Rory et Atlas, mais les trois plébéiens, très rancuniers, n'avaient rien voulu entendre et les évitaient autant que possible.

— Ah, vous voici ! s'exclama soudain Othello. Je ne reviens pas seul !

Fletcher se retourna : son ami était en effet accompagné d'Atilla et d'Athol. Ce dernier s'approcha du jeune homme, l'étreignit et parvint même à le soulever de terre. Atilla se contenta de lui adresser un signe de tête avant de sourire d'un air gêné.

— Vous êtes donc venus livrer ma commande en personne ? s'exclama le garçon. Othello m'avait pourtant dit qu'il irait la chercher demain à l'aube.

— Les amis des nains ont toujours droit à un traitement de faveur ! rétorqua le jeune forgeron de sa voix tonitruante. Atilla a travaillé nuit et jour. Et même s'il boite encore un peu, il a tenu à nous accompagner.

— Un ouvrage délicat, mais agréable à réaliser, assura Atilla en tendant à Fletcher une large lanière de cuir, au centre de laquelle luisait une pierre translucide.

Après sa conversation avec Arcturus, le jeune homme avait longuement réfléchi au problème que lui posait l'oculus fourni par Rook. Il s'était alors souvenu du bandeau couvrant l'œil du capitaine, et une idée avait germé dans son esprit : pourquoi ne pas trouver un moyen de maintenir le cristal en place ? Il pourrait ainsi voir à travers les yeux d'Ignatius tout en gardant les mains libres.

— Dès que je me suis mis à la tâche, je me suis rendu compte qu'un monocle seul ne conviendrait pas, car il n'aurait pas tenu en cas de mouvement brusque, comme lors d'un combat, expliqua Atilla. Je me suis donc inspiré du bandeau dont tu m'avais parlé. J'ai limé le cristal pour qu'il soit moins opaque, puis je l'ai enchâssé dans une monture d'argent avant de le fixer à cette lanière de cuir.

Fletcher n'eut aucun mal à ajuster celle-ci autour de son crâne. Il voyait parfaitement à travers l'oculus plaqué contre son œil gauche, même si, à la périphérie de sa vision, tout était légèrement teinté de pourpre.

— Je te remercie, Atilla, c'est exactement ce dont j'avais besoin ! s'exclama-t-il, émerveillé par l'ingéniosité du nain.

— Je peux en avoir un, moi aussi ? s'enquit Séraph avec une pointe de jalousie dans la voix. C'est vraiment astucieux.

— Oui, si tu acceptes de me confier ta pierre, répondit Atilla, flatté du compliment. Cela te coûtera deux écus d'argent.

— Je ne peux me séparer de mon oculus la veille du tournoi, soupira Séraph.

Tirant le cristal de sa poche, il le considéra d'un air déçu.

— C'est en effet impressionnant, commenta Sylva après avoir examiné le bandeau de Fletcher. Bon, il faut que j'aille dormir un peu avant l'épreuve de demain. Tu viens, Séraph ?

— Oui, j'ai besoin d'être au mieux de ma forme si je veux faire chavirer le cœur de la belle Isadora, précisa-t-il d'un ton moqueur. Bonne nuit à tous !

Dès que le bruit de leurs pas se fut éloigné dans le couloir, Athol s'éclaircit la gorge et jeta un coup d'œil plein d'appréhension à Othello.

— Bien. Nous avons un dernier point à régler. Atilla s'est fait tatouer un nouveau symbole sur la jambe afin de dissimuler sa cicatrice. Je sais que tu n'apprécies guère cela, mais j'ai apporté mon matériel au cas où tu voudrais le même… Depuis la déconvenue de Forsyth, les pinkertons se montrent beaucoup plus agressifs et ne cessent de nous harceler.

À la vue des aiguilles et de la bouteille d'encre qu'Athol venait de sortir de sa sacoche, Othello laissa échapper un gémissement.

— Non, pas cette fois ! protesta-t-il. J'en ai assez d'être puni à la place de mon frère. J'ai aussi compris qu'en voulant sans cesse lui venir en aide, je l'encourage à ne pas endosser ses responsabilités. C'est à toi de subir les conséquences de tes actes et de tes opinions, ajouta-t-il en se tournant vers Atilla. Et tu as sans doute changé d'avis sur les humains depuis la nuit où tu as cru ta dernière heure venue…

— Je l'avoue, je m'étais trompé sur leur compte, marmonna son jumeau en baissant la tête. Et même si je n'oublie pas les atrocités qu'ils ont perpétrées, j'ai pris conscience que ce n'étaient pas eux que je haïssais, mais la société dans laquelle nous vivons.

— Et si nous voulons que les choses bougent, c'est de l'intérieur qu'il faut s'attaquer à cette société, répliqua Othello, serrant l'épaule de son frère. Acceptes-tu de t'inscrire à Vocans l'année prochaine ? J'aurai besoin de toi à mes côtés, tu sais.

Atilla posa sur lui un regard déterminé.

— Oui, c'est d'accord.

Un grand sourire aux lèvres, Othello le gratifia d'une claque dans le dos.

— Excellente nouvelle ! À présent, viens donc visiter ma chambre. Tu t'en sortiras dans l'escalier ?

Les jumeaux s'éloignèrent, Othello soutenant Atilla. Leurs voix joyeuses résonnèrent un instant dans le couloir, puis s'évanouirent.

— Cela me fait tellement plaisir de les savoir réconciliés, murmura Athol, les larmes aux yeux. Enfants, ils étaient inséparables et trouvaient toujours des bêtises à faire.

— Atilla a un bon fond, releva Fletcher en repensant à la haine que lui-même portait aux Forsyth. À sa place, je ne sais pas si je pourrais pardonner aussi facilement.

— Et pourtant, les nains sont par nature vindicatifs, soupira Athol.

S'asseyant près de Fletcher, il leva l'une de ses aiguilles pour l'examiner à la lumière.

— Nous pouvons nous montrer têtus, moi y compris. Othello, en revanche, est beaucoup plus sage que la plupart d'entre nous. Le jour où il a accepté d'être évalué par l'Inquisition, je lui ai dit qu'il s'apprêtait à pactiser avec l'ennemi. Sais-tu ce qu'il m'a répondu ? Que le pire ennemi d'un guerrier pouvait aussi être son meilleur professeur. Je n'en suis pas revenu.

Ces paroles renforcèrent l'admiration que Fletcher éprouvait déjà pour Othello. Il se souvint alors du dicton dont dame Providence lui avait fait part : « Apprends à connaître ton ennemi. » Qu'aurait-il pu apprendre au sujet des Forsyth ou de Didric ? Si seulement il avait eu accès au grimoire de James Baker, il en aurait su davantage sur les orques ; cependant, l'ouvrage était encore en possession de la bibliothécaire et, d'après ce qu'elle lui avait expliqué, le graveur à qui elle avait confié une copie du livre avait bien du mal à reproduire les diagrammes complexes dessinés par l'invocateur.

— Tu n'as pas envie d'un tatouage ? proposa soudain Athol. Je ne suis pas un amateur, tu sais : c'est moi qui ai réalisé ceux d'Othello et d'Atilla.

— Non, je n'apprécie pas vraiment ce genre d'ornement… Ne le prends pas mal, mais je trouve ça plutôt primitif. J'ai même vu un orque qui…

Le jeune homme se tut brusquement ; l'image de la paume de l'albinos, marquée à l'encre noire, venait de ressurgir dans son esprit.

— Un orque tatoué ? demanda le nain, surpris par le silence de Fletcher.

— Oui, dans une sorte de rêve… murmura celui-ci en traçant, du bout du doigt, un cercle au creux de sa paume.

Il se redressa, dégaina son khopesh et, de la pointe de la lame, dessina les contours d'une main sur le sable de l'arène. Le cœur battant, il se tourna vers Athol.

— J'espère que tu es aussi doué que tu le prétends : je vais avoir besoin de tes services.

48

L'arène était une vraie fournaise, éclairée par des dizaines de torches. Sous les pieds des novices, le sol sablonneux paraissait onduler à la lueur des flammes.

— Nous ne sommes que vingt-quatre ? chuchota Séraph à l'oreille de Fletcher.

— Évidemment ! Tu as oublié ? Douze élèves de première année et douze de seconde, avec un nombre égal de nobles et de plébéiens.

Fletcher, tendu, n'avait pas la moindre envie de bavarder. À chaque battement de cœur, une vive douleur irradiait sa main gauche. Il gardait un très mauvais souvenir de sa séance de tatouage et n'avait pas encore eu l'occasion de mettre sa théorie en pratique : Athol lui avait conseillé d'attendre un peu pour permettre à la peau de cicatriser, ne serait-ce que quelques heures.

— Garde-à-vous ! aboya Caulder, qui se tenait derrière les novices. Accueillez les officiers supérieurs d'Hominum avec tout le respect qui leur est dû !

Les novices sursautèrent et Fletcher se redressa, les yeux rivés sur le couloir menant à l'amphithéâtre. Apparurent les généraux, vêtus d'uniformes de velours bleu aux manches et aux épaulettes brodées de fil d'or ; la poitrine ornée de médailles, leur tricorne sous le bras, ils avançaient d'un pas raide. Leurs visages sévères témoignaient de batailles éprouvantes. Sans un mot, ils jaugèrent du regard les jeunes invocateurs.

— Si nous les impressionnons, ce sont eux qui nous nommeront officiers dès que le tournoi sera achevé, murmura Séraph. La solde n'est pas aussi intéressante que dans les bataillons dirigés par les aristocrates, mais les chances de promotion sont plus grandes…

— Silence dans les rangs ! ordonna le maître d'armes. Et si je vous surprends à bouger ne serait-ce que d'un centimètre, vous aurez affaire à moi !

Mais Fletcher ne l'écoutait plus, car les nobles venaient d'entrer à leur tour ; et tandis qu'ils rejoignaient les gradins de pierre, il remarqua un individu qui le fixait. La ressemblance avec ses enfants était si frappante que Fletcher devina d'emblée qu'il s'agissait de Zacharie Forsyth : grand, musclé, il affichait un sourire assuré – rien à voir avec l'homme glacial, aux traits sournois, que Fletcher avait maintes fois imaginé.

— Voyons, messire Caulder, laissez donc ces jeunes gens tranquilles. Ils auront l'occasion de se plier à l'étiquette un peu plus tard, déclara Zacharie d'une voix profonde et enjouée.

Il s'approcha alors de Tarquin, qu'il étreignit brièvement avant de lui ébouriffer les cheveux, puis déposa un baiser sur la joue d'Isadora. Fletcher en resta interdit – jamais il n'avait pensé que quiconque puisse éprouver de l'affection pour les jumeaux.

— Et qui est ce beau gaillard ? lança Forsyth, sarcastique, en s'avançant vers Fletcher pour le toiser de la tête aux pieds.

— C'est le bâtard dont je vous ai parlé, père, répliqua Tarquin. Celui qui possède une salamandre.

— Vraiment ? reprit Zacharie en transperçant le jeune homme du regard.

Il continuait d'arborer un sourire affable ; cependant, au fond de ses yeux, Fletcher distingua une lueur sombre, redoutable, qui le fit frémir.

— Je me demande de quoi ton démon est capable. Je suis presque certain qu'il pourrait brûler l'épaule d'un homme si l'envie lui en prenait…

— Cela lui est déjà arrivé, rétorqua le garçon, déterminé à ne pas se laisser intimider. Si vous le souhaitez, je vous en ferai la démonstration.

Le sourire de Forsyth s'évanouit un instant. Puis il posa la main sur le bras de Fletcher et, de l'index de l'autre main, désigna les gradins où les nobles, vêtus aux couleurs de leurs maisons, s'installaient. Quelques autres, au grand mécontentement de Caulder, étaient descendus dans l'arène afin d'embrasser leurs enfants.

— Tu as de la chance que ton père soit venu te soutenir en ce jour, reprit Zacharie. Pourquoi ne pas lui adresser un petit salut ?

Fletcher se figea. Berdon était donc là ? Non, c'était impossible ! Il jeta un regard vers l'homme aux cheveux gris que Forsyth pointait du doigt ; à ses côtés était assise une femme qui fixait le garçon d'un air fielleux.

— Sur le conseil de l'inquisiteur Rook, qui m'a mis au courant de tes prétentions, j'ai pris la liberté d'informer messire Faversham et son épouse, poursuivit Forsyth d'un ton malfaisant. L'empereur lui-même s'intéresse particulièrement à ton cas. Il faut dire que tu as accusé messire Faversham d'infidélité alors qu'il était rentré dans le rang depuis des années.

— Je n'ai jamais rien affirmé de tel ! se défendit Fletcher. Je n'aurais pas…

— Je l'ai donc convié à assister à ce tournoi, j'espère que tu ne m'en tiendras pas rigueur. Arcturus, lui, s'est absenté : mieux vaut en effet éviter qu'il ne croise son père et l'épouse de celui-ci. C'est l'une des conditions que l'empereur Alfric, à la demande de dame Faversham, lui avait imposées. Et puisque le capitaine Lovett n'est toujours pas remise, l'inquisiteur Rook a été chargé d'organiser le tournoi et de juger les candidats. Un vieil ami de notre famille, ainsi que tu dois le savoir. Je suis convaincu qu'il se montrera des plus équitables.

Après avoir adressé un clin d'œil au garçon, Forsyth décocha un sourire carnassier à Othello et à Sylva, puis s'éloigna vers les gradins. Les poings serrés en dépit de la douleur qui dévorait sa paume, Fletcher tremblait de rage.

— Ne te laisse pas déstabiliser, chuchota Séraph, qui avait tout entendu. Nous allons écraser les Forsyth !

À cet instant, le recteur pénétra dans l'arène, suivi de Rook, qui affichait un sourire dédaigneux.

— Que tous prennent place ! brailla Scipio en agitant la main vers les spectateurs encore debout.

Ceux-ci obtempérèrent, et le silence retomba.

— Voici les novices, prêts à donner le meilleur d'eux-mêmes ! poursuivit alors le recteur, les bras écartés, en regardant la rangée d'élèves avec bonhomie. Par le passé, nous n'avions qu'une dizaine de candidats ; cette fois, les première année ont été autorisés à participer, ce qui nous donne un total de vingt-quatre postulants. Je vous confie à l'inquisiteur Rook, qui saura mieux que moi vous expliquer les nouvelles règles du tournoi.

Sur ces mots, il alla s'asseoir au premier rang.

— Merci à vous, recteur Scipio, commença Damian Rook. Je tiens également à remercier tous ceux qui ont pu venir aujourd'hui, car je sais que leur temps est précieux et qu'ils manquent cruellement à leurs soldats restés sur le front. Afin d'accélérer les choses, j'ai donc décidé que la première manche comporterait des épreuves opposant trois novices à la fois : seul le vainqueur pourra accéder à la deuxième manche.

Des murmures curieux s'élevèrent dans l'assistance. L'inquisiteur attendit qu'ils se taisent pour reprendre :

— Celle-ci prendra la forme d'un duel mené de manière plus traditionnelle. Les années précédentes, les adversaires se contentaient de se lancer des sortilèges ou de laisser leurs démons lutter à leur place. Mais il serait dommage, me semble-t-il, de ne pas laisser à ces jeunes gens la possibilité de donner toute la mesure de leurs talents d'épéistes. Aussi, démons et sortilèges seront interdits lors de cette épreuve.

Cette fois, seuls les aristocrates hochèrent la tête avec approbation ; les généraux, eux, paraissaient dubitatifs, comme si les règles imaginées par Rook allaient à l'encontre de leurs principes.

— Je proteste ! lança l'un d'eux, s'adressant au recteur Scipio. Cette façon de procéder donne forcément l'avantage aux nobles, qui ont tous été entraînés au maniement des armes depuis leur plus jeune âge. Dans ces conditions, comment pourrions-nous évaluer les aptitudes des plébéiens de manière impartiale ?

— Vous préféreriez sans doute *désavantager* les nobles, pour la simple raison qu'ils sont mieux préparés ? répliqua Rook d'un ton ironique. Il me semble pourtant qu'ils ont aussi eu l'occasion de pratiquer des sortilèges avant d'arriver à Vocans ; auquel cas nous devrions peut-être nous contenter d'un examen de démonologie pour départager les novices ?

Scipio se leva pour s'adresser au général :

— Je suis contraint de me ranger à l'avis de l'inquisiteur, j'en ai bien peur. Au début, quand il m'a fait part de ces changements, j'ai moi aussi émis des doutes, puis je me suis souvenu qu'à la guerre, c'est la loi du plus fort qui prime. C'est peut-être injuste, mais c'est ainsi. Si, lors de ce tournoi, les forces sont déséquilibrées, cela illustrera ce qu'est une véritable bataille.

— J'ai en outre mis en place une nouvelle mesure, précisa Rook, qui permettra à un nombre égal de nobles et de plébéiens d'accéder à la deuxième manche : durant chacun des combats de la première épreuve, tous les adversaires appartiendront à la même catégorie sociale. Cela vous convient-il ?

— Oui, inquisiteur Rook. Merci à vous, répondit le général, qui, néanmoins, semblait encore soucieux.

— Parfait. Quant aux troisième et quatrième manches, elles se dérouleront comme par le passé, ce qui ne devrait pas soulever d'objection, expliqua Rook en se frottant les mains. Messire Caulder, conduisez les novices à leurs cellules !

49

Assis dans l'une des cellules, le cœur battant, Fletcher se rappela la première fois qu'il avait visité ces lieux lugubres en compagnie de Jeffrey. Il comptait les minutes, avec l'impression d'être enfermé là depuis des heures. À sa grande déception, il lui était interdit d'assister aux combats que disputaient les autres concurrents : le règlement du tournoi stipulait en effet que les candidats devaient être maintenus à l'isolement jusqu'à ce que vienne leur tour.

Il baissa les yeux vers sa main, au creux de laquelle Athol avait tatoué des lignes noires représentant une étoile à cinq branches à l'intérieur d'un cercle. Si tout se passait comme prévu, il lui suffirait de désigner sa paume pour invoquer ou réabsorber Ignatius, plutôt que d'avoir à placer celui-ci sur un vélin d'invocation. Il ignorait cependant si ce procédé lui serait très utile au cours d'un duel. Quant à ses doigts, chacun d'eux portait un symbole correspondant à un sortilège différent – celui du feu, de l'éclair, du bouclier et de la télékinésie. Seul son index était resté vierge, afin qu'il puisse tracer des glyphes de façon traditionnelle. Mais avec un peu de chance, il parviendrait à propager son mana à travers chacun des autres doigts sans qu'il soit besoin de dessiner les symboles devant lui.

Un vrombissement retentit, qui le fit sursauter ; Valens se glissa alors entre les barreaux de la cellule et vint se poser sur ses genoux.

— Vous êtes venue assister au tournoi, capitaine Lovett ? murmura le jeune homme en caressant la carapace bien lisse du scarabée.

Le petit démon agita ses antennes en émettant un léger bourdonnement. Sans qu'il sache pourquoi, sa présence rassura Fletcher.

— J'espère que vous serez là quand mon tour viendra. J'aurai au moins quelqu'un pour m'encourager.

Soudain, un bruit de pas résonna dans le couloir, et Valens, d'un coup d'aile, alla se cacher dans un coin obscur. Le visage de Caulder apparut.

— C'est à toi, mon garçon, annonça-t-il.

***

Fletcher se tenait dos aux spectateurs, sur une estrade de bois dressée au bord du terrain, un grand vélin d'invocation étalé à ses pieds. Rory était perché sur une plate-forme identique, de même qu'une élève de seconde année du nom d'Amber. Tous deux étaient placés à égale distance de Fletcher. Ce dernier, même s'il ne pouvait les voir, sentait les yeux malveillants des Faversham rivés sur lui. Rory, quant à lui, le fixait d'un air mauvais, comme si le fait de se retrouver dans l'amphithéâtre en sa compagnie lui rappelait la prétendue trahison de son condisciple. Celui-ci chassa cette pensée de son esprit : mieux valait se concentrer sur l'épreuve imminente.

Le terrain était à présent couvert d'énormes rochers rouges déchiquetés ; au centre de cet amas s'élevait un pilier d'argile de dix mètres de hauteur environ, autour duquel s'enroulait un escalier de bois qui menait au sommet, assez large pour qu'un cheval puisse le gravir.

Tout à coup, l'attention de Fletcher fut attirée par une légère stridulation. Levant les yeux, il aperçut Valens : le démon tournoya un instant au-dessus de l'arène avant d'aller se poser sur le plafond incurvé où il se fondit dans l'ombre. Le jeune homme sourit en songeant que le capitaine Lovett avait à présent une vue imprenable sur l'arène.

— Les règles sont simples, commença Rook, campé au bord du terrain. Le premier démon qui atteindra le sommet de la colonne et qui sera capable d'y rester dix secondes de suite remportera cette épreuve. Il vous est interdit d'attaquer les autres compétiteurs ou de descendre de votre estrade, au risque d'être éliminé. Allez-y !

Fletcher tomba à genoux, plaqua la main sur le vélin et invoqua Ignatius, qui se matérialisa dans un éclat d'énergie démonique. S'emparant de son oculus, le garçon le frotta contre le dos de la salamandre afin de lui transmettre ses premières instructions : celle-ci laissa échapper un piaillement excité avant de bondir dans l'arène sans hésiter une seconde.

Pendant ce temps, Amber avait invoqué une grièche musclée, de la taille d'un gros aigle, au plumage luisant et aux serres redoutables. Quant à Malachi, il voletait déjà en direction du pilier. Rook avait choisi les adversaires de Fletcher avec soin : deux démons volants, l'un petit et difficile à viser, l'autre plus imposant, qu'il aurait du mal à terrasser. Le jeune homme pointa un doigt tatoué en direction de la mite.

— Pourvu que ça marche… murmura-t-il, emplissant son corps de mana.

Une longue vrille opaque s'étira devant lui, percuta Malachi et le fit basculer vers le sol. Le symbole tatoué était une réussite ! Fletcher pouvait désormais se passer de tracer des glyphes devant lui et ainsi gagner en rapidité. Sans perdre un instant, il reporta son attention sur Ignatius, qui se faufilait entre les blocs de pierre, tandis que Rory et Amber, comme pris de frénésie, le visaient de leurs tirs lumineux : chacun d'eux soulevait des gerbes de sable autour de la salamandre et des rochers éclataient, projetant des éclats acérés de toutes parts. Alors qu'Ignatius bondissait vers la base de l'escalier, un éclair le frappa : la salamandre bascula derrière un amas de rochers. Quand une douleur diffuse lui parcourut le bras, Fletcher devina que le démon n'était pas grièvement blessé.

La grièche, de son côté, sautillait entre les blocs, sans doute pour éviter d'être abattue en plein vol. Fletcher en profita pour passer la lanière de cuir à laquelle était fixé son oculus : il vit alors qu'Ignatius était caché sous une corniche, non loin des premières marches de bois. Mais s'il empruntait l'escalier, il serait exposé et ne tiendrait pas longtemps ; à supposer qu'il gagne le sommet, il en serait certainement délogé en deux ou trois secondes.

« Il te faut éliminer les autres démons avant qu'ils aient l'occasion de voler jusqu'en haut de la colonne », pensa le jeune homme, envoyant ses ordres à Ignatius.

La salamandre gronda doucement, puis courut jusqu'au rocher le plus proche afin de repérer la position de ses adversaires.

Rory et Amber, penchés vers leurs oculus, étaient contraints de sans cesse lever la tête pour étudier le terrain. En les voyant ainsi occupés, Fletcher ne put s'empêcher d'esquisser un sourire : grâce au dispositif imaginé par Atilla, il lui était aisé de suivre les déplacements de son démon et de rester en contact avec lui tout en gardant les yeux braqués sur l'arène.

Soudain, Ignatius se figea : la grièche était juste devant lui, tapie sous une saillie. Sur l'ordre de Fletcher, la salamandre cracha une langue de feu en direction de l'autre démon, qui s'embrasa aussitôt, plaqué contre une paroi rocheuse. Croassant de douleur, il battit des ailes, mais un autre jet enflammé le terrassa avant qu'il ait le temps de prendre son envol. Toutes griffes dehors, Ignatius se jeta alors sur la grièche, qui riposta en lacérant le flanc de son assaillant d'un coup de serre. La salamandre poussa un cri strident et recula d'un bond, sur le point de cracher une autre flamme, quand Amber, en hurlant, sauta de son estrade et s'élança vers son démon.

— Ne lui fais pas de mal ! supplia-t-elle, se jetant sur sa grièche qu'elle étreignit.

Comprenant que la jeune novice était éliminée de l'épreuve, Fletcher ordonna à Ignatius de s'éloigner. Au même instant, il entendit une clameur confuse s'élever de la foule. Que se passait-il ? Il regarda autour de lui et aperçut soudain Malachi, perché au sommet du pilier !

La salamandre se précipitait déjà vers l'escalier ; jamais elle n'arriverait à temps, songea le jeune homme. Il propulsa un éclair en direction de la mite, mais son angle de tir était si médiocre qu'il manqua sa cible.

— Dix, neuf, huit… se mit à crier Rook, qui semblait jubiler.

Il fallait agir au plus vite. La mâchoire crispée, Fletcher donna alors forme à une boule d'énergie démonique qu'il emplit d'une prodigieuse quantité de mana, tandis que le compte à rebours se poursuivait, implacable :

— … sept, six…

Laissant échapper un mugissement, le garçon brandit la boule opaque au-dessus de lui… puis hésita un instant, les yeux rivés sur le petit scarabée d'apparence si fragile.

— … cinq, quatre, trois… continuait l'inquisiteur, plus rapidement encore, comme s'il avait saisi ce que Fletcher s'apprêtait à faire.

De toutes ses forces, le jeune homme jeta le projectile incandescent à travers l'arène : le sommet de la colonne vola en éclats, emportant Malachi dans un nuage de poussière et de fragments rocheux.

— Non ! hurla Rory.

Il sauta de son estrade et alla se pencher au-dessus du corps meurtri de son démon, qu'il souleva avec délicatesse. Saisie de convulsions, la mite agita fébrilement les pattes, tandis que son maître éclatait en sanglots et que l'assistance poussait des soupirs compatissants.

— Dame Providence va prendre soin de lui, assura le recteur Scipio.

L'intéressée se précipita à son tour vers Malachi et traça devant lui un symbole de guérison qu'elle emplit de filaments de lumière blanche.

— Tu es un monstre ! hurla Rory en se tournant vers Fletcher. Il va mourir !

À la vue de la tache de sang qui maculait le sable, là où le scarabée était tombé, celui-ci eut un haut-le-cœur.

— Viens, ordonna Caulder en tirant Fletcher par le bras. Tu ne peux rien pour lui.

— Lâchez-moi ! protesta le novice, tandis que le maître d'armes l'entraînait vers les cellules. Je suis désolé, Rory !

50

Cette fois, Caulder conduisit Fletcher dans une geôle plus grande, mais aussi sinistre que la précédente. Il découvrit malgré tout avec surprise que Sylva et Othello étaient enfermés dans les deux cellules voisines et qu'il n'était séparé d'eux que par des barreaux.

— Tu as réussi ! s'exclama aussitôt l'elfe, un sourire aux lèvres, en se levant d'un bond.

— Pourtant, Rory a bien failli l'emporter, précisa Fletcher. J'ai comme l'impression que cette épreuve a été conçue exprès pour les mites.

Il garda les yeux baissés. Il s'en voulait encore de ce qu'il avait fait subir à Malachi.

— Justement, c'était l'intention de Rook, grommela Othello. En facilitant la tâche aux plus médiocres, il a cherché à éliminer les meilleurs plébéiens du tournoi dès la première manche. Si son plan avait fonctionné, les nobles se seraient ensuite retrouvés face à Rory, Geneviève et d'autres plébéiens possédant des scarabées. L'inquisiteur a prétendu se montrer équitable en proposant une première épreuve lors de laquelle les aristocrates ont combattu de leur côté, et nous du nôtre, alors qu'il voulait tout simplement nous évincer !

— Et il nous a sous-estimés, ce dont je me félicite, déclara Sylva. J'espère que Séraph va s'en sortir lui aussi. En revenant, j'ai vu qu'il s'apprêtait à affronter Atlas et un novice de seconde année.

— Espérons surtout que Tarquin et Isadora ne l'emportent pas, marmonna le nain d'un air sombre. Mais cela serait surprenant, vu que Rook a dû choisir leurs adversaires avec soin.

— Et ensuite ? grommela Fletcher en observant Ignatius occupé à lécher son flanc écorché par la grièche. Il a parlé d'un duel à l'épée… Athol a donc bien fait d'affûter ma lame hier soir. Mais quelles seront les règles de ce combat ? Rook souhaite peut-être que nous luttions jusqu'à ce que mort s'ensuive !

— Non, répliqua Othello. Hier après-midi, le recteur Scipio m'a expliqué comment les choses se dérouleraient. Je n'ai pas eu le temps de t'en parler avant mon départ pour Corcillum. Nous serons enveloppés d'un sortilège de protection qui fera obstacle à la lame adverse, un peu comme un bouclier flexible qui amortira les chocs. Une fois que Rook aura jugé que l'un des duellistes a porté un coup fatal ou trop violent, il mettra un terme au combat et désignera le vainqueur.

— Rook, encore lui ! s'exclama Fletcher. Au moins, il ne pourra pas se montrer injuste devant les spectateurs.

— Je n'avais jamais entendu parler de ce sortilège, intervint Sylva.

— Je crois que le capitaine Arcturus l'a mentionné il y a longtemps, précisa Fletcher.

— Dans ce cas, pourquoi ne nous l'a-t-il pas enseigné ? s'étonna l'elfe. Même si les orques se servent d'armes émoussées, ce genre de protection pourrait changer la donne sur le front !

— Parce qu'il est nécessaire de disposer d'au moins quatre mages-guerriers chevronnés pour créer une barrière suffisamment efficace, répondit Othello. Certains nobles vont devoir combiner leurs manas afin de fournir un flot constant d'énergie tout au long des duels. Mais en dehors des tournois, ce sortilège est rarement employé, sauf lorsque l'empereur se trouve sur le champ de bataille.

— Je vois… Espérons qu'il marchera : je n'ai pas la moindre envie d'être décapité, murmura Fletcher.

Il fit signe à Ignatius de grimper sur ses genoux et lui gratta le menton.

— Oh, mais il est blessé ! constata Sylva. Je peux le soigner, si tu veux.

Elle savait que le jeune homme était encore loin de maîtriser le sortilège de guérison, lequel était très instable.

— Non, ne gaspille pas ton énergie, tu en auras besoin pour vaincre les Forsyth dans les manches à venir.

Il souleva pourtant le démon et l'approcha de son visage afin d'examiner l'égratignure, qui commença à s'estomper sous ses yeux !

— Bon sang, j'ignorais que tu étais capable d'un tel prodige, Ignatius… murmura le garçon stupéfait. Quelles autres surprises me réserves-tu ?

Du bout du doigt, il effleura la peau de la salamandre, qui ronronnait : la marque était à présent à peine visible.

— Quelqu'un approche ! prévint Othello.

Caulder apparut dans le couloir, suivi de Séraph.

— Tu as gagné ? s'exclama Sylva. Bravo !

Le garçon se contenta d'afficher un sourire radieux.

— Je n'ai jamais compris pourquoi ils enfermaient les novices dans ces oubliettes comme de vulgaires criminels, grommela le maître d'armes.

Il ouvrit l'une des cellules, face à Fletcher, et fit signe à Séraph d'y entrer.

— Le moins que je puisse faire, c'est de m'arranger pour que vous vous teniez compagnie. Mais n'allez surtout pas le dire à Rook, ajouta-t-il sur un ton de conspirateur.

— Savez-vous quels seront nos adversaires lors des duels à l'épée ? s'enquit alors Fletcher.

— Aucun novice de seconde année n'a remporté la première manche, répondit Caulder. Ce sera donc Séraph contre Tarquin, Sylva contre Isadora, Othello contre Rufus et Fletcher contre Malik. Vous allez tous avoir le plus grand mal à vous imposer face à ces adversaires, surtout toi, Fletcher : le jeune Saladin a été entraîné par son père. Je reviendrai te chercher dans un moment, les invocateurs se préparent à créer le sortilège de protection de Malik.

Sur ce, il s'éloigna de son pas claudiquant, sans cesser de grommeler dans sa barbe.

— Si nous trouvons ces geôles détestables, imaginez un peu ce que les nobles en pensent ! fit observer Séraph avec un petit rire narquois.

— Comment s'est passé ton combat ? lui demanda Fletcher.

— Sliver s'est débarrassé de Barbare en un rien de temps : il lui a suffi de projeter quelques épines à la figure du lutra. Atlas était furieux ! Quant à la mite du novice de seconde année, elle s'est contentée de rester tapie sous un rocher tout au long de l'épreuve. Je ne sais pas qui s'en est pris au pilier d'argile, mais il était à moitié effondré quand notre tour est venu. Et Malachi est plutôt amoché, d'après ce que j'ai pu voir…

— Est-ce que Rory va bien ? s'enquit Fletcher, sans parvenir à chasser son sentiment de culpabilité.

— Il a l'air malheureux. Dame Providence était encore en train de s'occuper de sa mite quand j'ai quitté l'arène. Mais tu verras par toi-même. Les perdants sont autorisés à s'asseoir dans les gradins afin d'assister à la suite du tournoi. Nous aurons donc quelques spectateurs de plus ! ajouta-t-il avec un enthousiasme non dissimulé.

— Sylva et toi, il faut absolument que vous l'emportiez sur Tarquin et Isadora, répliqua Fletcher d'un air sombre. Après tout, il est inutile de se voiler la face : c'est pour vous permettre d'aller au bout de ce tournoi que j'ai presque tué Malachi !

— Je suis désolé, répondit Séraph, déconcerté. Ce n'était pas dans mon intention de…

Il fut interrompu par un bruit de pas : Caulder était de retour.

— C'est à toi, Fletcher, annonça-t-il d'une voix bourrue.

Le garçon, gagné par la nervosité, le suivit après un dernier coup d'œil à ses compagnons. Une fois sur le seuil de l'amphithéâtre, le maître d'armes s'immobilisa et prodigua quelques ultimes conseils à Fletcher :

— N'oublie pas ce que je t'ai enseigné. Surtout, pas de précipitation : reste maître de tes émotions. Malik sait à quel point tu peux te montrer impatient, et ce n'est pas plus mal : si tu le laisses croire que c'est ainsi que tu vas te comporter, cela se retournera contre lui…

Sur ces mots, il poussa le jeune homme dans l'arène.

— Te voilà, Fletcher ! l'accueillit le recteur Scipio. Ce que tu as accompli lors de la première manche nous a tous surpris et impressionnés, je dois l'avouer ! Je me suis même demandé comment tu as pu tracer des glyphes aussi rapidement. Quant à ta salamandre, elle nous a offert un beau spectacle. Les généraux, espérons-le, seront d'accord avec moi et te proposeront un poste de lieutenant.

Mais le jeune homme ne l'écoutait que d'une oreille, les yeux rivés sur Rory ; assis dans le public, le visage strié de larmes, le garçon serrait contre lui Malachi qui battait lentement des ailes. Il était encore en vie ! songea Fletcher, soulagé.

— Il va mieux ? lança-t-il.

— Oui, et ce n'est pas grâce à toi ! hurla Rory d'une voix peinée avant de détourner le regard.

À cet instant, Fletcher remarqua Malik, un cimeterre au poing, et se rappela soudain l'épreuve qui l'attendait.

— J'ai besoin de volontaires afin de produire le sortilège de protection du novice Wulf ! annonça alors le recteur Scipio, s'adressant aux spectateurs.

— Je m'en chargerai avec plaisir ! répliqua Zacharie Forsyth en se redressant. Et je crois que messire Faversham et son épouse seront ravis de m'assister. Inquisiteur Rook, acceptez-vous de vous joindre à nous ?

Fletcher, qui avait deviné les intentions de Forsyth, blêmit en voyant les invocateurs s'approcher du bord du terrain. Scipio allait-il les autoriser à agir de concert ?

Celui-ci s'éclaircit la gorge en les dévisageant d'un air soupçonneux.

— Je respecte votre enthousiasme, et vous avez à l'évidence décidé de faire abstraction des… difficultés que vous pose Fletcher, commença-t-il en se tournant vers les Faversham. Cependant, en toute honnêteté, je préfère que l'inquisiteur Rook se ménage afin de juger au mieux les duels à venir. Par conséquent, je prendrai sa place.

— Mais enfin, bredouilla Zacharie, décontenancé. Je croyais que vous aviez pris votre retraite…

— Hier soir, l'empereur a eu la bonté de m'envoyer un vélin d'invocation, précisa Scipio en faisant apparaître une flammelle au bout de son index avant de l'éteindre en fermant le poing. Je serai bientôt appelé à me rendre sur le front. Il estime que je me morfonds depuis trop longtemps, et je suis d'accord avec lui. Il est grand temps que je fasse mon deuil de mon premier démon. Et, grâce à ce vélin, je possède un nouveau félis. Il est encore jeune et manque assurément de vigueur, mais je suis certain qu'un mage-guerrier aussi puissant que vous, messire Forsyth, saura m'assister sans le moindre mal lors du sortilège que nous nous apprêtons à créer. Quant à toi, Fletcher, concentre-toi sur ton combat. Tu sentiras la peau te picoter, rien d'autre. Nous nous chargeons de te protéger.

Les quatre invocateurs formèrent un cercle, et Scipio traça un glyphe d'une grande complexité devant lui.

— Allez, Fletcher, Malik t'attend, ajouta-t-il en se tournant brièvement vers le jeune homme, immobile au bord du terrain.

51

Le manche du khopesh glissait légèrement dans la paume moite de Fletcher. Il s'efforçait de ne pas penser à ce qui surviendrait si Zacharie Forsyth ou l'un des Faversham décidait soudain d'interrompre le flot de mana permettant de maintenir le sortilège de protection en place. « Un tragique accident », sans aucun doute.

— Dépêche-toi un peu, Fletcher, gronda Rook en se dirigeant vers le centre de l'arène, il y a trois autres duels.

Sans répondre, Fletcher ordonna à Ignatius d'aller l'attendre à l'écart, sur les gradins – si par malheur son démon intervenait, il serait aussitôt disqualifié, il le savait –, puis alla se placer face à Malik.

— Allez-y ! cria l'inquisiteur.

Fletcher fit quelques pas et, sans s'approcher, se mit à tourner autour de son opposant, tâchant de s'accoutumer au terrain jonché de débris de rocher – lors des entraînements, il avait eu l'habitude de combattre sur une surface lisse. Malik, de son côté, pareil à une statue, se contentait de l'observer. Il avait habilement choisi son emplacement : une zone parsemée d'éclats de pierre, où son adversaire pouvait aisément perdre l'équilibre.

Pourquoi laisserait-il le jeune Saladin lui imposer quoi que ce soit ? se dit alors Fletcher. Il leva les yeux vers la colonne délabrée et examina rapidement les marches, se souvenant de ce qu'Othello lui avait expliqué à propos de l'escalier en spirale qu'il avait emprunté en sa compagnie, le jour où ils s'étaient rendus chez lui : il descendait sous terre dans le sens des aiguilles d'une horloge afin d'obliger un assaillant droitier à manier son arme de la main gauche. Et comme l'escalier qui serpentait autour du pilier d'argile *montait* dans le sens des aiguilles d'une horloge, le jeune homme comprit quel avantage cela pourrait lui procurer : il le gravit à toute allure et s'arrêta juste avant le sommet.

— Viens donc me rejoindre, si tu l'oses ! lança-t-il.

— Je ne me battrai pas sur ce pilier, répliqua le garçon d'une voix posée. Redescends et affronte-moi en terrain neutre.

La patience n'était pas le fort de Fletcher, mais, cette fois, il comptait bien mettre celle de Malik à rude épreuve. Il se moquait éperdument de ce que les nobles et les généraux pourraient penser de lui : en revanche, le jeune Saladin y attachait de l'importance car, s'il tardait à engager le combat, sa réputation en souffrirait.

— Le fils du grand Baybars Saladin refuse de se mesurer à moi ! s'exclama Fletcher. Il n'est pas digne de son illustre père !

À ces mots, Malik rougit de colère et s'avança.

— Un Saladin ne refuse jamais de combattre ! Nous avons lutté dans les sables du désert, dans les tranchées et jusque dans les jungles du territoire des orques ! Je doute qu'on puisse en dire autant de tes ancêtres !

— Dans ce cas, fais honneur aux tiens, et montre-moi ce dont un Saladin est capable ! le défia Fletcher en exécutant un moulinet avec son khopesh.

Malik céda enfin à la provocation : brandissant son cimeterre, il gravit l'escalier quatre à quatre. En dépit de son irritation, il semblait garder le contrôle, et Fletcher, soudain en proie à l'incertitude, se demanda si sa tactique le favoriserait autant qu'il l'avait cru.

Le premier coup, foudroyant, siffla tout près de ses jambes. Fletcher le para de justesse avant de viser le visage de son assaillant. Celui-ci s'écarta et la lame du khopesh percuta violemment la colonne. Sans attendre, Malik attaqua de nouveau, feignit de porter un coup au visage du jeune homme avant de diriger son arme vers ses pieds. Fletcher esquiva la botte en sautant sur place ; il atterrit accroupi, se fendit et toucha la joue du jeune noble, l'obligeant à reculer de quelques pas.

Hors d'haleine, les deux garçons se fixèrent un instant avec hostilité. Fletcher avait senti la barrière amortir son coup. Frôlant son bras de sa main libre, il perçut à peine un picotement – il était possible que seul Scipio s'emploie à le protéger, auquel cas… Il s'empressa de chasser cette idée, sachant qu'il n'y pouvait rien.

La lame courbe du cimeterre, qui s'apparentait à celle de son khopesh, oscillait devant lui. Puis, d'un mouvement rapide, Malik fit passer son arme dans son autre main.

— Mon père m'a appris à combattre comme un gaucher, gronda-t-il, plein d'assurance. Messire Caulder a-t-il eu le temps de t'enseigner ceci ?

Un frisson d'angoisse parcourut Fletcher, conscient que le pilier ne pouvait plus entraver les mouvements de son opposant. Il se rassura en se disant qu'il avait au moins l'avantage d'être au-dessus de lui.

Sans prévenir, Malik le visa au ventre, mais le jeune plébéien bloqua la lame adverse dans la partie recourbée de la sienne et la repoussa vers le bas. Les adversaires, incapables d'éviter le corps à corps, se retrouvèrent torse contre torse, luttant de toutes leurs forces tandis que les marches de bois gémissaient sous leur poids. Ils étaient si proches l'un de l'autre que Fletcher avait du mal à supporter le souffle haletant du jeune noble sur son visage. Puis, peu à peu, au prix d'un effort inouï, Malik parvint à relever son cimeterre vers les jambes de son rival. Et soudain, Fletcher sentit la pointe de l'arme contre sa peau ; était-ce du sang qui coulait le long de sa cuisse ? S'il ne réagissait pas, la lame s'enfoncerait dans sa chair d'une seconde à l'autre. Pris de panique, il vit défiler dans son esprit des scènes de son passé – Berdon lui offrant son khopesh, Didric reculant devant Rotherham dans la taverne de Pelt, sa première bagarre à mains nues, et le vieux soldat donnant un coup de tête à Jakov, un homme deux fois plus massif que lui…

Fletcher leva alors les yeux vers le plafond, puis, le front en avant, heurta de plein fouet le nez de Malik. Celui-ci perdit l'équilibre, bascula dans le vide et rebondit sur un rocher déchiqueté. Étendu sur le sable, il resta immobile, le souffle coupé.

— C'est une chute mortelle ! annonça Fletcher. Sans le sortilège de protection, il se serait empalé !

— Ce n'est pas mon avis, répliqua Rook en esquissant un sourire narquois. Ce caillou n'est pas si pointu que cela… Et ton adversaire se relève déjà !

Malik, qui s'était en effet redressé, jeta un regard noir à Fletcher.

— Rends-toi ! lança ce dernier. De toute façon, tu es blessé, et tu ne pourras pas me déloger de ma position !

Mais Malik n'était pas près de renoncer : Fletcher l'avait meurtri dans son amour-propre, et il comptait bien prendre sa revanche. Brandissant son cimeterre, il frappa violemment la base du pilier. Des éclats d'argile se détachèrent, volant de toutes parts.

— Rends-toi ! hurla le jeune Saladin, s'apprêtant à porter un nouveau coup.

Cette fois, la colonne vibra sous les pieds de Fletcher, qui n'eut pas le temps de répondre à son assaillant : avec un craquement sourd, le pilier commença à s'effondrer lentement, des fissures sillonnant ses parois friables. Sans perdre une seconde, le jeune homme bondit vers le sol en espérant atterrir en douceur. Alors qu'il roulait sur le sable, la colonne s'écroula non loin de lui dans un tourbillon de poussière âcre. À moitié aveuglé, respirant avec difficulté, Fletcher se releva et regarda autour de lui. Une ombre passa sur sa gauche, puis sur sa droite. Était-ce Rook ou Malik ?

Soudain, ce dernier surgit de la brume rougeâtre en poussant un cri de fureur. Il abattit son arme sur Fletcher, qui s'écarta juste à temps pour l'éviter et sentit la lame érafler son avant-bras ; il baissa les yeux, vit quelques gouttes de sang jaillir de la blessure, laquelle était pourtant superficielle. Il ne pouvait plus compter que sur lui-même : un seul faux pas, et Malik n'hésiterait pas à le tuer. Justement, celui-ci avait de nouveau disparu dans le nuage de poussière qui ne s'était pas encore dissipé.

Fletcher fit volte-face et aperçut une silhouette, le poing brandi. Avant qu'il puisse réagir, une pierre le heurta au front. Une seconde plus tard, il était étendu à terre, sur le point de perdre connaissance… « Pourquoi ne pas me laisser sombrer ? » songea le garçon quand une vive douleur lui transperça la main, le ramenant à la réalité : Valens avait enfoncé ses mandibules dans sa paume. Fletcher agita la main pour chasser le démon, qui ne se fit pas prier – sa mission était accomplie.

Alors qu'il essayait de se redresser, il sentit son khopesh lui échapper des doigts et un pied se poser contre sa gorge. Puis Malik annonça, d'une voix lointaine :

— Tu vas me le payer. Quiconque insulte les Saladin doit mourir !

Fletcher avait besoin d'aide. Où était Ignatius ? se demanda-t-il, incapable d'entrer en contact avec son démon. À tâtons, il chercha un caillou sur le sable. Mais Malik, les traits déformés par un rictus haineux, avait déjà levé son cimeterre au-dessus de lui tandis que la brume rougeâtre se dissipait lentement ; Fletcher entrevit alors les spectateurs qui hurlaient avec frénésie.

— Adieu, Fletcher.

Au même instant, ce dernier jeta une poignée de sable dans les yeux de son adversaire : celui-ci laissa échapper un cri et recula en portant la main à son visage. Fletcher en profita pour se lever et, dans un ultime effort, se jeta sur son assaillant et le plaqua au sol, où sa tête percuta un rocher.

Suivit un long silence. Fletcher resta étendu en travers de Malik tandis que la poussière retombait lentement sur eux. L'esprit engourdi, le jeune plébéien se sentait envahi de sérénité ; il ne prêta presque pas attention aux mains qui le soulevèrent et au verre d'eau que l'on pressa contre ses lèvres. En revanche, il entendit nettement les paroles de Scipio, s'adressant à la foule :

— Fletcher a remporté ce duel !

52

— C'est hors de question, Fletcher ! déclara Othello depuis la cellule voisine.

Avant de repartir vers l'arène, Caulder avait annoncé aux deux amis qu'ils s'affronteraient lors de la demi-finale, ainsi que l'inquisiteur Rook en avait décidé ; Fletcher avait alors proposé de rendre les armes afin que le nain puisse disputer la finale.

— N'insiste pas, tu es assuré de l'emporter : j'ai gaspillé trop de mana durant la première manche et, même si je remportais cette épreuve, je serais incapable de poursuivre, répondit le jeune homme.

— Tu plaisantes ? J'ai vaincu Rufus, mais j'ai simplement eu de la chance. Et avec cette contusion, je ne risque pas d'aller bien loin, ajouta Othello en désignant son tibia endolori. Non, c'est décidé : je préfère capituler de façon que tu te qualifies pour la finale.

— Pourquoi ne pas demander à dame Providence de te soigner ? suggéra Fletcher.

— Tu devrais savoir qu'il est trop risqué d'employer un sortilège de guérison quand un os est touché ! Je n'ai pas envie de me retrouver avec une jambe tordue. Je meurs d'envie de donner une bonne correction à Tarquin, tu peux me croire, mais je ne serai pas en mesure de le surpasser, j'en suis conscient.

— Il est pourtant possible qu'il n'aille pas en finale, raisonna Fletcher. Il a triomphé de Séraph, c'est un fait, mais Sylva a vaincu Isadora et, en ce moment même, elle est en train d'affronter Tarquin. Par conséquent, si elle l'emporte, je me retirerai du tournoi afin que tu puisses te mesurer à elle. Les généraux seront impressionnés de voir un nain disputer la finale ! Sans compter que cela servira les intérêts de ton peuple. Je dirai à Rook que je suis encore sous le choc, ce qui n'est pas tout à fait faux.

Il frotta son front meurtri. D'une certaine façon, la pierre lancée par Malik l'avait sauvé : dès que le recteur Scipio avait constaté que Fletcher était blessé pour de bon, il avait deviné que les autres invocateurs chargés de protéger le jeune plébéien s'étaient joués de lui. Il avait alors suggéré à Zacharie Forsyth et aux Faversham de faire une pause avant de demander à d'autres nobles de les remplacer lors des manches suivantes.

Un grondement sourd s'éleva dans la cellule d'Othello : c'était Salomon, qui arpentait la geôle d'un air misérable, s'arrêtant de temps à autre près de son maître pour effleurer son tibia endommagé. Ignatius, de son côté, poussa un petit cri désolé et lécha le visage de Fletcher.

— Tout ira bien, murmura-t-il pour le rassurer. Tarquin n'a pas encore remarqué mes tatouages… Et s'il nous sous-estime, cela risque de le desservir.

À cet instant, Caulder, qui était de retour, tapota les barreaux avec son bâton.

— Othello et Fletcher, c'est à vous, annonça-t-il d'une voix lugubre.

— Sylva a-t-elle gagné ? s'enquit ce dernier tandis que le maître d'armes déverrouillait sa cellule.

— D'après toi ? répliqua le vieil homme en tendant le doigt vers le couloir.

Dame Providence et le recteur Scipio portaient un brancard sur lequel gisait l'elfe. Ses bras, ses jambes et son visage étaient couverts d'ecchymoses, et elle avait au front une bosse énorme. Sariel refermait la marche, la queue entre les pattes ; la fourrure du canid était maculée de sang, et une longue entaille zébrait son flanc.

— Tarquin l'a frappée avec un éclair si puissant qu'elle ne s'est pas relevée, expliqua Scipio. Nous n'avons pas encore pu constater l'étendue de ses blessures.

— Pauvre petite, soupira l'infirmière en secouant la tête d'un air dépité. Dire qu'il lui a fallu affronter chacun des jumeaux ! Elle était déjà au bord de l'épuisement quand elle a dû se mesurer à Tarquin. Elle s'est néanmoins battue avec courage. Plus personne ne pourra plus accuser les elfes d'être de faibles créatures, ajouta-t-elle avec chaleur.

— Si elle a subi un traumatisme crânien, il serait dangereux de pratiquer un sortilège de guérison, dit Scipio. Mieux vaut l'emmener à l'infirmerie, où elle pourra se reposer auprès du capitaine Lovett. Dès qu'elle reprendra connaissance, nous vous en informerons.

Les poings serrés, Fletcher ne pouvait détacher les yeux du corps meurtri de son amie.

— Allons-y, ordonna Caulder.

Fletcher et Othello lui emboîtèrent le pas ; le jeune homme, qui avait insisté pour que le nain s'appuie sur son bras, se souvint d'avoir assisté Atilla de la même manière lors de leur fuite dans les bois ; il se rappela aussi la jambe ensanglantée de son compagnon et comment Othello, les larmes aux yeux, avait accueilli son frère sur le seuil de l'infirmerie. Cette fois encore, tout avait été la faute des Forsyth, lesquels lui faisaient penser à une énorme araignée tissant une toile de fourberie pour y capturer ses proies. « Ils vont me le payer », se promit Fletcher.

Quand ils arrivèrent dans l'arène, Othello, pâle comme un linge, avait le plus grand mal à rester debout. Il avait raison : face à Tarquin, il ne résisterait pas plus de quelques secondes. Fletcher était leur dernier espoir.

— Les règles de ce combat, qui sont là encore très simples, s'appliquent tout autant à la demi-finale qu'à la finale, annonça Rook en se plaçant entre le nain et le jeune homme. Vous avez le droit de vous servir de vos armes et de lancer toutes sortes de sortilèges, pendant que vos démons, sous vos ordres, s'affronteront de leur côté. Ils n'ont cependant pas le droit d'attaquer les invocateurs : je tiens à le préciser, puisque le sortilège de protection dont vous serez enveloppés n'a aucun effet contre l'énergie démonique. Mon minotaure veillera à ce que la salamandre et le golem n'enfreignent pas ce principe, au cas où ceux-ci se montreraient trop zélés…

Fletcher remarqua alors la créature à tête de taureau qui rôdait derrière les décombres de la colonne d'argile. Haut de plus de deux mètres, le minotaure était doté de cornes recourbées, d'un pelage d'un noir de jais et de sabots fendus qui laissaient de larges empreintes sur le sable tandis qu'il piaffait avec impatience, comme s'il contenait sa rage à grand-peine. Ses mains étaient semblables à celles d'un homme, mais chacun de ses doigts était muni d'une longue griffe noire. Il fixa Fletcher de ses yeux injectés de sang, puis se détourna d'un air dédaigneux en renâclant.

— Un beau spécimen, n'est-ce pas ? fit Rook, voyant que Fletcher observait le minotaure avec effroi. Caliban étant un démon de niveau onze, il n'aura aucune difficulté à maîtriser une salamandre ou un golem. Vous voilà prévenus. Vous serez d'emblée disqualifiés si vous ou votre démon sortez du terrain, si celui-ci perd connaissance, ou bien si l'un de vous abat le démon de son adversaire. Il ne s'agit nullement d'un combat à mort, est-ce bien compris ? Votre démon a le droit de blesser ou de mutiler son opposant, pas de le tuer.

— Et nous, sommes-nous autorisés à tuer ? s'enquit Tarquin.

Assis dans les gradins, il caressait nonchalamment l'une des têtes de son hydre.

— Non, il suffit d'un coup d'épée ou d'un sortilège jugé fatal pour l'emporter : les règles sont les mêmes que lors de ton combat victorieux contre Sylva, répondit Rook. Et, cette fois encore, nous allons mettre en place un sortilège destiné à protéger les duellistes.

— Il me semble pourtant que l'elfe a souffert, ricana le jeune Forsyth. Par chance, je me suis montré bon prince en m'empressant de remporter cette épreuve !

— Certes, le sortilège de protection se contente d'amortir les chocs, reconnut l'inquisiteur. Bien, il est temps de commencer, ajouta-t-il, se tournant de nouveau vers Fletcher, qui s'impatientait. Allez-y !

Othello, d'un pas incertain, se dirigeait déjà vers le bord du terrain ; Fletcher fixa Rook avec ironie tandis que le nain s'effondrait de tout son long dans la poussière.

— Oh non ! s'exclama Tarquin, feignant la consternation. Et moi qui espérais tant vaincre le demi-homme… En comptant l'elfe, j'aurais alors pu inscrire deux créatures inférieures à mon palmarès !

— Tais-toi un peu, gronda Fletcher, et viens donc disputer la finale !

Le jeune noble leva les yeux au ciel d'un air blasé et s'avança dans l'arène.

— Très bien, finissons-en.

— Les duellistes sont-ils enveloppés d'un sortilège de protection ? voulut savoir le recteur, s'adressant aux invocateurs qu'il avait chargés de cette tâche.

— Oui, répondit l'un d'eux.

— Dans ce cas, il est…

— Allez-y ! hurla Rook, sans laisser Scipio terminer sa phrase.

Tarquin lançait déjà une boule de feu en direction de Fletcher, qui avait à peine eu le temps de se préparer. Il plongea derrière un rocher et sentit une odeur de roussi s'échapper de quelques mèches de ses cheveux : son assaillant l'avait manqué de justesse.

— Ignatius, cache-toi ! chuchota Fletcher.

La salamandre se glissa aussitôt entre deux pierres. Trebius était un puissant démon, mais, pour le vaincre, il suffirait sans doute à Ignatius de cracher quelques flammes avec adresse – à condition qu'il évite les têtes de la créature reptilienne. Un éclair vint ricocher contre le rocher, qui s'effondra à moitié.

— Sors de là ! cria Tarquin. J'ai envie de jouer !

— Un peu de patience, le combat ne fait que commencer ! riposta Fletcher en emplissant de mana le bouclier ovale qu'il venait de créer.

Pourtant, il sentait déjà ses réserves d'énergie s'amenuiser. Lors des cours du commandant Goodwin, il avait appris que les hydres étaient des démons très résistants, capables de fournir quantité de mana à leur invocateur ; par conséquent, si Tarquin et lui échangeaient coup pour coup, jamais Fletcher ne réussirait à le vaincre. Il lui faudrait employer la ruse.

Roulant sur le côté, il quitta sa cachette, se releva d'un bond et courut se réfugier derrière les décombres du pilier d'argile. Son bouclier se fissura sous l'impact d'une boule de feu – cependant trop petite pour le déstabiliser.

— En voilà une autre ! brailla Tarquin.

Cette fois, la sphère lumineuse heurta le bouclier de plein fouet, et Fletcher bascula en arrière. Alors qu'il se redressait tant bien que mal, son opposant en projeta une troisième, laquelle obligea le jeune homme à s'abriter.

— Allez, défends-toi, je commence à m'ennuyer ferme ! lança Tarquin d'un ton railleur. Histoire de pimenter un peu les choses, Trebius va partir en quête de ta salamandre…

Fletcher en profita pour passer le bandeau de cuir auquel était fixé son oculus. Ignatius, qui se trouvait à présent à l'autre bout de l'arène, essayait de se faufiler derrière l'hydre – tâche des plus malaisées, car la créature, dont les trois têtes ne cessaient de pivoter, avait une vue d'ensemble du terrain.

— Vas-y, l'encouragea Fletcher à voix basse. Tu es capable de vaincre ce démon !

La salamandre s'élança vers Trebius et, bondissant d'un rocher à l'autre, esquiva les cruelles mâchoires qui tentaient de se refermer sur elle. Puis elle se glissa sous l'hydre, évita ses griffes et cracha un jet enflammé droit sur son ventre, la partie la plus vulnérable de son corps. Alors que le feu lui mordait la chair, Trebius mugit de douleur et fit volte-face, tentant de piétiner Ignatius. Mais celui-ci, tenace, échappa à ses pattes, et d'autres flammes jaillirent de sa gueule béante.

— C'est assez ! s'emporta Tarquin.

Avant que Fletcher puisse intervenir, une énorme boule incandescente vola dans la direction des démons, passa sous l'hydre et repoussa brutalement la salamandre au centre de l'arène, où elle s'immobilisa, étendue sur le dos, pareille à un jouet cassé. Le minotaure s'approcha d'elle et lui donna un petit coup de sabot dans le flanc pour s'assurer qu'elle avait bel et bien perdu connaissance.

— Il semble que le duel s'achève là ! annonça Rook avec un sourire mauvais.

— Bravo ! s'exclama Zacharie Forsyth depuis les gradins.

Trebius s'avança à son tour vers le petit démon et s'arrêta à quelques pas de lui ; têtes penchées, il darda ses trois langues au-dessus de la petite forme prostrée.

Fletcher n'éprouvait toutefois ni chagrin ni déception. Il avait perçu les intentions d'Ignatius, lequel était parfaitement lucide : rien n'était encore acquis.

— Oui, c'est ça, tous les coups bas sont permis, murmura-t-il, se rappelant le conseil de Rotherham.

Il fit disparaître son bouclier et se prépara à intervenir. Il n'aurait droit qu'à une seule tentative. La tactique audacieuse qu'il souhaitait mettre en œuvre allait à l'encontre de tout ce que le capitaine Arcturus lui avait enseigné, et pourtant le jeu en valait la chandelle.

— Très bien, Tarquin, voyons si tu résisteras à deux sortilèges simultanés, marmonna le garçon en examinant ses doigts tatoués. Ignatius, j'espère que tu es prêt.

Il sortit d'un bond de sa cachette et partit à toute allure vers le centre de l'arène, tandis que la salamandre poussait un cri strident et se dressait vivement sur ses pattes arrière en crachant des langues de feu sur Trebius, dont les têtes s'embrasèrent. L'hydre laissa échapper un rugissement de fureur avant de basculer en avant. Alors qu'elle était sur le point de tomber sur Ignatius, celui-ci se volatilisa dans un éclat de lumière blanche – absorbé par le pentacle tatoué dans la paume de son maître.

Voyant ce que son adversaire venait d'accomplir, Tarquin devina ses intentions ; en toute hâte, il produisit un bouclier incurvé qui amortit de justesse l'éclair et la boule de feu que Fletcher venait de lancer dans sa direction. Le jeune noble dérapa pourtant sur le sol et ne s'immobilisa qu'à quelques centimètres du bord du terrain. Son bouclier se lézarda de haut en bas, mais il parvint à le maintenir en place et s'empressa d'y projeter des rubans de lumière blanche afin de le colmater. Fletcher emplit alors son corps de davantage de mana et se concentra sur l'ovale translucide qui se tortillait en vrille devant Tarquin ; ses doigts le brûlaient, et l'air ambiant vibrait d'une telle intensité qu'il paraissait ondoyer, tandis que des traits aveuglants pulvérisaient les rochers autour de lui ; il avait la sensation que le sable, sous ses pieds, était une étendue de verre liquéfié, bouillonnant comme de la lave.

Et, soudain, il perçut la présence d'Ignatius, qui joignait ses dernières réserves d'énergie démonique aux siennes. Avec un rugissement, le jeune plébéien propulsa un éclair fulgurant vers Tarquin : l'onde de choc fut si grande que son bouclier vola en un millier d'éclats incandescents. Fletcher fut soulevé du sol et, enveloppé d'une pluie de poussière et de pierres, tournoya un bref instant au-dessus de l'arène avant de retomber sur le dos et de sombrer dans les ténèbres.

53

— Fletcher, réveille-toi, murmura Othello.

Sa voix paraissait lointaine. Le garçon sentit qu'on lui tapotait les joues.

— Tu as réussi, reprit le nain.

— J'ai gagné ? demanda Fletcher d'une voix pâteuse.

Il ouvrit les paupières. Le nain se tenait au-dessus de lui et le regardait avec des yeux pétillants de joie.

— Oui, grâce à toi, notre honneur est sauf ! Quand son bouclier a explosé, Tarquin a été projeté vers le plafond, littéralement ! Si son père n'avait pas amorti sa chute au moyen d'un sortilège de télékinésie, il serait grièvement blessé.

Fletcher se redressa et découvrit qu'ils se trouvaient dans l'infirmerie. Sylva et le capitaine Lovett, immobiles, étaient allongées sur les lits voisins du sien. Tapi sous celui de sa maîtresse, Sariel ronflait ; quant à Valens, également endormi, il s'était installé sur le dos du canid.

Le jeune homme tendit la main vers l'elfe et écarta une mèche de cheveux argentée de son visage paisible.

— Comment va-t-elle ?

— Dame Providence affirme qu'elle se remettra, même s'il lui faudra sans doute un peu de temps.

Othello contempla Sylva d'un air pensif avant de s'emparer de sa main.

— Sans elle, nous n'en serions pas là, murmura-t-il. Elle a triomphé d'Isadora avant d'affronter Tarquin et de l'affaiblir, à ses risques et périls. Elle aurait pu choisir de capituler, comme moi, mais elle a préféré lutter tout en sachant qu'elle ne pouvait l'emporter.

— Elle est plus vaillante que moi, reconnut Fletcher.

— Tu es pourtant le vainqueur du tournoi, répliqua Othello avec une pointe d'envie. Tu vas être nommé capitaine et siéger au conseil de l'empereur. Je regrette de ne pouvoir annoncer à mon père que j'ai surpassé mes adversaires humains… J'aurais tant voulu que les Forsyth sachent qu'il leur faut désormais compter avec les nains !

— Ce sont les tiens qui m'ont fourni ce dont j'avais besoin pour gagner et, si tu n'avais pas vaincu Rufus, il m'aurait fallu gaspiller ce qui me restait d'énergie démonique en demi-finale, répliqua Fletcher avec détermination. Nous sommes tous vainqueurs ; même Séraph, qui a lui aussi affronté Tarquin. Dommage que Sylva ne puisse fêter cette victoire collective.

— Elle va revenir à elle, assura Othello. Je veux être le premier à lui annoncer la nouvelle. Et elle se verra sans doute offrir un poste d'officier dès son réveil !

— Toi aussi, Othello, j'en suis convaincu. Les nains qui se sont engagés dans l'armée vont avoir besoin de lieutenants. En te qualifiant en demi-finale, tu as su prouver ta valeur. Souviens-toi, si tu as souhaité t'inscrire à Vocans, c'était pour montrer que les nains étaient des alliés de confiance et des combattants dignes de ce nom !

— C'est vrai, répondit son ami en souriant. Et Scipio va sûrement proposer à Atilla de marcher sur mes traces. De mon côté, j'ai la ferme intention de découvrir comment l'Inquisition s'y prend pour évaluer les novices potentiels, afin de m'en charger moi-même auprès des miens : nous aurons besoin de recruter davantage d'invocateurs dans nos bataillons.

— Excellente initiative, approuva Fletcher. J'aborderai ce sujet dès le premier conseil de l'empereur auquel je participerai, tu peux compter sur moi.

Il éprouva tout à coup une vive anxiété à l'idée de ce qui l'attendait, imaginant une salle lugubre, où les personnages les plus puissants d'Hominum étaient assis autour d'une longue table. Parmi eux, Zacharie Forsyth chercherait à le rabaisser à la moindre occasion. Le jeune homme avait certes vaincu Tarquin, mais ce serait à son père qu'il aurait bientôt affaire.

Un instant plus tard, le visage radieux de Séraph apparut dans l'entrebâillement de la porte.

— Dame Providence m'a demandé de vous avertir : les généraux se sont réunis dans le vestibule, où ils s'apprêtent à distribuer les postes d'officiers ! Venez donc, si vous êtes en état de marcher.

Sur ces mots, le garçon disparut et ils l'entendirent s'éloigner au pas de course.

— Il est diablement pressé ! s'exclama Othello en riant. Il va falloir que tu m'aides ; à cause de cette fichue jambe, j'ai du mal à me déplacer.

— J'ai l'impression de passer la moitié de mon temps à servir de béquille à un nain, plaisanta Fletcher en s'asseyant au bord du lit.

Il se redressa et, l'espace d'un instant, fut pris de vertige. Puis il respira profondément, et la sensation s'estompa.

— Quelle paire d'estropiés on fait, tous les deux ! ajouta-t-il, posant la main sur l'épaule de son ami. Je crois que je vais avoir besoin de ton aide, autant que toi de la mienne…

Alors que le nain, de tout son poids, prenait appui sur son bras, le jeune homme grimaça de douleur. Clopin-clopant, ils sortirent de l'infirmerie et prirent la direction du vestibule.

— Allez, encouragea Othello. Tu n'as tout de même pas envie de manquer ta nomination officielle !

Fletcher se rappela qu'il allait être capitaine et, à la vue des trophées guerriers, des armes et des tableaux qui ornaient les couloirs qu'ils longeaient, il prit conscience que, tôt ou tard, il se retrouverait face à des orques.

***

L'imposant vestibule de la Citadelle fourmillait de nobles et de généraux. Quand Fletcher et Othello apparurent en bas des marches, tous les regards convergèrent sur eux.

— Quelle ingéniosité, quelle adresse ! s'exclama Scipio avec enthousiasme, se dirigeant déjà vers le vainqueur. Tu t'es fait tatouer les doigts pour ne pas avoir à tracer tes glyphes, et tu as employé ton oculus à la manière d'un monocle ! Comment n'y avions-nous pas pensé avant ? Tous les mages-guerriers d'Hominum vont pouvoir bénéficier de tes inventions !

Derrière le recteur, Fletcher aperçut Tarquin qui, honteux, se faisait réprimander par son père. Les autres novices s'étaient installés sur des bancs, attendant en silence que débute la cérémonie.

— Je t'interrogerai plus tard sur ces trouvailles, poursuivit Scipio. Général Kavanagh, apportez donc les documents que Fletcher doit signer. L'empereur tiendra conseil le mois prochain, c'est bien cela ? Il nous faudra nommer un précepteur capable d'enseigner à ce jeune plébéien comment faire ses premiers pas dans la politique impériale. Vu ses origines modestes, ses connaissances dans le domaine doivent être plutôt limitées.

Le recteur, volubile, s'affairait autour de Fletcher, comme une mère couvant son enfant, tandis que le jeune homme, bien droit, parcourait calmement du regard les aristocrates et les généraux ; non sans fierté, il repensait à tout ce que ses amis et lui avaient accompli. Sylva et Othello avaient montré qu'il fallait dorénavant compter avec leurs peuples respectifs. Séraph, lui, appartiendrait bientôt à la noblesse : un changement qui ne poserait aucun problème, vu la ténacité et la bravoure dont il avait fait preuve lors de ce tournoi. Quant à Fletcher, il était tout simplement heureux d'avoir pu empêcher l'un des jeunes Forsyth d'obtenir un siège dans le conseil de l'empereur. Et le poste qu'il s'apprêtait à recevoir lui assurait un bel avenir. Il n'avait qu'un regret : que Berdon, en ce grand jour, ne puisse être à ses côtés.

Il serra l'épaule d'Othello et pointa discrètement le doigt vers les nobles et les généraux.

— C'est l'un d'eux qui va te nommer officier ! As-tu une préférence ?

— Peu importe, tant que ce n'est ni Forsyth ni Faversham, répliqua le nain en s'esclaffant. Si tu avais vu leurs mines dépitées quand j'ai triomphé de Rufus !

Soudain, les portes en chêne donnant sur la cour s'ouvrirent à toute volée, et une bourrasque s'engouffra dans la vaste salle. Trois silhouettes se découpèrent sur le seuil. Puis les lourds battants se refermèrent, et Fletcher vit Rook, encadré par deux individus qu'il reconnut aussitôt : Turner et Murphy ! Un sourire narquois aux lèvres, l'inquisiteur se dirigea vers le vainqueur. Celui-ci retint une exclamation de surprise à la vue de la paire de menottes qui pendait au bout du bras de Turner.

— Othello ! Ce sont les pinkertons !

— Qu'est-ce que cela signifie ? s'enquit Scipio, indigné, tandis que les trois hommes se frayaient un chemin entre les nobles. Vous n'avez rien à faire ici : il s'agit d'une cérémonie privée !

— Nous sommes venus chercher l'un de vos élèves, répliqua Murphy en indiquant l'endroit où se tenaient Fletcher et Othello. Il y a un mandat d'arrêt contre lui.

Le garçon s'avança pour se placer devant le nain.

— Si vous voulez l'emmener, il vous faudra d'abord me passer sur le corps ! affirma-t-il.

Murphy le fixa d'un air plein de malice.

— Fletcher Wulf, annonça-t-il en lui mettant les menottes aux poignets. Je t'arrête pour tentative de meurtre contre Didric Cavell.

Les jambes paralysées, le jeune homme s'efforçait de comprendre ce qui lui arrivait.

— Bas les pattes ! cria Othello en essayant de s'interposer. Vous faites erreur !

Mais Turner, du plat de la main, lui donna une claque qui le fit basculer en arrière.

— Tiens-toi tranquille, sale nain, ou nous t'emprisonnerons pour entrave à la justice ! cracha le pinkerton, décochant un coup de pied dans le flanc d'Othello.

Rook enjamba le nain, saisit Fletcher par le col de son uniforme et approcha son visage du sien.

— Tu as voulu jouer au plus fin, mais c'en est terminé, gronda l'inquisiteur. Il est temps que tu retournes à Pelt !

Classification démonologique

Mite – niveau 1 (Rory, Geneviève, capitaine Lovett)

Appartenant à l'espèce de démon la plus commune dans la région de l'Éther qu'explorent les invocateurs d'Hominum, la mite se trouve en bas de la chaîne alimentaire. La mite scarabée est la plus puissante de toutes. Pourvue de redoutables mandibules, elle a l'apparence d'un gros insecte volant dont la carapace peut prendre diverses teintes, du marron le plus terne au bleu le plus vif. Une fois adulte, elle possède un dard venimeux qui lui permet de paralyser temporairement un adversaire. Avant d'envoyer un démon plus vigoureux chasser dans l'Éther, la plupart des mages-guerriers emploient des mites comme éclaireurs, tâche qu'elles remplissent avec efficacité.

Lutra – niveau 4 (Rufus et Atlas)

De la taille d'un gros chien, le lutra a toutefois l'apparence d'une loutre ; doté de deux canines proéminentes et d'une queue semblable à celle d'un rat – avec, à son extrémité, une boule hérissée de pointes –, ce démon aime tout particulièrement nager dans les lacs et les rivières de l'Éther.

Grièche – niveau 4 (Amber)

Ce démon volant, au corps d'oiseau et aux longues plumes noires teintées de blanc à leur extrémité, est pourvu d'un bec acéré et crochu, d'une excroissance de chair pourpre sur la gorge et d'une crête rouge au sommet du crâne. Lors de la migration annuelle des grièches, la région de l'Éther qu'explorent d'ordinaire les invocateurs d'Hominum devient, une semaine durant, une zone à éviter.

Salamandre – niveau 5 (Fletcher)

Hormis le fait que les chamans orquiens, par le passé, capturaient des salamandres, on sait peu de choses de l'habitat et de l'histoire de ces démons, car ils ne se sont pas établis dans la région de l'Éther où chassent les mages-guerriers de l'Empire. De la taille d'un gros furet, pourvues d'un corps souple et de pattes allongées, ces créatures ont une peau grenat foncé et de grands yeux ambrés, comme ceux d'un hibou. Les salamandres n'ont pas de dents, mais un museau aplati, pareil à celui d'une tortue.

Grièche matriarche – niveau 6

Il ne faut pas sous-estimer ces démons, deux fois plus gros que les grièches communes ; capables d'attraper de jeunes canids entre leurs serres, les grièches matriarches dirigent les vols de grièches lors de leur migration annuelle.

Camoufleur – niveau 6 (Séraph)

Les camoufleurs, qui ressemblent à de gros blaireaux, ont une peau rugueuse pareille à de l'écorce, ce qui leur permet de passer inaperçus dans les jungles de l'Éther. Les représentants de cette espèce, plutôt commune, sont pourtant difficiles à capturer, car ils ont tendance à se réfugier en haut de troncs d'arbres ; ils n'hésitent pas non plus à projeter sur leurs attaquants les épines acérées qui poussent sur leur dos. Les camoufleurs se nourrissent exclusivement de feuilles, qu'ils broient au moyen de grosses molaires.

Vulpin – niveau 6 (Pénélope)

Réputé pour son agilité, le vulpin, un cousin du canid, ressemble à un gros renard pourvu de trois queues et d'un pelage cuivré.

Canid – niveau 7 (Sylva et Arcturus)

Doté de quatre yeux et de griffes acérées, ce démon canin possède une épaisse crinière qui court le long de sa colonne vertébrale pour se terminer en queue touffue, comme celle d'un renard. Certains ont la taille d'un molosse, d'autres sont aussi hauts qu'un poney.

Félis – niveau 7 (Scipio et Isadora)

À l'instar du canid, ce démon est doté de deux paires d'yeux, mais il s'en distingue par la station bipède, se déplaçant à la manière des chimpanzés, et par sa vive intelligence. Cette espèce se divise en trois sous-espèces – léonine, tigrine et léopine.

Anubis – niveau 8 (Malik et son père, Baybars)

Cousin du canid, l'anubis ne possède cependant qu'une paire d'yeux ; on ne croise guère ce démon bipède, à tête de chacal, dans la région de l'Éther que fréquentent les invocateurs d'Hominum, car l'espèce, très appréciée des mages-guerriers originaires du désert d'Akhad, est en voie d'extinction.

Golem – niveau 8 (Othello)

Ce démon, qui appartient à une espèce des plus rares, peut être composé de différents minéraux, dont l'argile, la boue, le sable et la pierre – les golems de pierre étant les plus puissants. Les jeunes spécimens ne mesurent pas plus d'un mètre ; une fois adultes, certains peuvent atteindre trois mètres de haut. Ces créatures bipèdes ont un corps trapu et des mains pourvues d'un pouce épais.

Hydre – niveau 8 (Tarquin)

L'hydre a l'apparence d'un énorme varan pourvu de trois longs cous flexibles, chacun se terminant par une tête reptilienne. Ce démon est lui aussi en voie de disparition dans l'Éther.

Griffon – niveau 10 (Lovett)

De la taille d'un cheval, le griffon est un démon à tête d'aigle et au corps de lion. On en trouve rarement dans la région de l'Éther que connaissent les invocateurs d'Hominum, mais il arrive que certains s'y égarent.

Minotaure – niveau 11 (Rook)

Ces démons grands et musclés, au corps d'homme et à tête de taureau, sont dotés de sabots fendus et de cornes redoutables. À la différence des golems, ils possèdent cinq doigts munis de griffes, ce qui leur permet de manier des armes. Il est rare d'en croiser dans la région de l'Éther fréquentée par les mages-guerriers.

CE ROMAN VOUS A PLU ?

Donnez votre avis
et retrouvez
d'autres lecteurs sur

PAPIER À BASE DE FIBRES CERTIFIÉES

Le Livre de Poche s'engage pour l'environnement en réduisant l'empreinte carbone de ses livres. Celle de cet exemplaire est de :
300 g éq. CO_2
Rendez-vous sur www.livredepoche-durable.fr

« Pour l'éditeur, le principe est d'utiliser des papiers composés de fibres naturelles, renouvelables, recyclables et fabriquées à partir de bois issus de forêts qui adoptent un système d'aménagement durable. En outre, l'éditeur attend de ses fournisseurs de papier qu'ils s'inscrivent dans une démarche de certification environnementale reconnue. »

Édité par la Librairie Générale Française - LPJ
(58 rue Jean Bleuzen, 92170 Vanves)

Composition Nord Compo
Achevé d'imprimer en Espagne par Liberdúplex
Dépôt légal 1re publication mars 2018
35.8940.7/02 - ISBN : 978-2-01-703820-7
Loi n° 49-956 du 16 juillet 1949 sur les publications destinées à la jeunesse
Dépôt légal : décembre 2019